# De reünie

Van Simone van der Vlugt verscheen bij uitgeverij Anthos

*De reünie*
Beste thrillerdebuut 2004 door Crimezone
Nominatie voor de NS Publieksprijs 2005

*Schaduwzuster*

*Het laatste offer*
Nominatie voor de NS Publieksprijs 2007

*Blauw water*
Nominatie voor de NS Publieksprijs 2008
Nominatie voor de Gouden Strop 2008
Winnaar Zilveren Vingerafdruk 2009

*Herfstlied*

*Jacoba, Dochter van Holland*

*Op klaarlichte dag*
Winnaar NS Publieksprijs 2010
Beste Nederlandse thriller 2010 door Crimezone

*In mijn dromen*

Simone van der Vlugt ontving in 2006 de Alkmaarse Cultuurprijs voor haar tot dan toe verschenen werk.

Simone van der Vlugt

# De reünie

Anthos | Amsterdam

Voor mijn ouders,
die me zo'n gelukkige,
zorgeloze jeugd hebben gegeven

www.simonevandervlugt.nl
www.literairethrillers.nl

Eerste druk 2004
Negenenveertigste druk 2011

ISBN 978 90 414 1853 1

Omslagontwerp Roald Triebels, Amsterdam
Omslagillustratie © Robert Jones/Arcangel/Hollandse Hoogte
Foto auteur Merlijn Doomernik

Verspreiding voor België:
Veen Bosch & Keuning uitgevers n.v., Antwerpen

# Proloog

*Het laatste stuk fietst ze alleen. Ze zwaait lang naar haar vriendin en concentreert zich dan op de weg die voor haar ligt. Ze zingt zachtjes voor zich uit, haar rug recht, haar blik onbezorgd.*

*De school is uit, het is maandag, de middag kan beginnen.*

*Ze heeft haar spijkerjasje achter op haar bagagedrager gebonden, boven op haar zwarte linnen schooltas. De zon schijnt warm op haar blote armen.*

*Het is een prachtige dag; het begin van een veelbelovende zomer. De blauwe lucht ligt als een hoge, stralende koepel om haar heen.*

*Bij het stoplicht knijpt ze in haar handremmen en stapt af. Het is een afgelegen stoplicht, even buiten het stadscentrum, waar de drukte van fietsende scholieren, brommers en autoverkeer wat afneemt.*

*Ze staat er helemaal alleen. Er passeren geen auto's en bussen. Ze kijkt van links naar rechts, ongeduldig om de zinloosheid van het wachten.*

*Achter haar komt een bestelbusje aanrijden dat met ronkende motor blijft staan.*

*Groen.*

*Het meisje stapt op en fietst rechtdoor. Het busje haalt haar in en vangt haar in een dikke dieselwolk. Ze hoest, wappert met haar hand en houdt haar voeten zonder te trappen op de pedalen.*

*Het busje scheurt weg, in de richting van de Donkere Duinen. Het meisje denkt aan haar afspraak. Ze ziet er opeens een beetje tegenop. Misschien had ze beter een minder afgelegen plek kunnen uitzoeken.*

# I

Ik sta op de strandopgang, mijn handen in de zakken van mijn suède jasje gestoken en kijk naar de zee. Het is zes mei, en veel te koud voor de tijd van het jaar. Het strand ligt er verlaten bij, op een enkele jutter na. De zee heeft de kleur van lood en neemt dreigend en schuimend steeds meer strand in bezit.

Iets verderop zit een meisje op een bankje. Ze kijkt ook naar de zee, ineengedoken in haar gewatteerde jack. Ze draagt stevige schoenen, bestand tegen weer en wind. Aan haar voeten ligt een zware boekentas. Niet ver van haar vandaan staat haar fiets tegen het prikkeldraad; op slot, al zit ze er vlak naast.

Ik kijk naar haar. Ik had wel gedacht dat ik haar hier zou vinden.

Ze kijkt met nietsziende ogen uit over zee. Zelfs de wind, die opdringerig aan haar kleding rukt, krijgt geen vat op haar. Hij krijgt het lichtbruine haar dat om haar hoofd dwarrelt te pakken, maar haar aandacht niet.

Ondanks haar ongevoeligheid voor de koude wind heeft het meisje iets kwetsbaars dat me ontroert.

Ik ken haar. Toch aarzel ik om haar aan te spreken, want zij kent mij niet. Maar het is van het grootste belang dat ze me leert kennen. Dat ze naar me luistert. Dat ik tot haar doordring.

Ik loop langzaam naar het bankje, mijn blik op zee gericht, alsof ik van het uitzicht op de woeste golven wil genieten.

Het meisje kijkt opzij, zonder enige uitdrukking op haar gezicht. Het lijkt even alsof ze weg wil gaan, maar dan berust ze erin dat ik de cirkel van eenzaamheid om haar heen ben binnengedrongen.

Naast elkaar zitten we op het bankje, de handen in de zakken, en kijken hoe lucht en water in elkaar overgaan.

Ik moet iets zeggen. Straks gaat ze weg en hebben we geen woord gesproken. Maar wat zeg je als ieder woord erop aankomt? Ik moet eerst de juiste woorden vinden.

Net als ik diep ademhaal en me tot haar wend, kijkt ze naar mij. We hebben dezelfde kleur ogen. Dezelfde uitdrukking ook, waarschijnlijk.

Ze is een jaar of vijftien. Net zo oud als Isabel toen ze werd vermoord.

Jaren geleden heb ik hier in de buurt op school gezeten. Ik fietste iedere dag tien kilometer heen en terug, soms met de zeewind in mijn rug, meestal pal tegen de wind in.

De wind kwam aanrazen vanaf zee en zag zich door niets belemmerd boven de vlakke polder tot hij mij op mijn fiets tegenkwam. Het dagelijkse gevecht tegen de zeewind leverde me een flinke longinhoud en een goede conditie op en het was een uitstekende manier om mijn frustraties van me af te trappen.

Die tien kilometer tussen school en huis, dat niemandsland van weiden en zoute wind, lag als een overgangsgebied tussen de twee werelden waarin ik leefde.

Ik kijk naar de zee, die gelijk met de golven een stroom van herinneringen doet aanspoelen. Ik had niet terug moeten komen.

Wat heeft mij hier eigenlijk gebracht?

Het berichtje in de krant. Twee weken geleden stond ik met een mok koffie bij de keukentafel en bladerde snel de krant door. Het was acht uur, ik was aangekleed en had ontbeten, maar er was geen tijd meer om rustig de krant te lezen. Even koppensnellen was alles wat erin zat.

Ik sloeg de volgende pagina om en mijn oog viel op een klein bericht in een zijkolom. REÜNIE VAN HELDERSE MIDDELBARE SCHOLEN.

Ik las de oproep voor de reünie snel door. Het was mijn oude middelbare school, die inmiddels gefuseerd was met een aantal andere middelbare scholen in Den Helder.

En nu zijn ze van plan een reünie te houden voor oud-leerlingen. Ik ben drieëntwintig, dus mijn schooltijd ligt goddank al een hele tijd achter me.

Ik peins er niet over om te gaan.

Het meisje is weggegaan. Ik heb haar laten ontsnappen toen ik even in gedachten verzonken was. Het geeft niet, ik kom haar wel weer tegen.

De wind blaast mijn haren in mijn gezicht en snijdt me nu en dan de adem af. Ja, zo was het vroeger ook. Zo trapte je tegen de wind in, terwijl de tranen over je wangen liepen. Ik bond mijn haar altijd in een staart omdat mijn lange haren anders vol onontwarbare klitten zouden komen te zitten. Als ik het 's avonds onder de douche waste, rook het naar het zout van de zee.

Geuren veranderen niet. Ze overvallen je, frissen oude herinneringen op en laten je rondsnuffelen in de donkere hoekjes van je geheugen.

Waarom ben ik teruggegaan? Wat dacht ik daarmee te bereiken? Dacht ik dat het louterend zou zijn, of bevrijdend?

Dat is het niet. Het is confronterend en pijnlijk en verwarrend en een grote vergissing.

Het enige wat het misschien oplevert is meer duidelijkheid. Ik weet niet of ik daar wel klaar voor ben.

Ik wandel terug naar mijn auto. Het zand stuift voor me uit en de wind duwt in mijn rug, maant me tot spoed. Ik ben hier niet welkom. Ik hoor hier niet meer thuis.

Desondanks ben ik niet van plan nu al terug naar Amsterdam te gaan. Zelfs als het hard begint te regenen versnel ik mijn pas niet. Mijn auto staat eenzaam op de grote parkeerplaats. Normaal gesproken is het hier barstensvol, maar de zomer laat ons even in de steek. Ik denk aan de rijen blik die op hete dagen staan te glinsteren onder de zon. Het was leuk om vlak aan zee te wonen. Je fietste al die oververhitte automobilisten die in de file stonden gewoon voorbij. Gooide je fiets tegen het prikkeldraad, haalde je handdoek onder de snelbinders vandaan en zocht een plekje om in de zon neer te strijken. Ergerde je aan de vele kuilen, gevuld met Duitse bierblikjes. Maar het hoorde erbij. In Zandvoort vínd je tegenwoordig niet eens meer een plekje als je niet om een uur of negen de strandopgang op rent.

Ik open het portier van mijn autootje en duik dankbaar naar binnen. Verwarming aan, radio op een vrolijke zender, zak drop op de stoel naast me, starten en wegwezen. Ik rij de bijna verlaten parkeerplaats af, langs het bos de Donkere Duinen richting centrum.

Den Helder biedt bij regen een troosteloze aanblik. Amsterdam ook, maar Amsterdam blijft leven. Den Helder lijkt nog het meest op een stad waar het luchtalarm net is afgegaan.

Ik hou van steden met een ziel, met een historische kern. Het enige wat oud is in Den Helder zijn de inwoners. Jonge mensen trekken na hun eindexamen naar Alkmaar en Amsterdam. Wat overblijft zijn mariniers en toeristen voor de boot naar Texel.

Daar was ik vanochtend nog bijna beland. Sinds mijn ouders vijf jaar geleden geëmigreerd zijn naar Spanje, ben ik niet meer terug geweest in Den Helder en ik ken de stad als fietser, niet als automobilist. Ik miste één afslag, reed op de dijk af, kon niet anders dan rechts afslaan en sloot aan bij een lange rij wachtende auto's voor de boot naar Texel. Ik zette de versnelling in z'n achteruit, maar achter me versperde de wagen van een gezin op voorjaarsvakantie me de weg. Pas toen ik helemaal vooraan stond, kon ik keren en ontsnappen aan een niet geplande vakantie tussen de schapen.

Over de Middenweg rij ik in de richting van mijn vroegere middelbare school. Als ik langs de school kom, is het schoolplein bijna verlaten. Een groepje leerlingen trotseert de motregen en inhaleert gretig de nicotine die hen de dag door moet helpen.

Ik rij door. Een rondje om de school en dan dezelfde weg als ik vroeger naar huis fietste. Langs het militaire Deibelkamp naar de Lange Vliet. De tegenwind kan me nu niets maken; ik tuf rustig voort en kijk naar het fietspad waar ik zoveel jaren gefietst heb. Isabel woonde in hetzelfde dorp als ik. We fietsten die dag niet samen naar huis, maar ze moet over de Lange Vliet gereden hebben.

Ik herinner me dat ik haar het schoolplein af zag fietsen. Zelf bleef ik expres nog even talmen voor ik vertrok. Als ik achter haar aan was gefietst, was er die dag misschien niets gebeurd.

Ik geef gas en rij zo hard als is toegestaan de Lange Vliet af. Ik kom in Julianadorp en ga bij de eerste gelegenheid naar links, naar de autoweg. Als ik langs het kanaal rij, schakel ik naar z'n vijf en zet ik de radio harder.

Weg van hier. Terug naar Amsterdam.

Ik zing luidkeels mee met de top-veertighits die uit de radio schallen en vis het ene dropje na het andere uit de zak naast me. Pas als ik Alkmaar achter me heb gelaten, ben ik weer terug in het heden. Ik denk aan mijn werk. Maandag weer beginnen. Het is nu donderdag; ik heb nog drie dagen voor mezelf. Ik heb niet echt veel zin om weer te gaan werken, maar ik denk wel dat het goed voor me zal zijn. Ik zit te veel alleen thuis, met onverwachte en onbegrijpelijke beelden die als dromen voor mijn ogen schuiven. Het wordt hoog tijd dat ik weer deel ga uitmaken van de werkende wereld. En ik begin op therapeutische basis; een paar uurtjes per dag. Kan ik 's middags leuke dingen gaan doen. Dat is me immers voorgeschreven.

Ik werk op het hoofdkantoor van een grote bank met buitenlandse vestigingen. Niet echt het werk dat ik ambieer, want ik ben opgeleid om lerares Nederlands en Frans te worden, maar na mijn afstuderen was het niet gemakkelijk een leuke school te vinden. Ik moet toegeven dat ik het solliciteren ook vrij snel opgaf. Mijn eerste kennismaking tijdens mijn stage met klassen vol puberale opstandigheid was me behoorlijk tegengevallen.

Dus begon ik al in het laatste jaar van mijn studie in de avonduren aan een secretaresseopleiding, liet me inwijden in de wereld van de informatica en begon te solliciteren naar andere functies. Zo belandde ik bij De Bank, negen hoog boven de rondweg.

De eerste keer dat ik het hoofdkantoor betrad, was ik danig onder de indruk. De entree lag heel voornaam in een mooi park en toen ik door de draaideur in een wereld van ruimte en marmer kwam, voelde ik me ineenschrompelen tot iets nietigs dat in die wereld van chic nauwelijks terug te vinden was.

Maar het viel mee. De pakken en mantelpakjes om me heen bleken heel gewone mensen te omhullen. Ik schafte een nieuwe garderobe aan, met in mijn achterhoofd mijn moeders advies dat een paar dure maar kwalitatief goede basisstukken meer profijt opleveren dan zakken vol koopjes. Mijn spijkerbroeken werden verbannen naar de verste hoek van mijn kledingkast, en getailleerde jasjes, rokjes tot op de knie en donkere panty's begonnen tot mijn standaarduitrusting te horen. Zo betrad ik iedere dag de imposante hal, vermomd als vrouw van de wereld.

De inhoud van mijn functie viel me eigenlijk een beetje tegen. Het leek heel wat; secretaresse op het hoofdkantoor van De Bank, goede contactuele eigenschappen en een uitgebreide talenkennis vereist.

Maar voor standaardzinnetjes als *Hold the line* en het aanvullen van de Pritt-stiften had ik geen studiefinanciering hoeven aanvragen. Waarschijnlijk werd dat bedoeld met de vereiste 'flexibiliteit' voor deze functie.

Het werk boeide me dan wel niet bijzonder, de sfeer op het secretariaat was gezellig.

Ik woonde zelfstandig en had een baan. Mijn nieuwe leven was begonnen.

Een jaar later stortte ik in.

# 2

Er is geen taart om mijn terugkomst te vieren. Er hangen geen slingers op het secretariaat. Had ik ook niet verwacht. Nou ja, misschien een beetje. Als ik op de drempel sta uit te hijgen van mijn klim over al die trappen, ontsnapt het gevoel van verwachting gelijk met mijn hortende ademhaling.

Ik had natuurlijk de lift kunnen nemen, maar ik sport al zo weinig. Volgens mijn arts is het goed als ik wat vaker de trap neem. Maar hij weet natuurlijk niet dat ik op de negende verdieping werk.

Het duurt even voor mijn collega's me in de gaten krijgen, ik zie alle veranderingen in één oogopslag: mijn in beslag genomen bureau, de vertrouwde, vriendschappelijke manier waarop mijn vervangster met mijn collega's zit te praten, de vele nieuwe gezichten. Het lijkt wel alsof ik kom solliciteren naar mijn eigen baan.

Dan word ik gesignaleerd en komen mijn collega's op me af om me te begroeten. Mijn ogen glijden snel over hun gezichten, zoeken iemand die ze niet vinden.

'Hé, Sabine! Hoe is het met je?'

'Ben je er weer helemaal klaar voor?'

'Nou, maak je borst maar nat. Het is hier een gekkenhuis!'

'Hoe gaat het met je? Je ziet er goed uit.'

Geen van hen heb ik gezien in de tijd dat ik ziek thuis zat, op Jeanine na.

Renée komt met een bekertje koffie in haar hand op me af. 'Hallo, Sabine,' zegt ze met een glimlach. 'Alles goed?'

Ik knik, mijn ogen gericht op mijn bureau.

Ze volgt mijn blik. 'Ik zal je even voorstellen aan je vervangster; Margot,' zegt ze. 'Zij heeft je taken al die tijd overgenomen. Ze blijft hier tot je weer fulltime aan de slag gaat.'

Ik glimlach naar Margot en zij glimlacht terug maar ze staat niet op om mijn hand te schudden.

'We hebben elkaar al eens ontmoet,' zegt ze.

Renée kijkt verbaasd.

'Tijdens de kerstborrel,' helpt Margot haar herinneren en Renée knikt. Ze weet het nog.

Ik maak aanstalten om naar mijn oude bureau te lopen, maar Renée houdt me tegen. 'Achterin is nog een bureau vrij, Sabine. Margot werkt hier nu al zo lang dat het onzin zou zijn om haar te laten verkassen.'

Ik hou mezelf voor dat het geen beste start is om op mijn eerste dag een drama te maken over zoiets onbenulligs als een bureau. Zwijgend loop ik naar de verste hoek van het secretariaat en installeer me aan mijn nieuwe bureau, ongezellig ver weg van de anderen, en mijn ogen blijven rusten op het bureau waar ik altijd tegenover zat.

'Waar is Jeanine?' vraag ik, maar de printer begint net te ratelen.

'Koffie?' biedt Renée op energieke toon aan.

'Lekker.'

'Met melk, hè?' zegt ze. Ik knik en ze verdwijnt.

Het is maar een bureau. Adem in, adem uit.

Er is iets veranderd. Ik kan er mijn vinger niet achter krijgen maar de sfeer is voelbaar anders. De belangstelling voor mijn terugkomst is snel verflauwd. Ik had me erop voorbereid gezellig even bij te praten, vooral met Jeanine, maar er is niets dan ruimte om me heen.

Iedereen is weer druk bezig en ik zit in mijn hoekje. Ik haal een stapel post uit het postbakje en vraag aan niemand in het bijzonder: 'Waar is Jeanine eigenlijk? Heeft ze vakantie?'

'Jeanine heeft vorige maand ontslag genomen,' zegt Renée zonder van het beeldscherm op te kijken. 'Zinzy is voor haar in de plaats gekomen. Je zult haar later in de week wel ontmoeten want ze heeft een paar dagen vrij.'

'Is Jeanine weg?' zeg ik verbluft. 'Daar wist ik niets van.'

'Er is wel meer veranderd waar jij niets van weet,' zegt Renée, haar ogen nog steeds op haar computer gericht.

'Zoals?' vraag ik.

Ze draait zich naar me toe. 'Met ingang van januari heeft Wouter mij tot hoofd van het secretariaat benoemd.'

Onze blikken houden elkaar even vast.

'Zo,' zeg ik. 'Ik wist niet dat die functie bestond.'

'Er was behoefte aan.' Renée draait zich terug naar haar beeldscherm.

Er gaat zoveel door mijn hoofd dat ik niet weet wat ik moet zeggen. Dus zwijg ik en loop terug naar mijn bureau. Ik ga zitten, leg de stapel post voor me neer en opeens strekt de ochtend zich eindeloos voor me uit. De behoefte om Jeanine te bellen onderdruk ik met kracht. Waarom heeft ze me niet verteld dat ze ontslag heeft genomen?

Ik staar uit het raam tot ik zie dat Renée naar me kijkt. Pas als ik me over de post buig, wendt ze haar blik af.

Welkom terug, Sabine.

Jeanine en ik zijn hier tegelijk gekomen, toen het secretariaat nog onbemand was. De Bank had net een nieuw Trustfonds opgezet, dat nog helemaal van de grond moest komen. Jeanine en ik hadden het heel gezellig. We roddelden over de commerciële en administratieve collega's die wij secretarieel ondersteunden, we zetten gezamenlijk een beter georganiseerd archief op en namen elkaars telefoon over als een van ons een half uurtje wilde shoppen. Al met al was ik best tevreden met mijn baan.

Na een tijdje hadden Jeanine en ik het razend druk. De stroom commerciële medewerkers die werden aangetrokken voor het Trustfonds groeide gestaag en we konden het secretariële werk nauwelijks aan. Er moesten meer mensen komen, en snel.

Jeanine en ik voerden samen de sollicitatiegesprekken en zo kwam Renée erbij. Ze was goed in haar werk, maar de sfeer veranderde direct. Renée was directiesecretaresse geweest. Renée wist hoe een secretariaat geleid moest worden. Renée vond dat er van dit secretariaat niets deugde. Van Jeanine en mij trouwens ook niet. Verlengde lunchpauzes en even snel een boodschap doen als het rustig was, vonden in haar ogen geen genade. Natuurlijk had ze daar eigenlijk wel gelijk in, maar dat ze Wouter in een persoonlijk gesprek achter gesloten deuren even van haar bezwaren op de hoogte stelde, vond in ónze ogen geen genade. Wouter was echter erg in zijn schik met Renée. Een waardevolle aanwinst voor de Trust.

'En dan te bedenken dat we haar zelf hebben aangenomen,' zei Jeanine.

Wouter was van mening dat Renée de sollicitatieprocedure voor een vierde secretaresse maar moest verzorgen. Ze had er kijk op, volgens hem.

'Wij niet,' gaf ik toe.

'Dat is gebleken,' zei Jeanine.

Renée zette advertenties in de grote dagbladen en belde met uitzendbureaus. Daar had ze het zo druk mee dat al het werk op Jeanine en mij neerkwam. Hele middagen zat ze gesprekken te voeren met geschikte en minder geschikte meisjes, maar er werd niemand aangenomen.

'Het is zó lastig om aan goede mensen te komen,' zei ze hoofdschuddend, als ze weer uit het vergaderhok te voorschijn kwam. 'Voor je het weet, zit je opgescheept met mensen die denken dat secretarieel werk niets meer is dan typen en faxen. Probeer daar maar eens een goed, solide team van te maken.'

En dus bleef het zwoegen, want de Trust groeide en het werk stapelde zich op.

We werkten iedere dag over en gingen ook vaak in onze lunchpauzes nog door. Ik raakte oververmoeid. Ik sliep 's nachts niet goed. Ik voelde me opgejaagd, lag met hartkloppingen naar het plafond te staren en zodra ik mijn ogen sloot, werd ik in bezit genomen door duizelingen die me in een steeds snellere rondedans meesleurden. Ik hield mezelf een paar maanden op de been, maar vorig jaar stortte ik in. Ik kan het niet anders noemen. Een gevoel van totale apathie kwam aanzetten, spreidde zich over me uit en deed in één keer alle kleuren vervagen.

In mei ging ik de ziektewet in en de eerste gelegenheid dat ik even terugkwam op mijn werk was de kerstborrel. Ik dronk een glas wijn en praatte bij met mijn collega's. Althans, dat probeerde ik. Er werd voornamelijk langs me heen gekeken, en gesproken over onderwerpen waar ik totaal niets van af wist. Er waren veel nieuwe mensen bijgekomen. Jeanine lag thuis met griep op bed.

Ik nipte van mijn wijn en keek om me heen. Van Renées promotie was toen nog geen sprake; het viel me wel op dat ze voortdurend het hoogste woord voerde. De werknemers die tijdens mijn afwezigheid het bedrijf binnengekomen waren, onder wie Margot, negeerden mij.

Verlegen, dacht ik.

Ik glimlachte ze vriendelijk toe. Zij wendden hun blik af.

Ik zocht contact met Luuk en Roy, twee administratieve medewerkers met wie ik het altijd goed had kunnen vinden. Ze gaven antwoord op mijn belangstellende vragen maar deden geen moeite om een gesprek op gang te houden. Alsof ze het hadden afgesproken begonnen ze over voetbal en over die ene lastige klant die steeds inzage in de cijfers eiste. Ik luisterde, nam nog een slokje wijn en keek wat om me heen.

Wouter, die naast mij stond, wendde zich half van me af.

Ik ging vroeg naar huis.

Ik heb me er niet op verheugd om weer aan het werk te gaan, maar vooruit, het is maar voor halve dagen. Dat moet lukken.

Ik trek de stapel post naar me toe en begin enveloppen te openen en elastiekjes te verwijderen. Na een halfuur ben ik het al spuugzat.

Hoe laat is het in godsnaam? Nog geen negen uur! Hoe kom ik deze dag door?

Ik werp een blik op het secretariaat. Een paar meter verderop zit Margot, haar bureau staat tegen dat van Renée aan, zodat ze met elkaar kunnen praten zonder dat ik er een woord van versta.

De commerciële medewerkers lopen in en uit met concepten die uitgetypt moeten worden, post die aangetekend de deur uit moet en meer van dat soort verzoeken. Renée regelt en delegeert als een kapitein op een schip. De vervelendste klusjes geeft ze aan mij. En er zijn veel vervelende klussen. Dozen vouwen voor het archief, koffie klaarzetten in de vergaderkamer, bezoekers ophalen in de hal. En dan is de ochtend nog maar half voorbij. Als ik om halféén mijn tas inpak, heb ik met niemand een gezellig woord gewisseld en ben ik uitgeput.

Ik loop naar de parkeerplaats, stap in mijn auto en rij langzaam het terrein af.

# 3

Doodmoe kom ik thuis. Mijn gezicht voelt grauw, ik heb zweetplekken onder mijn oksels en het is een bende in mijn tweekamerappartement. Na de functionele strakheid op kantoor vallen mijn rommelige, bij elkaar geraapte meubels extra op.

Het is me nooit gelukt om een echt thuis van dit appartement te maken, om er mijn stempel op te drukken. Als puber droomde ik van het moment dat ik op mezelf zou wonen. Ik wist precies hoe ik mijn huis zou inrichten. Ik zag het helemaal voor me.

Niemand die me vertelde dat mijn hele loon zou opgaan aan de hypotheek en de supermarkt. Dat je te weinig van je salaris overhoudt om de lifestyle van dat moment te volgen. Je probeert het met een wit gesausde muur, een likje verf op de bladderende kozijnen en een kleed in zachte tinten op de kale plankenvloer.

Maar nog steeds als ik in de keuken sta moet ik de neiging onderdrukken om die bruine en oranje jaren-zeventigtegeltjes van de muur te slaan. Ik zou best nieuwe tegels kunnen aanschaffen maar niet zonder het harmonieuze evenwicht te verstoren met de bruine aanrechtkastjes en het koffieverkeerdkleurige zeil op de grond. Dus doe ik niets. Mijn burn-out zuigt me leeg, laat me op de bank vallen als een uitgeknepen citroen.

Ik zet mijn tas op tafel en werp op weg naar de keuken een blik op mijn antwoordapparaat. Het display knipoogt naar me. Verrast hou ik mijn pas in. Een bericht?

Nieuwsgierig druk ik de afluistertoets in. Een ingesprektoon vertelt me met monotoon gepiep dat wie er ook gebeld mag hebben het niet de moeite waard vond om een boodschap in te spreken. Geërgerd druk ik op het kruisje, zodat de aankondiging van het bericht van het display floept. Als ik ergens een hekel aan heb, is het aan mensen die ophangen ná de pieptoon. Kun je er de rest van de middag over nadenken wie er gebeld heeft.

Mijn moeder kan het niet zijn, want als ze eens belt, spreekt ze altijd het hele bandje vol. Het grootste deel van het jaar brengt ze met mijn vader door in hun huis in Spanje. Ik zie ze zelden.

Waarschijnlijk was het Robin, mijn broer. Hij belt bijna nooit, maar als hij belt, heeft hij er ook echt behoefte aan om me te spreken. Antwoordapparaten frustreren hem vreselijk. Hij spreekt zelden een boodschap in.

Ik loop naar de keuken, leg de broodplank neer, haal een schaaltje aardbeien uit de koelkast, vis twee boterhammen uit de zak bruin brood en maak mijn gebruikelijke lunch. Er bestaat niets heerlijkers dan frisse aardbeien op je brood. Ik ben eraan verslaafd, het heeft me volgens mij zelfs door mijn depressie heen geholpen. Aardbeien in de yoghurt, aardbeien met slagroom, aardbeien op beschuit. Ieder jaar als de aardbeien in de supermarkt steeds smakelozer worden, begin ik me zorgen te maken. Help, het seizoen is voorbij. Dat wordt afkicken. Misschien zitten er wel opwekkende stoffen in aardbeien, net als in chocola. Daar ben ik trouwens ook aan verslaafd. 's Winters eet ik altijd een dikke laag chocoladepasta op brood en kom ik kilo's aan.

Terwijl ik mijn aardbeitjes halveer en op mijn brood leg, gaan mijn gedachten naar het gemiste telefoontje. Wie kan dat geweest zijn? Misschien was het niet Robin maar Jeanine. Maar waarom zou zij me bellen? We hebben behoorlijk lang geen contact gehad.

Ik steek een supergrote aardbei in mijn mond en kijk in gedachten uit het keukenraam. Tussen Jeanine en mij mocht het dan vrijwel meteen klikken, die band strekte zich om de een of andere reden niet verder uit dan kantoor. Alsof de stap van collega's naar vriendinnen net iets te veel van het goede was. Dat is wel gebleken toen ik thuis kwam te zitten. Alleen in het begin is ze een paar keer langsgekomen, maar iemand die lusteloos op de bank voor zich uit zit te staren, is geen leuk gezelschap. Na een paar pogingen van haar kant om mij op te vrolijken, waar niemand in geslaagd zou zijn, verwaterde ons contact. Toch heb ik me erop verheugd haar weer te zien. Ik neem het haar niet kwalijk dat ze niet meer moeite heeft gedaan, want er viel met mij toch niets te beginnen.

Onze vriendschap heeft gewoon niet de kans gekregen om zich te ontwikkelen, en ik was er eigenlijk van uitgegaan dat we nu verder zouden gaan waar we waren gebleven. Ik ben niet zo goed in het onderhouden van contacten die tot hechte, duurzame vriendschappen kunnen leiden. Hoewel ik niet verlegen ben en ik er geen moeite mee heb om me onder de mensen te begeven en over ditjes en datjes te praten, kom ik nooit tot van die vertrouwelijkheden die op een wat intiemere band uitlopen. Het komt erop neer dat ik veel praat maar weinig zeg. Op zich is dat niet iets waar ik per se verandering in wil brengen, want waarom zouden mensen van alles over je moeten weten? Maar de consequentie van mijn gesloten gedrag is dat mensen zich ook niet geroepen voelen om mij in vertrouwen te nemen. Dat was tijdens mijn studie al zo. Mijn medestudenten mochten me wel, ze hebben me in ieder geval nooit anders dan hartelijk en gezellig behandeld, maar dat nam niet weg dat ik me vier jaar lang een buitenstaander heb gevoeld.

Het eerste jaar van mijn studie woonde ik thuis. Ik geloof dat ik maar twee keer serieus naar een kamer in Amsterdam heb gezocht. In de Rhijnvis Feithstraat werd er een aangeboden. Hoopvol gestemd ging ik erop af. In een lange, smalle straat belde ik aan en de deur zwaaide open; automatisch geopend van bovenaf. Een dikke man verscheen in zijn ondergoed boven aan de trap. 'Ja?' schreeuwde hij naar beneden.

Ik keek naar zijn ongeschoren gezicht en dikke bierbuik. 'Niets,' zei ik. 'Laat maar.'

De volgende kamer die ik bezocht was een zolder in de Pijp, in de Govert Flinckstraat om precies te zijn. Het was een treurig hokje onder de hanenbalken, met vochtige muren, uitzicht op morsige binnenplaatsjes vol wasgoed, een smerige gezamenlijke keuken en een toilet dat niet doorgetrokken kon worden.

Ik keek wat rond en probeerde me voor te stellen dat dit mijn thuis was. Op zich was het aanlokkelijk om niet meer twee uur per dag in de trein te hoeven zitten. Ik zag mezelf op m'n gemakje over de Herengracht fietsen, waar de lerarenopleiding gevestigd was, langs de statige gevels die in het grachtwater weerspiegelden, met de nonchalance van een stadbewoner die al die drukke straten en pleinen als zijn woonkamer beschouwt. Zo zag ik mezelf graag, maar diep in mijn hart was ik een provinciaaltje dat de grote stap naar de echte wereld niet durfde te zetten.

Welbeschouwd was thuisblijven niet eens zo verkeerd. Ik hoefde me niet druk te maken over mijn was- en strijkgoed en het eten stond 's avonds op tijd op tafel - vlees en verse groente, in plaats van het junkfood waarmee mijn medestudenten hun weerstand ondermijnden. Bovendien was het gezellig thuis. Ik keek niet meer uit naar kamers, tot mijn ouders plannen maakten om te emigreren. De dag dat ze me over hun voornemen vertelden, ik was negentien, flipte ik compleet. Mijn ouders, mijn houvast, mijn ankers in het leven draaiden me gewoon de rug toe! Hoe kwamen ze erbij dat ik volwassen was, dat ik best op eigen benen kon staan en dat ik hun hulp niet meer nodig had? Wie had hun die onzin ingefluisterd? Ik zou nooit zonder hen kunnen, nooit! Waar moest ik nou naartoe in het weekeind, bij wie kon ik voortaan terecht? Ik zat bij mijn ouders thuis op de bank, sloeg mijn handen voor mijn gezicht en barstte in tranen uit.

Achteraf schaam ik me er een beetje voor dat ik het pap en mam zo moeilijk heb gemaakt. Robin vertelde me later dat ze serieus hebben overwogen om hun plannen af te blazen, en dat hij hen heeft overgehaald om mij niet zoveel invloed te laten uitoefenen op hun leven.

'Straks heeft ze een vriendje en zie je haar opeens niet meer,' hield hij hun voor. 'Jullie zijn jong genoeg om je dromen te laten uitkomen. Over tien jaar, als Sabine allang haar eigen leven leidt, neem je die stap misschien niet meer.'

Ze steunden me financieel zodat ik een appartement in Amsterdam kon kopen en ze vertrokken. Om de haverklap vlogen ze terug naar Nederland, naar mij. Maar dat deden ze alleen in het begin.

Het was een eenzame tijd, mijn studietijd maar ook daarna. Met niemand van mijn studiegenoten heb ik contact gehouden; we zijn verstrooid over het land, maar ik had ook niet de energie om na mijn werk nog met iemand af te spreken. Mijn wereld bestond vijf lange dagen in de week uit het secretariaat, de met donkerblauw tapijt beklede gangen, de toiletten met spaarlamp waardoor je er altijd als een hologige alien uitzag. Mijn vrije tijd speelde zich af in de kantine of bij de snoepautomaat op de tiende verdieping, waar Jeanine en ik om een uur of vier naartoe vluchtten om even pauze te nemen.

Officieel was ik om vijf uur klaar, maar om de week had ik telefoondienst tot zes uur; dan begon ik ook een uur later. Als ik dan om halfzeven thuiskwam had ik niet eens meer puf om te koken, laat staan om een sociaal netwerk in stand te houden.

Met een magnetronhap van Albert Heijn op de bank voor de tv ploffen was nog net haalbaar. Als ik op de wc zat, keek ik op mijn horloge en moest ik mezelf eraan herinneren dat ik thuis was, dat ik gerust de scheurkalender met grappige uitspraken kon gaan zitten lezen, dat er geen Renée was die veelbetekenend op de klok keek wanneer ik terugkwam. Mijn vriendschap met Jeanine begon zich net naar de weekeinden uit te strekken toen ik ziek werd. Nu ben ik beter en is zij weg! Waarom is ze niet gebleven?

Jeanine doet open met haar hoofd in aluminiumfolie. 'Sabien!' zegt ze verrast.

We kijken elkaar onwennig aan. Net als ik een verontschuldiging voor mijn onverwachte verschijning wil mompelen, doet ze de deur verder open. 'Ik dacht dat het Mark was. Kom binnen!'

We zoenen elkaar op de wang.

'Staat je leuk,' zeg ik met een blik op de folie om haar haren.

'Weet ik. Ik ben mijn haar aan het verven, vandaar ook die ouwe duster. De vlekken van de vorige keer zitten er nog op. Ik schrok me dood toen de bel ging.'

'Dan doe je toch niet open.'

'Ja, dag. Ik wil altijd veel te graag weten wie er voor mijn deur staat. Gelukkig ben jij het maar.'

Ik besluit dat als een compliment te beschouwen. 'Wie is Mark?' vraag ik terwijl ik door het smalle gangetje naar de huiskamer loop.

'Mark is een lekker ding met wie ik sinds een paar weken omga. Hij ziet me zonder make-up, hij ziet mijn vuile slipjes in de wasmand en hij weet dat ik smak tijdens het eten, maar ik heb nog steeds liever niet dat hij ziet dat ik mijn haar verf.' Jeanine grinnikt en ploft op de bank. Haar duster valt een beetje open en onthult een verschoten, roze T-shirt met slijtgaatjes.

Ik kan me voorstellen dat Mark vanavond niet welkom is. Misschien ben ik het zelf ook niet.

Ik zak in een rieten stoel met een wit kussen, die comfortabeler zit dan je zou verwachten.

We kijken elkaar aan en glimlachen onzeker.

'Wil je koffie?' vraagt Jeanine. 'Of is het al tijd voor iets sterkers?' Ze kijkt op de klok. 'Halfnegen. Moet kunnen. Een wijntje?'

'Doe eerst maar koffie,' zeg ik, en roep haar na als ze naar de keuken loopt: 'En zet die wijn er maar vast naast!'

Ik hoor haar lachen in de keuken en kijk tevreden om me heen. Het was een goede beslissing om Jeanine op te zoeken. Geen lange, saaie avond in mijn appartement maar lekker een beetje bijkletsen met een fles wijn op tafel. Precies zoals ik het me had voorgesteld toen ik op mezelf ging wonen.

'Ben je alweer aan het werk?' Jeanine komt de kamer in met twee mokken koffie. Ze zet ze neer, haalt twee wijnglazen uit de kast en zet die ernaast.

'Vandaag was mijn eerste werkdag.'

'En? Hoe ging het?'

Ik pak mijn koffie van tafel en kijk in de mok. 'Heb je ook melk?' vraag ik.

'Dat is waar ook, jij drinkt altijd van die melkbakken,' zegt Jeanine. 'Wat je daar nou aan vindt. Het heeft met koffie helemaal niets meer te maken.'

'Die galbakken van jou kunnen ook niet gezond zijn,' zeg ik.

Jeanine trekt een gezicht, staat op en haalt melk. 'Zo dan, mevrouw. Anders nog iets? Ik vroeg je trouwens hoe het op het werk ging.'

'Het ging...' Ik denk even na over het juiste woord. 'Klote. Ik was blij toen het halféén was.'

'Afschuwelijk dus.'

'Dat kun je wel zeggen.'

We drinken zwijgend onze koffie.

'Daarom ben ik ook weggegaan,' zegt Jeanine na een tijdje. 'De sfeer is zo veranderd. Renée lijdt aan ernstige hoogmoedswaanzin en neemt alleen mensen aan die ze naar haar hand kan zetten. Ik heb het tegen Wouter gezegd hoor, toen ik ontslag nam. Maar je weet hoe hij is. Dolgelukkig met onze potentaat. Hoe deed ze tegen je?'

'We hebben elkaar eigenlijk nauwelijks gesproken. Om precies te zijn: ik heb met niemand echt gesproken. De meeste mensen waren me onbekend en van hen nam ongeveer de helft de moeite om zich aan me voor te stellen. Ik heb leuk post opengemaakt en dozen staan vouwen.'

'Je moet daar weg. Zo snel mogelijk.'

'En dan? Wat moet ik doen? Ik heb geen spaargeld achter de hand, ik kan me niet veroorloven om ontslag te nemen. Stel je voor dat ik niet aan de bak kom!'

'Je vindt heus wel iets anders. Schrijf je weer in bij het uitzendbureau.'

'Ja, lekker, kan ik weer van hot naar her gestuurd worden om archieven op te ruimen en de hele dag lijsten in te voeren. Nee, dank je wel, die tijd heb ik gehad. Ik kijk het wel even aan. De eerste dag is altijd de moeilijkste. Ik ga rustig uitkijken naar iets anders. Trouwens, ik weet nog helemaal niet wat jij nu doet!'

'Ik werk op een klein advocatenkantoor,' vertelt Jeanine. 'Hartstikke gezellig. Het werk is nauwelijks anders, maar de sfeer...'

Ik voel een steek van jaloezie en drink somber mijn koffie op.

'Ik zal voor je uitkijken naar een baan,' belooft Jeanine spontaan. 'Via via gaat het altijd gemakkelijker en ik spreek daar zoveel mensen.'

Dankbaar kijk ik haar aan. 'Als je dat zou willen doen...'

'Tuurlijk, geen probleem. O ja, Sabien, werkt Olaf nog bij De Bank?'

'Olaf? Olaf wie?'

'Dat is ook zo, die ken jij niet. Hij is bij automatisering komen werken; echt een waanzinnig lekker ding. De computers deden het, maar de hele afdeling ging plat.' Jeanine grinnikt.

'Nog niet ontmoet,' zeg ik.

'Dan moet je maar eerst bij automatisering binnenlopen,' adviseert Jeanine. 'Trek de stekker uit de computer en haal Olaf.'

'Doe normaal, zeg.'

'Renée is helemaal weg van hem,' zegt Jeanine met een lachje. 'Let maar eens op haar als hij binnenkomt. Je blijft lachen!' Ze springt overeind en geeft een imitatie van een kokette Renée, wat inderdaad nogal lachwekkend is.

'Gelukkig is hij totaal niet in haar geïnteresseerd,' zegt Jeanine tevreden. 'Heb je je koffie op? Dan gaan we over op de wijn. Schenk maar vast in, dan haal ik die folie van mijn haar. Ik moet het wel even uitspoelen hoor, anders is het morgen oranje.'

Terwijl Jeanine staat te spetteren in de badkamer, schenk ik de wijnglazen vol. Ik heb me in geen tijden zo lekker gevoeld. Het is goed om initiatieven te nemen. Zou ik veel vaker moeten doen. Niet afwachten, maar zelf op mensen afstappen. Misschien heeft Renée wel zin om een bioscoopje met me te pakken.

Ik giechel en neem een slok wijn.

Jeanine komt terug met nat, donkerrood haar. Ze heeft een spijkerbroek met een wit T-shirt aangetrokken en ziet er vrolijk en levendig uit. Zo ken ik haar weer, op de haarkleur na.

'Mooie kleur,' zeg ik vol bewondering. 'Wel heftig, zeg, na dat bruin. Dat je dat durft!'

'Het is nu erg donker omdat het nog nat is. Als mijn haar droog is, zou het een koperachtige glans moeten hebben. Ik ben benieuwd. Mijn eigen kleur is zo saai.'

Een beetje jaloers kijk ik naar Jeanines dikke, golvende haar. Met zo'n bos heb je geen koperachtige glans nodig; voor de saaie variant zou ik al een moord doen. Zelf sta ik me iedere dag bewusteloos te föhnen en dan zit het nog niet naar mijn zin. Ik heb wel eens overwogen om het af te knippen. Niet te kort, maar gewoon een fris halflang modelletje. Kleurtje erin en de metamorfose is compleet. Het is er nog niet van gekomen.

Het wordt laat die avond. We drinken, lachen en roddelen over Renée. Jeanine licht me tot de kleinste details in over de nieuwe werknemers. De conclusie is dat ze wel oké zijn, maar dat niemand in de gaten heeft hoe manipulatief Renée is.

'Ze heeft over je lopen gallen tegen de anderen,' waarschuwt Jeanine. 'Wacht niet af tot ze naar jou toe komen, want dat doen ze niet. Stap zelf op iedereen af en bewijs dat je het tegendeel bent van wat Renée over jou heeft beweerd.'

'Zou ze me echt zwartgemaakt hebben?' zeg ik twijfelend. 'Is ze echt zo vals?'

'Ja,' zegt Jeanine hard. 'Wat haar betreft ben je pas ziek als je op de intensive care ligt of helemaal in het gips zit. Ze zei een keer dat je zo ziek bent als je zelf wilt zijn en dat zij altijd gewoon naar haar werk gaat, hoe beroerd ze zich ook voelt. En dat is waar. Ze snoot een doos tissues in een halfuurtje weg en de volgende dag liep de halve afdeling te snuffen en te hoesten. Volgens haar is een depressie iets waar je je gewoon overheen moet zetten. Een kwestie van wilskracht, wat jij dus niet hebt volgens haar. Zo heeft ze je ook neergezet bij de nieuwkomers. Ik zat er zelf bij, dus je bent gewaarschuwd.'

Ik heb mijn schoenen uitgeschopt, zit met mijn benen naar één kant opgetrokken op de bank en trek mijn koude voeten onder mijn bovenbenen.

'Jij gelooft me toch wel?' vraag ik ongerust.

'Tuurlijk.' Jeanine schenkt mijn glas bij en loopt naar de keuken. Terwijl ze in een keukenkastje rommelt, praat ze gewoon door, alleen iets luider zodat ik haar kan horen. 'Ik ken zoveel mensen met een burn-out. Mijn oom heeft er een, mijn vader heeft het gehad en op mijn werk zijn er ook genoeg. Want dat was het toch, een burn-out?' Ze komt weer binnen met een bak chips in haar hand en kijkt me vragend aan.

Ik knik, want ik neem aan dat burn-out, depressies en inzinkingen in grote lijnen op hetzelfde neerkomen.

Jeanine schenkt haar eigen glas ook nog eens vol en trekt eveneens haar voeten onder haar opgetrokken benen. 'Ik begrijp wel wat Renée bedoelt: een burn-out wordt intussen epidemisch. De hele wereld heeft er last van, in allerlei gradaties, het is onmogelijk vast te stellen of iemand alweer in staat is om aan het werk te gaan of het wel lekker vindt om nog even thuis te zitten. Ongetwijfeld zijn er mensen die daar misbruik van maken, en Renée is zo'n type dat denkt de diagnose zelf wel te kunnen stellen. Waarschijnlijk heeft ze in een vorig leven voor arts gestudeerd. Toen ik een keer grieperig was en me ziek meldde, stuurde ze meteen een controlearts op me af. Normaal komen ze de volgende dag of na twee dagen controleren, maar nee hoor, een uur na mijn telefoontje stond er al iemand voor de deur. Op speciaal verzoek van mijn baas, zoals die vent zei. Ra ra, wie Wouter even opgestookt had.'

Ik neem een slokje van mijn wijn en kijk haar niet-begrijpend aan. 'Waarom vertrouwde ze je niet? Iedereen kan toch griep krijgen?'

'Waarschijnlijk omdat ik net de dag ervoor had zitten klagen dat ik nog maar zo weinig vrije dagen had. Maar dat ik me daar druk over maakte, kwam juist doordat ik me niet lekker voelde, logisch toch? Ik had wel graag een dagje vrij genomen, maar dat kon ik me niet veroorloven. Die avond kreeg ik keelpijn en koorts en de volgende dag meldde ik me ziek. En zij geloofde er niets van. Wouter heeft me zelfs nog gebeld. Zogenaamd om te vragen hoe het met me ging, maar ik durfde niet eens meer een netje sinaasappels bij de groenteboer om de hoek te halen, want stel je voor dat ik niet thuis was als ze weer een controleur op me afstuurden!'

'Wat een eikels,' zeg ik hartgrondig, en ik neem een handje chips. Op de een of andere manier belandt een vrij groot stuk chips in mijn luchtpijp en blijft daar steken. Ik barst los in een hoestbui die de tranen in mijn ogen doet springen, maar het chipje blijft met een pijnlijke punt vastzitten.

'Neem een slokje wijn,' raadt Jeanine aan en reikt me mijn glas aan. Ik negeer het want ik moet zo hard hoesten dat ik braakneigingen krijg.

'Neem dan een slokje!' roept Jeanine bezorgd.

Ik wapper met mijn hand dat dat niet gaat, maar zij houdt me het glas voor en dringt erop aan dat ik een slokje neem. 'Dan spoel je het weg,' zegt ze.

Het zou misschien geen slecht idee zijn als ze me een klap op mijn rug gaf, en om haar dat duidelijk te maken, sla ik zelf op mijn rug. Veel te laag, maar ik kan net niet tussen mijn schouderbladen komen.

Jeanine komt overeind en slaat hard op mijn ruggengraat. Veel te hard en veel te laag.

Ik hef mijn hand om aan te geven dat ze daarmee moet ophouden, maar ze denkt dat ik haar wil aanmoedigen en slaat nog harder. 'Moet ik de Heimlichgreep doen? Sta op!' gilt Jeanine, maar dan schiet het stukje chips los en krijg ik weer lucht. Nahoestend hang ik tegen het kussen van de bank, veeg de tranen uit mijn ogen en neem een slokje wijn.

'Gaat het weer?' vraagt Jeanine bezorgd. 'Ik zei toch dat je een slokje wijn moest nemen.'

Ik laat het glas op de leuning van de bank rusten. 'Idioot,' zeg ik. 'Je hebt me bijna een dwarslaesie bezorgd met dat gebeuk op mijn rug.'

'Gebeuk op je rug? Ik heb je gered!' roept Jeanine verontwaardigd.

'Door eerst toe te kijken hoe ik stik en te roepen dat ik een slokje wijn moet nemen? Om vervolgens op mijn ruggengraat te rammen? Je moet iemand tussen zijn schouderbladen slaan! God mag weten wat je had veroorzaakt als je de Heimlichgreep had gedaan!' roep ik terug.

Jeanine kijkt me sprakeloos aan, ik kijk terug en dan barsten we in lachen uit.

'Waar sloeg ik dan?' vraagt Jeanine sniklachend. 'Daar? En waar moest het? O, dan zat ik er toch vlakbij?' En dan gillen we het weer uit.

Jeanine veegt de tranen uit haar ogen. 'Misschien moet ik maar eens op een EHBO-cursus. Ze hebben nog vrijwilligers nodig op mijn werk.'

Ik wijs naar haar met een lege fles wijn, die op de grond stond. 'Lijkt me geen slecht idee, lijkt me helemaal geen slecht idee.'

Het ijs is definitief gebroken; het is weer helemaal als vanouds. We drinken, kletsen, lachen, roddelen en drinken nog meer. Op een gegeven moment richt ik me op om naar de wc te gaan, waarbij het plafond vrolijk op en neer beweegt en ik kreunend terug op de bank zak.

'Wat denk je, hebben we te veel gedronken?' lispel ik.

'Neuh,' zegt Jeanine. 'Ik zie er nog maar twee van jou. Normaal zie ik er wel vier.'

Ze giechelt en ik giechel mee.

'Je moet hier maar blijven slapen,' zegt Jeanine met dubbele tong. 'Ik kan je zo niet over straat laten gaan. Hoe laat is het eigenlijk? Jezus, twee uur.'

'Dat meen je niet!' Ontnuchterd schiet ik overeind. 'Ik moet morgen weer werken!'

'Meld je ziek,' adviseert Jeanine. 'Dat begrijpt Renée heus wel.'

Proestend halen we een dekbed van haar zoldertje, proppen het met vereende krachten in een dekbedovertrek en maken zo een bed voor mij op de bank.

'Welterusten,' zegt ze slaperig.

'Welterusten,' mompel ik terug, en ik kruip onder het dekbed, leg mijn hoofd op het kussen van de bank en zink weg in een overweldigende zachtheid.

# 4

Er wordt over me gepraat. Niet openlijk, maar achter mijn rug. Ik merk het aan de stiltes die vallen als ik met mijn postboek de afdeling op kom, aan de snelle blikken en betrapte gezichten. Het maakt me onzeker en doet de ochtend nog langer lijken dan hij al is.

Ik trek een aanvraagformulier naar me toe en bestel scharen, perforators en paperclips bij. Met één oog hou ik de klok in de gaten. Staat dat ding soms stil?

Een zware mannenstem verbreekt de stilte op het secretariaat. 'Goeiemorgen, was er hier een probleempje?'

Ik draai mijn bureaustoel een slag en zie een één meter negentig lang lijf, bekroond met dik blond haar. Een brede lach in een knap gezicht.

'Hé, verrek, Sabien!' Met grote stappen beent hij het secretariaat door en dan zit hij ineens op de rand van mijn bureau. 'Ik dacht gisteren al dat jij het was, maar nu weet ik het zeker. Je kent me niet meer, hè? Ik zie het aan je gezicht.'

Ik doe wanhopige pogingen om me te herinneren waar ik deze man van ken, maar kan er niet opkomen.

'Eh ja, was het niet... Ik bedoel...'

Intussen ben ik me scherp bewust van mijn collega's, die me verbluft en een beetje afgunstig aanstaren. Waarschijnlijk verdenken ze me nu van een dubbelleven; overdag de brave secretaresse, 's nachts god-mag-weten-wat.

'Olaf,' zegt hij. 'Olaf van Oirschot, je weet wel, vriend van Robin.'

De dikke nevel waarin mijn brein zich hult lost ineens op. Ik adem van opluchting diep in. Natuurlijk! Lange Olaf, een van de vrienden van mijn broer. In de tijd dat we op de middelbare school zaten, hing Robin de beest uit met zo'n groepje idioten dat meer aandacht had voor flauwe grappen dan voor hun studieresultaten.

'Je weet het weer,' stelt Olaf tevreden vast.

Ik knik en leun achterover om hem eens goed op te nemen. 'Was jij niet degene die in dat eetcafé deed alsof hij blind was?'

Olaf lacht gegeneerd. 'O, dat verhaal ken je? Ja, nou ja, wat zal ik zeggen? We waren niet wijzer. We hebben trouwens alle schade vergoed.'

Om ons heen komen collega's steeds dichterbij staan. Renée schijnt dringend iets nodig te hebben uit de overvolle werkbak, die ze normaal gesproken volledig over het hoofd ziet. Ze wendt zich tot Olaf, alsof ze zich nu pas bewust wordt van zijn aanwezigheid, en zegt met een glimlach: 'O, Olaf? Ik heb een probleempje met mijn computer. Als ik iets opsla, krijg ik allerlei vreemde meldingen. Zou je er even naar willen kijken?' Al pratend voert ze Olaf mee naar haar werkplek. 'Kijk, dit bedoel ik.'

Olaf draait zich naar mij om: 'Later, Sabien.'

Ik knik en probeer me weer op mijn aanvraagformulieren te concentreren. Het lukt niet; de onverwachte confrontatie met een periode die ik al heel lang achter me heb gelaten, heeft me helemaal in de war gebracht. En daarnaast kan ik er niet over uit dat die slungelige puber van toen zo'n lekker ding is geworden...

Als ik om halféén eindelijk naar huis kan, komen we elkaar weer tegen in de lift.

'Hé, ga je ook lunchen?' zegt Olaf.

'Nee, ik ga naar huis.'

'Nog beter!'

'Ik werk halve dagen,' voel ik me genoodzaakt uit te leggen.

'In principe doe ik dat ook, al ben ik wel gewoon hele dagen op kantoor,' zegt Olaf met een grijns.

Hij leunt tegen de spiegelwand, zijn armen over elkaar geslagen, en neemt me ongegeneerd op. De lift lijkt met de seconde kleiner te worden.

Ik ga op dezelfde nonchalante manier tegen de wand staan, mijn armen eveneens gekruist, maar mijn blik blijft een beetje schichtig heen en weer bewegen. Ik lach om Olafs grapje, maar het klinkt me heel onzeker in de oren. Gedraag je niet als een puber, Sabine, spreek ik mezelf toe. Dit is Olaf, die kén je.

Maar zo voelt het niet. Niet nu hij zó naar me kijkt. Wanhopig probeer ik spontaan te zeggen: 'Eh, jij werkt hier zeker nog niet zo lang, hè? Ik bedoel, ik ben je nog nooit tegengekomen.'

'Ik werk hier al een paar maanden.' Een schaamteloze blik van mijn benen naar mijn borsten. De waardering in zijn ogen brengt me in verwarring.

'Ik ben lang ziek geweest. Een burn-out,' leg ik uit. Depressie klinkt meteen weer zo dwangbuisachtig.

Olaf klakt meelevend met zijn tong. 'Vervelend. Ben je lang uit de roulatie geweest?'

'Behoorlijk.'

'En nu begin je voorzichtig aan weer.'

Ik knik. Er valt een stilte waarin we een beetje schaapachtig naar elkaar staan te kijken, of liever gezegd, waarin ík schaapachtig sta te kijken en hij volkomen relaxed naar me glimlacht. Waarom vind ik hem eigenlijk zo knap? Zijn gezicht is te hoekig en onregelmatig om het echt mooi te noemen, zijn blauwe ogen te licht van kleur om te kunnen contrasteren met zijn blonde wimpers en wenkbrauwen. Zijn haar is dik maar warrig, het soort dat nooit netjes wil zitten. Maar met zijn lange gestalte en stevige schouders is hij alles bij elkaar ontzettend leuk. Hij is veranderd, zeg. Op zijn beurt lijkt hij wel net zo verrast over mijn uiterlijk, al heb ik altijd gedacht dat ik nauwelijks veranderd ben sinds de middelbare school. Ik draag mijn lichtbruine, steile haar nog steeds tot op mijn schouders, gebruik nauwelijks make-up, op wat oogpotlood en mascara na, en mijn smaak wat kleding betreft is ook niet erg veranderd. Ik volg de mode, maar ben geen trendsetter. Het kost me altijd wat tijd om aan de grootste modeschokken te wennen, ze te waarderen en vervolgens die kleding ook te gaan dragen. Meestal is het tegen die tijd alweer uit. Dat was vroeger zo en dat is het nog steeds. Maar Olaf kijkt naar me alsof ik de hipste meid ben die hij in tijden is tegenkomen, wat natuurlijk onzin is. Waarschijnlijk drijft hij gewoon de spot met me.

'Toevallig zeg, dat we elkaar hier tegenkomen,' zegt Olaf met een brede glimlach. 'Aan de andere kant; iedereen lijkt wel naar Amsterdam te zijn getrokken. Je moest eens weten hoeveel oude bekenden ik al ben tegengekomen. Vroeg of laat loop je iedereen wel weer tegen het lijf. Zeg, wil je erg graag naar huis of zullen we samen lunchen?'

Verschrikt kijk ik hem aan. Samen lunchen? Met zijn ogen voortdurend op me gericht terwijl ik met trillende handen mijn vork naar mijn mond breng?

'Eh, nee, ik moet gaan. Een ander keertje misschien,' mompel ik.

De lift stopt en de deuren schuiven open. Aan de overkant zie ik Renée en wat andere collega's uit de lift komen.

'Doe niet zo flauw,' zegt Olaf. 'Je moet toch eten? Dat kunnen we dan net zo goed samen doen.'

Renée kijkt van mij naar Olaf met iets van ongeloof in haar blik.

'Vooruit dan, het lijkt me eigenlijk wel gezellig om even bij te praten,' zeg ik snel.

Alsof we al die jaren contact hebben gehouden, lopen we het bedrijfsrestaurant binnen. Renée loopt achter ons aan, omringd door haar hofdames.

Olaf en ik pakken een dienblad en speuren de vitrine af.

'Ik ga voor de broodjes kroket,' zegt Olaf. 'Jij ook?'

'Welja.' Het afgelopen jaar ben ik vijf kilo aangekomen van de Prozac en de zakken troostchocola. Die ene kroket kan er ook nog wel bij.

We kiezen een tafeltje dicht bij de tafel waar Renée en haar gevolg neerstrijken. Ze gaat zo zitten dat ze me in de gaten kan houden.

Ik probeer een zo ontspannen mogelijke houding aan te nemen en glimlach naar Olaf.

'Heb je gelezen van die reünie?' vraagt hij terwijl hij zijn kroket onder een laag mosterd verbergt.

Ik knik en snij mijn broodje kroket in stukjes. Geen denken aan dat ik die met mijn handen naar binnen ga werken. Eén hap en de ragout loopt charmant langs mijn mondhoeken.

'Ga je ernaartoe?' vraagt Olaf.

Ik denk aan het schoolplein in de pauze, de groepjes die overal verspreid stonden, het muurtje waartegen ik hing, in mijn eentje.

'Nee,' zeg ik beslist en neem een hapje.

Olaf lacht. 'Ik heb er ook weinig behoefte aan,' zegt hij en prakt zijn kroket plat op zijn broodje. 'Als ik met iemand contact had willen houden, zou ik dat wel gedaan hebben. Hoewel, wij hebben elkaar ook in geen jaren meer gezien maar het is toch wel leuk om elkaar na zo'n tijd weer tegen te komen.'

Eerlijk gezegd voel ik me nog steeds totaal niet op mijn gemak bij hem. Iedere keer als hij naar me kijkt, word ik me sterker bewust van mijn slappe haar, mijn vermoeide, bleke gezicht en de zweetplekken in mijn truitje. Ik had thuis lekker een douche willen nemen om daarna een paar tosti's te maken. In plaats daarvan zit ik op mijn onvoordeligst in het bedrijfsrestaurant tegenover een leuke vent.

Op dat moment valt Olaf op zijn broodje kroket aan als een buizerd op zijn prooi. Vervolgens eet hij het met zichtbaar en hoorbaar genoegen op. Ik hou niet van mannen die me een blik gunnen op de wijze waarop hun eten wordt vermaald. Daar weegt zelfs een knap gezicht niet tegen op, maar in dit geval vervult het me met opluchting en hersteld zelfvertrouwen. Zweetplekken zijn vervelend, maar stukjes kroket die uit je mond vallen is erger.

Het opmerkelijke is echter dat Olaf daar totaal geen last van lijkt te hebben. Hij verontschuldigt zich er niet eens voor en prikt de stukjes kroket op met zijn vork en stopt ze alsnog in zijn mond. Hij heeft ze nog niet eens doorgeslikt als hij alweer verder praat. 'Bij nader inzien lijkt het me best leuk om al die lui van toen weer eens te zien. Als je je bedenkt, dan zeg je het maar. Kun je met me meerijden. Hoe is het eigenlijk met Robin?'

'Goed. Hij woont in Engeland,' zeg ik, blij dat we het onderwerp middelbare school kunnen laten vallen.

'O?' Olaf kijkt me geïnteresseerd aan. 'Wat doet hij daar?'

'Hij zit ook in de automatisering,' zeg ik.

'Bij wat voor bedrijf?' wil Olaf weten.

'Kleding,' zeg ik. 'Van Gils en zo.'

'En blijft hij daar? Of woont hij daar tijdelijk?'

'Ik hoop dat het maar voor een tijdje is,' zeg ik. 'Als hij ook nog gaat emigreren... Mijn ouders wonen al jaren in Spanje, weet je. Robin en ik woonden en werkten allebei in Amsterdam maar nu moest er een nieuwe vestiging worden opgestart voor het bedrijf waar hij werkt. Als dat een beetje loopt, komt hij terug. Hoop ik.'

'Ja, jullie hebben altijd een goede band gehad, dat weet ik nog wel.' Olaf hapt zo'n enorm stuk uit zijn broodje kroket dat ik uit voorzorg mijn blik afwend. Ik kijk pas weer naar hem als ik er veilig van uit kan gaan dat hij die hap heeft weggewerkt. Hij veegt de smurrie van zijn mond en spoelt de rest weg met een slok koffie. Een blik op zijn horloge doet hem oprijzen.

'Ik moet weer aan de slag. Zeg, ik vond het gezellig. Moeten we vaker doen.' Hij lacht zo hartelijk naar me dat ik spontaan teruglach.

'Doen we,' zeg ik, en ik meen het, ondanks de kroket.

We dragen ons dienblad naar het rek, schuiven het er met bord en bestek in en lopen gebroederlijk samen naar de lift.

'Naar beneden, zeker?' zegt Olaf. 'Ik reis even met je mee.'

Dat hoeft hij natuurlijk niet te doen. Hij kan best een andere lift nemen. Er roert zich iets in mijn onderbuik. Als we beneden zijn en de deuren opengaan, stapt Olaf met me mee naar buiten.

Een beetje ongemakkelijk kijk ik naar hem op. Ik weet wat er komen gaat, de aftastfase. Een afspraakje willen maken, eromheen draaien, uitvissen of de ander dat ook wil. En ik moet glimlachen en een beetje flirten om hem zover te krijgen dat hij de stap waagt, en daar ben ik dus helemaal niet goed in…

'Nou, ik zie je morgen weer, hè? Werk ze!' zeg ik opgewekt. Ik trek mijn tas wat hoger op mijn schouder, steek mijn hand op en loop met gedecideerde stappen de hal in. Ik kijk niet om, maar ik weet bijna zeker dat Olaf me verbluft nakijkt.

# 5

Frisse lucht! Zodra ik buiten kom, begeleidt het vrolijke licht van het meizonnetje me naar mijn fiets. Ik heb een auto, een Ford Ka'-tje, maar die gebruik ik alleen als het regent. In Amsterdam ben je sowieso sneller als je fietst, zeker tijdens de ochtendspits. Ik ben blij dat ik niet met de auto ben; ik heb behoefte aan een overdosis frisse lucht. Mijn hoofd bonst.

Langzaam rij ik door het Rembrandtpark, waar het frisse lentegroen een waas over de bomen legt. Mensen laten hun hond uit, een paar scholieren zitten rokend en met een zak patat op een van de bankjes en de eenden snateren in de vijver. Ik fiets zo langzaam dat joggers me met nauwelijks merkbare inspanning inhalen.

O, het is heerlijk buiten. Ik voel me als een gedetineerde die net uit de gevangenis is ontslagen en voorzichtig van de vrijheid proeft. Een hond rent blaffend een eindje met me op, maar hij jaagt me geen angst aan; ik hou van honden. Ik zou er zelf ook wel een willen hebben. Het is onmogelijk om niet door hun trouw en ongecompliceerde aard geraakt te worden. Je geeft ze voer, onderdak, een aai en wat aandacht en ze zijn je vrienden voor het leven. Ze houden zelfs nog van je als je ze schopt of uitscheldt, met een slaafse dankbaarheid voor ieder vriendelijk woord.

Het schijnt dat hondenbezitters de hond kiezen waarop ze lijken en dat komt mij zeer waarschijnlijk voor. Als reïncarnatie bestaat en ik zou na dit leven terugkomen als hond, denk ik dat ik een golden retriever zou zijn. Mijn broer Robin heeft wel iets weg van een pitbull. Robin houdt niet van volgzame honden die met zich laten sollen. Hij heeft meer met pittige karakters.

Zowel uiterlijk als innerlijk lijken mijn broer en ik helemaal niet op elkaar. Hij is twee koppen groter dan ik, heeft armen als van een bouwvakker, maar dan zonder tatoeages, en donker, gemillimeterd haar. Voeg dat bij een extravert, dominant karakter en je hebt iemand met wie je rekening moet houden. Althans, dat geldt voor anderen. Voor mij is hij het soort broer dat ieder meisje zich wenst en ik mis hem nog meer dan mijn ouders.

Ik weet nog dat ik op een zonnige dag in april, ik was veertien, van school naar huis fietste langs de velden, waar rijen narcissen met felgele kopjes me toeknikten in de wind. Ik bedacht hoe blij mijn moeder zou zijn als ik haar met een vrolijke bos narcissen zou verrassen, en voor ik het wist had ik mijn fiets in de berm gezet, keek ik nog even naar het huis naast het bloemenveld en sprong over het smalle slootje dat het fietspad van het bloemenveld scheidde.

Eigenlijk was zo'n actie niets voor mij. Ik vond het griezelig, was bang dat er opeens een woedende boer op me af zou komen, maar er gebeurde niets en ik waagde me iets verder het veld in. Op het moment dat ik de eigenaar alsnog met een van woede vertrokken gezicht aan zag komen lopen, was het te laat want hij stapte helemaal vooraan het veld op en sneed me zo de pas af. Verlamd van schrik bleef ik tussen de narcissen staan. De man kwam op me af en ik stamelde nog iets van betalen, maar hij greep me bij de arm, sleurde me mee naar de sloot en schopte me erin. Letterlijk. Ik kon dagenlang niet zitten van de blauwe plekken op mijn achterste.

Huilend klom ik op de kant en fietste naar huis, wat opeens een erg koud tochtje was in mijn natte kleren. Mijn moeder en Robin zaten wat te drinken in de tuin en vingen me op. Het duurde even voor ze uit mijn verwarde relaas begrepen wat er precies gebeurd was.

'Tja kind, kom nooit op het veld van een boer,' zei mijn moeder praktisch. 'Als hij al die scholieren toestond om een bosje narcissen te plukken...'

Dat was echt een opmerking van mijn moeder. Ze had natuurlijk wel gelijk, maar die narcissen waren voor háár bedoeld en ik had gerekend op iets meer medeleven. Mijn moeder is altijd nogal rationeel geweest. Ruzie met een leraar? Dan zul je hem wel een grote mond hebben gegeven, en zo niet, dan zal er wel iets anders zijn geweest wat je niet had moeten doen. Door een geërgerde voorbijganger van je fiets gegooid in het winkelcentrum, waarbij je een gekneusde pols oploopt? Tja, in het winkelcentrum még je ook niet fietsen. Ik wist zelf ook wel waar mijn eigen aandeel in het drama lag, maar de schrik was er niet minder om en een troostend woord zou me zeer welkom zijn geweest. Achteraf weet ik dat dat een ongelooflijk watje van me zou hebben gemaakt en dat mijn moeder wanhopig probeerde me wat flinker en weerbaarder te maken, maar op dat moment voelde ik me alleen maar in de steek gelaten.

Nee, dan Robins reactie! Met stijgende verontwaardiging zat hij naar mijn verhaal en gesnik te luisteren, hij keek mijn moeder na haar verstandelijke opmerking geërgerd aan en zei: 'Dat zal best, maar dan hoeft die klootzak haar toch niet in de sloot te schoppen? Te schoppen, nota bene! Wat een held zeg, tegen een meisje van veertien. Moet je zien, ze kan nauwelijks zitten. Tjongejonge, om een bosje narcissen! Is hij helemaal gek geworden? Waar woont die gast, Sabine?'

Ik noemde het adres, en Robin stond op en trok zijn leren jack aan.

'Wat ga je doen?' vroeg mijn moeder argwanend.

'Ik ga die zak even duidelijk maken dat hij zijn poten thuis moet houden,' antwoordde Robin.

'Dat doe je niet, je blijft hier,' zei mijn moeder beslist. Ze had veel invloed, maar Robin was intussen ook zestien, lang en sterk voor zijn leeftijd, behoorlijk eigenwijs en zeer opvliegend. We hoorden zijn brommer knetteren en weg was hij. 's Avonds onder het eten hoorde ik wat er gebeurd was. Hij was het erf op gelopen, had een man in een blauwe overall met een kruiwagen zien lopen en was op hem afgestapt met de vraag of hij de hufter was die vanmiddag zijn zusje in de sloot had geschopt. De boer bevestigde dat en begon alvast aan zijn verdediging, maar nog voor hij zijn zin had kunnen afmaken, had Robin hém al onderuit geschopt en in de sloot gesmeten.

De boer diende geen aanklacht in, iets waar mijn moeder lange tijd bang voor was, en ik verafgoodde mijn broer nog meer dan voorheen.

Ik sla rechtsaf, verlaat het park en fiets langs de trambaan naar huis. Het is geen chique buurt waar ik woon, maar wel gezellig. Ik hou van het Turkse bakkertje op de hoek en de groentewinkel met de uitstalling vol bakbananen voor de deur. Het geeft kleur aan de buurt, zoveel meer kleur dan de smetteloze vitrages en porseleinen prullaria voor de ramen van de andere bewoners. Of misschien is het juist deze combinatie die de Amsterdamse wijken zo bijzonder maakt. Ik woon hier graag, ik ga nooit meer terug naar Den Helder.

Lekker uitgewaaid rij ik mijn straat in, vis mijn sleutel uit de zak van mijn suède jasje en open de deur. Mijn fiets zet ik in de gang, waar mevrouw Bovenkerk, die op de tweede etage woont, gelukkig geen bezwaar tegen heeft.

Ik zet hem voor alle zekerheid op slot en check het postbakje bij de voordeur. Post! Twee enveloppen maar liefst. Snel haal ik ze eruit en bekijk ze. Rekeningen.

Ik loop naar boven, steek de sleutel in het slot en ga mijn appartement binnen. De stilte verwelkomt me. Het lichtje van het antwoordapparaat knippert niet.

Ik beleg een boterham met aardbeien en eet hem staand in de keuken op. Buiten schijnt de zon op de huizen aan de overkant, die dringend aan een verfbeurt toe zijn. Achter het uitbundige groen van de bomen ligt iemand naakt te zonnen; als een briesje de takken beweegt, vang ik er net een glimp van op.

De hele middag ligt voor me, veilig binnen de muren van mijn holletje. Of zal ik naar buiten gaan? Een beetje in het park wandelen? Ik zou de ramen kunnen lappen, die uit matglas lijken te bestaan nu de zon schijnt. Maar dan zou ik eerst de vensterbank moeten leeghalen, de stapels papieren die erop liggen moeten uitzoeken en de lampjes en snuisterijen afstoffen. En dan met een emmer vol warm water en Glassex sjouwen, met grote halen het stof en het vuil wegzemen en dan alles weer streeploos droog zien te krijgen. Maar dat is nog niet het ergste, daarna moet de buitenkant en dat is altijd een heel gedoe, met een zeem aan een stok om erbij te kunnen, wat nooit helemaal lukt. Ik heb ooit een glazenwasser besteld, die vier keer is geweest en daarna om onduidelijke redenen nooit meer is teruggekomen.

Ik zucht diep, al moe van de gedachte aan al dat gedoe. In plaats daarvan zoek ik wel de papieren op de vensterbank uit en vind onbetaalde rekeningen die ik maar gelijk voldoe, met telebankieren. Ik stof de witte houten poezenbeelden op de vensterbank af, gooi dode plantjes weg, was de lege potten af en zet ze op het aanrecht. Ik zou nieuwe planten kunnen kopen, maar waarom eigenlijk? Ze gaan toch altijd dood omdat ik ze vergeet water te geven. Een paar plastic exemplaren zou een oplossing zijn. Tegenwoordig heb je heel mooie plastic planten die niet van echt zijn te onderscheiden. Zal ik er een paar gaan kopen?

Ik kijk naar buiten, waar de zon beschuldigend op de vuile ramen schijnt. Opeens voel ik een ongelooflijke vermoeidheid over me komen. Ik zak neer op de bank, blader in een tijdschrift, staar wat uit het raam, voor zover dat mogelijk is, en zet de tv aan. Lange tijd is er niets bijzonders, tot *As The World Turns* begint. Dat is mijn favoriete soap. Op mijn tv-vrienden kan ik rekenen. Ze helpen me iedere keer weer de dag door met problemen waarbij die van mij verbleken. Ik reageer hardop op hun stomme acties, weet precies wat ze eigenlijk hadden moeten doen. Het is een geruststellend idee om je zaakjes net iets beter voor elkaar te hebben dan een ander. Ik ben tenminste niet ongewenst zwanger en ik heb ook geen levensbedreigende ziekte. Eigenlijk heb ik niets te klagen. Tenminste, als je het een voordeel kunt noemen om niemand te hebben die je zwanger kan maken of je bijstaat tijdens een levensbedreigende ziekte.

Zomaar opeens moet ik aan Bart denken. Waar komt dat nou vandaan? Ik heb in geen jaren meer aan Bart gedacht. Misschien komt het doordat ik vandaag Olaf ben tegengekomen. Ja, dat zou ook het onrustige gevoel verklaren dat me bekropen heeft. Het doet me allemaal te veel aan vroeger denken, het had niets met hem te maken maar met de herinneringen die hij in mij losmaakte.

Ik roep ze krachtig een halt toe en concentreer me op *As The World Turns,* maar het is Bart die me ernstig aankijkt vanaf het scherm en het is Isabel die de rol van Rose overneemt. Geërgerd zap ik naar een andere zender, maar het heeft geen zin. De herinneringen laten me niet los. Erger nog: er komen flitsen voorbij waarvan ik het bestaan allang vergeten was. Ik zet de tv uit, trek een spijkerjasje aan, pak mijn rode schoudertas, haal beneden mijn fiets van het slot en vlucht naar buiten. Plastic planten. Waar kan ik die krijgen? Waarschijnlijk overal, maar ik wil van die mooie en daarvoor moet je in de Bijenkorf zijn. Het is een eindje fietsen naar het centrum, maar het doet me goed. Amsterdam gonst en bruist. Trams razen klingelend voorbij, de terrasjes zitten vol en de balkondeuren staan bijna allemaal open. Op de Dam staan de eerste toeristen alweer met gestrekte armen vol duiven, met een benauwde blik in hun ogen maar een plichtmatige glimlach op het gezicht voor de foto.

Ik stap af en zet mijn fiets naast de draaideur van de Bijenkorf. Binnen versmelt ik in de winkelende massa. Waarom zijn de winkels opeens zo vol als de zon schijnt? Wat hebben mensen daarbinnen te zoeken met zulk mooi weer? Waarschijnlijk zijn ze opeens allemaal hun banken, stoelen, kleden, schoenen, truien en broeken zat, want op alle afdelingen is het razend druk. De roltrap brengt me naar boven en ik zie meteen wat ik zoek: wit gipskruid, net echt. Roze en witte lathyrustakken in prachtige stenen potten. En echte bosjes lavendel die een heerlijke mediterrane geur verspreiden. Ik haal een mandje bij de kassa en vul het met een ongekende hebberigheid. Mijn huis is saai en treurig, ik heb dit nodig om me weer goed te voelen. Weg met alle rommel! Morgen ga ik ramen lappen, kasten uitmesten en alle overbodige prullaria weggooien.

Tevreden sta ik met mijn mandje bij de kassa en stal alles uit op de toonbank. De caissière slaat mijn schatten aan met onmogelijk lange nagels en zegt onverschillig: 'Dat is dan vijfenvijftig euro en tien cent.'

'Wat?' zeg ik verschrikt.

'Vijfenvijftig euro tien,' herhaalt ze.

'Zoveel?' Ik kijk naar wat er voor me uitgestald ligt, wat niet eens zoveel is.

'Tja,' zegt ze.

Vijfenvijftig euro tien voor een paar neptakken en een paar potjes. Belachelijk! Opeens herinner ik me dat ik op de hoek van de Bilderdijkstraat een bloemenstalletje heb gezien.

'Laat dan maar,' zeg ik, en ik schuif de lathyrus en lavendel terug in het mandje. 'Ik zet het zelf wel terug.'

'Oké,' zegt ze.

Spijtig maar ook nijdig om die idioot hoge prijzen zet ik de takken en stenen potten terug en met een onvoldaan gevoel loop ik naar de roltrap. Daar heb je nou dat hele eind voor gefietst. Ik móét hier iets kopen, ik kan niet alleen met bloemen terugkomen. Kleding! De kledingafdeling lonkte al naar me toen ik met de roltrap omhoog ging.

Ik ga naar beneden, kijk wat rond tussen al die fris witte, lichtblauwe en limekleurige rokken en shirtjes. Een verkoopster komt glimlachend op me af. Ze heeft zwart, kortgeknipt haar, donkerblauwe ogen en één bloedstollend moment denk ik dat Isabel uit de dood is opgestaan en als een geestverschijning op me af zweeft.

Ik draai me om en vlucht weg, naar de roltrap. Naar beneden, beneden, weg van hier. Naar buiten, snel. Weer op mijn fiets, tussen al die winkelende, slenterende en ijsjes etende mensen. Naar huis, terug naar mijn holletje. Ik fiets zo hard als ik kan en kom helemaal bezweet thuis. Fiets weer in de gang, op slot, de trap op naar boven, mijn vertrouwde huis in. De deur valt met een geruststellende klik achter me in het slot.

Geen berichten op het antwoordapparaat.
Geen bloemen.
Alleen herinneringen.

# 6

Isabel Hartman verdween op een zomerse dag in mei, negen jaar geleden. Ze fietste van school naar huis, maar arriveerde daar nooit. Vanaf de eerste dag van de kleuterschool waren we dikke vriendinnen en op een dag, toen we vijftien waren, verdween ze uit mijn leven. In feite was ik haar al veel eerder kwijt, eigenlijk al toen we naar de brugklas gingen en onze levens steeds meer uiteen begonnen te lopen. Maar dat neemt niet weg dat ze mijn leven bleef bepalen. Eigenlijk geldt dat nog steeds. Ik kan wel zeggen dat ze mijn gedachten weer meer en meer beheerst. Vanaf het begin van de basisschool was ze mijn beste vriendin en al die jaren waren we onafscheidelijk. We brachten uren door op haar slaapkamer. Isabel had een gezellig zitje, waar we ons verschansten met cola, chips en dipsausjes. We luisterden naar muziek en bespraken alles wat ons bezighield. Vriendschap, verliefdheid, haar eerste beha, wie in de klas wel en wie niet menstrueerde.

Ik herinner me nog goed mijn ongeloof en verdriet toen we in de brugklas uit elkaar dreven.

Het was een mooie zomer geweest, waarin we geen dag zonder elkaars gezelschap hadden doorgebracht, en ook september bleef warm en zonnig. We waren twaalf en gingen naar de middelbare school. We fietsten er samen naartoe, naderden het schoolplein en reden ieder een compleet andere wereld in. Een wereld waarin ik verdampte en zij opbloeide. Op het moment dat ze aan kwam rijden, trad er een duidelijke verandering in haar houding op. Ze zat rechter, ginnegapte niet meer, maar keek met een bijna koninklijke arrogantie om zich heen. Zelfs de jongens uit hogere klassen keken naar haar.

Isabel veranderde. Ze begon zich anders te kleden en had al cup B toen mijn hormonen nog in een diepe slaap waren en ik een buitenboordbeugel droeg. Ze liet haar lange donkere haar kort knippen, droeg een leren jasje en een spijkerbroek vol gaten, doorboorde haar neus en navel met een piercing en straalde zo helemaal iets onaantastbaars uit.

Op een dag reed ze onmiddellijk van mij weg zodra we het schoolplein naderden, zette haar fiets een eind uit mijn buurt en liep naar de anderen toe met een zelfvertrouwen dat beloond werd met aandacht en respect.

Ik durfde haar niet achterna te lopen, kon alleen maar kijken naar Isabel en de andere meisjes uit mijn klas. Ze waren allemaal lang en slank en kleedden zich daar ook naar, met strakke truitjes en blote buiken. Lang geblondeerd of rood geverfd haar zwierde om hun hoofden of was nonchalant opgestoken, met geraffineerde plukjes die langs hun zongebruinde gezichten vielen. Ze rookten allemaal, keken vol zelfvertrouwen om zich heen en communiceerden met elkaar in een taal die ik niet sprak.

Ik begreep dat ik iets gemist had wat zij allemaal op tijd in de gaten hadden gehad. En dat het te laat was om daar nog verandering in te brengen.

Isabel had epilepsie, maar dat wist in het begin bijna niemand. De echt zware aanvallen werden onderdrukt door medicijnen, maar het kon gebeuren dat ze een absence kreeg, of een lichte aanval. Ik had meestal even snel door als zij dat er een op komst was. Als ze de tijd had, gaf ze me een seintje, maar meestal zag ik het aan haar plotselinge staarblik of de spiertrekkingen in haar handen.

In het begin van de brugklas fietsten we nog iedere dag samen naar school en terug. Soms moesten we even stoppen omdat ze een absence kreeg. Dan zette ik snel onze fietsen in de berm en gingen we in het gras zitten. Desnoods in de stromende regen, in onze regenpakken. Na een wat zwaardere aanval was Isabel doodmoe en duwde ik haar naar huis.

Daar kwam lange tijd geen verandering in, maar de vriendschap eindigde steeds abrupt zodra het schoolplein in zicht kwam.

Op de dag dat ze verdween hadden we eigenlijk al twee jaar geen contact meer met elkaar. Daarom fietste ik een heel eind achter haar toen we uit school kwamen. Zij fietste met Mirjam Visser, met wie ze toen veel optrok, en ik had er geen behoefte aan om me bij hen te voegen. Ze zouden het ook niet op prijs gesteld hebben. Ik moest dezelfde kant uit en vertraagde mijn tempo zodat ik hen niet zou inhalen. Isabel en Mirjam fietsten langzaam, de hand van de een op de arm van de ander in een nadrukkelijk vriendinnenverbond. Nog zie ik hun rechte ruggen en hoor ik hun vrolijke, onbezorgde stemmen. Het was mooi weer, de zomer hing in de lucht.

Op een gegeven moment kwam het punt waar Mirjam rechtsaf moest en Isabel en ik gewoonlijk rechtdoor gingen. Mirjam sloeg inderdaad rechtsaf, maar Isabel eveneens. Ik volgde hen, ik weet niet waarom, want het was niet mijn gebruikelijke route. Waarschijnlijk was ik van plan om door de duinen naar huis te fietsen, wat mijn ouders me verboden hadden omdat het er zo verlaten was. Ik deed het vaak tóch.

We reden achter elkaar aan naar de Jan Verfailleweg, die naar de duinen voerde. In een van die zijstraten woonde Mirjam; ze sloeg af, stak haar hand op naar Isabel en Isabel reed alleen verder. Dat verbaasde me; ik had verwacht dat Isabel met Mirjam mee naar huis zou gaan.

Op enige afstand bleef ik achter Isabel aan fietsen en ik zag haar op een kruising afstappen voor het rode stoplicht. Ik hield op met trappen, in de hoop dat het licht snel groen zou worden. Het leek me pijnlijk om opeens naast elkaar te staan en naar gespreksonderwerpen te zoeken. Gelukkig kwam er een busje achter haar staan, dat mij aan het oog onttrok toen ik dichterbij kwam. Het verkeerslicht sprong op groen en het busje reed in een wolk van uitlaatgassen door. Isabel stapte op haar fiets en vervolgde eveneens haar weg. Als ik ook rechtdoor was gegaan, had ik vlak achter haar gereden en dat wilde ik niet. Dus sloeg ik rechtsaf en fietste met een kleine omweg naar de duinen.

Dat is de laatste keer dat ik Isabel heb gezien. Het is een beetje mistig in mijn hoofd als het om herinneringen uit die tijd gaat. Het vreemde is dat onbelangrijke details je haarscherp bij kunnen blijven, terwijl je alles kwijt bent wat echt belangrijk is. Ik kan me bijvoorbeeld geen verdere bijzonderheden van die dag herinneren, alleen het feit dat ik achter Isabel en Mirjam aan fietste en steeds moest kijken hoe vertrouwelijk de hand van de een op de arm van de ander lag. Ik kan me zelfs het moment niet meer herinneren dat ik hoorde dat Isabel vermist werd. Ik weet alleen wat mijn moeder daar later over verteld heeft. Onze ouders hadden vroeger, toen we nog met elkaar optrokken, contact met elkaar, maar dat verwaterde gelijk met onze vriendschap. Die avond schijnt Isabels moeder ons ongerust gebeld te hebben omdat haar dochter niet was thuisgekomen. Mijn moeder liep naar boven, waar ik op mijn kamer met mijn huiswerk bezig was, en vroeg me of ik wist waar Isabel was. Ik antwoordde ontkennend. Dat verbaasde haar niet, want ze had Isabel al in geen tijden meer bij ons thuis gezien.

Van de commotie die Isabels verdwijning veroorzaakte herinner ik me weinig. Ik heb bijna alles van horen zeggen. Isabels ouders waarschuwden onmiddellijk de politie. Een meisje van vijftien dat een nacht wegblijft? Ach, ze zal wel bij een vriendje zijn blijven slapen, zei de dienstdoende agent. Isabels vader zocht de hele nacht het dorp en de omgeving af terwijl haar moeder iedereen opbelde die haar dochter kende.

Na twee dagen was ze nog niet terug en kwam de politie in actie. De agenten ondervroegen haar vriendenkring, maar omdat ik daar niet meer toe behoorde, stelden ze mij geen vragen. Ik had ze ook niet veel kunnen vertellen, behalve dat niet Mirjam Visser maar ík degene was die Isabel voor het laatst gezien had. Maar wat maakte het voor verschil? Per slot van rekening was ik voortijdig afgeslagen en wist ik niet eens zeker of ze door de duinen naar huis was gefietst.

Met behulp van de Mobiele Eenheid, helikopters, speurhonden en een infraroodscan werd de hele omgeving uitgekamd. Isabels moeder hing met buurtgenoten VERMIST-posters op in bushokjes, openbare gelegenheden en voor de ramen van huizen.

Er werd geen spoor van Isabel gevonden.

Op school was het natuurlijk het gesprek van de dag. Iedereen had het erover, maar ook daar herinner ik me weinig van. Robin vertelt nog wel eens over de groepjes op het schoolplein die de wildste theorieën bespraken, en de verslagenheid van de kliek waartoe Isabel behoorde, maar ook de angst die haar verdwijning veroorzaakte. Ze was ontvoerd, verkracht, vermoord, misschien wel alle drie. En als het haar kon overkomen, kon het iedereen overkomen. Aan de mogelijkheid dat Isabel van huis was weggelopen dacht niemand. Ze had immers niets om voor weg te lopen. Ze was het populairste meisje van school, had massa's vrienden en vriendinnen en haar ouders lieten haar heel vrij.

Leraren met wie Isabel recentelijk problemen had gehad werden verdacht gemaakt. Jongens die ze had gedumpt kregen wantrouwige blikken nageworpen. De bodem van het Noordhollands Kanaal werd afgezocht en een vliegtuig speurde minutieus het strand af. Motoragenten reden over alle wandelpaden in het duingebied van Huisduinen tot Callantsoog.

Isabels ouders deden een oproep in programma's als *Opsporing verzocht* en *De vijf uur show*. Na iedere uitzending stroomden de tips binnen en meldden mensen uit het hele land zich aan om te helpen bij een grootscheepse zoektocht, omdat de politie niet bereid was het leger in te zetten. De zoektocht kwam er, een deel van het leger spande zich alsnog in, paragnosten bemoeiden zich ermee, maar Isabel werd niet gevonden.

Ik moet me wel erg teruggetrokken hebben in mijn eigen wereldje dat ik me daar zo weinig van kan herinneren. Uiteindelijk luwde alle opwinding. Zorgen over de naderende rapporten en of we al dan niet over zouden gaan, het nieuwe schooljaar dat volgde en allerlei andere beslommeringen kregen de overhand. Het leven ging gewoon door. Dat wil zeggen, het zou gewoon door moeten gaan, maar ik vraag me nog steeds af wat er met Isabel gebeurd is.

Kort geleden werd haar zaak weer opgerakeld in *Vermist.* Ik zat wat te zappen en kreeg een schok toen ik Isabels lachende gezicht met het korte donkere haar op de beeldbuis zag verschijnen. Als betoverd keek ik naar de reconstructie van de dag dat ze verdween. Alle mogelijke rampscenario's werden in scène gezet en al die tijd bleef Isabel me glimlachend aankijken in het kadertje rechtsboven in beeld.

'Er moeten mensen zijn die meer weten over de verdwijning van Isabel Hartman,' sprak Jaap Jongbloed ernstig. 'Als zij daar nu mee naar buiten willen komen, kunnen ze bellen met onze redactie. Het nummer ziet u onderaan in beeld verschijnen. Als u ook maar iets weet, aarzel dan niet, pak de telefoon en neem contact op met ons. Er is een beloning van twintigduizend euro uitgeloofd voor de gouden tip die naar de oplossing van deze zaak leidt.'

Uit het diepst van mijn geheugen probeer ik iets op te graven waarvan ik niet eens zeker weet of het er wel is. De reconstructiebeelden hebben iets in werking gezet wat me hoofdpijn bezorgt. Ik weet niet wat het is, maar wat ik ineens zeker weet is dat Isabel niet meer leeft.

# 7

’s Avonds installeer ik me met een fles wijn binnen handbereik achter mijn computer, zoek de chatbox op en stort mijn hart uit bij vrienden die ik nooit ontmoet heb en die ik waarschijnlijk ook nooit zal zien. Het is een gewoonte geworden, één die verslavende vormen begint aan te nemen.

Ik schrik op van de bel. Een snelle blik op mijn horloge vertelt me dat het negen uur is. Een beetje traag door de wijn sta ik op en druk op de knop die de deur beneden open doet springen.

‘Ik ben het!’ roept Jeanine.

Ze komt naar boven en kijkt om zich heen. ‘Wat ben je aan het doen?’

‘Chatten. Even afmelden.’ Ik ga naar mijn computer en log uit.

Jeanine loopt door naar de keuken en blijft verbaasd staan. ‘Hoe lang heb je daarover gedaan?’ roept ze, en ze wijst naar het aanrechtblad dat vol lege flessen staat.

'O, dat weet ik niet precies,' zeg ik vaag.

'Volgens mij niet zo heel lang.' Ze neemt me met een kritische blik op. 'Wat is er toch met je?'

'Niets. Ik hou gewoon van een wijntje.'

'Onzin. Als je zoveel drinkt, hou je niet "gewoon" van een wijntje, dan heb je alcohol nodig. En wie alcohol nodig heeft, heeft een probleem.'

Ik voel me niet op mijn gemak onder Jeanines scherpe blik. Ze geeft me het gevoel dat ik een alcoholist ben die flessen drank onder haar bed verstopt.

'Misschien kun je beter proberen er eens achter te komen waarom je je zo ellendig voelt, in plaats van jezelf wijs te maken dat je gewoon van een wijntje houdt,' zegt Jeanine.

Ze kijkt me opeens zo bezorgd aan dat ik mijn irritatie voel smelten. Het is lang geleden dat iemand op die manier naar me heeft gekeken. Mijn psychologe uitgezonderd, maar zij werd ervoor betaald. We gaan aan de keukentafel zitten en ik staar naar het houten blad.

'Dit komt niet alleen door Renée, hè? Dit heeft nog steeds met die depressie te maken,' zegt Jeanine.

Ik knik.

'Maar je liep toch bij een psychologe? Heeft dat niet geholpen?'

'Niet echt. Op een gegeven moment zei ze dat ze niet wist hoe ze me verder kon helpen. Het ging wel beter, maar ze had het gevoel dat ze niet tot de kern van het probleem kon komen. Zo zei ze het letterlijk.'

'Ken je zelf de kern van je probleem?'

Ik speel wezenloos met het fruit dat op de fruitschaal ligt. Een mooie schaal van keramiek, die ik ooit in Spanje heb gekocht en waar ik veel te veel voor betaald heb. Ik lach en vertel haar dat.

'Sabine...' zegt Jeanine verwijtend.

Ik blijf naar de fruitschaal staren en probeer een besluit te nemen. Ineens kijk ik op en vraag voorzichtig: 'Heb jij wel eens het gevoel dat er iets in je geheugen zit waar je niet meer bij kunt?'

'Soms,' zegt Jeanine. 'Als ik iemands naam vergeten ben. Dan ligt hij op het puntje van mijn tong en op het moment dat ik hem wil uitspreken, is hij weer weg.'

'Ja, inderdaad.' Ik pak een banaan en wijs ermee naar haar. 'Daar lijkt het precies op.'

'Waar heeft het dan mee te maken?' vraagt Jeanine. 'Of weet je dat ook niet meer?'

Ik knak de punt van de banaan en trek langzaam de schil naar beneden. Daar is hij weer, die flits. Die plotseling opduikende herinnering. Ik zit doodstil, staar naar een ingelijste kunstreproductie aan de muur en weg is het weer. Gefrustreerd eet ik mijn banaan op.

Jeanine heeft niets gemerkt. 'Ik ben zoveel van vroeger vergeten,' zegt ze.

'Ik heb je toch wel eens verteld over Isabel?' zeg ik.

'Ja.'

'Ik heb het idee dat ik weet wat er met haar is gebeurd,' zeg ik.

Jeanine staart me aan. 'Maar ze is toch nooit gevonden? Hoe kun jij dan weten wat er met haar gebeurd is?'

'Dat is 't hem juist,' zeg ik vermoeid. 'Dat probeer ik me te herinneren.'

Die nacht slaap ik opnieuw slecht. Met een hoofd vol verwarde dromen word ik wakker. Dromen over vroeger, over de middelbare school, maar als ik goed wakker ben, weet ik niet meer waar ze precies over gingen. Het enige wat me bijblijft is Barts lachende gezicht, dicht bij het mijne, en het diepe geluid van zijn stem in mijn oren.

Bart, mijn eerste grote liefde, de eerste en enige jongen met wie ik naar bed ben geweest. Ik heb hem sinds de middelbare school nooit meer gezien, maar nog wel regelmatig aan hem gedacht. Ik kan me echter niet herinneren dat ik ooit over hem gedroomd heb. Waarom achtervolgt het verleden me opeens zo hardnekkig?

De volgende dag zit ik met hoofdpijn op kantoor. Ik neem een aspirientje en betrap mezelf erop dat ik naar Olaf uitkijk. Het zou prettig zijn als ik een klein mankementje aan mijn computer kon ontdekken, maar de pc start rustig op.

'Ik heb een voorstel,' Renée komt het secretariaat binnen. Ze trekt haar jas uit en zet demonstratief een groot roze spaarvarken op haar bureau. 'Ik heb het er met Wouter over gehad en hij is het met me eens dat er onnodig veel papier wordt verspild door typefouten. Vaak zijn dat van die fouten die je er wel uitgehaald zou hebben als je de tekst op je beeldscherm eens goed had doorgelezen. Dat overkomt iedereen wel eens, maar de laatste tijd is de papierbak wel erg vol.'

Ze kijkt zo nadrukkelijk niet in mijn richting dat ik onmiddellijk weet wie verantwoordelijk wordt gehouden voor deze crisissituatie.

'Nu heb ik een idee: als we eens tien cent in het spaarvarken doen voor ieder verknoeid vel papier. Van de opbrengst financieren we dan onze borrel op vrijdagmiddag. Wat vinden jullie daarvan?' Vol verwachting kijkt ze rond.

Ik kijk vol ongeloof terug.

'Tja,' zegt Zinzy.

Ik heb haar vanochtend voor het eerst ontmoet en ze lijkt me wel aardig. Ze is klein, donker, heel frêle maar op de een of andere manier goed tegen Renée opgewassen.

'Ik vind het wel een goed idee,' zegt Margot, die de minste brieven typt. 'Er wordt inderdaad veel papier weggegooid.'

'Denk er allemaal maar eens over na,' zegt Renée op energieke toon. 'Ik denk dat het wel een goed idee is.'

Ik denk van niet, maar ik heb geen zin om mijn nek uit te steken. Zinzy zegt immers ook niets.

Om Renées blik te ontwijken draai ik mijn stoel terug naar mijn beeldscherm en er verschijnt een e-mail van Olaf in beeld. Ik klik hem open en lees: *Goeiemorgen, Sabine. Blijkbaar is alles in orde met je computer. Jammer!*

Een glimlach verschijnt op mijn gezicht. Onmiddellijk stuur ik een bericht terug: *Hij is anders wel een stuk trager dan normaal.*

Het duurt niet lang voor ik antwoord krijg. *Ik kom wel even kijken. Asap!*

Asap? denk ik.

Ik breek er even mijn hoofd over, haal mijn schouders op en schuif mijn stoel naar achteren om koffie te halen. In de gang loop ik Olaf tegen het lijf.

'Dat is snel,' zeg ik lachend.

'Ik zei toch asap,' zegt Olaf.

'Wat?'

'Ken je dat niet? *As soon as possible.*'

'O,' zeg ik. 'Ik dacht dat het een soort wegdek was.'

Olaf schiet in de lach. 'Dat is zoab.'

We lachen allebei en kijken elkaar aan.

'Dus er is iets met je computer,' begint Olaf, op het moment dat ik zeg: 'Toevallig dat je net...' Ik breek mijn zin af maar Olaf moedigt me met een handbeweging aan om door te praten.

'Ja? Wat wilde je zeggen?' vraagt hij. 'Wat is toevallig?'

'Nou, eh, dat je net mailde toen ik bedacht dat mijn computer wel erg traag was,' zeg ik terwijl ik doorloop naar het koffieapparaat. Olaf loopt met me mee en leunt tegen het keukenblok aan.

'Daar ben ik IT'er voor. Zoiets voel ik aan,' zegt hij.

'Koffie?' vraag ik.

'Lekker. Helemaal zwart.'

Ik zet een leeg bekertje in het apparaat en druk op de juiste knop. We maken geen aanstalten om naar het secretariaat te gaan.

'Heb je nog wat leuks gedaan gistermiddag?' vraagt Olaf terwijl hij zijn bekertje uit de automaat haalt en er voor mij een nieuwe in zet.

Ik druk zelf op 'koffie met melk' en zeg: 'Ik heb geprobeerd de ramen te lappen, maar bedacht me op tijd. Daarna ging ik plastic planten kopen in de Bijenkorf, stond ermee bij de kassa en bracht ze weer terug. Ik was net op tijd thuis voor *The Bold and the Beautiful.*'

Olaf moet zo hard lachen dat hij koffie op zijn schoen morst en Renée, die net voorbij loopt, zich omdraait. Ze kijkt me een ogenblik strak aan. Ik doe een stapje opzij zodat Olaf mijn zicht op haar zure blik ontneemt.

'En wat ga je vanmiddag allemaal doen?' vraagt hij, nog nalachend.

'Naar Den Helder.' Voorzichtig pak ik het gloeiend hete plastic bekertje en blaas erin.

Belangstellend neemt hij me op. 'Naar Den Helder? Wat moet je daar nou?'

Ik haal mijn schouders op en glimlach, maar geef geen antwoord.

'Wonen je ouders daar nog?' vraagt Olaf.

'Nee, die zijn vijf jaar geleden naar Spanje geëmigreerd.'

'Oja dat zei je gister al! Geen slechte zet.'

'Het is maar hoe je het bekijkt. Robin in Londen, mijn ouders in Spanje...' Ik neem somber een slokje van mijn koffie.

'Ach, arme ziel, dus nu ben je helemaal alleen overgebleven?' Olaf slaat spontaan zijn arm om mijn schouder en laat hem daar ook maar meteen. Op slag is het ongemakkelijke gevoel terug. Zijn arm voelt als lood. Het zou belachelijk zijn om hem af te schudden en toch is dat mijn eerste impuls. De manier waarop hij mijn arm streelt, stevig en troostend, suggereert een vriendschappelijke band die er helemaal niet is. Nog niet. Het kan ook de eerste aanzet zijn tot iets helemáál ondenkbaars. Is Olaf geïnteresseerd in mij? Zou dat mogelijk zijn?

'Ik moet weer aan het werk,' zeg ik, en ik glimlach verontschuldigend.

'Je computer was toch zo traag?' zegt hij.

'Niet trager dan ik, dus dat komt goed uit,' zeg ik. Ik glimlach opnieuw en loop snel naar het secretariaat.

De rest van de ochtend ben ik voortdurend met mijn gedachten bij Olaf. Iedere keer als er iemand binnenkomt, kijk ik snel op en ik denk telkens zijn stem te horen. Om de tien minuten klik ik op Outlook om te kijken of er een mailtje van hem is binnengekomen. Maar nee. Dit was het voor vandaag, en meteen verdrijft mijn onzekerheid de blije, hoopvolle kriebels in mijn buik.

Het is lang geleden dat ik me zo gevoeld heb. De eerste keer dat ik verliefd werd was op het schoolfeest, op Bart, en zijn interesse voor mij riep dezelfde verwondering in me op als nu bij Olaf. Dat het met verdere relaties niets meer werd lag aan mezelf, want voor pogingen ondernemen is moed nodig en voor moed heb je zelfvertrouwen nodig, iets waar het mij altijd aan ontbroken heeft.

Renée komt het secretariaat binnen en haastig ga ik weer aan het werk. Ze werpt me een koele blik toe, schuift achter haar bureau en kijkt vanaf dat moment om de minuut op om te controleren of ik iets doe. Diep opgelucht pak ik om halféén mijn tas in en vertrek zonder iemand te groeten.

De hele middag lig ik op de bank en zap langs de tv-zenders, in afwachting van *As The World Turns.* De zon schijnt naar binnen en onthult vrolijk het stof op ieder voorwerp in de kamer.

Ik had me voorgenomen om schoon te maken, maar het ontbreekt me aan energie. Zelfs een kop thee zetten is me te veel moeite, hoewel ik er wel trek in heb.

Lusteloos hengel ik met mijn voeten een boek van de salontafel naar me toe. Een strijdlustig uitziende vrouw, haar handen in de zij, siert het omslag. *De assertieve vrouw,* staat er in dreigende rode letters boven.

Ik heb het laatst uit de bibliotheek gehaald. Het staat vol nuttige tips en psychologische inzichten die een oplossing bieden voor ieder probleem. Je hoeft alleen maar het rijtje assertieve zinnen uit je hoofd te leren en op het juiste moment te reproduceren.

> Dat is mijn probleem niet. / Ik ga, dag! / Wat kan mij dat nou schelen? / Ik wil nu met rust gelaten worden. / Dat neem ik niet. / Doe het zelf. / Daar begin ik niet aan. / Ik heb er geen zin in. / Ik ben ertegen.

Ik bedenk een leuke assertieve zin om tegen Renée te zeggen en kom tot de conclusie dat ze allemaal heel bruikbaar zijn. Ik leer ze uit mijn hoofd tot ik de begintune hoor van *As The World Turns.*

# 8

'Hebben jullie er nog over nagedacht?' vraagt Renée de volgende dag, als we allemaal op kantoor zijn.

Ik zeg niets, type rustig verder.

'Waarover?' zegt Zinzy.

'Over mijn voorstel om boete te betalen voor onnodig weggegooid papier,' zegt Renée.

'Ik ben ervoor,' zegt Margot. 'Het is een uitstekend idee, Renée.'

Renées ogen dwalen naar Zinzy en mij. 'Sabine?' vraagt ze.

Ik zie het rijtje met assertieve zinnen voor me. Vooral een ikboodschap schijnt het erg goed te doen. Het klinkt krachtig en dwingt respect af.

'Ik ben ertegen,' zeg ik ferm.

Even is het stil.

'Gezien het aantal fouten in jouw brieven verwondert je reactie me niet, Sabine,' zegt Renée.

'Ik ben ertegen,' herhaal ik. 'Het is een belachelijk idee.'
Margot en Zinzy zeggen niets.
'Zinzy?' zegt Renée vragend. 'Vind jij dat ook?'
'Nou ja, ik weet niet... Als jij denkt dat het nodig is...' aarzelt Zinzy.
'We moeten hier allemaal achter staan,' zegt Renée met klem.
Opeens weet ik zeker dat dát Wouters tekst is. Met een zwaai draai ik mijn bureaustoel naar Renée toe en kijk haar recht aan.
'Luister eens, Renée,' zeg ik. 'Ik kom hier om geld te verdienen, niet om te betalen en zo de wekelijkse borrel te financieren. Bovendien denk ik niet dat we expres typefouten maken, dus als we nu afspreken dat we ons werk beter nakijken voor we het uitprinten, lijkt mij dat meer dan genoeg.'
Ze kijken me allemaal met open mond aan. Ik ben hier eigenlijk best goed in.
'De een maakt anders wel wat meer fouten dan de ander,' zegt Renée koel.
'Als het in de CAO wordt opgenomen voeren we het in, anders niet,' zeg ik op even koele toon en ik draai haar de rug toe.

Renée zwijgt me de rest van de ochtend dood en Margot en Zinzy ontlopen me. De gespannen sfeer hangt zo tastbaar in het secretariaat dat iedereen die binnenwandelt onmiddellijk zijn stem dempt. Mijn werkbak wordt volgegooid met concepten voorzien van gele Post-it briefjes vol verklaringen. Als er mondelinge uitleg bij de brieven moet worden gegeven, lopen ze door naar Zinzy en Margot.

'Weet je wat het probleem is?' zegt Zinzy aarzelend. We hangen wat rond bij de snoepautomaat, waar ik vroeger met Jeanine stond.
'Je wekt helemaal niet de indruk dat je er zín in hebt om weer aan het werk te gaan. Je zit met een gezicht als een oorwurm achter je bureau. Dat schrikt af. Iedereen denkt dat je een chagrijnige trut bent die liever thuis in de ziektewet zit.'
'Hoe zouden ze toch aan die gedachten komen,' zeg ik.
Zinzy lijkt me wel een aardige meid. Slank, klein, glad zwart

haar, grote bruine ogen. Zoals ik er zelf wel uit zou willen zien. Ze heeft iets aarzelends in haar optreden wat haar onzeker doet lijken – wat ze absoluut niet is. Het bewijs daarvoor levert ze regelmatig door Renée tegen te spreken. Heel voorzichtig en verontschuldigend, maar toch.

En het ultieme bewijs voor haar onafhankelijk denken is deze gewaagde onderneming: met mij bij de snoepautomaat een Mars eten.

Haar woorden zijn verhelderend. Dus zo word ik gezien. Nou, ik kan ze geen ongelijk geven. Ik zít ook met tegenzin op mijn werk, maar dat is ooit anders geweest.

'Vind je mij chagrijnig?' vraag ik.

'Nu niet. Maar zodra Renée eraan komt, zie ik je verstarren. Waarom heb je zoveel moeite met haar?'

Ik verfrommel het Mars-papiertje en gooi het in de prullenbak.

'Daar kom je op een dag zelf wel achter,' zeg ik.

Om halféén loop ik naar de lift. Het is lunchtijd en het duurt lang voor de deuren opengaan. Ik zou de trap kunnen nemen maar alleen al de gedachte aan die vele treden maakt me duizelig. Liften zijn er om de mens te dienen, dus je zou wel gek zijn als je er geen gebruik van maakte.

Er klinkt een belletje en ik loop naar de deuren waar een rood lampje aanfloept. Even later komt de lift aan en gaat hij open. Een muur van lichamen weert me af.

'O,' zeg ik. 'Vol.'

'Welnee, Sabine! Je kunt er makkelijk bij! Allemaal de adem inhouden, jongens!' schalt Olafs stem ergens achterin.

Zijn collega's gehoorzamen braaf en kruipen nog dichter op elkaar. Ik stap in, de deuren gaan dicht en ik ben ingeblikt.

Op de tweede etage, waar het restaurant is, vál ik bijna naar buiten als de deuren opengaan. Olaf volgt me met grote moeite en ik wacht tot iedereen weg is en ik weer de lift in kan gaan.

'Voortaan toch maar de trap,' zeg ik lachend terwijl ik met mijn voet de deur openhou.

'Ja, om halféén laat iedereen alles uit zijn handen vallen en stort zich op de lift,' zegt Olaf.

Ik kijk opzij naar het restaurant, waar een lange rij wachtenden met lege dienbladen aansluit bij het buffet. 'Het ruikt hier naar poffertjes,' zeg ik, behaaglijk de wat vettige, zoete lucht opsnuivend.

'Hou je daarvan?'

'Ik vind ze heerlijk. Vooral met een klontje roomboter erbij, en een flinke laag poedersuiker... hmm.'

Zijn blik glijdt kritisch over mijn figuur. 'Daar zie je anders niet naar uit.'

'Omdat ik ze nooit eet. Ik heb het mezelf verboden.'

Olaf schudt afkeurend zijn hoofd.

'Als ik ergens een hekel aan heb,' zegt hij, 'dan is het wel aan het feit dat vrouwen zichzelf altijd van alles verbieden.'

'Waarom?'

'Omdat het vaak zo'n onzin is! Ik heb eens een vriendin gehad die voortdurend aan de lijn deed. Ze kon over niets anders praten. Montignac, sapkuren, Slimfast, noem maar op. Ik ben een expert op dat terrein geworden. Ponden vlogen eraf en kilo's kwamen er weer aan. Had ik eens lekker gekookt, bleek ze zichzelf op een worteltjesdieet gezet te hebben. Doodziek werd ik ervan.'

Ik lach, ondanks het onverwachte steekje dat ik voelde toen Olaf over een vroegere vriendin begon.

'Jij bent toch niet op dieet, hè?' vraagt hij wantrouwig.

'Wat kan jou dat schelen? Ik ben je vriendin toch niet?'

'Dat is waar.' Met een raadselachtig glimlachje kijkt hij me aan. 'Waar hou jij van, behalve poffertjes?'

'Grieks,' zeg ik. 'Ik ben gek op Grieks.'

Hij knikt bedachtzaam. 'Dan gaan wij een keer Grieks eten, oké?'

'Oké,' zeg ik aangenaam verrast.

Met een armzwaai neemt hij afscheid. 'Ik zie je nog wel, Sabine. Later!'

'Later,' zeg ik met een glimlach.

# 9

Ik ben nog maar net thuis of de bel gaat, hard en doordringend. Als ik uit het raam kijk, zie ik Olaf staan. Onmiddellijk buitelt mijn hart heen en weer alsof het los in mijn borstkas ligt. Ik druk op de knop in de gang en hoor de deur beneden openspringen. Olafs zware voetstappen komen naar boven en even later staat hij binnen, een Griekse afhaalmaaltijd in een grote doos in zijn armen.

'Ik dacht dat je wel honger zou hebben,' zegt hij opgewekt. 'Je houdt toch wel van Grieks?'

Met open mond kijk ik hem aan. 'Ik sta net tosti's te maken.'

'Tosti's!' zegt Olaf verachtelijk, en hij loopt verder naar binnen. Hij stalt de bakjes rijst, salade, giros en souvlaki uit op tafel en een vettige geur nestelt zich tussen de muren. In de keuken branden de tosti's aan. Haastig loop ik erheen en trek de stekker van het tosti-apparaat uit het stopcontact.

'Jij bent gek! Wie eet er nou Grieks tussen de middag,' zeg ik lachend.

'De Grieken,' zegt Olaf. 'Ga zitten, het wordt koud.'

We eten samen, tegenover elkaar aan tafel, de plastic bakjes tussen ons in.

'Ik wist wel dat jij van spontane acties hield,' zegt Olaf met zijn mond vol. 'Hoe vind je het? Goeie Griek, hè?'

'Ja, het is lekker. Bij wie heb je het gehaald?' Ik pak wat stokbrood en schep nog wat tzatziki uit het bakje op de rand van mijn bord.

'Bij Irodion, hier om de hoek. Nog wijn?' Olaf houdt de fles witte wijn die hij heeft opengetrokken omhoog en ik knik. Hij schenkt onze glazen vol en laadt nog wat giros op zijn bord. Ik schuif mijn bord van me af en bekijk zijn eetlust met ontzag.

'Wat kun jij eten, zeg.'

'Altijd al gekund,' beaamt Olaf. 'Mijn moeder heeft me volkomen verpest. Ze maakte altijd mijn lievelingsmaaltjes klaar en dan schepte ze twee, drie keer mijn bord vol. Ze was dol op koken.'

'Was? Leeft ze niet meer?' vraag ik terwijl ik de lege bakjes verzamel en in de kartonnen doos zet.

'Jawel, maar ze kookt niet vaak meer. Ik ben enig kind en mijn vader is vijf jaar geleden overleden, dus nu heeft ze geen zin om al die moeite te doen voor zichzelf. Ze kookt één keer in de week, vriest alles in porties in en dat eet ze dan die week. Iedere dag hetzelfde. Als ik thuis kom eten, gaat ze speciaal voor mij de keuken in, maakt veel te veel en vriest dat ook weer in.' Olaf schraapt zijn bord leeg, kluift aan een spiesje en werpt het in de kartonnen doos. Hij laat een flinke boer en slaat op zijn volle maag. 'Zo, dat was lekker.'

'Moet je altijd zo boeren?' kan ik niet nalaten te vragen.

'Ja,' zegt hij. 'In veel culturen geldt dat als beleefd gedrag. Zolang je niet boert, blijven ze voor je opscheppen omdat ze bang zijn dat je niet genoeg hebt gehad.'

'In welke culturen dan?' wil ik weten.

'Weet ik veel. In Aziatische landen geloof ik.' Olaf schuift zijn stoel naar achteren, ruimt snel en handig de tafel af, brengt alles naar de keuken en trekt mij dan van mijn stoel. Met zijn armen stevig om me heen kust hij me. Ik krijg rijstkorreltjes en stukjes souvlaki in mijn mond en slik ze door. Eigenlijk is zoenen heel smerig, bedenk ik met zijn tong om de mijne. Je moet iemand wel heel leuk vinden om dit allemaal op de koop toe te nemen.

Hij trekt zich wat terug en vraagt zacht: 'Ik moet terug naar De Bank, mijn lunchpauze gaat nu iets te lang duren. Heb je iets te doen vanavond?'

'Ja, ik wil mijn videoband met oude afleveringen van *As The World Turns* nog zien, en ik heb mijn boek *De assertieve vrouw* nog niet uit,' zeg ik.

Hij lacht. 'Zullen we vanavond samen iets gaan eten?'

'Goed,' hoor ik mezelf zeggen. 'Leuk. Maar niet zo vroeg, want ik zit nu propvol.'

'Geef me je telefoonnummer even, dan kan ik je bellen als er iets is.' Olaf haalt zijn mobiel te voorschijn en toetst het nummer in dat ik opnoem. Voor de zekerheid voer ik ook zijn mobiele nummer in.

'Oké, ik haal je om acht uur op. Tot vanavond.' Olaf kust me nog een keer en loopt de deur uit. Ik ga bij het raam staan om te zien of hij opkijkt. We steken onze hand naar elkaar op en met een glimlach draai ik me om.

Ik heb een afspraakje. Yes! En ik heb nog de hele middag om aan mijn haar te rommelen en te beslissen wat ik aan zal trekken. Ik loop meteen naar mijn slaapkamer en kijk in mijn kledingkast. In een donker, vergeten hoekje hangt één jurk die in de buurt komt van avondkleding. Te lang, te oranje en te klein.

Ik pas hem tegen beter weten in. Oranje is ernstig uit de mode, al staat de felle kleur me wel goed. Dat wil zeggen, het zou me goed kunnen staan als ik de stof over mijn heupen kon krijgen. Heb ik hier echt ooit in gepast? Wat is dat voor maat, 36? Ik kijk naar het labeltje en zie dat het maat 40 is. Maat 40 en ik kan er niet in, terwijl ik 38 had toen ik afstudeerde. Wat is er in die tijd gebeurd dat ik nu naar 42 moet?

Ik knijp in mijn zij en kijk vol afschuw hoe de randen vrolijk opbollen.

Deze klap is nog harder dan de ontdekking dat mijn bureau was ingepikt. Veel harder. Als een film die razendsnel wordt teruggespoeld zie ik mezelf op de bank liggen met zakken drop en troostchocola, met chips en pistachenootjes. Ik ben gek op pistachenootjes. Leg een zak neer en ik heb ze met de snelheid van het licht uit hun pantsertjes bevrijd.

Ik stroop de jurk van mijn lijf en schop hem uit het zicht. Met mijn handen in mijn zij ga ik voor de spiegel in mijn kastdeur staan.

'Oké,' zeg ik hardop tegen de vetkwabben die mijn slipje aan het zicht proberen te onttrekken. 'Genoeg is genoeg! Geen vettigheid meer! Geen excuses!'

Met spijt denk ik aan het etentje van vanavond. 'Salade is ook heel lekker,' zeg ik streng tegen mijn spiegelbeeld. 'Een gezonde salade en mager vlees. Van alles een kleine portie. Een beetje restaurant is op de lijnende gast ingesteld.'

Maar daarmee is het probleem van mijn outfit nog niet opgelost. Ik pas alles wat in de kast hangt en gooi het vol afkeer op mijn bed. Te oud, te saai, volledig uit de mode, te klein. Te krap. Véél te krap.

Uiteindelijk grijp ik de telefoon en bel in wanhoop Jeanine op haar mobiel. Ze zit op haar werk, maar is meteen een en al oor als ik haar vertel dat ik een afspraakje heb met Olaf van Oirschot.

Ze slaakt een gilletje en roept: 'Nee, dat meen je niet! Dat lekkere ding van de automatisering? Jemig Sabine, hoe heb je dat nou weer voor elkaar gekregen?'

'Tieten vooruit,' zeg ik stoer, en ik krijg onbedaarlijk de slappe lach.

'Werkt altijd,' grinnikt Jeanine, en dan zegt ze serieus: 'Wat trek je aan?'

'Dat is dus het probleem. Ik heb niets. Ik weet wel dat alle vrouwen dat zeggen, maar ik heb écht niets! Wil je me alsjeblieft helpen?'

'Tuurlijk! Ik kom na mijn werk bij je langs. Dan eten we samen, jij kookt, en daarna gaan we de stad in. Het is koopavond, dus dat komt goed uit.'

'Ik heb vanávond een afspraakje met hem.'

Even is het stil aan de andere kant van de lijn.

'O,' zegt ze. 'Nou, dan neem ik vrij.'

Verbluft kijk ik naar de telefoon in mijn hand. 'Ik hoef alleen maar een paar telefonische adviezen.'

'Ja, dat kan natuurlijk niet. Ik moet je garderobe zien, misschien zit er toch wel iets tussen. En anders gaan we winkelen, altijd leuk.' Ze klinkt zo beslist en opgetogen dat ik niet protesteer. Een middagje de stad in is beslist geen opoffering voor Jeanine, begrijp ik.

'Je bent een schat,' zeg ik.

'Weet ik. Ik ga kijken of ik vrij kan nemen. Als er problemen zijn, dan bel ik je.'

Een halfuur later belt ze bij me aan. 'Oké, laat maar zien die kledingkast van jou!' schalt haar stem in het trappenhuis.

'Als je de inhoud bedoelt; die ligt nog op mijn bed uitgestald,' zeg ik en zet de voordeur wijd open.

Jeanine loopt langs me heen naar binnen, regelrecht naar mijn slaapkamer. Eén blik op de wanorde op mijn bed doet haar bevriezen in de deuropening.

'Mijn god.' Ze staart naar de berg verwassen T-shirts, de gepilde truitjes, afgedragen spijkerbroeken en keurige maar saaie mantelpakjes. Ze loopt naar het bed en houdt met een blik van afgrijzen een vormeloze legging omhoog die ik op het hoogtepunt van mijn depressie heb gekocht omdat hij zo lekker zat, wat op dat moment al een hele belevenis was.

De situatie wordt pas echt gênant als ze mijn kledingkast opentrekt en tegen een stapel uitgelubberde slipjes aan kijkt. Twee witte beha's, althans, ze zijn ooit wit geweest, liggen er gebroederlijk naast. Op de plekjes waar de stof versleten is, steken de punten van de beugels er verraderlijk uit.

'Wat is dát?' vraagt Jeanine geschokt.

Ik leg haar uit dat het mijn beha's en slipjes zijn.

Jeanine rimpelt haar neus in de eerste graad van minachting. 'Dát,' zegt ze met nadruk, 'zijn onderbroeken. Géén slipjes. Je had gelijk; jij hebt dringend hulp nodig. Gooi die troep maar weg; we gaan alles nieuw kopen.'

'Alles? Weet je wel wat dat kost? Het is het einde van de maand, hoor!' protesteer ik.

'Dan sta je maar een keertje rood. Dit kan echt niet langer,' zegt Jeanine met een verachtelijke blik van de kast naar de stapel rommel op mijn bed. 'Wat heb je voor de nacht?'

Ik denk aan het lange T-shirt met het logo van De Bank, maar durf het niet te noemen.

'Gewoon, een pyjama,' zeg ik.

'Een pyjama?'

'Ja, jij niet dan?' zeg ik op verdedigende toon. 'Of slaap jij in negligé als het buiten vriest.'

'Het vriest niet, het is zomer en bovendien lig je 's nachts in bed, niet buiten. Natuurlijk heb ik ook een gewone flanellen pyjama, maar ik heb óók een negligé, ja. Dat hoort tot de basisuitrusting van een vrouw. Kom op, ik heb genoeg gezien. We gaan winkelen.'

Buiten schijnt de zon. Ik zie meiden van mijn leeftijd in fleurige rokjes met geschulpte randjes en hemdjes met spaghettibandjes, en opeens krijg ik ontzettend veel zin om een compleet nieuwe garderobe aan te schaffen. Zo'n rokje moet ik hebben. En een hemdje met spaghettibandjes.

Met een tintelend gevoel van opwinding zit ik naast Jeanine in de tram en laat me door lijn 13 naar de Dam brengen. Ik heb een afspraakje, ik heb zelfs een vriendin met wie ik leuke kleren ga kopen; ik hoor er weer bij. God, wat rijdt die tram langzaam. Moet hij nu echt bij iedere halte stoppen? Ik wil winkelen!

Op de Nieuwezijds Voorburgwal stappen we eindelijk uit en we laten ons opnemen in de menigte in de Kalverstraat.

Ik ben hier zó lang niet geweest. Wanneer is de belangstelling voor mijn uiterlijk verdwenen? Hoe kon dat gebeuren? Je voelt je zoveel beter als je weet dat je er goed uitziet. En één ding weet ik zeker: ik zie er niet uit in die saaie kantoorkleren. Wie heeft mij wijsgemaakt dat je er op kantoor niet leuk mag uitzien? Dat je een zwart rokje en een witte bloes moet dragen?

'Eerst lingerie,' beslist Jeanine en ze trekt me mee. 'Dat is héél hard nodig.'

We duiken een lingeriezaak in, waar ik nooit kom omdat ik zolang ik me kan herinneren mijn ondergoed bij de Hema koop, en we zweven tussen rekken vol met lieflijk pastelkleurig satijn aan de ene kant en uitdagend rode en zwarte slipjes en beha's aan de andere kant.

Jeanine pakt een hangertje waar volgens mij alleen maar flintertjes doorschijnende kant aan hangen, maar dat bij nader inzien een minuscuul slipje met bijbehorende beha blijkt te zijn.

'Dit!' zegt ze verrukt. 'Dit moet je nemen. En dit ook!' Ze pakt in één beweging een doorschijnend roze negligé uit het rek. Ik bekijk het twijfelend.

'Is dat niet een beetje hoerig?' vraag ik.

'Sexy is het woord,' corrigeert Jeanine vriendelijk. 'Pas het maar eens. Dit soort dingen moet je áán zien.' Ze duwt me naar het pashok en terwijl ik me uitkleed en het negligé voorzichtig over mijn hoofd trek, gooit zij nog meer setjes naar binnen. Even later glipt ze het pashok in en zegt belangstellend: 'En? Zit het goed?'

Ik bekijk mezelf in de spiegel en zie een pastelkleurige stoeipoes. 'Ik weet het niet hoor, Jeanine. Dit ben ik niet,' zeg ik slecht op mijn gemak.

'Onzin. Je kleedt je niet naar wie je bent, maar naar wie je wílt zijn. Het staat je prachtig, Sabine. Je moet het nemen, hoor. Je gaat het niet terughangen! Neem een kalmerend tabletje en ga pinnen,' dringt Jeanine aan.

Tegen zoveel overtuigingskracht kan ik niet op. Ik trek alles weer uit, kleed me aan, kies nog een paar setjes minder uitdagend maar kwalitatief heel mooi ondergoed uit en loop ermee naar de kassa. Als ik pin, kijk ik nadrukkelijk niet naar het bedrag, maar druk snel de 'ja'-toets in en berg mijn pasje op.

'Zo,' zegt Jeanine. '*What's next*?'

We gaan winkel in, winkel uit en slagen fantastisch. Niet één maar een hele reeks leuke hemdjes en rokjes, in allerlei kleuren. De plastic tassen snijden in mijn hand op mijn jacht naar bijpassende schoenen. En een klem, zodat ik mijn haar nonchalant kan opsteken. Was ik nou maar een beetje bruin. De hele maand heb ik liggen verbleken in mijn appartement; wat bezielde me? Vanaf nu ga ik iedere middag naar het Amsterdamse Bos of naar Zandvoort.

De drogist is een bron van verleiding. Ik zwicht voor lekkere geurtjes die in de aanbieding zijn, koop nieuwe make-up, haarklemmen in allerlei kleuren en een tube zelfbruiner. Nog een plastic tas erbij.

Schoenen! Waar zit Manfield ook alweer? Invito?

Tegen zessen zitten we doodmoe in de tram.

'Ik ga meteen door naar huis, ik kan niet meer,' zegt Jeanine als we voor mijn deur staan. 'Blij dat ik niet op stap hoef vanavond.'

'Ik kan ook niet meer,' kreun ik.

'Neem een douche en masseer je voeten, dan zal het wel weer gaan,' adviseert Jeanine. 'En bel me morgen. Ik wil alles weten!'

We nemen afscheid en met loodzware voeten sleep ik mezelf de trap op naar mijn appartement. Moeizaam, door al die tasjes, open ik de deur, schop hem achter me dicht en laat al mijn aankopen in het halletje op de grond vallen. Ik trek mijn schoenen uit en plof met een kreun op de bank. *Shop till you drop*, zeggen de Engelsen. Ik begrijp nu waarom.

Ik masseer met stevige drukbewegingen mijn voeten en als ik denk dat ik er wel weer op kan lopen, kom ik overeind en ga naar de badkamer. Een lauwe douche is precies wat ik nodig heb; ik knap er enorm van op. Ik loop in mijn blootje naar het halletje, raap mijn tassen met aankopen van de grond en neem ze mee naar de slaapkamer. Zorgvuldig knip ik de kaartjes van de lingeriesetjes, rokjes en truitjes af en trek alles nog eens om de beurt aan. Het is waar; lingerie geeft je een heel apart gevoel. Niemand weet dat je het draagt, maar jij weet het en op de een of andere manier straal je een nieuw zelfvertrouwen uit. Ik in ieder geval wel, ik kan het duidelijk zien. Ik neem een zelfverzekerde pose aan, zet mijn handen op mijn vetrolletjes zodat ze aan het zicht onttrokken worden, gooi mijn haar naar achteren en kijk met een arrogante modellenblik in de spiegel.

*Femme fatale,* tot ik mijn handen weghaal en de vetrolletjes me eraan herinneren dat er nog wel het een en ander moet gebeuren voor ik die status heb bereikt. Maar het nieuwe rokje verbloemt dat prima, en het truitje kan ik eroverheen trekken. Eigenlijk ben ik best tevreden met het eindresultaat.

Ik föhn mijn gewassen, fris geurende haar en steek het nonchalant op met een klem. Ik ben nog bezig met mijn make-up als er luid wordt getoeterd.

# 10

Ik sla geen acht op het lawaai, breng zorgvuldig een laagje mascara aan en doe een paar kristallen oorknopjes in.

Weer wordt er getoeterd. Ik frons mijn wenkbrauwen, loop naar het venster en leun uit het openstaande raam.

Het is Olaf! In een zwarte Peugeot; de raampjes wijdopen, een sigaret in zijn mondhoek. Een grote gebruinde arm steekt naar buiten en zijn vingers trommelen nonchalant op het dak van de auto, op volle sterkte begeleid door de nieuwste hit van Robbie Williams. In een oogopslag zie ik dat Olaf niet de moeite heeft genomen zich in iets anders dan zijn spijkerbroek en witte T-shirt te steken.

Mijn metamorfose komt me opeens nogal overdreven voor. Is dat roze niet erg zoet, en dat geschulpte randje niet een beetje té? Die hooggehakte schoenen met al die riempjes zijn wel heel leuk, maar het hemdje met spaghettibandjes zit wel erg strak om mijn borsten, en die bandjes zakken steeds af.

Ik werp een laatste blik in de spiegel. Dat haar zit leuk met die klem. Lekker, alles weg uit mijn gezicht. Jammer dat ik zo bleek ben, maar de zelfbruiner deed mijn ene been sprekend op een wortel lijken, zodat ik het spul niet meer op mijn gezicht durfde te smeren. Op mijn andere been trouwens ook niet, zodat ik nu met één vaag oranje been rondloop. Maar in een restaurant zit je toch met je benen onder tafel, en in de auto sla ik mijn witte been wel over het oranje gedeelte heen.

Tèèèèèt! De claxon echoot tegen de gevels van de huizen. Geërgerd kijk ik naar buiten.

Olaf ziet me en steekt zijn hoofd uit het raampje. 'Hé!' schreeuwt hij. 'Ben je klaar?'

Ik maak een gebaar dat hij even rustig moet doen, grijp mijn tas en sleutels en ga de deur uit. Ik sluit snel af en ben in een mum van tijd de trap af, maar hij ziet toch kans me nog een keer aan te moedigen met luid getoeter.

'Idioot,' mompel ik. Nijdig loop ik de straat op. Olaf blokkeert de smalle straat zonder enige moeite te doen om ruimte te maken. Ik ruk het portier open en zeg kortaf: 'Rijden.'

'Jawel, madame! U ziet er beeldschoon uit.'

Ik wend mijn gezicht af en zwijg.

'Wat is er? Dat hoor je toch te zeggen als je een dame mee uit neemt?' zegt Olaf met een oprecht verbaasde blik opzij.

'Als je een dame mee uit neemt, ga je niet als een waanzinnige staan toeteren op straat!' zeg ik en meteen heb ik spijt van die opmerking. Jong en modern wil ik zijn. Het is niet de bedoeling dat hij het gevoel heeft dat hij zijn oma voor een ritje uit het bejaardentehuis heeft opgehaald. En dat gevoel heeft hij, ik zie het aan de manier waarop hij naar me kijkt. Bovendien neemt hij niet de moeite om weg te rijden, maar blijft gewoon midden in de straat staan.

'Je had toch even kunnen aanbellen,' suggereer ik op wat zachtzinniger toon.

'Dan moet ik dubbel parkeren,' verdedigt hij zich. 'Heb je die wielklemmen in de straat gezien?'

'Dan bel je me toch op mijn mobiel. Waarom rij je niet weg? Er staan vijf auto's achter ons!' Slecht op mijn gemak kijk ik over mijn schouder. Een van de automobilisten stapt ongeduldig uit. Een ander begint te toeteren.

'Hé, mafkees, dat doe je toch niet! Bel me dan op mijn mobiel!' schreeuwt Olaf uit het raampje. Hij geeft een dot gas en de auto brult de straat uit.

Ik kan er niets aan doen, ik moet erom lachen. 'Je voelt je hier wel thuis, hè? Niet te geloven. Je zou niet zeggen dat je eigenlijk een Jutter bent.'

'In Den Helder ben ik een Jutter, hier ben ik een Amsterdammer. Weet je trouwens hoe ze mensen uit Tilburg noemen?'

'Geen idee.'

'Kruikenzeikers. Komt nog uit de tijd dat Tilburg het centrum van de textielindustrie was. Om stoffen te laten vervilten was onder andere urine nodig. In Tilburg werd dat opgehaald bij de inwoners. Ze kregen ervoor betaald om een kruik vol te zeiken. Geinig hè?'

'Hilarisch,' zeg ik.

Daar moet hij om lachen. 'Wat een droge ben jij, zeg.'

'Ik ben alleen maar blij dat ik niet uit Tilburg kom. Ik weet precies wat voor bijnaam je me dan had gegeven. Dat deed je vroeger al.'

'Ik?'

'Ja, weet je niet meer hoe je me noemde?'

'Sabine, misschien?'

'Nee. Juffrouw Mier.'

Olaf slaat met zijn hand op het stuur en barst in lachen uit. 'Dat is waar ook! God, jij hebt echt het geheugen van een olifant, zeg. Je was ook een echte juffrouw Mier. Je maakte altijd zo'n nerveuze indruk.'

We draaien de Nassaukade op en rijden regelrecht in een verkeersopstopping. Olaf kijkt in zijn binnenspiegel, maar achter ons loopt het ook vol auto's zodat we niet kunnen keren.

'Shit,' zegt Olaf. Hij gooit het stuur naar links en draait de trambaan op. Achter ons protesteert een tram met luid geklingel. Olaf gebaart dat hij er zo weer afgaat en blijft nog een tijdje rustig doorrijden. Het Marriott Hotel komt in zicht.

Bezorgd ga ik wat rechter zitten. Dáár ben ik niet op gekleed. Ik bedoel, ik zie er leuk uit in mijn nieuwe outfit, maar in dat soort gelegenheden wordt iets meer stijl verlangd.

Maar we rijden het Marriott voorbij en slaan linksaf, het Leidseplein op. Het Américain dus. Verdorie, als ik dat had geweten. Ik klap de zonneklep naar beneden en inspecteer mijn make-up. Dat kan ermee door. Gelukkig heb ik lippotlood en lippenstift bij me. Straks even snel naar het toilet.

Olaf slaat een zijstraat in en parkeert zijn auto op een invalidenparkeerplaats.

'Wat doe je nou! Straks slepen ze je weg,' zeg ik.

'Nee, dat doen ze niet.' Olaf haalt een kaart te voorschijn en legt die op het dashboard.

Ik grijp de kaart en bestudeer hem. 'Sinds wanneer ben jij invalide?'

'Ik krijg altijd van die vervelende steken in mijn zij als ik een eind moet lopen,' legt Olaf uit. 'Een vriend van me kon het niet aanzien en heeft zo'n kaart voor me geregeld.'

Hoofdschuddend gooi ik de kaart terug op het dashboard en stap uit. 'Heeft het Américain geen parkeerplaatsen?'

'Vast wel.' Olaf sluit de auto af. 'Maar alleen voor gasten.'

Ik wil de trambaan oversteken, maar Olaf draait zich om en wenkt me. Mijn oog valt op een schreeuwerige poffertjeskraam met een terras vol plastic stoeltjes.

'Waar wil je zitten? Daar in het hoekje? Kunnen we mooi iedereen voorbij zien komen.' Olaf springt het terras op en trekt hoffelijk een felrood stoeltje naar achteren. Met een vragend gezicht kijkt hij me aan, het stoeltje wat onbeholpen in zijn handen.

Zijn ogen stralen en met een plots gevoel van ontroering ga ik zitten. Opeens lijkt de poffertjeszaak me oneindig veel leuker dan het Marriott of Américain. Je hoeft je in ieder geval niet druk te maken over je kleding.

Een ober komt onze bestelling opnemen. Twee grote porties poffertjes, extra poedersuiker en bier. De man knikt en draait zich om.

Olaf leunt naar achteren, wat het kleine stoeltje bijna achterover doet klappen, en vouwt zijn armen onder zijn achterhoofd.

'Goed idee van je,' zegt hij tevreden. 'Poffertjes, dat is lang geleden.'

'Ik kan me niet herinneren dat ik dat heb voorgesteld.'

'Jawel, vanmiddag bij het restaurant. Je zei dat je zo'n trek had in poffertjes.'

'Ik zei dat het naar poffertjes róók.'

Bezorgd veert hij naar voren. 'Wil je liever ergens anders eten?'

'Nee,' stel ik hem gerust. 'Dit is leuk. Perfect.' Ik leun ontspannen naar achteren om mijn woorden kracht bij te zetten.

'Mooi.'

En dan valt er een stilte. Zo'n stilte waarin je beiden je geheugen afgraaft naar je lijst met gespreksonderwerpen. Want wat hebben we elkaar welbeschouwd te vertellen? Wat weten we nou helemaal van elkaar?

'Hoe bevalt het je bij De Bank?' vraag ik stompzinnig.

'Prima,' zegt Olaf. 'Het zijn wel leuke lui bij automatisering. Beetje platte humor, maar ach. Dat krijg je met een afdeling vol mannen.'

'Er werken toch ook twee vrouwen bij jullie?'

Olaf grijnst. 'Ik vrees dat die twee een beetje ondergesneeuwd raken door al die mannengrappen. Bij jullie is het net andersom, hè? Alleen maar meiden.'

'Ja.'

'Gezellig?'

'Je hebt geen idee hoe gezellig.'

Hij hoort de ironie in mijn stem niet. 'Die Renée lijkt me anders een nogal overheersend type.'

'Renée? Dat is een hartstikke leuke meid. Altijd begripvol, sociaal, hartelijk. Ja, daar hebben we het mee getroffen.'

Olaf fronst licht zijn wenkbrauwen, dan ziet hij mijn gezicht en glimlacht. 'Een bitch,' zegt hij.

'Een bitch,' bevestig ik.

'Dat dacht ik al. Ze doet superaardig als ze me ziet, op het slijmerige af, maar ik heb haar eens iemand de les horen lezen vóór ik het secretariaat binnenstapte. Een pittige tante is dat.'

Ik zwijg en Olaf lijkt ook geen behoefte te hebben om over Renée te praten. Wat ons verder bindt is het verleden, dus het verbaast me niet als Olaf daar over begint. Hij steekt een sigaret op, blaast de rook omhoog en kijkt naar de lucht. 'Juffrouw Mier,' zegt hij. 'Dat zul je vast niet leuk gevonden hebben.'

'Och, ik ben wel wat gewend met een oudere broer.'

Olaf lacht. 'Hoe gaat het met Robin?

'Goed. Druk. Hij werkt hard. Ik heb hem al een tijdje niet gesproken, maar de laatste keer dat hij belde, was hij nogal enthousiast over ene Mandy.'

'Dus Robin heeft een Londense schone opgeduikeld,' zegt Olaf. 'Goed voor hem! Ik zal hem eens bellen. Heb je zijn telefoonnummer?'

'Ja, maar niet bij de hand. Ik mail het je morgen wel.'

Olaf knikt en kijkt bedachtzaam de rook van zijn sigaret na voor hij het onderwerp aansnijdt dat ik juist uit alle macht probeer te omzeilen.

'Zeg,' zegt hij. 'Jij was toch bevriend met Isabel Hartman? Heb je nog wel eens wat over haar gehoord?'

Ik pak het pakje sigaretten dat tussen ons in op tafel ligt en steek er een op. Er valt een ongemakkelijke stilte.

# II

Veel van mijn middelbareschoolperiode ben ik vergeten. Als ik mijn dagboek doorlees of naar de verhalen van Robin luister, komen die gebeurtenissen me volstrekt niet bekend voor, alsof een heel andere persoon in mijn plaats die tijd heeft beleefd. En toch kan er zomaar opeens een herinnering door mijn brein klieven, een flits die even de grauwe massa van mijn hersenen fel verlicht. Je begrijpt niet hoe zoiets werkt, je geheugen, en nog minder waarom het je op het ene moment schandalig in de steek laat, om je op het andere moment tegen je wil met herinneringen te confronteren.

De flits die ik krijg op het moment dat Olaf Isabels naam uitspreekt is geen aangename. Ik zie mezelf staan in de schoolkantine, op zoek naar een plek om mijn brood op te eten. Iets verderop zijn mijn klasgenoten neergestreken. Isabel zit op het randje van de tafel en voert het hoogste woord. Ik ben twaalf en nog niet zo heel lang geleden maakte ik nog enigszins deel uit van die groep, tot ik steeds meer naar de rand werd gedreven en uiteindelijk verstoten werd. Ik pak een stoel en loop ermee naar het clubje. Ze kijken niet om, maar ik zie de blikken die uitgewisseld worden, alsof de groep zich op een magnetisch veld bevindt dat allerlei alarmsignalen in werking stelt zodra ik het betreed.

Met onzekere bewegingen wil ik mijn stoel tussen de anderen zetten, maar met een beslist *klikklik* van aansluitende leuningen en een onaangenaam geschraap van schuivende stoelpoten sluiten de gelederen zich. Ik draai me om en zet mijn stoel bij een leeg tafeltje, vlak in hun buurt, en kijk op de wandklok de minuten weg tot de pauze voorbij is.

Eén keer kruist mijn blik vragend die van Isabel. Ze wendt haar blik niet af; ze kijkt dwars door me heen.

'Dat was toch je vriendin?' Olaf neemt een slok van zijn bier en kijkt me vragend aan.

'Isabel? Op de basisschool wel, ja,' zeg ik, en ik neem een trekje van mijn sigaret en inhaleer diep.

'Het is nog altijd niet bekend wat er met haar is gebeurd, hè?' zegt Olaf. Het is geen vraag maar een constatering, maar ik antwoord toch.

'Nee. Haar verdwijning werd pas nog behandeld bij *Vermist.*'

'Shit,' zegt Olaf. 'Wat denk jij dat er met haar is gebeurd? Had ze niet een of andere ziekte?'

'Epilepsie.' Beelden uit het verleden komen aanrollen. Ik probeer ze te stoppen, af te wenden, maar Olaf praat maar door.

'Ja, epilepsie, dat was het. Zou ze een aanval hebben gehad?'

'Ik denk het niet. Een aanval gaat weer over. Je voelt het aankomen en als het over is, moet je even bijkomen. Als het een lichte is tenminste. Vertel mij wat, ik ben er zo vaak bij geweest als ze er een kreeg.'

'Dus je hebt niet het gevoel dat die epilepsie met haar verdwijning te maken heeft?'

Ik wenk de ober voor een nieuw glas bier en schud mijn hoofd. Dat gevoel heb ik helemaal niet, nooit gehad ook.

'Weet je,' zeg ik, 'ik kan me bijna niets meer herinneren van die dagen rond Isabels verdwijning. Gek hè? Ik bedoel, je zou je toch moeten herinneren wanneer je voor het eerst hoorde dat ze niet thuisgekomen was. Haar moeder schijnt mijn moeder te hebben gebeld. Haar ouders zijn de volgende dag zelfs langsgekomen om met mij te praten, in de hoop dat ik ze meer kon vertellen. Er werd veel aandacht aan besteed, op school en in de media, maar dat heb ik alleen van horen zeggen. Ik kan me er zo weinig van herinneren.'

Olaf kijkt me sceptisch aan. 'Dat bestaat toch niet. Je herinnert je vast wel íéts.'

'Nee.'

'De hele school had het erover!'

'Dat zal wel, maar ik weet er gewoon te weinig meer van. Misschien dat ik me daarom altijd zo beroerd voel als ik aan die tijd denk. Ik heb het gevoel dat ik dingen ben vergeten die van belang zijn. Je kent dat wel; op dat moment lijken het nutteloze details, maar later blijken ze het beeld juist compleet te maken. Ik heb het idee dat ik destijds meer wist dan ik zelf besefte. Maar nu is het weg, verdwenen.'

Olaf strooit nog wat poedersuiker over zijn poffertjes. 'Wilde je daarom naar Den Helder?'

'Ja. Ik hoopte dat het allemaal wat duidelijker zou worden als ik daar was, maar dat was niet zo. Het is te lang geleden,' verzucht ik.

Olaf steekt vijf poffertjes tegelijk in zijn mond. 'Misschien was je in shock en leefde je de eerste tijd in een soort roes. Dat kan ik best begrijpen; ooit was Isabel je beste vriendin. Dat doet toch iets met je.'

Lusteloos prik ik in een klef, koud poffertje. Deed Isabels verdwijning iets met me?

'Vorig jaar, toen ik net in de ziektewet zat, heb ik aan mijn moeder gevraagd hoe ik reageerde op Isabels verdwijning,' zeg ik. 'Ze kon me er weinig over vertellen. Toen Isabel verdween, lag mijn vader ook nog eens in het ziekenhuis na een hartaanval, dus ze had andere dingen aan haar hoofd.'

Olafs lichtblauwe ogen kijken me ernstig aan.

'Mijn moeder ging er in het begin van uit dat Isabel van huis was weggelopen,' ga ik verder. 'Ze had vaak oudere vriendjes, zelfs in Amsterdam. God mag weten waar ze die opgeduikeld had. Wie weet, is ze inderdaad weggelopen.'

'Geloof je dat echt?'

Ik denk er even over na en schud mijn hoofd. 'Nee. Waarom zou ze? Haar ouders gaven haar ontzettend veel vrijheid. Wel eens een beetje te veel, in de ogen van mijn ouders. Diep in hun hart waren ze blij dat we op een gegeven moment niet meer zoveel met elkaar omgingen. Isabel mocht zelf bepalen hoe vaak, met wie en tot hoe laat ze uitging. Ze zaten haar niet op haar huid met huiswerk, zoals mijn ouders. Ze lieten haar rustig met een stelletje vage vrienden naar Amsterdam gaan om te stappen. Dat soort dingen. Het verbaasde mijn moeder eigenlijk helemaal niet dat er juist met Isabel iets gebeurde. Ze heeft altijd volgehouden dat haar iets overkomen is in Amsterdam.'

'Dat kan niet,' zegt Olaf. 'Ze verdween overdag, na school.'

Ik kijk op, verrast dat hij de feiten nog zo goed kent.

'Ja, inderdaad. Ik herinner me dat ik achter haar fietste. Ze was met Mirjam Visser en toen zij afsloeg, fietste Isabel alleen verder. Ik moest dezelfde kant uit, maar ik fietste heel langzaam omdat ik geen zin had om de aandacht op me te vestigen en op een gegeven moment ben ik een zijstraat ingeslagen om haar te ontlopen. Door de duinen ben ik teruggefietst, maar het was niet zo'n prettig ritje als ik me voorgesteld had. Er stond een harde wind, ik trapte me wezenloos. Ik was helemaal buiten adem toen ik thuiskwam. Gek hè, dat je dat soort dingen dan wel weer onthoudt. Maar ik heb geen idee wat ik de rest van de dag heb gedaan. Naar de bibliotheek of zo. Huiswerk gemaakt.'

'En de volgende dag, of de tijd daarna? Toen duidelijk werd dat Isabel echt verdwenen was? Het was het gesprek van het jaar op school!' zegt Olaf verbaasd.

'Ik weet er niets meer van. Het is alsof er een gat in mijn geheugen zit. Af en toe wordt er een stukje opgevuld, maar het zinkt meteen weer weg,' zeg ik hulpeloos.

'Hmm.' Olaf leunt achterover en steekt weer een sigaret op. Hij biedt mij er ook nog een aan, maar ik schud mijn hoofd.

Het blijft lang stil tussen ons. Ik drink met grote teugen mijn biertje op. Ik ben niet gewend aan stiltes, kan daar niet zo goed mee omgaan, al heeft Olafs zwijgen niets ongemakkelijks. Hij verwacht geen uitleg, geen eindeloze ontboezemingen, en ik maak niet de fout er maar wat op los te kakelen. Hij zegt niets en ik zwijg eveneens.

Zo zitten we bij elkaar terwijl hij zijn sigaret rookt en ik er uiteindelijk ook maar een biets. Soms kan een sigaret op het juiste moment een enorm verschil maken.

'Kende jij Isabel goed?' vraag ik terwijl ik de as in de asbak laat vallen.

'Alleen van de kroeg. Later zag ik haar ook op school rondlopen en sprak ik haar wel eens op het schoolplein. Robin vertelde me dat jullie vroeger vriendinnen waren geweest. Maar dat was vóór ik bij jullie thuis kwam, denk ik, want ik heb haar nooit bij jullie gezien.'

'Ja, dat klopt. Toen was de vriendschap al voorbij,' zeg ik.

Olafs ogen blijven op mij rusten. Hij zegt niets, kijkt me alleen maar recht in de ogen, wat altijd een heel goede manier is om mensen zenuwachtig te maken, zodat ze maar doorpraten.

'De laatste jaren van school waren heel leuk. De eerste jaren van de havo waren een verschrikking, maar later werd het te gek,' begin ik te ratelen. 'Ik ben toen erg veranderd. Vlot, goedgebekt, vrolijk. Ik liet me door niemand meer op de kop zitten. Een heel andere Sabine. Mijn tweede ik. Zou je niet zeggen, hè? Zo heb jij mij nooit gekend. Weet je, soms heb ik het gevoel dat ik uit verschillende personen besta. Allemaal verschillende persoonlijkheden die opduiken zonder dat ik daar iets over te zeggen heb.'

Wat zeg ik nu weer allemaal? Nerveus tik ik weer met mijn sigaret op de rand van de asbak en lach gemaakt. 'Klinkt als een gespleten persoonlijkheid, nietwaar?'

'Och, dat weet ik niet,' zegt Olaf. 'Ik herken dat wel. Bestaan we niet allemaal uit verschillende persoonlijkheden? Voor iedere situatie heb je een ander gezicht, een andere houding, een andere manier van praten. Je past je voortdurend aan. Op het werk laat ik ook een heel andere Olaf zien.'

Weer is het even stil. De ober komt onze borden halen. Hij vraagt niet of het gesmaakt heeft, maar kijkt ons alleen vragend aan.

'Twee koffie, graag,' zegt Olaf.

De ober knikt en loopt weg.

'En het was lekker; bedankt,' voegt Olaf eraan toe.

De ober reageert niet en Olaf draait met zijn ogen. 'Die zal ook wel denken; het zijn maar poffertjes, man.'

'Daarom moeten ze nog wel lekker zijn.'

'Precies.'

We wachten op de koffie en roken onze sigaret op. Het is moeilijk om opeens op een ander, luchtiger onderwerp over te stappen.

'Wat weet jij eigenlijk nog van die dag dat Isabel verdween?' vraag ik.

'Ook niet zoveel, behalve dat ik examen wiskunde had. Het was bloedheet in de gymzaal, vreselijk. Gelukkig was dat examen een eitje. Wiskunde was mijn beste vak, dus ik was snel klaar. Ik wachtte niet op Robin, die zat te tobben, maar stapte op mijn brommer en reed naar huis. *That's it.* 's Avonds laat belde hij me op om te vragen of ik Isabel nog had gezien.'

'Robin belde jóú op? Waarom?'

'Waarschijnlijk had Isabels moeder jullie toen net opgebeld omdat ze ongerust werd over haar dochter.'

'Maar waarom zou jij dan moeten weten waar ze uithing?'

'Weet ik veel. Robin wist dat ik haar ook kende. Isabel ging wel eens uit met... hoe heet hij ook alweer? Die gast die bij mij in de klas zat, met dat spijkerjack en dat zwarte haar. Bart! Ja, Bart de Ruijter. Ik heb hem gezegd dat hij Bart maar moest bellen.'

Ik schrik, maar ik probeer ervoor te zorgen dat mijn gezicht geen enkele andere uitdrukking dan belangstelling vertoont.

'En heeft hij dat gedaan?' vraag ik.

'Hij heeft Barts telefoonnummer doorgegeven aan Isabels moeder. Maar Bart had de hele middag zitten zwoegen op dat examen wiskunde; hij had Isabel helemaal niet gezien. Hij is later wel ondervraagd door de politie.'

De ober zet twee minuscule kopjes koffie voor ons neer.

'Espresso,' zeg ik vol afkeer.

'Hou je daar niet van?'

'Van zo'n galbak? Nee, niet echt. Hier, neem jij 'm maar.' Ik schuif mijn kopje naar Olaf toe.

'Wat wil je dan? Koffie met melk?'

'Nee, laat maar. Ik heb niet zoveel trek in koffie. Zouden ze hier niet iets sterkers hebben?'

Olaf lacht. 'Daar gaan we straks wel achteraan, oké? Kroegen zat hier.'

Het blauw van de lucht neemt andere, donkere tinten aan. De neonverlichting eist bijna agressief de aandacht op en het Amsterdamse uitgaansleven komt op gang.

Ik steek een nieuwe sigaret op en bekijk Olaf terwijl hij zijn koffie drinkt. Hij zit peinzend voor zich uit te kijken.

'Robin was ontzettend verkikkerd op haar, hè,' zegt hij op een gegeven moment.

Ik kijk met een ruk op. 'Wat? Robin? Verliefd op Isabel? Welnee!'

Verbaasd kijkt Olaf me aan. 'Dat wist je toch wel?'

'Nee, en ik geloof er ook niets van. Robin en Isabel? Dat is belachelijk!' zeg ik heftig.

'Waarom? Het was een knappe meid. Als je had gezegd dat ze achttien was, geloofde je het ook. Ik wist eerst niet eens dat ze zo jong was, tot Robin me vertelde dat jullie bij elkaar in de klas zaten. Maar ik weet zeker dat hij een oogje op haar had, al deed hij er niets mee. Niemand begreep dat, want ze maakte genoeg werk van hem.'

'Deed hij er niets mee?' zeg ik aangedaan.

'Nee.' Olafs ogen staan zacht. 'Nee, hij deed er niets mee, maar ik zag dat het hem moeite kostte. Ze had een enorme aantrekkingskracht op hem en dat wist ze, die kleine heks. Als ze iemand leuk vond, móést ze hem hebben, al was het maar voor eventjes.'

Ik zeg niets, zit als verlamd in het rode kuipstoeltje. Robin was verliefd op Isabel. Hij was verliefd. Op Isabel!

'Hij haatte haar,' zeg ik kleintjes. 'Dat heeft hij me zelf gezegd.'

Olaf drinkt zijn kopje leeg en zet het zo hard op het schoteltje dat ik automatisch kijk of er niets gebroken is.

'Ja,' stemt hij in. 'Hij haatte haar ook. Liefde en haat liggen heel dicht bij elkaar. Waarom trek je je het zo aan?'

Met matte ogen kijk ik hem aan. 'Dat weet je best.'

Olaf buigt zich naar voren en legt zijn hand op de mijne. 'Ja,' erkent hij, en na een korte stilte voegt hij eraan toe: 'Werd je erg getreiterd door haar?'

Ik kijk opzij, naar een tram die luid klingelt voor een nonchalante fietser.

'Ja,' hoor ik mezelf zeggen. 'Tot Robin zich ermee ging bemoeien. Maar daarvoor was het heel erg.'

Opeens ebt het ontspannen gevoel weg en voel ik de bekende pijn in mijn schouders en buik terugkomen. Mijn hand trilt als ik mijn sigaret uitdruk.

Olaf ziet het. Zijn ogen ontmoeten de mijne, maar hij zegt niets. Daar ben ik hem dankbaar voor.

# 12

Ik ben nu drieëntwintig en heb nog nooit een relatie gehad, op mijn romance met Bart na. Tijdens mijn studie zag ik genoeg leuke jongens rondlopen, en ze zagen mij ook, maar op de een of andere manier wilde het maar niet lukken om een avondje uit over te laten gaan in een relatie. Dat lag aan mij, daar ben ik nu wel achter. Ik kan er gewoon niet tegen om omhelsd te worden, om een bezitterige arm om mijn schouder te voelen, om tegen een muurtje gedrukt te worden voor een zoenpartij. Dan worstel ik me los en heb ik zin om van me af te slaan.

De psychologe die ik tijdens mijn depressie bezocht, probeerde erachter te komen of ik in mijn jeugd misschien vervelende seksuele ervaringen heb meegemaakt. Ze was er nogal van overtuigd, alle symptomen wezen in die richting. Ze werd niet veel wijzer van onze sessies en ten slotte liet ze het onderwerp los. Ik kan oprecht zeggen dat binnen in mij alles naar behoren werkt. Ik ben na Bart gewoon nooit meer iemand tegengekomen die ik de moeite waard vond, of die mij zag zitten. De eerste keer dat ik me bewust werd van seksuele gevoelens was toen ik een jaar of veertien was. Ik had bij de bibliotheek in het dorp een boek gevonden waarvan kort geleden de film in de bioscoop had gedraaid. Het was het verhaal van de verboden liefde tussen een meisje en een veel oudere man en ik was erg onder de indruk van de film. Ik vroeg me af of het boek ook zo mooi zou zijn en nam het mee. Waar in de film de bedscènes heel discreet bleven, was dat in het boek allesbehalve het geval. Het was het opwindendste boek dat ik ooit in handen had gekregen en ik lag met rode wangen op mijn bed te lezen. Mijn lichaam reageerde zo sterk dat het een eigen leven leek te gaan leiden.

Ik verstopte het boek in mijn kledingkast, hoewel mijn ouders zich nooit bemoeiden met wat ik las en me het boek zeker niet verboden zouden hebben, maar ik geneerde me toch voor wat het in mij teweegbracht.

Vanaf dat moment kon ik niet meer met dezelfde ogen naar jongens kijken. Ik keek niet naar de jongens uit mijn klas, waarvan de meesten een kop kleiner waren dan de meisjes, maar naar de oudere jongens met wie Isabel op het schoolplein rondhing. Bart de Ruijter bijvoorbeeld, de knapste en populairste jongen van de school.

Hij zat twee klassen hoger, bij Olaf en Robin, en hoorde tot de kliek met wie zij veel optrokken. Natuurlijk was hij me wel eerder opgevallen, maar ik dacht dat ik kansloos was. Waarom zou hij zijn oog op zo'n onopvallend, schuw meisje als ik laten vallen? En toch gebeurde dat. Het was op het kerstbal, toen ik veertien was. Ik had niet echt veel zin in het schoolfeest, maar mijn ouders wisten dat er een feest werd gegeven, dus het was onmogelijk om thuis te blijven. Niet gaan betekende dat ik niet hield van dingen waar iedere normale puber gek op was. Het idee dat ik anders was zou mijn ouders verdriet doen, ze zouden misschien ook teleurgesteld in me zijn of met me te doen hebben. De compassie van mijn ouders leek me pijnlijker dan het schoolfeest zelf. Mijn vader bracht me en gaf me geld mee om na afloop een taxi te nemen, zodat ik niet in mijn eentje dat hele eind door de polder hoefde te fietsen. Hij had me natuurlijk ook kunnen afhalen met de auto, maar dat wilde ik pertinent niet. Stel je voor dat hij zag hoe ik ergens moederziel alleen langs de kant stond.

Ik mengde me tussen mijn klasgenoten en probeerde uit de buurt van Isabels kliek te blijven, al viel dat niet mee. Ze waren alom aanwezig met hun geschreeuw en gelach. Ik stond te dansen met niemand in het bijzonder, zoals eigenlijk iedereen deed op de stampende discodeuntjes, en opeens bevond de groep zich rechts van me. Ze knikten naar mij, lachten en rolden met hun ogen. Isabel begon me na te doen en probeerde Bart daarin mee te krijgen. Bart en ik kenden elkaar nauwelijks en ik zag hem met een niet-begrijpende blik van Isabel naar mij kijken. Isabel trok een sullig gezicht en maakte een paar logge dansbewegingen, waar de anderen om moesten lachen. Ik voelde dat ik kleurde en mijn bewegingen werden steeds houteriger.

'Tja, ík ben aan de lijn,' zei Isabel met nadruk, en ze streek over haar heupen. 'Ik ben al twee kilo kwijt.'

Bart volgde haar beweging met zijn ogen en zei: 'Echt waar? Dan zijn ze zeker naar je kont gezakt.'

Iedereen barstte in lachen uit en Isabel gaf Bart een speelse schop tegen zijn schenen. Ik ving Barts knipoogje op.

Als iemand jou op het moment dat je voor gek gezet wordt te hulp schiet en laat merken aan jouw kant te staan, dan loop je zo over van dankbaarheid en genegenheid dat die gevoelens gemakkelijk kunnen overslaan naar verliefdheid. En dat gebeurde ook.

Hoe openlijker Bart het aandurfde om aandacht aan mij te besteden, hoe verliefder ik werd. Maar hij pakte het discreet aan, zonder mij in verlegenheid te brengen. Ze hadden niet eens in de gaten wat er op dat moment tussen ons ontstond.

Op een gegeven moment gingen ze allemaal naar buiten, en ik bleef achter op de dansvloer en danste een beetje tussen mijn andere klasgenoten rond. En opeens stond Bart tegenover me. Ik keek om me heen maar zag de rest van de groep nergens, waarschijnlijk waren ze nog buiten.

Hij kwam vlak voor me staan en lachte op een heel speciale manier. Hij stak zijn hand naar me uit en trok me naar zich toe. We dansten. We dronken. Er werd geen alcohol geschonken, maar veel leerlingen hadden kleine flesjes whisky bij zich, die ze aan hun cola toevoegden. Het had iets heel intiems om samen met Bart snel een scheut whisky in ons glas te gooien en dat samenzweerderig leeg te drinken. De kriebels in mijn buik werden steeds heviger.

Naarmate de avond vorderde verloor ik steeds meer van mijn schuwheid, waar de whisky wel aan bijgedragen zal hebben. De groep keerde terug, maar zag niets bijzonders aan ons omdat we weer los van elkaar, midden tussen de anderen dansten. De avond liep al bijna ten einde toen we er samen vandoor gingen. Dat wil zeggen, Bart greep mij bij mijn elleboog, leidde me van de dansvloer af en we liepen naar buiten, het schoolplein op. Aan het begin van de avond was hij een vreemde voor me geweest en nu liepen we met onze armen om elkaar heen naar een verlaten hoekje van het fietsenhok. Het was reuze spannend en plotseling zoenden we hartstochtelijk. Hij kon fantastisch zoenen, dat had hij beslist vaker gedaan. Ik wist nauwelijks wat ik moest doen.

'Doe je mond eens verder open,' zei hij toen zijn tong telkens tegen mijn tanden stootte, en ik opende mijn mond. De sensatie van zijn tong die traag mijn mond verkende was adembenemend. Ik stond te zoenen met de populairste jongen van school!

Opeens drong het tot me door dat dit wel eens één grote grap kon zijn. Ik wist niet op welke manier ik in de maling werd genomen, maar ik deed mijn ogen open en keek langs Bart heen of ik de anderen misschien dichterbij zag sluipen. Het fietsenhok was leeg. Barts hand ging naar de ritssluiting van mijn broek, maar ik trok hem voorzichtig weg. Hij vond het niet erg.

'Niet?' zei hij zacht. 'Oké.'

We zoenden zachtjes verder en de groep was nergens te bekennen. Uiteindelijk liepen we hand in hand terug naar de hoofdingang. Ik was in de zevende hemel. Het feest was afgelopen, de meesten waren al vertrokken. De groep was ook weg, waarschijnlijk nog even de stad in, zoals Bart zei.

Het had me niet verbaasd als hij nu afscheid van me had genomen en had aangekondigd dat hij ze ging zoeken. Ik zou het hem ook niet kwalijk genomen hebben, maar in plaats daarvan vroeg hij waar mijn fiets stond. Toen hij hoorde dat mijn vader me had gebracht pakte hij zijn eigen fiets, een oude gammele roestbak, en zei: 'Spring maar achterop.'

Hij bracht me naar huis. Hij had me ook in een taxi kunnen zetten, waar ik per slot van rekening geld voor meegekregen had, maar hij bracht me op de fiets naar huis. Tien kilometer heen, en daarna voor hem tien eenzame kilometers terug. Bij de voordeur namen we zo uitgebreid afscheid dat ik een uur later pas naar binnen glipte. Met bonzend hoofd van verrukking lag ik die nacht in mijn bed, niet in staat te slapen. Bart, Bart, Bart, zong het in me.

Ik hoopte dat vanaf nu mijn leven er heel anders uit zou zien. Hij zou me verdedigen, beschermen en me bij de groep betrekken. Isabel zou me vol respect aankijken en weer mijn vriendin worden, al was dat niet eens waar ik van droomde; het was genoeg dat ze me gewoon met rust liet.

Ik vergat even dat de kerstvakantie was begonnen en dat er voorlopig helemaal geen school zou zijn. Bart zou me bellen, we zouden een afspraakje maken en samen een heerlijke kerstvakantie beleven.

Hij belde niet.

Veertien dagen lang leefde ik tussen hoop en vertwijfeling, de feestdagen gingen volledig aan me voorbij en met Oud en Nieuw keek ik buiten naar het vuurwerk aan de sterrenhemel en deed mijn wens voor het nieuwe jaar zonder veel hoop dat hij zou uitkomen.

Na de kerstvakantie ging ik weer naar school, en de eerste die ik zag toen ik het schoolplein op fietste was Bart. Hij stond te midden van de groep, naast Isabel, keek mijn kant uit maar zag me niet. Tenminste, dat bleek nergens uit. Ik reed naar het fietsenhok en zette mijn fiets in de stalling terwijl de bel over het schoolplein snerpte. De massa scholieren kwam in beweging en stroomde door de hoofdingang het grote bakstenen gebouw binnen. De groep passeerde me op het moment dat ik het fietsenhok uit kwam, mijn canvas schooltas over mijn schouder geslingerd. Het was het lot dat me naast Bart deed uitkomen, of hij had het zelf zo uitgekiend. Daar ben ik na al die jaren nog niet zeker van, maar veel deed het er ook niet toe. Bart glimlachte naar me, stak zijn hand uit en tikte met zijn vinger op het puntje van mijn neus. Het was een liefkozend, teder gebaar dat me meer deed dan een kus zou hebben gedaan. Maar daar bleef het bij; hij negeerde me de rest van de dag. Ik begreep er helemaal niets van toen hij later die middag, toen ik allang thuis was en op mijn kamer huiswerk zat te maken, aan kwam fietsen.

Mijn bureau stond zo dat ik uit het raam kon kijken en ik rende naar beneden om de deur open te doen. Hij zwaaide net zijn been over de stang van zijn fiets en zei met een stralende lach: 'Hoi! Zullen we naar het strand gaan?'

We gingen naar het strand, lagen in de kou te zoenen in een duinpannetje en aten een patatje oorlog bij de Zandloper, onder aan de strandopgang om weer warm te worden.

De volgende dag op school negeerde hij me compleet, maar thuis vond ik een briefje in mijn tas. *Vrijdag naar de film? – Bart*

Toen begreep ik het: onze relatie was geheim. Ik vroeg niet naar de reden, vond het eigenlijk wel prima zo. Mijn relatie met Bart zou heel wat opschudding hebben veroorzaakt en daar zat ik niet op te wachten.

Een half jaar lang spraken we regelmatig met elkaar af, maar altijd op plekken waar we weinig kans liepen bekenden tegen te komen. Ik geloof niet dat iemand er ooit achter is gekomen, hoewel ik denk dat Isabel wel iets vermoedde. Haar scherpe blik kon onderzoekend van Bart naar mij glijden, en het ongeloof in die blik vergde het uiterste van mijn zelfbeheersing. De manier waarop ze in het openbaar tegen Bart aan hing, haar hand door zijn steile zwarte haar haalde en met hem dolde en lachte. Ze móést hem hebben, al was het alleen maar om te bewijzen dat ze hem kon krijgen.

Maar hij was van mij. Tot de dag dat Isabel verdween. Vanaf dat moment was onze relatie opeens voorbij. Bart deed dat jaar eindexamen en ging van school, en hoewel ik er vaak over gefantaseerd heb dat we elkaar tegenkwamen, heb ik hem nooit meer gezien.

En nu zit Olaf tegenover me. Net zo'n opgewekt, onafhankelijk type als Bart. Voel ik me daarom zo tot hem aangetrokken? Komt er daarom opeens een gevoel van begeerte in me op? Sinds Bart heb ik geen seks meer gehad en nu pas besef ik me hoe vreemd dat eigenlijk is.

Vanavond gaat het gebeuren. Ik weet het, voel het, ik wil het. Ik ben lang genoeg alleen geweest.

Na een paar glazen wijn in een gezellige kroeg laat ik me door Olaf naar huis brengen. Hij brengt me tot aan de deur en ik zie de vraag in zijn ogen. Ik glimlach, maak een uitnodigend gebaar naar de deur, en zoen hem vol overgave op zijn mond.

# 13

Ik word wakker van gesnurk. Verschrikt draai ik me om en krijg bijna een elleboog in mijn oog. Olaf ligt op zijn buik, zijn armen onder het kussen. Meteen ben ik klaarwakker.

Olaf.

Ik heb het dus niet gedroomd; ik heb sinds jaren de liefde weer bedreven.

Slapen lukt niet meer. Door het aanhoudende gesnurk, maar ook van verbazing dat ik zo snel seks met hem heb gehad. En wat dan nog? Olaf is een leuke vent. Of er meer in zit weet ik niet, we zullen wel zien, laat ik er maar gewoon van genieten.

Slaperig draai ik me om op mijn andere zij en kijk op de wekker. Het is al licht, dus zo vroeg kan het niet zijn. Het is kwart over zes, maar van mij mag de dag beginnen. Mijn gedachten gaan naar de vorige avond en de kriebels in mijn buik verdrijven het laatste beetje slaap.

Aanvankelijk leek Olaf niet eens veel meer van plan te zijn dan wat zoenen op de bank. We lagen een beetje tegen elkaar aan, praatten zachtjes, maakten grapjes en zoenden tussendoor. Olafs hand lag op mijn been, kroop langzaam omhoog en gleed over mijn heup. Het had iets heel sensueels om gestreeld te worden met mijn kleren nog aan, vooral door de belofte dat het zonder alleen nog maar lekkerder zou zijn.

Het duurde niet lang voor onze kleding door de kamer verspreid lag en vervolgens is er van slapen weinig gekomen. Spijt? Ik dacht het niet! Ik vraag me af hoe ik het al die tijd zonder seks heb volgehouden. Ik sluit mijn ogen en voel het in mijn hele lijf.

Een nieuwe reeks snurkgeluiden jaagt me uiteindelijk mijn bed uit. Het achtervolgt me tot in de douche, in de keuken als ik koffie zet en een paar oude bruine boterhammen rooster.

Op het moment dat ze uit de broodrooster springen, hoor ik wat achter me. Olaf staat op de drempel, gekleed in een boxershort. Hij gaapt en maakt een verkreukelde indruk.

'Goeiemorgen,' zegt hij slaperig. 'Wat ben jij vroeg op.'

'Ik kon niet meer slapen. Weet je dat jij ontzettend snurkt?' zeg ik terwijl ik jam op mijn toast smeer.

'Dan had je me moeten aanstoten. Dan houdt het wel op.' Olaf loopt naar het aanrecht en schenkt een mok koffie in. 'Je hebt zelfs al koffie.'

'En toast. Wil je ook?'

'Nee, ik ontbijt nooit. Een kop zwarte koffie en een peuk is genoeg voor mij.'

'Daar zou ik niet op kunnen leven.' Ik haal de krant en spreid hem uit op de keukentafel, niet van plan mijn vaste ochtendritueel te veranderen. Ik moet goed ontbijten en even de krant lezen.

'Ik ga een douche nemen, is dat goed?' vraagt Olaf.

'Prima, doe of je thuis bent.'

Ik verdiep me in de krant, maar niet genoeg om de geluiden die van de wc komen niet op te merken. Hij heeft de deur open laten staan, maar lijkt zich daar niet voor te generen. Dan begint de douche te kletteren en hoor ik Olaf zingen. Als hij maar niet aan die douchegel zit die ik mezelf laatst cadeau heb gedaan.

Maar de appelgeur dringt al in mijn neusgaten door. Geërgerd neem ik een slok koffie. Een merkwaardig zinnetje is dat, 'doe alsof je thuis bent'. Je zegt het om je gastvrijheid te benadrukken, maar eigenlijk wil je dat ze je eigendommen respecteren.

Als we even later samen de straat op lopen om naar ons werk te gaan, ben ik mijn ongemakkelijke gevoel alweer kwijt. Olaf is in een goed humeur. Fris gedoucht, zijn natte haar achterovergekamd en in een wit T-shirt; hij ziet er heel aantrekkelijk uit en ik voel een plezierige tinteling in mijn buik. Het heeft eigenlijk wel iets, mijn appelgeurtje dat om hem heen hangt.

We lopen naar zijn auto, waarvoor hij gisteravond zowaar voor de deur een parkeerplaats heeft kunnen vinden. Olaf stapt in en opent van binnenuit het portier voor mij. Ik stap ook in en zet mijn tas aan mijn voeten. Het is een rommeltje in de auto. De ochtendzon schijnt onbarmhartig op rondslingerende cd-hoesjes, Marswikkels en halfvolle pakjes sigaretten. Het stinkt, ik zet mijn zonnebril op en draai het raampje open.

'Ze zullen wel denken als wij samen aankomen,' zeg ik.

'Wat?'

'Op het werk. Ze zullen wel denken.'

'O,' zegt Olaf ongeïnteresseerd.

'Kan jou dat niet schelen?'

'Nee, niet echt.'

Hij zegt het met een stem die doorzeuren over dit onderwerp bij voorbaat onmogelijk maakt. Vrouwengeleuter. En hij heeft gelijk; wat kan mij het schelen. Waarom maak ik me in vredesnaam druk over wat anderen denken?

We rijden het parkeerterrein van De Bank op. Olaf parkeert de auto achteruit in en we stappen uit. Het is waanzinnig druk; iedereen komt rond deze tijd aan. Olaf slaat zijn arm om me heen en loodst me door de draaideuren naar binnen, alsof ik daar op eigen kracht niet toe in staat ben. In de spiegeling van de ruiten zie ik Renée achter ons lopen.

'Ik moet nog even beneden zijn. Ik mail je,' zegt Olaf. Hij houdt me staande en kust me langdurig. Ik maak me wat gegeneerd van hem los. Hij lacht naar me, geeft me een knipoogje en beent met lange passen de hal door, weg van mij.

Renée passeert me en kijkt om naar Olaf. Bij de lift komen we elkaar tegen. We groeten elkaar en zwijgen dan.

De lift stroomt vol en in de drukkende stilte van een groep vreemden die noodgedwongen elkaars tandpastalucht en deodorant inademen zoeven we naar boven.

Zodra de lift op de negende verdieping stopt, wringt Renée zich naar buiten en loopt met grote, bijna onvrouwelijke stappen naar het secretariaat. Ik volg in een aanzienlijk rustiger tempo. Als ik binnenkom, is ze al druk aan het redderen. Ze doet de computers aan, zet de koffieautomaat in werking en pakt sleutels om de deuren van de kasten te openen.

De computers komen zoemend en met opgewekte openingsmuziekjes tot leven.

Renée zoekt meteen Outlook op en opent haar mailbox. 'Sabine, heb je die volmacht voor Price & Waterhouse gisteren wel verstuurd? Ik heb hier een mailtje waarin ze vragen waar hij blijft.'

'Volmacht? Welke volmacht?' vraag ik.

'De volmacht die ik je gisteren heb gevraagd te versturen. Ik had een briefje op je computer gehangen omdat ik weg moest. Dat heb je toch wel gezien? Het zat midden op je beeldscherm!'

'Ik heb geen briefje gezien.'

Renée staart me secondelang sprakeloos aan. 'Dat meen je niet!' zegt ze ten slotte. 'Dus die volmacht is niet verstuurd?'

'Nee, als ik van niets weet, kan ik ook niets versturen, hè?'

Renée grijpt naar haar hoofd, opent haar mond, sluit hem weer en loopt besluiteloos heen en weer. 'O, shit!' zegt ze gefrustreerd.

Ik bekijk de stapel faxen die op mijn bureau ligt. Er zit met een paperclip een briefje aan vast: *Voor halfelf versturen, s.v.p.*

'Goeiemorgen!' Wouter komt het secretariaat binnen en loopt meteen naar zijn postvak.

'Wouter!' Renée valt op hem aan als een valk op een muis. 'We hebben een probleem. Sabine is vergeten die volmacht naar Price & Waterhouse te sturen.'

'Wat?!' Wouter draait zich met een ruk om.

'Maak je niet druk, dat lossen we wel op. Als je me de sleutels van je auto geeft, breng ik ze nu persoonlijk naar hen toe.' Ze steekt haar hand uit, maar Wouters ogen flitsen naar mij.

'Ik heb meerdere keren gezegd dat het heel belangrijk was dat ze vandáág die volmacht ontvingen. Voor tienen. Meerdere keren heb ik dat gezegd,' zegt hij kalm.

Te kalm.

'Iedereen maakt fouten, Wouter,' sust Renée.

'Niet dergelijke fouten! Price & Waterhouse is onze grootste klant!'

Renée maakt een gelaten gebaar. 'Laten we ons niet opwinden. Geef je sleutels nou maar, dan breng ik die volmacht snel.' Ze kijkt op haar horloge. 'Dat kan ik nog redden.'

Wouter legt de sleutels van zijn BMW in haar hand. 'Snel dan. Maar rij voorzichtig.'

'Natuurlijk,' zegt Renée. Ze pakt haar tas en loopt het secretariaat uit. Mij keurt ze geen blik waardig. Wouter en ik blijven alleen achter. De stilte hangt als een zwaard tussen ons in.

'Ik wist van niets,' zeg ik. 'Renée zei dat ze een briefje op mijn computer had gehangen, maar er hing niets. Ik heb in ieder geval niets gezien.'

Wouter haalt vermoeid zijn hand door zijn grijzende haar.

'Om tien uur komen er klanten van Illycaffè,' zegt hij. 'Spreek jij Italiaans?'

'Nee. Wel Duits en Frans.'

'Het zijn Italianen,' zegt Wouter. 'Zorg jij dat alles klaarstaat in de vergaderkamer?'

Ik knik en kijk naar de stapel faxen in mijn hand die allemaal voor halfelf verstuurd moeten worden. 'Waar zijn Zinzy en Margot?'

'Weet ik veel.' Wouter loopt het secretariaat uit.

Ik klik op de Outlook-agenda in mijn computer en zie bij vrijdag 14 mei: *Zinzy vrij. Margot tandarts.*

Geweldig.

Had ik vanochtend mijn sportschoenen maar aangetrokken in plaats van die elegante, hooggehakte nieuwe schoentjes. Ik verzwik mijn enkel op weg naar de receptie, waar een delegatie Italianen staat te wachten. Ik begroet ze met een allerhartelijkst *buon giorno* en daarna zou ik er alleen nog maar *grazie* en *pizza margherita* aan kunnen toevoegen, dus ga ik meteen over in het Engels.

Ik begeleid de heren naar de vergaderkamer, waar ik in vliegende haast melk, suiker en een schaal koekjes heb klaargezet. De koffie loopt, maar ze willen liever *thè*.

Ik laat Wouter weten dat de heren van Illycaffè zijn gearriveerd en ren door naar de koffieautomaat. Het ding heet koffieautomaat, maar je kunt er ook soep, chocolademelk en heet water voor thee uit halen. Ik giet de thermosfles met koffie leeg, spoel 'm om en gooi er het ene bekertje heet water na het andere in. Theezakjes erbij, klaar. Normaal gesproken kun je dit door het personeel van het restaurant laten doen, als je het tijdig aanvraagt.

Blijkbaar is er niets aangevraagd, anders had het allemaal allang klaargestaan. Wouter kijkt me geërgerd aan als ik eindelijk binnenkom. Van de zenuwen knoei ik met inschenken op de schoteltjes.

'Laat maar, Sabine. We schenken zelf wel in. Heb je ook koffie?' zegt Wouter afgemeten.

Nee, niet meer.

'Natuurlijk,' zeg ik. 'Ik kom er zo aan.'

'Neem meteen een doekje mee,' zegt Wouter met een blik op de kringen op de beukenhouten tafel.

'Doe ik.' Ik glimlach naar de Italianen. Ze glimlachen beleefd terug.

Ik haast me terug naar de koffieautomaat. Het secretariaat ligt er onbemand bij. Ik hoor de telefoon rinkelen en aarzel over de prioriteit van mijn taken. De keuze valt op Wouter: zonder koffie is hij zo prikkelbaar als een ouwe hond. Ik gris een doekje uit de spoelbak en neem de koffie mee naar de vergaderzaal. Zo rustig mogelijk maak ik mijn entree. Nu niet struikelen.

Ik zet de koffie neer, zeg keurig en opgewekt 'alstublieft' en ga terug naar het secretariaat. Alle telefoons rinkelen. Op de gang kom ik Tessa tegen, een van de commerciële medewerkers.

'Zou je niet eens opnemen? Die telefoons gaan al een uur,' zegt ze.

Gejaagd loop ik naar mijn bureau en neem het eerste telefoontje aan.

'Trustkantoor van De Bank, goedemorgen. U spreekt met Sabine Kroese. Een ogenblik alstublieft, ik verbind u door.'

'Trustkantoor van De Bank, goedemorgen. U spreekt met Sabine Kroese. Het spijt me, hij is in vergadering. Zal ik vragen of hij u terugbelt? Ik zal het doorgeven. Prettige dag.'

'Trustkantoor van De Bank, goedemorgen. U spreekt met Sabine Kroese. *Bonjour, madame Boher. Un moment, je vous passe.*'

Het houdt maar niet op. Margot komt binnen, overziet de chaos en schiet meteen te hulp. Om elf uur wordt het eindelijk rustiger en kunnen we zelf even een kop koffie drinken.

Tessa wandelt het secretariaat binnen. 'Heeft signor Alessi al gebeld?'

'Nee, die heb ik niet aan de telefoon gehad,' zeg ik.

'Ik ook niet,' zegt Margot.

Tessa kijkt verontrust. 'Wat vreemd. Ik heb zijn antwoord nu echt nodig, want ik moet zo vergaderen met de aandeelhouders. Je weet het echt zeker?'

Ze bladert in het boek met verstuurde faxen. 'Zeg, die fax voor Alessi staat er helemaal niet bij. Is die wel verstuurd?'

Ik schiet overeind. De faxen!

'Shit,' zeg ik. 'Het was zo druk de hele ochtend, ik ben er niet aan toegekomen. Ik ga ze meteen versturen.'

'Zijn ze nog niet eens verstuurd? Goeie genade!' Tessa kijkt me woedend aan. 'Renée had gelijk,' bijt ze me toe voor ze het secretariaat verlaat.

'Ik weet heel zeker dat er géén briefje op mijn beeldscherm hing,' zeg ik 's avonds tegen Olaf. We hebben pizza gehaald en zitten op mijn balkon in het zonnetje te eten.

'Was het niet op de grond gevallen?'

'Ik heb niets gezien,' zeg ik.

'Misschien is het onder je bureau beland. Of zij liegt.' Olaf pakt de fles Frascati die tussen ons in staat en schenkt ons nog eens bij.

'Volgens mij liegt ze,' voegt hij eraan toe.

'Volgens mij ook,' zeg ik.

We zitten buiten tot de zon achter het gebouw verdwijnt en dan gaan we naar mijn slaapkamer. We vrijen, praten, maken grapjes over Renée en vrijen nog eens. Ik lach, maar voel me niet echt vrolijk. Als Olaf weggaat – hij moet nog naar een vriend met een gecrashte computer – zet ik de tv aan en maak de fles Frascati leeg.

Ik drink te veel. Veel te veel, maar ik ben het me in ieder geval bewust. Ik neem me ook voor om er iets aan te doen, maar nu nog niet. Het gaat beter met me. Ondanks de onaangename sfeer op mijn werk voel ik me sterker en energieker worden. Het feit dat ik terug ben in de maatschappij en er 's middags van kan bijkomen, doet me goed. Die avond krijg ik een terugval. Een reclame over vriendinnen op tv, het journaal, zelfs een emotionele scène uit een soap, alles maakt me aan het huilen. En dan kan ik niet meer ophouden. Een oud verdriet worstelt zich los en komt aan de oppervlakte.

Het is al tien uur geweest als Jeanine belt.

'Hoi, met mij. Je lag toch nog niet in bed?'

'Nee, ik lig een beetje tv te kijken.'

'O, gelukkig. Ik belde je en toen realiseerde ik me pas dat het al na tienen is. Hoe was het?'

'Olaf, bedoel je?' vraag ik, en ik zet met de afstandsbediening de tv uit.

'Ja, natuurlijk met Olaf. Was het leuk?'

'Het was leuk, ja,' zeg ik neutraal.

Even blijft het stil, dan roept ze: 'Nou, kom op! Vertel dan! Ben je met hem naar bed geweest?'

'Wil je niet weten hoe onze avond was?'

'Eerst wil ik weten of je met hem naar bed bent geweest, daarna mag je me alles vertellen over jullie romantische avondje. Of was het niet romantisch?' vraagt Jeanine, opeens gealarmeerd.

'Och, als je een poffertjeskraam als het hoogtepunt van romantiek beschouwt…' zeg ik.

Daar is ze even stil van. 'Heeft hij je meegenomen naar een póffertjeskraam? Is hij gek geworden?'

Diep in mijn hart ben ik het met haar eens, maar toch voel ik de behoefte om Olaf te verdedigen. 'Eigenlijk was het best leuk. En het is ook wel origineel, toch? Ik bedoel, de pizzeria had ook gekund maar...'

'De pizzeria,' valt Jeanine me laatdunkend in de rede. 'Hij had je mee moeten nemen naar het Américain, of in ieder geval naar de Franschman. Daar komt *tout* Amsterdam.'

'Zie jij Olaf in het Américain zitten? Dat is toch helemaal niets voor hem. Nee, ik ben blij dat we dat niet gedaan hebben,' zeg ik, en ik meen het.

'Maar de póffertjeskraam...' zegt Jeanine verbolgen.

'Ik weet het,' zeg ik berustend. 'Volgende keer kleed ik me op Broodje van Kootje.'

We giechelen.

'Dus er komt wel een volgende keer?' begrijpt Jeanine.

'Ik denk het wel, ik weet het eigenlijk niet. We hebben het er vanochtend niet over gehad,' zeg ik, en ik breng ongewild het gespreksonderwerp terug op Jeanines basisinteresse.

'Vanochtend op het werk of vanochtend bij jouw thuis?' vraagt ze spits.

'Vanochtend bij mij thuis, nieuwsgierig Aagje. En om maar meteen je volgende vraag te beantwoorden: ja, ik ben met hem naar bed geweest,' zeg ik met een lach.

'Dus het is maar goed dat je dat sexy lingeriesetje hebt gekocht,' stelt Jeanine tevreden vast.

'Ja,' moet ik toegeven. 'Alle eer aan jou. Ik had mooi voor gek gestaan in die oude onderbroek.'

'Ik wil nog veel meer weten, maar ik moet ophangen. Zeg, zullen we voor morgen afspreken?'

'Gezellig. Bij mij of bij jou?'

'Het wordt warm morgen. Ik dacht dat we wel even naar Zandvoort konden gaan. Als je zin hebt, hoor.'

'Zin? Heb jij een telepathisch vermogen of zo? Ik was juist van plan om dat bleke vel van me een beetje te laten bruinen.'

'Nou, mooi. Doen we. Ik pik je om halftwee op, oké?'

'Oké.'

'Tot morgen. Vergeet je zonnebrand niet. En je bent gewaarschuwd: morgen wil ik alles horen. Alles!'

Ik lach en hang op.

# 14

De volgende middag lopen we het strand van Zandvoort op. Het is zaterdag en druk, maar niet overvol. We kiezen een plekje in de buurt van de strandopgang, spreiden onze badlakens uit, maken zandkussentjes om ons hoofd op te leggen en vissen zonnebril en zonnebrand uit onze tas. We smeren elkaars rug in en dan strekken we ons uit op onze badlakens.

Jeanine zucht van genoegen. 'Zon, zon, doe je werk! O, wat is de zomer toch heerlijk. Ik wil ontzettend bruin worden. Ik ga iedere vrije minuut liggen bakken.'

'Dan ben je over tien jaar net een oude leren tas,' zeg ik, met mijn hoofd op mijn armen.

'Welnee, met de weinige vrije tijd die ik heb zeker! Trouwens, zulke geweldige zomers hebben we in Nederland niet, dus dat zal wel meevallen. Waarschijnlijk is het de rest van de maand weer bewolkt.' Jeanine draait zich om op haar rug en zucht nog een keer van intens genoegen.

Het is ook lekker om de zon op je huid te voelen. Je knapt er helemaal van op.

'Zo, en nu ben ik klaar voor de details,' zegt Jeanine als ik net een beetje wegsoes. 'Vertel! Hoe was hij?'

'Nou, gewoon. Goed, denk ik,' zeg ik vaag.

'Goed dénk je? Jezus, ben je klaargekomen of niet?'

Ik grijns een beetje verlegen. Het is niet mijn gewoonte om mijn seksleven met anderen te bespreken. Niet alleen omdat ik lange tijd helemaal geen seksleven heb gehád, maar meer omdat ik zo'n gespreksonderwerp eigenlijk privé vind. Maar daar denkt Jeanine duidelijk heel anders over en ik heb geen zin om moeilijk te doen. Mijn contact met Jeanine komt steeds dichter in de buurt van wat ik onder een vrouwenvriendschap versta, en daar hoort ook het uitwisselen van privé-zaken bij. Het is even wennen, maar het wordt tijd dat ik me weer openstel voor anderen.

'Ja,' zeg ik alleen, in antwoord op haar vraag. Dat is al heel openhartig voor mijn doen, ik ben niet van plan me te verliezen in details. Maar Jeanine vraagt door en binnen tien minuten heeft ze de meest smeuïge details aan me ontlokt. Een prestatie op zich.

'Hij is leuk,' zegt Jeanine tevreden. 'Ben je verliefd op hem?'

'Ik weet het eigenlijk niet.' Ik kom overeind, trek mijn knieën op, sla mijn armen eromheen en kijk peinzend naar de zee. 'Hij is inderdaad heel leuk, maar verliefd zijn hoort anders te voelen. Ik denk wel veel aan hem, maar zonder de behoefte om naar hem toe te rennen of zo. En dat is wel eens anders geweest.'

Bij Bart, denk ik, maar ik spreek die naam niet uit. Die verliefdheid kun je nauwelijks meetellen, ik was een puber. Toch kan ik nog steeds het gevoel van verlangen terughalen dat ik kreeg als ik naar hem keek, de verrukking als hij me onverwacht en heel terloops even over mijn hand streelde wanneer we toevallig naast elkaar door de drukke gang van de school liepen. De dwangmatigheid waarmee mijn gedachten door hem in beslag werden genomen als ik alleen thuis zat en hartjes in mijn schrift tekende. Dát was verlangen, zo jong als ik was, en dat gevoel heb ik daarna nooit meer gekend. Ook niet bij Olaf.

'Bij wie dan? Op wie ben jij écht heel verliefd geweest?' vraagt

Jeanine op vertrouwelijke toon, en dan vertel ik haar toch over Bart. Hoe langer ik het over hem heb, hoe korter geleden het lijkt. Het zou me niet eens verbazen als ik hem nu opeens voorbij zou zien komen.

Als ik uitverteld ben, doet Jeanine verslag van háár liefdesleven, en daar heeft ze aanzienlijk meer tijd voor nodig.

Ik ga op mijn rug liggen, luister naar haar stem en koester mijn gezicht in de warmte van de zon. Ik graaf met mijn hielen kuiltjes in het zand, hoor de branding ruisen, de kreten van meeuwen die rondcirkelen in de strakblauwe lucht en ik snuif de vertrouwde geur op van patat en zonnebrandcrème.

Een herinnering welt in me op. Ik ben dertien en lig op het strand. Het is zomer en ik ben alleen. Ik ga wel vaker alleen naar het strand, het is vlakbij en ik vind het heerlijk om te liggen lezen met het geluid van de branding op de achtergrond.

Iets verderop strijkt een groepje meisjes neer en uit mijn ooghoeken kijk ik naar hen. Het zijn Isabel, Mirjam en een paar andere klasgenoten. Mijn vriendschap met Isabel is op dat moment al niet meer wat het geweest is, maar ze treitert me nog niet.

Ik krabbel overeind, raap mijn spullen bij elkaar en loop naar het groepje toe. Met een glimlachje blijf ik voor hen staan, mijn hand boven mijn ogen om ze te beschermen tegen de felle zon. Op verontschuldigende toon vraag ik of ik erbij mag komen zitten. Ik zou gewoon met een vrolijk 'hoi' neer moeten ploffen, maar intuïtief voel ik dat de hiërarchie in de groep zoveel brutaliteit niet toestaat.

Isabel kijkt me aan. Onze ogen houden elkaar secondelang vast, dan kijk ik weg. De meiden steken de hoofden bij elkaar, gaan in beraad en na kort overleg delen ze me mee dat het niet mag.

Ik raap mijn spullen op, die ik al in het zand heb gegooid, en keer terug naar mijn oude plekje. Met de handdoek over mijn schouder en de badtas in mijn armen kijk ik naar het kuiltje dat ik voor mezelf heb gegraven. Het windje dat over het strand speelt lijkt opeens fris. Ik draai me om en loop langzaam het strand af, naar huis.

'Sabine?' Jeanines stem komt van heel ver weg. Het kost me een paar seconden om de overgang terug naar het heden te maken.

'Hmm?' zeg ik.

'Ik dacht dat je sliep.'

'Nee, ik lag te luisteren,' zeg ik schuldbewust.

'Wat heb ik dan het laatst gezegd?'

'Eh...'

'Nou, lekker dan.' Jeanine draait zich op haar zij en kijkt me over haar zonnebril streng aan. 'Waar lag jij zo intens aan te denken dat je mijn interessante verhaal gemist heb?'

'Aan vroeger. De middelbare school.'

Lachend schuift Jeanine haar zonnebril omhoog. 'Hoe kom je dáár nou bij?'

'Omdat ik vroeger aan zee woonde. Ik kon te voet naar het strand.'

'O ja, jij woonde natuurlijk in Den Helder. Te gek.'

'Julianadorp,' zeg ik. 'Ik woonde in Julianadorp.'

'Julianadorp,' herhaalt Jeanine. 'Dat klinkt als een pretpark.'

'Dat is Julianatoren,' corrigeer ik.

'O ja, dat is waar ook. Daar ben ik wel eens met mijn neefje geweest.'

Het gesprek gaat over op andere onderwerpen. We hebben het over haar neefje René en gaan als vanzelfsprekend over op een andere Renée, en op wat Jeanine met haar heeft meegemaakt toen ik thuis depressief zat te zijn. We liggen allebei met gesloten ogen op onze badlakens en haar stem klinkt vlakbij.

'Weggaan was de enige mogelijkheid die overbleef,' zegt ze. 'Ze is zo overheersend, zo ambitieus. Jij zou ook weg moeten gaan, Sabine.'

'En dan?' zeg ik soezerig. 'Ik zal eerst een andere baan moeten vinden.'

'Als het om financiële redenen is, wil ik je wel helpen. Desnoods trek je bij mij in als je geen baan kunt vinden en in geldnood komt.'

'Dat zal Mark leuk vinden.'

'Wie?'

'Mark. Zo heet je vriend toch?'

'O, dat is alweer uit. Hoe wist je dat trouwens? Jullie hebben elkaar toch nooit ontmoet?'

'Je verwachtte hem toen ik maandag bij je was. Je weet wel, de eerste keer dat we elkaar weer zagen.'

'Verwachtte ik hem toen? Jee, dat je dat nog weet. Ik was hem zelf alweer vergeten.'

'Dan zat het niet erg diep.'

'Nee, dat zat het ook niet.' Ze komt overeind, zet haar handen achter zich en steunt erop terwijl ze haar ogen over het strand laat glijden. Ik doe hetzelfde en volg haar blik naar twee jongens die in de richting van de zee lopen. Ze zijn heel knap en breed en aan hun houding te zien zijn ze zich daar ook erg van bewust.

'Zullen we gaan zwemmen?' stelt Jeanine voor.

'Het water zal nog wel erg koud zijn,' voorspel ik.

'Welnee, je moet er gewoon even doorheen. Kom op!' Ze springt overeind en trekt me aan mijn arm omhoog. De twee jongemannen staan met bedenkelijke gezichten tot hun enkels in het water, maar als wij komen aanlopen, duiken ze opeens het water in.

'O wauw,' zegt Jeanine. '*Baywatch* is er niets bij. Kom op, Sabine, we gaan niet als twee tutjes staan rillen.'

De jongens komen boven, lachen naar ons, dagen ons uit. Jeanine duikt met een sierlijke beweging in zee en dan zit er voor mij weinig anders op dan haar te volgen.

We blijven de hele middag op het strand. Pas tegen zevenen sjouwen we de koelbox en onze strandtassen terug naar de auto. Geblakerd door de zon, met zand dat in onze korte broeken en topjes schuurt, rijden we naar Amsterdam.

'Pizza bij jou?' stelt Jeanine voor.

'Ik mag wel oppassen met al die pizza's,' zeg ik. 'Gisteravond hebben we dat ook al gegeten.'

We stommelen de trap op naar mijn appartement, gooien onze tassen neer en nemen om de beurt een douche.

'Waar ken jij Olaf eigenlijk van? Je zei dat je hem van vroeger kende. Was dat in Den Helder?' vraagt Jeanine als ik de douche aanzet.

Ik kleed me uit, stap onder het warme water en vertel Jeanine dat Olaf een vriend van mijn broer was en dat hij wel eens bij ons thuis kwam. Jeanine zit op de wc-pot en luistert. Voor ik het weet, heb ik het ook weer over Bart en vervolgens over Isabel.

'Ongelooflijk dat jij haar gekend hebt,' zegt Jeanine. 'Dat jullie vriendinnen waren! Ik heb haar vroeger zo vaak op het journaal gezien. Herinner je je echt niets van die tijd?'

'Nee, niet veel in ieder geval.'

Jeanine gaat douchen en ik ga op de wc-pot zitten om mijn teennagels te lakken.

'Ik heb daar wel eens over gelezen,' roept Jeanine boven het lawaai van de kletterende stralen uit. 'Ik weet niet waarin, een of ander blad of zo. Het ging over mensen die vroeger seksueel misbruikt waren en daar niets meer van wisten. Veel later kwam die herinnering terug. Ze hadden hem compleet verdrongen omdat ze al die verschrikkingen geestelijk niet aan konden. Om de een of andere reden gingen ze in therapie, kwamen stabieler in het leven te staan en toen kwamen de herinneringen terug.'

'Ik ben niet seksueel misbruikt,' zeg ik.

'Nee, sufferd, dat zeg ik ook niet. Dat artikel ging over verdringing. Het kan best zijn dat jij ook iets uit je geheugen hebt gebannen. Iets wat te erg was om toe te laten.'

Ik lak met grote aandacht mijn nagels en zie in ieder glanzend oppervlakje Isabels gezicht. Een gezicht waar geen enkel leven meer in zit. Verschrikt sluit ik mijn ogen, en als ik weer tot mezelf kom, zie ik dat niet alleen mijn nagels maar ook mijn tenen rood zijn.

Het water houdt op met kletteren en Jeanine stapt met een handdoek om zich heen geslagen uit de granieten doucheruimte.

'Heb je al pizza besteld?' vraagt ze.

# 15

Een maand voor mijn vijftiende verjaardag werd mijn vader onverwacht met een ambulance van zijn werk naar het ziekenhuis in Den Helder gereden. Een hartaanval.

Ik werd uit de Duitse les gehaald en door meneer Groesbeek naar het Gemini Ziekenhuis gebracht. Meneer Groesbeek was de wat onbehouwen, altijd rondstampende en schreeuwende conciërge van de school. Iedereen had een heilig ontzag voor zijn enorme handen, waarmee hij vechtende jongens uit elkaar haalde, brutale pubers bij de arm greep, banden plakte en de planten in de lokalen verzorgde. Meneer Groesbeek was in mijn ogen stokoud en ook een beetje griezelig, met zijn wilde grijze haar en donderende stemgeluid. Hij had een bestelbusje waarmee hij iedere dag van Callantsoog, waar hij woonde, naar Den Helder reed. Onderweg pikte hij wel eens leerlingen op die zich door windvlagen en striemende regen op de fiets naar school worstelden. Ik heb zelf ook diverse keren een lift van hem gekregen.

Op weg naar het ziekenhuis zat ik uit het vuile raam te kijken en voelde dat meneer Groesbeek naar me keek.

'Je hebt het niet gemakkelijk de laatste tijd, hè?' zei hij.

Ik keek niet-begrijpend opzij.

'Op school,' zei hij. 'En nu dit weer.'

Ik wist niet wat ik moest zeggen en daarom knikte ik maar wat.

Meneer Groesbeek klopte me op mijn been en liet zijn hand daar even liggen. Hij had een grote, behaarde hand en ik staarde ernaar en voelde het gewicht ervan op mijn been drukken. Het duurde lang voor hij hem weer weghaalde.

We reden zwijgend verder en hij zette me af bij het Gemini Ziekenhuis.

'Sterkte,' zei meneer Groesbeek. 'En wens je vader beterschap.'

Ik vloog het busje uit en keek het na terwijl het keerde en wegreed. Toen draaide ik me om en liep de ziekenhuishal binnen.

Een hartaanval is een ernstige zaak, maar eigenlijk had ik helemaal niet het idee dat mijn vader in levensgevaar was geweest. Ik kon het me niet goed voorstellen, en zijn houding tijdens het bezoekuur versterkte dat ongelovige gevoel. Iedere keer als ik binnenkwam, begroette hij me met een brede glimlach en een kwinkslag, alsof het één grote grap was dat hij daar lag. Mijn moeder kon hij volkomen op stang jagen door wilde gebaren te maken met zijn hand, die aan de hartbewaking was verbonden, waardoor de monitor op hol sloeg. Robin moest daar ontzettend om lachen, maar ik vond het niet erg grappig. Ik zat daar maar stil op mijn krukje en keek naar mijn vaders bleke gezicht, dat rare blauwe drukkertjeshemd en de elektroden die op zijn borst geplakt zaten en die zo'n schril contrast vormden met zijn opgewekte gezicht.

Op dat moment besefte ik hoeveel ik van mijn vader hield. Ik vergaf hem de keren dat hij veel te hard had geklapt bij schooluitvoeringen waar ik piano speelde, ik vergaf hem zelfs dat hij luid 'bravo!' schreeuwde, tot hilariteit van mijn klasgenoten. Ik vergaf hem dat hij erop stond 's morgens mijn brood voor me klaar te maken, van dat oergezonde bruine brood dat barstensvol granen zat en dat mijn moeder ongesneden bij de bakker haalde. Mijn vader sneed er dikke plakken van die hij royaal met kaas belegde, die eveneens met een mes van de ronde Edammer waren afgehakt. Ik kreeg het in de pauze op school nauwelijks in mijn mond en werd er natuurlijk om bespot, maar ik hield vol dat ik mijn brood zelf klaarmaakte, want ik had liever dat ík het mikpunt was dan mijn vader. Sterker nog; ik peinsde er niet over om te vragen of ze het brood misschien wilden laten snijden bij de bakker, of dat ze in ieder geval een kaasschaaf wilden aanschaffen, want dat leek me erg ondankbaar. Mijn vader stond immers speciaal voor mij vroeg op om mijn brood klaar te maken. Ik stelde ook niet voor om dat zelf te doen, want hij deed het graag. Het was het enige moment van de dag dat we in alle rust even met z'n tweetjes konden zijn, zei hij altijd. Mijn moeder was niet zo'n vroege vogel, en Robin ontbeet niet. Die stond iedere ochtend veel te laat op en vertrok meteen. Mijn vader zette uitgebreid thee voor me en legde dan de snijplank op het aanrecht.

Hij was gewend aan vroeg opstaan. Hij werkte vroeger als machinist bij de Nederlandse Spoorwegen. Vaak moest hij al om vijf uur de deur uit en dan werd ik wakker. Ik was toen nog klein, een jaar of zes, en hoorde hem op zijn sokken de trap af sluipen om ons niet te wekken. Dan gleed ik uit bed en ging in mijn nachthemdje en op blote voeten bij het raam staan wachten om hem uit te zwaaien. Het duurde nooit zo lang voor mijn vader het huis verliet, maar voor mijn gevoel stond ik een eeuwigheid te wachten, want ik moest altijd erg nodig plassen. Eén keer rende ik snel naar de wc, deed een plas en rende weer terug naar het raam. Ik was diep ontgoocheld toen mijn vader al weg bleek te zijn. Ik stelde me voor hoe hij hoopvol naar mijn raam had gekeken terwijl ik er niet stond om naar hem te zwaaien. De ochtend daarna was ik plichtsgetrouw weer op mijn post, hinkend op samengeknepen benen.

Na dat eerste hartinfarct kwam er een tweede, lichtere, overheen terwijl hij nog in het ziekenhuis lag, maar ook dat overleefde mijn vader gelukkig. Ik bezocht hem vaak, na school of als ik een tussenuur had. Dikwijls spijbelde ik.

Na een bezoekje tijdens een tussenuur kwam ik een keer terug op school en zag mijn klasgenoten in een kliek in de kantine zitten.

Isabel was de hele dag al in een uitbundige stemming om een schitterend wit leren jasje dat ze voor haar verjaardag had gekregen. Ze oogstte er grote bewondering mee.

Toen de groep me zag aankomen, viel ze stil. Een gespannen stilte, met onderdrukt gelach en snelle blikken. Om het moment uit te stellen dat ik het mikpunt zou worden, bleef ik bij de soepautomaat staan en haalde er een bekertje tomatensoep uit. Ik zette koers naar een andere hoek van de kantine, maar de groep slenterde op me af.

'Hé Sabine, ben je daar weer?' teemde Mirjam. 'Waar hang je toch steeds uit?'

'In de Donkere Duinen,' zei iemand. 'Op de afwerkplek.'

Ze lachten.

'Mijn vader heeft een hartaanval gehad,' zei ik. 'Hij ligt in het Gemini.'

Er viel een stilte.

Isabel herstelde zich als eerste. Heel even meende ik in haar ogen schrik te zien, maar haar woorden waren daarmee niet in samenspraak zodat ik me wel vergist moest hebben.

'Een hartaanval? Vind je het gek, met zo'n dikke pens,' zei ze verachtend.

Ik dacht meteen aan hoe bezorgd mijn vader altijd om Isabel was geweest nadat ze in een herfstvakantie met ons mee was gegaan naar een bungalowpark in Limburg. We waren tien jaar oud. Ze kreeg een aanval, en wilde daarna zo snel mogelijk naar huis. Mijn vader stapte met haar in de auto en reed drie uur lang om haar thuis te brengen. Ik herinnerde me de talloze keren dat hij pannenkoeken voor ons bakte, ons meenam naar pretparken en ons vermaakte met goocheltrucs die we meteen doorzagen.

Ik keek naar de schampere uitdrukking op Isabels gezicht en voelde een merkwaardig gegons in mijn hoofd. Het zwol aan tot het bonkte achter mijn ogen en mijn gezichtsvermogen vertroebelde. Mijn hart klopte zo snel dat het pijn deed in mijn borst en mijn hand klemde als een klauw het bekertje tomatensoep vast.

In een aanval van blinde woede gooide ik de inhoud ervan over Isabels nieuwe witte leren jasje. De ontzette uitdrukking op haar gezicht kan ik zó terughalen. Ze keek zo verschrikt, zo ontdaan dat ik even spijt had. Tot ze opkeek en me in de ogen staarde. Toen wist ik dat ik een groot probleem had, maar er was geen weg meer terug. In plaats van de pesterijen lijdzaam te ondergaan had ik haar de oorlog verklaard, en oorlog werd het.

De meiden uit mijn klas versperden me voortdurend de weg en knepen me als ik me langs hen wrong. Ze staken mijn banden lek. Ze gooiden de inhoud van mijn tas over het schoolplein en verscheurden mijn schriften.

Ze wachtten me op na school, maakten me belachelijk, verknipten mijn nieuwe truitje, hielden me vast en knipten een stuk van mijn 'slome truttenkapsel'. Ik vluchtte naar binnen, de school in, naar meneer Groesbeek. Hij bracht me thuis met zijn busje en zei dat ik maar naar hem toe moest komen als ze me weer iets flikten. Dat hij mijn fiets straks wel binnen zou zetten en mijn band zou plakken. Hoe ze het in hun botte hersens haalden, of er soms iets was vastgelopen in hun hoofd. Maar hij zei er tegen hen nooit iets van. Misschien was hij ook bang voor de macht van een groep, of was hij van mening dat hij er weinig tegen kon doen.

Ik durfde niet meer via de hoofdingang naar buiten. Soms liep ik met een leerkracht mee door de lerarenuitgang, maar dan moest ik altijd nog omlopen naar het schoolplein, naar mijn fiets.

Vaak ging ik naar meneer Groesbeeks kantoortje, maar dat was een noodoplossing. Meneer Groesbeek had zo zijn eigen manier om me te troosten. Hij zat met zijn arm om me heen en liet zijn hand voor mijn borst bungelen, waarbij hij die af en toe als bij toeval aanraakte. Of hij trok me tegen zich aan en streelde met zijn ruwe hand mijn hals. In het kantoortje van meneer Groesbeek voelde ik me op een heel andere manier in het nauw gedreven.

Als hij van mening was dat hij genoeg troost had geboden, liet hij me door het raam ontsnappen. Dan verschool ik me in het struikgewas, wachtte tot de groep er genoeg van had om me op te wachten en liep naar huis, mijn kapotte fiets aan de hand. Thuis plakte Robin mijn band. Hij stelde geen vragen, maar schreef mijn lesrooster over. Vanaf dat moment stond hij als het even kon na school met zijn brommer op het schoolplein, naast mijn fiets, of hij wachtte op me als hij eerder uit was. We reden samen terug naar huis, ik hangend aan zijn arm. Onderweg haalden we Isabel in.

Hoe is het mogelijk dat alles wat je bent, waar je voor staat en waar je je zekerheid aan ontleent op een dag weggevaagd is? Dat er niets méér van je overblijft dan iemand die met opgetrokken schouders rondloopt en moed moet verzamelen om het woord te nemen, iemand die schrikt van de schrille klank van haar eigen stem?

Onzekerheid dringt zich stilletjes aan je op, om op een gegeven moment je hele houding te bepalen, tot je wordt wat je uitstraalt.

Ouders maken zich altijd heel druk over de opvoeding en over wat ze wel en niet goed voor je ontwikkeling vinden, zoals laat uitgaan, bier drinken, drugs gebruiken en met verkeerde vrienden omgaan. Ze maken er een levenstaak van om van hun kinderen evenwichtige, zelfstandige mensen te maken en voelen het als een bittere teleurstelling als ze daarin falen.

In werkelijkheid hebben ze niet half zoveel invloed als ze zelf denken. Je persoonlijkheid ontwikkelt zich op school, door de klasgenoten met wie je wel of juist niet omgaat. Door je positie in de klas, het vriendengroepje dat je overeind houdt of je juist onderuithaalt.

Het is geen onschuldig plagerijtje om iedere dag kauwgom in je haar te plakken of er stiekem stukjes af te knippen omdat er vlooien in zouden zitten. Het is niet normaal om getrapt en geknepen te worden zodra daar de gelegenheid voor is, om de hele dag waakzaam te zijn, je oren te spitsen en vluchtroutes voor te bereiden.

De een leert snel, de ander heeft tijd nodig. Ik had veel tijd nodig om te beseffen dat ik niet alles hoefde te pikken wat mij werd aangedaan.

# 16

Mijn moeder heeft altijd gezegd dat ik te trouw ben in mijn vriendschappen en dat ik wat meer voor mezelf moet opkomen.

Volgens mij is trouw juist een voorwaarde om een vriendschap in stand te houden, al valt het me op dat veel mensen daar een stuk flexibeler over denken. Toen ik naar 4 havo ging, kwam ik in klassen vol onbekenden terecht en ik besloot de raad van mijn moeder op te volgen.

Vanaf dat moment zijn alle vriendschappen die ik sloot heel oppervlakkig gebleven. Het was Jeanine die als eerste door het afwerende pantser brak dat ik om mezelf had opgetrokken. We werkten nog maar net bij De Bank en kenden elkaar nauwelijks toen ze een telefoontje uit het ziekenhuis kreeg. Haar vader had een beroerte gehad. Ik zag haar gezicht spierwit worden, ik duwde haar in een stoel en gaf haar een glas water. Ik legde Wouter uit wat er aan de hand was, zorgde dat een commercieel medewerkster onze taken op het secretariaat even overnam en bracht Jeanine naar het VU Ziekenhuis, waar haar vader was opgenomen. Ze kon meteen doorlopen naar de hartbewaking en toen ik me omdraaide om weg te gaan, pakte ze mijn arm en zei: 'Sabine... bedankt.'

Alleen dat, maar met een bibber in haar stem die me hevig ontroerde. Het voelde goed om eens hulp te bieden in plaats van te ontvangen. 's Avonds belde ik haar op en dat bleef ik doen tot ze weer terugkwam op het werk. Het was vreemd om te merken dat iemand me nodig had, mijn steun op prijs stelde en zij was op haar beurt geïnteresseerd in wat ík had doorstaan toen mijn vader in het ziekenhuis belandde.

Jeanines vader overleefde de beroerte, al was een aantal spierfuncties uitgeschakeld en werd hij nooit meer helemaal de oude, maar vanaf dat moment waren Jeanine en ik meer dan alleen collega's. Terwijl zij nog volledig in beslag genomen werd door de zorgen om haar vader – haar moeder leefde niet meer en ze had geen broers en zussen, waardoor alles op haar schouders terechtkwam – stormden de herinneringen aan mijn jeugd op me af en trokken me mee in een diep zwart gat. Een verschrikkelijke depressie kluisterde me aan mijn bed. Alleen voor de sessies met mijn psychologe kwam ik de deur nog uit. De toekomst voelde destijds zo uitzichtloos en troosteloos dat het me verbaast dat ik me nu, een jaar later, alweer zoveel beter voel. Het zou nog beter met me gaan als het verleden me eindelijk eens met rust liet. Mijn psychologe kreeg niet alles uit me, maar sinds ik Olaf heb ontmoet is er geen houden meer aan. De deur is geopend en ik moet wel naar binnen om met iedere herinnering afzonderlijk af te rekenen. Mijn psychologe had gelijk; je kunt zo hard rennen als je wilt, maar op een dag haalt je verleden je toch in.

Na twee uur woelen in bed geef ik het op en sla mijn benen over de rand. Ik heb dorst. Met een gedeprimeerd gevoel loop ik in het donker naar de keuken en knip het licht aan. De ramen springen groot en zwart te voorschijn en weerspiegelen mijn bleke gezicht, verwarde haar en gekreukelde T-shirt. Ik trek de koelkast open om een pak melk te pakken, maar mijn oog valt op de halfvolle wijnfles en even later schenk ik een glas vol. De eerste slok is altijd het lekkerst. Ik voel het koude vocht in mijn keelgat lopen, sluit mijn ogen en slaak een zucht van genoegen. Nog een slok.

Ik leun tegen het aanrechtblad en kijk in de donkere nacht. Het tocht, mijn voeten worden koud, mijn benen volgen en op mijn armen verschijnt kippenvel. De wijn is ook koud maar verwarmt mijn hart, verdrijft de beelden die in het zwarte raam verschijnen.

Ik schenk een tweede glas in en drink het snel leeg. De alcohol begint zijn werk te doen en na het derde glas wankel ik terug naar bed. En val eindelijk in slaap.

De volgende dag heb ik hoofdpijn, buikpijn en ben ik ontzettend misselijk. Eerst denk ik dat ik gewoon een kater heb, maar de dag daarop voel ik me nog steeds hondsberoerd. Ik bel mijn werk en meld me ziek.

'Buikgriep,' zeg ik tegen Renée, die de telefoon opneemt. 'Ik heb ontzettende buikpijn.'

'O,' zegt ze. 'Zo plotseling? Nou, sterkte dan maar.'

Ik kruip terug in bed en trek mijn knieën hoog op om de krampen in mijn maag te verdrijven.

In plaats daarvan drijft een golf van pijn me mijn bed uit naar het toilet. Van onder en van boven komt alles eruit; mijn tosti's van gisteravond, wijn en nog meer wijn. Ik houd met één hand mijn haar uit mijn gezicht, braak boven de wc-pot en ga er vliegensvlug op zitten. Natuurlijk ben ik net iets te laat, zodat een ondraaglijke stank zich om me heen verspreidt. Als het over is, kom ik hijgend en zwetend bij, pak een emmer uit de gangkast, vul hem met heet water, giet er flink wat lentefris schoonmaakmiddel in en dweil de vloer. Ik ben nog maar net klaar als de volgende krampaanval inzet.

De bel gaat.

Tja jongens, ik weet niet wie er voor de deur staat, maar ik ben even bezig.

De bel gaat weer, wat dringender.

Een nieuwe pijngolf overvalt me en ik grijp de randen van de wcpot beet, geef over, trek door en strompel naar de deur. Ik druk de knop van de intercom in en breng er met pijnlijke keel uit: 'Ja?'

'Arbodienst. Mag ik even boven komen?'

De Arbodienst. Goeie genade, die zijn er vlug bij. Ik druk op de knop, hoor de deur beneden openspringen en zware schoenen de trap op klossen. Een donkere, stevig gebouwde man komt met een map in zijn hand naar boven en kijkt me vragend aan. 'Sabine Kroese?'

Ik draai me om en ren naar binnen. De man blijft in de gang staan, maar terwijl ik kreunend op de wc zit, hoor ik hem toch binnenkomen en in de woonkamer wachten.

Het is heel vervelend om met buikgriep en alle bijbehorende geluiden en geuren op het toilet te zitten terwijl een paar meter verder een wildvreemde vent geduldig wacht tot je klaar bent. Ik was mijn handen en durf nauwelijks de woonkamer in te gaan.

'Nou, nou,' zegt de man meelevend.

'Buikgriepje,' zeg ik.

'Daar lijkt het wel op. Uw werkgever heeft opdracht gegeven tot spoedcontrole. Blijkbaar vertrouwde hij uw ziekte niet helemaal, maar zo te zien is daar geen reden voor. Wanneer denkt u weer aan het werk te kunnen?' De controleur raadpleegt zijn papieren en kijkt me vervolgens vragend aan.

'Weet ik veel, ik heb me net ziek gemeld,' zeg ik.

Hij schrijft iets op en kijkt me vaderlijk aan. 'Blijf maar een paar daagjes thuis.'

Dat was ik wel van plan. De controleur vertrekt en ik laat me als een oude vrouw op de bank zakken. Spoedcontrole! Die motie van wantrouwen alleen al is genoeg om me een nieuwe krampaanval te bezorgen.

Dagenlang sleep ik me van de bank naar het toilet, eet geen hap en dwing mezelf liters drinkbouillon te nemen. Als je buikgriep hebt, en zeker in de mate waarin ik nu getroffen ben, is het belangrijk om veel vocht binnen te krijgen. Maar wat als dat vocht er met dezelfde vaart weer uitkomt?

Pas op woensdagochtend ben ik in staat om iets binnen te houden, en dan met kleine beetjes tegelijk. Als de telefoon gaat, loop ik er met bibberende benen naartoe, zo slap voel ik me. 'Met Sabine Kroese,' zeg ik.

'Sabine, met Renée. Ik vroeg me af hoe het met je ging.' Er ligt een wantrouwige klank in Renées stem die me niet aanstaat.

'Niet zo goed,' zeg ik kortaf.

'Is het nog niet over dan?'

'Niet echt, nee.'

Even is het stil.

'Wat vreemd,' zegt Renée ten slotte. 'Ik heb even mijn huisarts gebeld en hij vertelde me dat zoiets met een dag of twee wel over moet zijn.'

'Je hebt je huisarts gebeld?' herhaal ik, stomverbaasd.

'Ja, ik vond het toch een beetje lang duren, dus...'

'Dit is pas de derde dag dat ik thuis ben,' val ik haar in de rede.

'Eerlijk gezegd had ik je vanochtend weer op kantoor verwacht. Maar goed, laten we afspreken dat je er na Hemelvaart weer bent.'

Ik kan mijn oren niet geloven. 'Ik maak zelf wel uit wanneer ik weer op kantoor verschijn, Renée. Als je niet gelooft dat ik ziek ben, waarom kom je dan niet even langs? Er hangt hier al dagen een heel aparte geur in huis en het is bijna niet de moeite om telkens de wc schoon te maken, dus de spetters en braakselresten zitten nog onder de bril. Ik zal ze nog even laten zitten, dan kun je het zien, oké? En mijn ondergekotste beddengoed ligt ook nog ergens in een hoek, dus...'

Tuut, tuut, tuut. Renée heeft opgehangen. Ik leg de telefoon neer en schud mijn hoofd. Het duurt zeker een halfuur voor het trillen van mijn handen ophoudt.

Olaf belt 's middags en is lief en bezorgd. Hij wil langskomen, maar dat praat ik hem uit zijn hoofd. Het is een zooitje in mijn huis en ik zie er niet uit. Geen denken aan dat hij nu ook maar één blik op me mag werpen.

Wel voel ik me eindelijk wat beter. De boterham waar ik me voorzichtig aan waag blijft erin, de kom maaltijdsoep uit blik eveneens en dan voel ik een enorm hongergevoel opkomen en vergrijp ik me aan mijn koelkast. Ik eet alles op wat nog enigszins onder de houdbaarheidsdatum zit, al is dat niet veel. De kaas ziet eruit alsof hij een angoratruitje aan heeft en de melk komt in brokken uit het pak. Ik pak een vuilniszak uit het aanrechtkastje en gooi alles weg. Ik maak maar meteen een sopje in de gootsteen en boen de koelkast grondig schoon. Als je dan toch bezig bent, kun je net zo goed de rest van je huis aanpakken. Met alle flessen schoonmaakmiddel die ik kan vinden ga ik de badkamer te lijf, gooi overal de ramen open, verschoon mijn bed, zet de wasmachine aan, giet chloor in de wc, kortom: ik ga als een witte tornado tekeer. Ik kan gewoon niet meer ophouden, alles gaat in één keer mee. Ik gooi alle schoenendozen die onder in mijn kast staan opgestapeld eruit en val aan op de stofvlokken die zich in de hoeken hebben opgehoopt. Ik zet alles weer netjes terug en poets meteen met een beetje schuurmiddel de vingerafdrukken van de kastdeur. Met het mondstuk van de stofzuiger zuig ik het stof van de plinten en ga op mijn buik liggen om onder mijn bed te kunnen komen. Weinig kastruimte in huis los je eenvoudig op door dozen en plastic tassen onder je bed te schuiven. Ik heb eigenlijk geen idee wat er allemaal ligt. Ik weet alleen dat er een dikke laag stof op zit, iets wat me jarenlang totaal niet heeft gestoord maar nu volstrekt onacceptabel is. Op mijn buik trek ik alles te voorschijn, lap de dozen en tassen af en maak ze ook maar meteen open. Oude wandelschoenen, studieboeken, een splinternieuw karatepak van de blauwe maandag dat ik opeens meende aan zelfverdediging te moeten gaan doen, een tent, een lek luchtbed, een tas vol stangen. Mijn god, wat moet ik daar allemaal mee?

En dan zie ik de doos met dagboeken. Ik dacht dat ze op het vlierinkje stonden. De plotselinge confrontatie met die vertrouwde zelfgemaakte kaften maakt dat ik een ogenblik doodstil zit.

Mijn dagboeken. Natuurlijk was ik het bestaan ervan niet vergeten, maar het is nooit in me opgekomen om ze eens te bekijken. Ik weet wel ongeveer wat erin staat, tenminste, dat denk ik.

Toch een beetje nieuwsgierig pak ik het dagboek dat bovenop ligt. Het is met een stofje met rozenmotief gekaft, ik zie mezelf nog zitten aan mijn bureautje terwijl ik ermee bezig was. Hoe oud was ik toen? Een jaar of veertien, vijftien.

Ik sla het boek open en kijk waar het begint. Natuurlijk, op 1 januari, methodisch als ik ben. Als het even kon, kiende ik het zo uit dat ik op dat soort data met een nieuw dagboek kon beginnen.

En ik was nog veertien, zie ik als ik het even doorblader. Het dagboek bestrijkt een vrij lange periode, want ik schreef geen ellenlange verhalen. Eigenlijk kun je het beter een notitieboek noemen, zo staccato en sober zijn de verslagjes.

Met het dagboek in mijn hand loop ik naar de woonkamer en strek me uit op de bank. Het is ook wel tijd om te stoppen met schoonmaken, want ik voel me vermoeid raken.

Langzaam open ik het dagboek weer. Voorin zit mijn lesrooster van dat schooljaar geplakt, waardoor ik me herinner dat dat van het schooljaar daarna achterin zit. Al jaren is het volkomen uit mijn geheugen verdwenen, maar nu ik alle vakken en leslokalen zie staan, krijg ik de neiging om aan mijn huiswerk te beginnen. Ik tuimel terug in de tijd terwijl ik blader. Bij iedere dag staat een wolkje, een zonnetje, beide of regenstreepjes. Dat hield ik bij destijds, ik weet niet waarom.

Mijn ogen glijden over het vertrouwde ronde handschrift, over de met blauwe vulpen opgetekende vertrouwelijkheden. Ik lees hier en daar een stukje, voorzichtig, bang voor wat ik tegenkom.

Niets bijzonders.

Iets over de storm waardoor ik te laat op school kwam, over de gedraaide wind zodat ik op de terugweg weer tegenwind had, over de boeken die ik na school in de bibliotheek geleend had. Geen woord over Isabel.

Ik blader naar maandag 8 mei; de dag dat Isabel verdween.

*'Rotdag. Jammer dat het weekeinde alweer voorbij is. Ik ben net thuis en ga straks even in bad. Ik heb zo hard gefietst op de terugweg dat ik helemaal zweet. Woonden we maar wat dichter bij school.'*

Dat is alles. Geen woord over Isabel. Maar waarom ook, ik wist toen nog niet dat die dag van grote betekenis zou worden. Maar ook in de dagen erna wijd ik er geen woord aan. Er staan alleen wolkjes en zonnetjes, meer niet.

Mijn oog valt op het zonnetje dat ik bij de 8 van 8 mei heb getekend. Het was mooi weer. Warm voor de tijd van het jaar. Ik herinner me dat Olaf dat ook heeft gezegd; dat het zo warm was in de gymzaal tijdens het examen wiskunde.

Opeens krijg ik een onrustig gevoel en begint er hardnekkig een vraag in mijn hoofd rond te zoemen. Er stond helemaal geen wind die dag. Het was prachtig weer. Waarom heb ik dan zo ontzettend hard gefietst?

# 17

Het blijft me de rest van de middag en de hele avond bezighouden. Ik probeer het gebloemde dagboek op tafel te negeren, gooi het zelfs een keer terug in de doos, maar het schreeuwt me toe. De plotselinge duik in het verleden heeft datgene wat al in beweging was zodanig versneld dat het zich niet meer laat afremmen. Het lijkt alsof het veel minder lang geleden is dan negen jaar. Is er echt alweer zoveel tijd verstreken sinds Isabel verdween?

Heb ik Bart zó lang niet meer gezien? Opeens mis ik hem, ik weet dat het krankzinnig is, maar ik mis hem. Ik heb altijd al een nostalgische inslag gehad, vandaar die stapel dagboeken, en als ik me eenmaal aan zo'n bui overgeef, is het einde zoek. Ik ben in staat om Bart op te sporen en te vragen of we niet gewoon verder kunnen gaan waar we toen gebleven zijn.

Hoe langer ik in mijn dagboek lees, hoe erger het wordt. Vastbesloten klap ik het boekje dicht, leg het terug in de doos en schuif hem onder mijn bed. Zo, dat was dat. Terug naar het heden.

Ik ga vroeg naar bed, maar de nacht brengt geen rust. Het is Isabel die mijn geest beheerst, die voortdurend opduikt in mijn dromen. Ik beleef die bewuste dag opnieuw, maar nu verloopt alles heel absurd. Ik dwaal rond in een doolhof van hoge bomen die met hun dichte bladerdek de blauwe lucht afschermen. De lucht moet wel blauw zijn, want het is warm, zelfs in de schaduw van de bomen. Vogels kwinkeleren en in de verte klinkt het ruisen van de zee. Ik ben helemaal alleen en dwaal maar rond, zonder te weten wat ik precies zoek.

Ik sta plotseling tegenover Isabel. Ze staat op een open plek en glimlacht naar me. Ik weet niet waarom ze glimlacht, ik voel alleen maar angst. En dan realiseer ik me dat ze niet naar mij lacht. Ze ziet me niet eens, op de een of andere manier ben ik plotseling onzichtbaar geworden. Ik kijk opzij en zie de gestalte van een man tussen de bomen. Isabel zegt iets tegen hem en hij zegt iets terug, met een lage, prettige stem die ik goed ken. En toch is er opeens iets veranderd. Er hangt een lichte dreiging in de lucht en de vogels stoppen met zingen. De gestalte komt tussen de bomen vandaan en loopt op Isabel af. Ik weet wat hij van plan is, met een zekerheid alsof ik naar een film kijk die ik al eerder heb gezien. De man komt op Isabel af, werpt haar op de grond en grijpt haar bij de keel. Hij zit boven op haar en houdt haar met zijn gewicht tegen de grond gedrukt. En dan begint hij te knijpen, te knijpen, steeds harder.

Ik kan Isabels gezicht niet zien, maar ik hoor de verstikte geluiden die ze maakt, zie haar hulpeloos aan die sterke handen om haar keel trekken. Ik weet dat ik iets moet doen, alarm slaan, me op de rug van die man werpen, íéts.

Ik doe niets. Ik sta daar maar, kijk toe en schuifel langzaam terug in de beschutting van de bomen. Nee, ik ben niet bang. Ik ken die man en ik kan me niet voorstellen dat hij me iets zal doen, maar het lijkt me beter dat hij niet weet dat ik getuige ben van wat hier gebeurt.

Als hij allang in het bos verdwenen is, sta ik daar nog te kijken naar het roerloze lichaam op de open plek. Naar het verwrongen, dode gezicht in het zand, naar het lege omhulsel dat een paar minuten geleden nog gewoon Isabel was. Ik draai me om en ren weg, verder het bos in, met zware, vertraagde stappen alsof er lijm onder mijn schoenen zit. Iedere keer als ik omkijk, zie ik de open plek met Isabels lijk. Hoe hard ik ook ren, ik kom er niet vandaan.

En dan word ik wakker. Ik sla mijn ogen open en lig in een suizende stilte in het donker. Een droom, het was maar een droom. Mijn slaapshirt is nat van het zweet en mijn haar plakt aan mijn voorhoofd. Ik sla het dekbed van me af, voel de nachtelijke koelte bezit van me nemen en langzaam kom ik tot mezelf. De duisternis verandert van pikzwart in donkergrijs en de vertrouwde vormen van mijn bed, kledingkast, stoeltje met kleren en fotolijstjes aan de muur komen te voorschijn.

Het was maar een droom. Beklemmend en angstaanjagend, maar niet meer dan een droom.

Ik reik naar mijn schemerlampje en knip het aan. Met het schijnsel van het licht is mijn vertrouwde wereldje terug. Op blote voeten loop ik naar het toilet, doe een plas, trek door en loop door naar de keuken voor een glaasje water. Oké, ik had meteen al een glaasje wijn in mijn gedachten. Maar eerst drink ik water om mijn droge mond te spoelen, en daarna pas een glas wijn om mezelf te kalmeren.

Met mijn rug tegen het aanrechtblad nip ik van de frisse Frascati en denk na over de gestalte in mijn droom. Ik wist wie Isabels moordenaar was, maar bij het ontwaken is het me ontglipt. Wat wil dat zeggen? Dat ik echt getuige ben geweest van de moord en dat mijn onderbewustzijn me dat probeert duidelijk te maken? Het is een feit dat ik praktisch niets meer weet van die dag, dus waarom zou ik niet bij haar in de buurt zijn geweest toen ze werd aangevallen?

Aan de andere kant, als je iedere verwarde droom serieus moet nemen, zou geen mens meer in slaap durven vallen. Als de moordenaar echt van Isabel was weggelopen, had haar lichaam gevonden moeten worden. Zie je wel, er klopt niets van die droom.

Ik drink het laatste slokje wijn in mijn glas op, knip het licht uit en ga terug naar bed. Ik kruip onder mijn dekbed en probeer de droom van me af te zetten, maar ik blijf het onrustige gevoel houden dat mijn onderbewustzijn me wel degelijk iets probeert te vertellen.

De volgende dag ben ik al vroeg wakker. Veel te vroeg, maar zodra ik mijn ogen opendoe, weet ik dat de slaap niet meer komt. Dus stap ik gelaten uit bed, neem een warme douche, trek een spijkerrokje, een wit vest en mijn witte enkellaarsjes aan en eet bij het aanrecht twee boterhammen met aardbeien. Ik zet koffie, schenk die in een thermosbeker en neem die met mijn jasje en handtas mee als ik de deur uit ga.

Het is Hemelvaartsdag. Dat komt goed uit, want ik móét hier weg. Ik móét terug naar Den Helder. Wat ik er te zoeken heb weet ik niet, maar ik voel de zuigkracht van het verleden aan me trekken. Als ik verlost wil worden van die onrust en die warrige dromen, zal ik de waarheid moeten achterhalen.

Ik open het portier van mijn auto, gooi mijn tas op de passagiersstoel naast me, zet de thermosbeker in de houder aan het dashboard en als ik me helemaal geïnstalleerd heb, rij ik weg. Op weg naar Den Helder laat ik mijn gedachten de vrije loop. Iets zegt me dat het niet voor niets is dat ik geen herinneringen meer heb aan die achtste mei, negen jaar geleden. Niet alleen ben ik op de plaats van het misdrijf geweest, het is zelfs goed mogelijk dat ik weet wie de dader is. Maar waarom heb ik dat uit mijn geheugen gebannen? Ben ik bedreigd en heeft de doodsangst mijn geheugen geblokkeerd, of was de dader iemand die ik kende? In mijn droom van vannacht was dat het geval, maar hoe betrouwbaar is een droom?

Het is broeierig warm. Ik heb geen airco in mijn auto en voel de zweetplekken al onder mijn armen als ik nog niet eens bij Alkmaar ben. Als ik Den Helder in rij, is het pas halftien en al bloedheet. Ik laat de raampjes naar beneden zoeven en rij langzaam door het centrum. En nu? Waarnaartoe?

In een plotselinge behoefte om mijn oude school te zien geef ik gas en rij rechtdoor. Een lange, vertrouwde straat leidt me naar het schoolgebouw. Ik kan het nog niet zien liggen, maar ik zie wel het park waar we altijd rondslenterden in de pauze en waar we 's zomers in het gras lagen. Dat wil zeggen, toen ik in vier havo zat en weer wat vrienden maakte. Daarvóór zat ik in mijn eentje in de kantine als ik een tussenuur had of liep ik naar de bibliotheek in de stad.

Ik sla linksaf, een hoog bakstenen gebouw doemt voor me op en de jaren vallen weg.

Ik zet mijn auto aan de straat en stap uit. Mijn ogen gaan omhoog langs de kille bakstenen muur van de middelbare school. Hier heeft een groot deel van mijn leven zich afgespeeld. Op de dag dat mijn ouders deze stad verlieten zwoer ik mezelf dat ik er nooit terug zou keren. Maar ik ben er weer, en mijn hart bonkt net zo gejaagd als toen.

Ik steek de straat over en loop het plein op.

Het meisje is hier. Ik voel haar aanwezigheid nog voor ik haar zie. Zoekend kijk ik om me heen. Daar is ze; ze zit op de bagagedrager van een fiets, haar zware boekentas aan haar voeten. Ze lijkt verdiept in haar agenda, maar dat is schijn. Ze is zich scherp bewust van het groepje verderop en de leegte om haar heen. Als ze zou roken, had ze een sigaret genomen om zich een houding te geven, maar ze heeft alleen haar agenda. Het zou waarschijnlijk ook niet hebben uitgemaakt. Het is dat ongrijpbare je-ne-sais-quoi dat haar meteen in het begin naar de rand van de groep gedreven heeft.

Ik voel er veel voor om naar haar toe te lopen en mijn arm om haar heen te slaan. In plaats daarvan slenter ik het plein op en blijf als bij toeval vlak bij haar staan.

Ze kijkt op maar zegt niets. Haar ogen dwalen wat verloren over het plein.

Zal ik haar aanspreken?

Aarzelend kijk ik haar aan. Haar ogen vangen die van mij, dwalen weg en keren weer terug. Er komt iets behoedzaams op haar gezicht.

'Hallo,' zeg ik.

'Hallo,' zegt ze argwanend.

'Je kent me niet,' zeg ik. 'Maar ik ken jou wel. Ik wilde je iets vragen.'

Ze kijkt me alleen maar aan, een en al achterdocht. 'Wat dan?'

'Iets over Isabel Hartman.'

Stilte.

'Je kent haar toch nog wel?'

Ze wendt haar hoofd af.

'Wat kun je me vertellen over die dag dat Isabel verdween?' vraag ik door.

Met een ruk kijkt ze me aan. 'Ik wil helemaal niet over haar praten!'

'Waarom niet?'

'Ze is dood! Wat heeft het voor zin om het daar nog over te hebben?'

'Hoe weet je dat ze dood is?'

Ze haalt haar schouders op. 'Dat moet wel. Ze is al zo lang weg.'

'Wat denk je dat er met haar is gebeurd?'

'Weet ik veel. Misschien weet haar vriendje dat.'

'Welk vriendje?'

'De jongen met wie ze een afspraak had bij de strandopgang.'

'Had ze een afspraakje? Op de dag dat ze verdween? Met wie?'

Ze kijkt me met haar helderblauwe ogen aan. 'Dat weet je best,' zegt ze.

Het is waar. Hoe is het mogelijk dat ik dat vergeten ben? Isabel had die dag een afspraakje bij de snackbar langs de Donkere Duinen. Ik hoorde haar er op school over praten met de groep. Dat ze op hem uitgekeken was, dat ze het ging uitmaken. Hoe erg hij dat zou vinden. Ze lachte erbij en ik verstijfde. Ik meende te hebben opgevangen met wie ze een afspraakje had, maar ik hoopte dat ik het verkeerd had verstaan. Ik wist dat Isabel de jongens voor het uitzoeken had, maar er waren er twee van wie ik met hart en ziel hoopte dat zij immuun waren voor haar aantrekkingskracht. Dáárom ben ik haar gevolgd die dag. Niet omdat ik zo graag door de duinen wilde fietsen, nee, ik wilde zien wie haar vriendje was. Of liever gezegd: wie het níét was. Via een kleine omweg kwam ik bij de snackbar aan, maar daar was helemaal niemand te zien. Ik keek naar de kinderboerderij aan de ingang van het bos en zag daar nog net iemand in een bekend wit leren jasje de hoek omslaan, begeleid door een lange gestalte. Zonder aarzelen sprong ik op mijn fiets en reed langs de kinderboerderij, naar het punt waar ik die twee zag verdwijnen.

Ik schrik op doordat er een enorme pijnscheut door mijn hoofd trekt. Het beeld is onmiddellijk verdwenen. Het meisje is ook weg, opgelost toen ik even niet oplette.

Met een barstende hoofdpijn loop ik terug naar mijn auto, maar ik bedenk me. Er rijdt een ijsverkoper langs het schoolplein en met een handgebaar hou ik hem aan.

'IJsje, jongedame?' zegt de man vriendelijk.

'Ja, vanille graag,' zeg ik.

'Slagroom erop?

'Nee,' zeg ik. 'Dat moesten we maar niet doen.'

Ik leg een euro neer, neem mijn ijshoorntje in ontvangst en loop terug naar mijn auto. Met het portier open om de hitte eruit te laten eet ik mijn ijsje op, zet de radio aan, start en rij weg, terug naar huis.

# 18

De volgende ochtend valt het me zwaar om naar kantoor te gaan. Ik kom te laat maar tref het secretariaat onbemand aan. Des te beter, dan weet niemand hoe laat ik precies ben binnengekomen. Ik zet mijn computer aan en pak de envelop die demonstratief op het toetsenbord ligt. Er staat met schuin geschreven letters *Sabine* op.

Ik maak de envelop open en haal er een briefje uit. Het is niet ondertekend, maar ik herken het handschrift van Renée.

*Sabine, zou je in het vervolg je privé-correspondentie thuis willen voeren en niet op het werk. Me dunkt dat je uren te over hebt.*

Ik kijk enige tijd op het briefje neer en scheur het met ferme bewegingen in stukjes. Ik stop ze in een envelop, schrijf er Renée op, en gooi het in het postbakje op haar bureau.

Zo, de eerste post is beantwoord.

Intussen stroomt mijn mailbox vol. Voornamelijk werkinformatie, maar er zitten ook drie mailtjes van Olaf bij: twee moppen en een uitnodiging om uit te gaan om mijn verjaardag te vieren. Ik stuur hem een mailtje terug: *Hoe weet jij dat ik binnenkort jarig ben?*

*Het stond op je verjaardagskalender* mailt hij terug.

*Wat gaan we doen?*

*Verrassing*, is het antwoord.

*Spannend!* mail ik terug.

Ik rommel wat in de werkbak, leg alle saaie typeklussen op volgorde van prioriteit, haal op mijn gemak koffie en begin dan maar eens aan de post, die in grote stapels op mijn bureau ligt.

Zinzy komt binnen, verdiept in een archiefmap.

'Waar is Renée?' vraag ik.

'Met Wouter weg.' Ze legt de archiefmap op haar bureau en gaat op het randje zitten.

'Sabine,' zegt ze.

Ik kijk op. Zinzy kijkt terug met een onbehaaglijke uitdrukking op haar gezicht.

'Ik wilde je even waarschuwen,' zegt ze.

'Waarvoor?'

'Nou, er wordt nogal over je geroddeld. Ze vinden allemaal dat je te weinig inzet toont. En dat je maar halve dagen werkt en toch nog zoveel fouten maakt in je werk, wekt irritatie.'

Ik heb geen idee wat ik moet zeggen. Een strakke band sluit zich om mijn borst en legt er een flinke knoop in.

'Ze vinden je een aanstelster,' zegt Zinzy zacht. 'Een profiteur.'

'Ik werk halve dagen op advies van de bedrijfsarts. Ik ben een jaar geleden helemaal ingestort. Die ochtenden dat ik werk kosten me al mijn energie,' zeg ik geëmotioneerd. Na ieder woord moet ik even ademhalen om genoeg lucht te krijgen.

'Ik weet het,' zegt Zinzy vol medeleven. 'Maar voor veel mensen ben je pas ziek als je aan de beademing ligt. Zo niet, dan werk je door. Zo denkt Renée erover en ze krijgt iedereen achter zich. Wat is er? Wil je een beetje water?'

'Graag.'

Zinzy haalt water en ik neem een paar slokjes.

'Gaat het?' vraagt ze bezorgd. 'Je werd opeens zo bleek.'

'Het gaat wel weer.' Ik glimlach flauwtjes naar haar en schuif achter mijn bureau. 'Bedankt, Zinzy.'

Ze knikt en gaat aan haar eigen bureau zitten.

Ik zet me aan de berg post. Na drie kwartier ben ik nog bezig en mijn hoofdpijn groeit evenredig met de berg elastiekjes.

Aan het einde van de ochtend komen Wouter en Renée terug, lachend en pratend.

Zinzy is in het archief. Zodra Renée alleen mij op het secretariaat ziet, verdwijnt de lach van haar gezicht en gaat ze zwijgend achter haar computer zitten. Uit mijn ooghoek zie ik dat ze de envelop met het verscheurde briefje uit haar postbakje haalt en openmaakt. Ze zegt echter niets.

Ik zeg evenmin iets, werk rustig door. De stilte hangt zwaar tussen ons in.

Het is waar, ik maak te veel fouten in mijn werk. Ik verstuur faxen naar het verkeerde adres, berg stukken op in de verkeerde dossiers en mijn memo's zitten vol typefouten. Dus nu ban ik alles wat me bezighoudt uit mijn gedachten, concentreer me op mijn werk en doe mijn uiterste best. Een tijdlang gaat het goed. Ik check de faxen die ik verstuur nog een keer en maak ordelijke stapeltjes op mijn bureau in volgorde van prioriteit.

En dan komt Roy het secretariaat binnenstuiven om op hoge toon te vragen waarom dat koerierstuk al de hele ochtend bij de receptie ligt.

'Ik had je toch gevraagd om dat op te halen Sabine,' zegt Renée verwijtend. Ze werpt een verzoenende blik op Roy, die rood van ingehouden frustratie naar mij kijkt. 'Ik haal het wel even, Roy. Het spijt me, ik had moet controleren of het gebeurd was.'

'Da's jouw fout niet,' gromt Roy. 'Je moet toch wel íéts aan haar kunnen overlaten.'

Renée maakt een sussend geluid en verlaat het secretariaat. Roy loopt met haar mee. Op de gang hoor ik hun gedempte stemmen. Mijn handen trillen.

Achter hun bureaus werken Zinzy en Margot met uitdrukkingsloze gezichten door.

'Ik kan me helemaal niet herinneren dat ze dat gevraagd heeft,' zeg ik.

'Ik heb het wel gehoord,' zegt Margot, zonder haar ogen los te maken van het computerscherm. 'Toen je bij het faxapparaat stond.'

'Dat ze het aan mij vroeg? Specifiek aan mij? Heeft ze me aangekeken en mijn naam genoemd?'

Margot draait haar stoel met een ruk naar me toe. 'Jezus, Sabine, moet dat dan? Moet ze bij alles vlak voor je gaan staan, je in de ogen kijken en nadrukkelijk je naam zeggen voor het tot je doordringt?'

'Blijkbaar,' zeg ik.

'Dan snap ik niet wat je hier doet,' bijt Margot me toe.

Ik kijk naar Zinzy, die verontschuldigend terugkijkt. 'Je bent wel erg afwezig, Sabine. Het valt iedereen op.'

Ik bijt op mijn lip om mijn emoties onder controle te houden. 'Dat zal dan wel z'n redenen hebben.'

'Nog steeds?' zegt Margot minachtend. 'Na een jaar thuis te hebben gezeten? Sommige mensen zijn gewoon werkschuw.'

Die opmerking blijft lang hangen tussen de printers, computers en uitpuilende kasten. Tessa en Luuk komen net binnen en houden hun pas in. Ze kijken aarzelend rond en verdwijnen snel weer. Op de gang hoor ik hen zacht praten.

Ik loop naar het toilet, draai de kraan open en hou mijn polsen onder het koude water. Het trillen wil niet meer ophouden en ik word steeds duizeliger. Mijn hoofd begint te bonzen, er verschijnen vlekken voor mijn ogen en mijn longen eisen meer zuurstof. Ik ga steeds sneller ademhalen en kom steeds meer zuurstof te kort. Ik gris een lege plastic zak uit de prullenbak, wankel naar de wc, zak neer op de bril en blaas mijn adem in de zak. In en uit, in en uit.

Pas na een halfuur keer ik terug naar mijn werkplek.

'Sabine, kun je even meekomen? Ik moet met je praten,' zegt Renée als ik achter mijn computer zit. Ze staat opeens naast me en kijkt op me neer met de vriendelijke beslistheid waarmee je je wil oplegt aan een onwillig kind. 'Zullen we even naar de vergaderruimte gaan?' stelt ze voor.

'Oké,' zeg ik onverschillig en sla het document dat ik net heb aangemaakt rustig op. Tergend langzaam schuif ik mijn stoel achteruit, rommel nog wat tussen de papieren op mijn bureau en kijk dan pas om naar Renée, alsof ik haar al half vergeten ben. Ze is al een paar stappen van mijn werkplaats verwijderd, in de verwachting dat ik haar op de voet volg, en kijkt geïrriteerd om.

'Waar wilde je me over spreken? Ik heb niet veel tijd,' zeg ik, alsof het gesprek niet meer dan een hinderlijke onderbreking van mijn werkzaamheden betekent.

'Dat vertel ik je zo wel,' zegt Renée kortaf.

We gaan naar dezelfde kamer als waar ik het sollicitatiegesprek met háár gevoerd heb. Renée houdt de deur van de vergaderzaal voor me open met een air alsof ik de Bijlmerbajes in word geleid en sluit nadrukkelijk de deur achter ons. Ze maakt de vergissing om een stoel naar achteren te trekken en te gaan zitten. Ik neem plaats op het randje van de tafel, zodat ik op haar neer kan kijken. Dat bevalt haar duidelijk niet, maar haar handgebaar naar een stoel negeer ik. Ik kan tenslotte zitten waar ik wil.

Renée vouwt haar handen samen en kijkt rustig omhoog.

'Ik zal maar meteen met de deur in huis vallen: de reden waarom ik met je wilde praten is je functioneren,' zegt ze. 'Ik weet dat je lang ziek bent geweest en dat het even wennen is om weer terug te zijn op kantoor. Daarom heb ik je ook de tijd gegeven om te acclimatiseren. Het is heel begrijpelijk dat je rustig aan begint, maar wat me stoort is dat je dat blijft doen. Je bent vaker bij het koffieapparaat dan op je werkplek te vinden, je loopt steeds naar boven om Marsen te eten en het is me opgevallen dat je dikwijls al om kwart over twaalf je tas hebt ingepakt. En nu weer die ziekte van je.'

Mijn hart begint met felle slagen te bonken. Het bloed ruist in mijn oren en mijn mond wordt droog. Nu moet ik een antwoord formuleren. Renée van repliek dienen. De beschuldigingen goed onderbouwd tenietdoen.

'Eh,' zeg ik, en wil aan mijn betoog beginnen.

'En dat vind ik niet alleen, dat vinden de anderen ook,' valt Renée me in de rede. 'Met de anderen bedoel ik Margot en Zinzy. We hebben afgesproken gezamenlijk jouw functioneren te bekijken en na veertien dagen overleg te plegen.'

Ik kan mijn oren niet geloven. De felle woede die in me opvlamt maakt mijn stem scherper dan de bedoeling was. 'Vertrouwde je niet op je eigen beoordelingsvermogen?' vraag ik sarcastisch.

'Daar heeft het niets mee te maken. We zijn collega's, we werken hier als een team,' zegt Renée.

'Collega's! Precies!' val ik uit, en ik kijk door de grote, lege vergaderruimte alsof ik me afvraag wat wij hier dan uitvoeren.

Renée zucht. 'Ik was er al bang voor dat je problemen zou hebben met mijn promotie. Dat is precies de reden dat ik Margot en Zinzy heb gevraagd om jou eveneens te beoordelen.'

'Wat hun taak helemaal niet is,' snauw ik.

'Ik heb het ze gevraagd, dus daarmee wérd het hun taak.'

Het steekt, het steekt vreselijk. 'Dus dat is de manier waarop we voortaan met elkaar omgaan,' zeg ik langzaam.

'Geloof me, dat is niet wat ik wil,' zegt Renée.

Ik vraag me af hoe ze zou reageren als ik haar in het gezicht zou slaan. Ze moet wel enorm genieten van al dit machtsvertoon tegenover iemand die haar persoonlijk heeft ingewerkt. Die haar onder haar hoede heeft genomen en haar wat Frans heeft geleerd, zodat ze niet voor gek stond als ze een Franstalige cliënt aan de telefoon kreeg. Die haar heeft verdedigd tegenover Wouter, onze baas, en haar functioneren als 'voldoende' betitelde.

Spijt heb ik. Bittere spijt.

'Als je ergens een probleem mee hebt, dan moet je het zeggen, Sabine,' zegt Renée geduldig. 'Ik weet wel dat jij hier eerder werkte dan ik, maar dat wil niet zeggen dat jij die functie had gekregen als je niet ziek was geworden.'

'Ik was me er niet eens van bewust dat die functie bestond.'

'Er bleek behoefte aan te zijn en Wouter vond mij de meest geschikte persoon,' zegt Renée. 'Daar zul je mee moeten leren leven. Zo, ik heb gezegd wat ik wilde zeggen. Stel je een beetje anders op ten opzichte van je werk, dan is er niets aan de hand. Over twee weken wil ik je weer spreken. Had jij nog iets op je hart?'

Ik heb zoveel op mijn hart dat ik vrees dat het de last niet kan dragen.

# 19

Maandag de 24ste word ik vierentwintig, en om in de verjaardagsstemming te komen bak ik zondags een appeltaart. Ik hou van bakken. Vroeger bakte ik regelmatig, maar het is lang geleden dat ik me al dat werk van appels schillen, met meel stuiven en eieren breken op de hals heb gehaald.

Ik zet een cd van Norah Jones op en zing zachtjes mee terwijl ik rommel in mijn granieten keukentje. Het ligt precies op de zonkant en als de oven aan het voorverwarmen is, moet ik de deur wijd openzetten om het leefbaar te houden. Met een bak appels loop ik het balkon op en ga zitten schillen in de witte rieten strandstoel.

Mijn balkon is leuk. Bij gebrek aan een tuin, die ik erg mis, heb ik al mijn creativiteit in die twee meter beton gelegd. Aan de reling hangen bakken met geraniums en fuchsia's en er is bijna geen ruimte meer om te zitten door de grote terracotta potten vol kruiden en lavendel. De zon staat er vol op te branden en weekt mediterrane geuren los. Zonder enige haast schil ik de appels en daarna loop ik de bloedhete keuken in.

Ik had natuurlijk ook een paar taarten kunnen kopen, maar er gaat niets boven eigen recept en ingrediënten. Naar recept van mijn moeder giet ik een flinke scheut cognac over de stukjes appel en rozijnen.

Geuren hebben de eigenschap je terug te voeren naar een bepaalde periode in je leven. Zo hoef ik maar de geur van gymschoenen te ruiken of ik sta in de gymzaal vruchteloos langs de kant te wachten tot iemand mij in zijn team kiest.

Maar de geur van zelfgebakken appeltaart brengt me terug naar mijn veertiende verjaardag. Het was mijn moeders eer te na om taarten te kopen bij de Hema; ze bakte altijd zelf. De hele week was er visite omdat dan de een en vervolgens de ander niet kon komen, zodat we iedere dag wel mensen te gast hadden. Dus bleef ze bakken. Op een gegeven moment kon ik geen appeltaart meer zien en de lucht ervan ook niet meer verdragen.

Ik was eigenlijk van plan om mijn veertiende verjaardag op school ongemerkt voorbij te laten gaan toen er iets gebeurde wat alles veranderde.

Aan het begin van de week werd Isabel opeens niet goed. Ze begon vreemde bewegingen te maken met haar gezicht, te likken en smakken en haar ademhaling stokte. Ik zag haar vallen, midden op het schoolplein. De andere meisjes deinsden geschrokken achteruit, anderen hurkten bij haar neer en keken hulpeloos naar haar stuiptrekkende lichaam. De hele aanval duurde nog geen minuut, maar in die tijd had ik mijn jas al onder haar hoofd gelegd en een fiets bij haar vandaan laten halen om te voorkomen dat ze zich eraan zou bezeren.

Ik bleef de hele tijd bij haar zitten en sprak haar zachtjes toe. Het was niet zo'n heel zware aanval en aan haar ogen zag ik dat ieder geruststellend woord tot haar doordrong.

Geleidelijk werd het schokken van haar armen en benen minder tot haar lichaam helemaal tot rust kwam. Ik hielp haar opstaan toen ze opkrabbelde en wees haar met een discreet gebaar, een gebaar dat ik al jaren gebruikte, op sliertjes speeksel in haar mondhoeken. Ze veegde ze weg. Het liefst stond ze altijd op alsof er niets gebeurd was, maakte er een grap over en voerde weer het hoogste woord. Deze keer moest ze geruime tijd bijkomen in het kamertje van meneer Groesbeek.

Ik begeleidde Isabel naar zijn kamer en veegde nog snel de sigarettenas en halfopgedroogde kauwgom van haar spijkerjasje.

'Zal ik je maar naar huis brengen?' vroeg meneer Groesbeek bezorgd.

Isabel wilde niet naar huis gebracht worden. Ik bleef bij haar tot ze zich beter voelde en kreeg toestemming om de Engelse les over te slaan.

'Je bent een goede vriendin,' zei meneer Groesbeek hartelijk.

Isabel en ik keken elkaar niet aan. We spraken evenmin toen meneer Groesbeek ons even alleen liet om een spijbelaar aan zijn kraag in een hoekje te trekken. Een vol lesuur zaten we daar; ik hield haar in de gaten en haalde een bekertje water zodat ze haar medicijnen kon innemen. We zeiden alleen het hoognodige als 'alsjeblieft, een bekertje water', 'bedankt', 'gaat het weer?' en 'ja, het gaat weer'.

Daarna gingen we naar wiskunde en werd ik de rest van de dag met rust gelaten. Er viel me zelfs een zeker respect ten deel van mijn klasgenoten. Ik hoorde geen gegniffel meer achter mijn rug, mijn boeken bleven gewoon in mijn tas zitten en mijn portemonnee was nog vol toen ik in de pauze een gevulde koek kocht. De hele week lieten ze me met rust. Ik kon het nauwelijks geloven. Langzaam maar zeker naderde ik de rand van de groep. Het werd getolereerd.

Ik testte mijn nieuwe positie uit door na school brutaalweg door de hoofdingang naar buiten te lopen. De groep stond gewoontegetrouw nog even te roken en te praten onder aan de trap. Isabel keek op. Haar ogen ontmoetten die van mij. Ze zei niets.

De uitnodigingen voor mijn verjaardag brandden in mijn tas. Ik had overwogen ze met de post te versturen, maar dat vond ik toch wat slap. Ik verzamelde al mijn moed en haalde de keurig beschreven enveloppen uit mijn tas.

'Volgende week ben ik jarig,' zei ik zo nonchalant mogelijk. 'Ik geef een feest. Kijk maar of jullie kunnen komen.'

Ik gaf ze allemaal snel een envelop, stak mijn hand op en liep naar mijn fiets. Ik durfde niet om te kijken toen ik het schoolplein af reed. Achter me bleef het stil.

De hele week zat ik in de zenuwen over mijn verjaardagsfeest. Met mijn vader deed ik de boodschappen. Ik piekerde erover hoe ik hem kon overtuigen dat er wijn en bier moest komen om het feest een kans van slagen te geven. Mijn ouders hadden het niet zo op drank. Desondanks toonde mijn vader zich verrassend begripvol. Hij sjouwde blikjes bier en een paar flessen goedkope wijn in het boodschappenkarretje en mopperde evenmin toen ik met dure Franse kaas en bakjes filet américain kwam aanzetten.

Op de dag van het feest was Robin met een paar vrienden – ik meen me te herinneren dat Olaf daar ook bij was – urenlang bezig om verlichting in de tuin op te hangen en de schuur zo op te ruimen dat die als bar dienst kon doen.

Ze zetten fakkels neer die we konden aansteken als het donker werd, en een partytent voor het geval ik op mijn verjaardag op een bui getrakteerd zou worden.

Ik was blij dat hij zelf uitging die avond.

Dat zijn vrienden er geen getuige van waren hoe stil het bleef op mijn feest.

Het liefst had ik gewild dat ook mijn ouders afwezig waren geweest, zodat ze niet de hele tijd met voorzichtig medelijden om me heen draaiden.

Ik wachtte tegen beter weten in.

Er kwam niemand.

Voor mijn verjaardagsontbijt heb ik croissants gehaald. Terwijl ik onder de douche sta, laat ik de oven voorverwarmen. Ik droog me af, trek een ochtendjas aan en schuif de broodjes op de bakplaat. Met de steeds sterker wordende geur om me heen kleed ik me aan. Ik pers een paar sinaasappels uit, schenk mijn glas vol en zet de dampende croissants op tafel. De eerste smaakt goed, van de tweede word ik misselijk. Eerder dan ik van plan was ga ik de deur uit en vertrek naar mijn werk.

Het is de gewoonte om iets lekkers mee te nemen of een lijst van de banketbakker rond te laten gaan en gebak te laten komen als je jarig bent. Ik laat alleen mijn postboek met brieven die getekend moeten worden rondgaan.

De dag verloopt niet erg succesvol. Hoe harder ik mijn best doe, hoe meer fouten ik lijk te maken. De hele ochtend trillen mijn handen en reageer ik verschrikt als iemand onverwacht mijn naam noemt. Het kost me steeds meer moeite om me op mijn werk te concentreren. Ik ben me van alles bewust: een tersluikse geïrriteerde blik, een onderdrukte zucht, het gefluisterde onderonsje van Roy met Renée.

Hij loopt rechtstreeks naar Renée als ik een stapel kopieën heb gemaakt, op de verkeerde volgorde heb gelegd en er verschillende bladzijden ontbreken. Ik hoor hun gemompel terwijl ik koffie tap bij de koffieautomaat.

'Geef maar aan mij,' hoor ik Renée zeggen. 'Het is ook een lastige klus, Roy.'

Ik hoor ze lachen, dan stapt Roy de gang op. We kijken elkaar recht aan. De lach verdwijnt van zijn gezicht en hij loopt haastig door.

Ik stoot het bekertje koffie om.

Aan het eind van de ochtend kom ik Olaf tegen in de gang.

'Hé!' roept hij al van een afstand. 'Gefeliciteerd!'

Hij loopt naar me toe, slaat zijn arm om me heen en kust me.

'Ik heb voor vanavond gereserveerd in De Klos.'

De donkere kleuren in de gang lijken opeens wat lichter te worden. Met een glimlach loop ik terug naar het secretariaat, gelijk met Roy.

'Waarom werd je gefeliciteerd? Heb je iets te vieren of zo?' vraagt hij.

'Nee,' zeg ik zonder hem een blik waardig te keuren. 'Niets.'

# 20

De lucht van appeltaart hangt nog in mijn appartement als ik die middag thuiskom. Er is een kaart van mijn ouders. 'Van harte gefeliciteerd. Jammer dat we niet bij elkaar kunnen zijn. Binnenkort zien we elkaar, hoor.'

Ik zet de kaart op de schoorsteenmantel en ontdek een boodschap op het antwoordapparaat. Ik druk op de afluistertoets en hoor de zware stem van mijn broer. Terwijl ik mijn jas uittrek, thee zet, een was draai en mezelf opfris in de badkamer, druk ik telkens weer op de knop zodat Robins stem voortdurend om me heen is.

Terwijl ik me sta te wassen gaat de telefoon. Ik laat hem rinkelen en wacht op het antwoordapparaat. Even later vult Jeanines opgewekte stem de huiskamer.

'Hoi Sabine, gefeliciteerd! Ik kom vanavond bij je langs, oké? Als je andere plannen hebt, plannen die beginnen met een O bijvoorbeeld, bel me dan even terug. Of nee, stuur maar een sms'je, want ik ga zo in vergadering. O ja, nog iets: ik keek wat rond op internet bij vermist.nl en toen zag ik dat er een website is over Isabel. Heeft haar vader gemaakt. Ik dacht dat je dat wel zou willen weten.'

Wil ik dat weten? Mijn blije gevoel verflauwt en ik zak neer op een stoel aan de eettafel. Ik pak mijn gsm, die naast mijn computer ligt, en stuur Jeanine een sms'je.

*Ga 2night eten met Olaf. Ga je mee? Ik vraag Zinzy ook.*

Ik druk op verzenden en zet mijn computer aan. Het duurt even voor hij tot leven komt. Ik klik internet aan en tik met enige tegenzin www.vermist.nl in. Bijna meteen zie ik Isabels gezicht tussen de vele zwartwit- en kleurenfoto's. Ik klik op Isabels foto en de bijzonderheden rond haar verdwijning verschijnen op het scherm. Foto's van verdachten die zijn aangehouden zie ik bij andere verdwijningen. Een van hen trekt speciaal mijn aandacht, ik weet niet waarom. Het is een man van een jaar of dertig, blond, met een smal gezicht waarin de diepe lijnen die van zijn neus naar zijn mondhoeken lopen hem een vroegoud voorkomen geven.

Ik lees de tekst die erbij staat. Sjaak van Vliet, veroordeeld voor de moord op Rosalie Moosdijk, die hij in de zomer van 1997 in de duinen bij Callantsoog verkrachtte en wurgde. Inmiddels is hij in de gevangenis overleden zonder een bekentenis te hebben afgelegd over de verdwijning van andere meisjes waarvan hij werd verdacht.

Met één klik op de muisknop is het onaangename gezicht weg en surf ik verder. Mijn oog valt op een link naar de website die door Isabels vader is gemaakt. Ik klik hem aan.

Over de volle breedte van het scherm verschijnt Isabels naam. Rechts staat de meest recente foto, zo te zien genomen in hun achtertuin.

> Dit is onze dochter Isabel Hartman. Zij verdween spoorloos op 8 mei 1995, op vijftienjarige leeftijd. Sinds die dag hebben we nooit meer iets van haar vernomen. Deze site hebben wij gemaakt in de hoop dat die ons op het spoor van onze dochter zet. Wij roepen iedereen op die denkt iets te weten over de verdwijning van Isabel, contact met ons op te nemen.
>
> Luuk en Elsbeth Hartman

Ik klik verder. Op een andere pagina volgt een verslag van de dag waarop Isabel verdween. Ze werd voor het laatst gezien om twee uur 's middags door haar vriendin M. Daarna scheidden hun wegen, en sindsdien ontbreekt ieder spoor.

Ik klik door en bekijk de plattegrond met de weg van school naar de duinen. En dan knapt er iets in mijn hoofd. Ik hoor het ruisen van de wind in de boomtoppen en heldere, levendige beelden komen als bellen bovendrijven. Als in een film beleef ik alles, met mezelf in de hoofdrol, zonder mijn tekst te kennen.

Het mos veert onder mijn voeten, takjes prikken in mijn huid. Het is donker onder de bomen, maar voor me ligt een open plek. Er komt een angstig gevoel over me dat ik niet kan plaatsen. Net alsof mijn geest een geheim heeft waar hij me niet in wil betrekken.

Aan de rand van de zanderige open plek sta ik stil, verborgen onder een groene huif. Ik doe een klein stapje naar voren.

Stop! Niet verder! Stopzetten die film. Dit is zo'n film die heel vredig begint maar waarvan je weet dat er iets onverwachts, iets huiveringwekkends gaat gebeuren.

Ik stop de film voor ik er te ver in meegesleept word, klik haastig de website van Isabel weg en sluit internet af. Ik loop naar de keuken en schenk met trillende handen een glas wijn in.

Eén glas, houd ik mezelf voor. Ik drink langzaam, met gesloten ogen, het glas leeg. Vooruit, nog één, ik ben tenslotte jarig. Ik voel de wijn door mijn keel glijden en mijn angstgevoelens worden omhuld door een geruststellende nevel. Versuft loop ik naar de woonkamer en zak neer op de bank.

Goed gedaan, Sabine. Wijn midden op de dag, dat wil wel. De oplossing voor al je problemen.

Hoewel ik liever even zou willen liggen, loop ik naar de keuken om koffie te zetten. Terwijl ik naast het pruttelende apparaat sta en kijk naar het dunne bruine straaltje dat in de pot sijpelt, laten de beelden me niet los. Ik ben nog steeds in het bos, sta roerloos aan de rand van de open plek. Ik schud wild mijn hoofd en schenk een mok koffie in, nog voor alles goed doorgelopen is.

De sterke koffie brengt me langzaam tot mijn positieven en tot mijn opluchting verdwijnen de beelden weer, al weet ik dat ik op een gegeven moment die film wel zal moeten zien.

De telefoon gaat. Deze keer neem ik meteen op en zeg mijn naam.

'Lang zal ze leven, lang zal ze leven, lang zal ze leven in de gloria!' brult iemand in mijn oor.

Ik hou de telefoon op veilige afstand en lach. 'Robin!'

'Gefeliciteerd, zus! Heb je een leuke dag? Ik hoor geen feestgedruis.'

'Nee gek, iedereen zit op z'n werk. Vanavond is het feest.' Met drie mensen, maar dat zeg ik er niet bij.

'Jammer dat ik er niet bij kan zijn. Maar ik heb goed nieuws! Over tien dagen ben ik hier voorlopig klaar en kom ik even terug naar Nederland.'

'Echt? O, dat is geweldig! Je hebt geen idee hoe stil het is, nu jullie allemaal in het buitenland zitten.'

'Red je het wel een beetje?' Zijn stem klinkt bezorgd.

'Ja, welja. Prima.'

'Goed zo. Wat was je aan het doen?'

'Koffie zetten. Een beetje internetten.'

'Werk je nog steeds halve dagen?'

Ik blijf even stil, overweeg hoeveel ik hem zal vertellen. Uiteindelijk volsta ik met een eenvoudig: 'Ja.'

'Wat is er?'

'Niets, hoezo?'

'Je klinkt opeens zo depri.'

Voor Robin kan ik nooit lang iets verborgen houden. Het kost ook minder energie om hem het hele verhaal maar te vertellen dan hem met een smoes het bos in te sturen. Ik geef hem een kort verslag van mijn glorieuze terugkeer naar De Bank. De naam Renée valt bijzonder vaak.

Ergens in Engeland zucht Robin diep. 'En nu?'

'Ik moet daar weg, Robin, en heel snel ook. Maar het is een risico om ontslag te nemen en een andere baan te zoeken.'

'Ja, dat is ook zo.'

Even zijn we stil.

'Maar nu een leuker onderwerp: weet je met wie ik sinds kort omga?' vraag ik.

'Heb je een vriend?' zegt Robin belangstellend. 'Wie dan?'

'Olaf. Olaf van Oirschot.'

'Nee!' reageert Robin verrast. 'Woont hij in Amsterdam?'

'Ja. Hij werkt ook bij De Bank. Daar liepen we elkaar tegen het lijf.'

'Goh, toevallig,' zegt Robin.

'Je klinkt niet zo enthousiast,' zeg ik.

'Ach, vroeger waren we goede vrienden, maar in het examenjaar groeiden we eigenlijk al uit elkaar. Ik weet niet wat het is met Olaf, maar hij ging altijd net even wat verder dan een ander. Hij liet zich niets zeggen als we gingen stappen, er ontstond altijd wel een ruzietje in een café en op een gegeven moment was het zo vaak matten dat het niet meer leuk was. Vanaf dat moment heb ik ons contact laten verwateren.'

'O,' zeg ik verbaasd. 'Dat wist ik helemaal niet. Wat gek, ik kreeg helemaal niet de indruk dat Olaf een agressief type is.'

'Misschien was het maar een fase,' zegt Robin. 'Hij was nogal een opgewonden standje vroeger, hopelijk is hij nu wat rustiger geworden.'

'Weet je wat ik laatst ontdekt heb?' ga ik over op een heel ander onderwerp. 'Of eigenlijk heeft een vriendin me daarop gewezen: er is een website over Isabel.'

Nu blijft het heel lang stil. Zo lang dat ik me geroepen voel door te praten.

'En haar verdwijning was laatst bij *Vermist.* En nu is er binnenkort ook nog een reünie. Het houdt me opeens weer behoorlijk bezig, Robin.'

Robin zucht diep. 'Niet doen,' zegt hij. 'Laat het los.'

'Ik kan er niets aan doen. Ik begin me dingen te herinneren.'

Opnieuw een stilte. 'Wat dan precies?'

'O, ik weet het niet. Flarden waar ik niet veel mee kan.'

'En dat komt nu opeens opzetten? Na al die jaren?'

'Er kwam wel vaker wat bovendrijven, maar daar heb ik me altijd tegen verzet.' Ik zucht diep.

'Je weet meer dan je destijds liet blijken, hè? Dat heb ik altijd wel gedacht. Pap en mam ook.'

'Ik weet het echt niet. Misschien weet ik wel meer, maar of dat nou zo belangrijk is... Weet je wat Olaf trouwens beweerde? Dat jij iets hebt gehad met Isabel.'

'Ik? Echt niet! Hoe komt hij daar nou bij? Het was wel een leuke meid hoor, daar niet van, maar ik wist toch hoe het zat tussen jullie. Als ik uitging, kwam ik haar tegen in de Vijverhut, maar veel bijzonders is er niet gebeurd.'

'Maar er is dus wel iets gebeurd.'

Robin zucht. 'Nou ja, we hebben op een avond gezoend. Ik had haar zo'n tijd niet gezien, het drong helemaal niet tot me door wie ze was. Toen ik haar herkende, was het wat mij betreft ook meteen over. Ik heb Olaf nog verteld wat een bitch ze was. En dat ze hem wel zou dumpen.'

'Hém dumpen? Olaf?'

'Ja, hij is wel een tijdje met haar geweest. Hij had het nogal te pakken van haar.'

Ik krijg een heel akelig gevoel. 'Daar wist ik niets van. Waarom zou Olaf dat niet verteld hebben?'

'Ach joh, dat stelde toch allemaal geen bal voor. Hij wilde waarschijnlijk het verleden niet oprakelen en zal wel bang zijn geweest om je kwijt te raken. Maak je nou maar niet druk.'

Ik maak me niet druk, maar als we hebben opgehangen, laat het gesprek toch een vervelende nasmaak achter.

'Het stelde niet veel voor,' zegt Olaf. 'Je kunt het nauwelijks verkering noemen. We spraken wel eens af, dat is alles. Ik denk dat Robin in de war is met Bart. Heeft Bart de Ruijter niet een hele tijd iets gehad met Isabel?'

'Nee,' zeg ik slechts.

We zijn uit eten; Olaf, Jeanine, Zinzy en ik. Ik heb Zinzy ook een sms'je gestuurd en nu zitten we hier; in een restaurant waar je niet aan tafeltjes maar op een lange houten bank zit, aan middeleeuws aandoende tafels. Nergens voel ik me op dit moment meer thuis dan in deze ongedwongen omgeving met mijn beste vrienden.

'De politie heeft hem uitgebreid verhoord omdat hij haar laatste vriendje was,' voegt Olaf eraan toe.

‘Politie?’ vraagt Zinzy.

‘Hebben ze veel mensen verhoord?’ vraag ik.

‘Alleen de groep waarmee Isabel optrok. Niet dat er veel uitkwam.’

Het blijft een tijdje stil. ‘Wat leuk dat je broer terugkomt,’ zegt Jeanine dan. ‘Je hebt hem gemist, hè?’

Ik knik. ‘Robin en ik zijn altijd erg close geweest.’

‘Wist hij dat Isabel je het leven zo zuur maakte?’

‘Ja. Als het even kon wachtte hij na school op me. Als ik eerder uit was, bleef ik in het kantoortje van de conciërge op Robin wachten.’

‘Hoe heette die vent ook alweer?’ vraagt Olaf zich af.

‘Groesbeek,’ zeg ik.

‘Groesbeek! Ja, dat was het. Jee, die man heeft het me vroeger toch een partij moeilijk gemaakt! Hij had me altijd door als ik spijbelde. Volgens mij leerde hij aan het begin van het schooljaar de lesroosters uit zijn hoofd.’

‘Of van de ergste spijbelaars,’ zegt Jeanine. ‘Wij hadden vroeger een decaan die echt álles leek te weten. Het leek wel magie. Waarschijnlijk zag hij het gewoon aan onze gezichten, maar dat hadden we toen niet door.’

‘Ik spijbelde nooit,’ zegt Zinzy. ‘Dat durfde ik niet.’

‘O, ik durfde het iets te goed,’ zegt Jeanine. ‘Ik kende de hele menulijst van de snackbar om de hoek uit mijn hoofd.’

Ik staar uit het raam naar buiten, waar een vaalgroen busje voorbij komt. Dezelfde kleur groen als het busje van meneer Groesbeek.

‘Hallo, Sabine!’ Jeanine zwaait met een kippenpoot voor mijn neus. ‘Zijn we er nog?’

Ik wend me weer tot de anderen. ‘Meneer Groesbeek pikte ons vaak op als we met windkracht negen terug naar huis fietsten. Dan zette hij zijn bus in de berm en laadde onze fietsen in. Er konden er heel wat in. Soms reed hij terug om andere scholieren nog een lift te geven.’

‘Wat lief,’ zegt Zinzy.

‘Hij woonde ook die kant op, toch?’ zegt Olaf.

‘Callantsoog,’ zeg ik en staar weer uit het raam. Mijn gedachten schieten alle kanten op.

Het busje. Vuilgroen.

Stond ik daar niet achter, bij het stoplicht? Het stoplicht waar ik afsloeg terwijl Isabel rechtdoor reed. Het busje reed ook rechtdoor. Ja, ik stond erachter. Ik wilde niet dat zij me zou zien. Maar hoeveel van die busjes zullen er rondgereden hebben in Den Helder?

'Is Groesbeek eigenlijk verhoord door de politie?' vraag ik.

Het gesprek heeft al een andere wending genomen; ik val er middenin met mijn vraag. De anderen kijken me verbaasd aan.

'Weet ik niet. Ik denk het niet. Waarom zou hij verhoord moeten worden? Hij zat overdag immers op school,' zegt Olaf.

'Niet altijd,' zeg ik. 'Hij moest wel eens leerlingen naar huis brengen die ziek waren geworden, of hij ging een boodschap doen voor de school.'

Er valt een stilte.

'Hij had een pesthekel aan types als Isabel,' zegt Olaf.

'Ja...' Ik kijk weer uit het raam.

'Wie is die Isabel dan?' vraagt Zinzy.

Het kost me de volgende dag ongelooflijk veel wilskracht om op mijn fiets te stappen, naar De Bank te rijden en naar binnen te gaan. Met vla in mijn benen loop ik naar de draaideur, de hal door, naar de lift. De dichtklappende deuren klinken als het sluiten van gevangenisdeuren, het zoemende geluid waarmee de lift me naar de negende verdieping brengt zwelt aan tot een alarmsignaal.

Met een bonk komt de lift tot stilstand. De deuren gaan open. Ik loop de gang met de donkerblauwe vloerbedekking in. Iedere stap naar het secretariaat voelt als die van een gevangene die met proefverlof is geweest en nu weer als gedetineerde wordt opgenomen.

'Hallo,' zeg ik als ik binnenkom.

Renée draait haar hoofd niet eens om. Margot kijkt op en concentreert zich meteen weer op haar werk.

'Goedemorgen, Sabine,' zegt Zinzy hartelijk. 'Het was gezellig gisteravond, hè?'

Renée kijkt haar verbaasd aan, Zinzy kijkt uitdagend terug.

Goddank voor Zinzy. Als zij er niet was, zou ik gek worden. Ik weet nu hoe melaatsen zich voelden in vroegere tijden. Nog even en ze geven me een ratel.

De hele ochtend hangt er een dodelijke stilte om me heen. Gesprekken vallen stil als ik ergens binnenkom, veelbetekenende blikken worden gewisseld en concepten belanden met een klap in mijn werkbakje.

Ik kom met een postboek vol aangetekende brieven het secretariaat binnen en zie Renée en Margot samen koffie drinken, de hoofden iets naar elkaar toe gebogen. Ik hoor mijn naam vallen en vervolgens die van Zinzy, en opeens veranderen ze voor mijn ogen in Isabel en Mirjam. Het volgende moment is het beeld weer verdwenen.

'Als ik jullie even mag storen… Ik heb een boek vol brieven die voor tienen met de koerier mee moeten,' zeg ik op luchthartige toon.

'Dús?' zegt Renée.

'Dat lijkt me duidelijk. Ik kan er wel wat hulp bij gebruiken, anders lukt me dat nooit op tijd.'

Renée kijkt op haar horloge. 'Als je een stap harder zet dan je gewend bent, lukt je dat gemakkelijk.'

Ik kijk haar zwijgend aan en ga aan het werk. Het lukt me nét, maar alleen na een sprint naar de postkamer. Als ik terugkom, staat het secretariaat vol collega's die zich verzameld hebben rond een doos gebak. Tessa wordt uitbundig toegezongen en gefeliciteerd. Ze zijn net klaar als ik binnenkom.

'Waar bleef je zo lang? Zo ver is de postkamer toch niet?' zegt Renée.

Ze zit op de rand van mijn bureau, dat afgeladen is met vervelende klusjes. Stapels faxen, onleesbare concepten en bandjes met dictaten die uitgetypt moeten worden.

'Neem een gebakje, Sabine,' zegt Wouter.

De gebaksdoos is gevuld met gebakspapiertjes, slagroomvlekken en afgevallen vruchtjes. Geen gebak.

'Sorry,' zegt Tessa. 'Ik heb niet goed geteld.'

# 21

Meneer Groesbeek woonde vroeger in Callantsoog, maar tegenwoordig woont hij in een klein straatje in de havenbuurt van Den Helder. Ik rij er 's middags op de gok naartoe en parkeer mijn auto voor de deur. De huisjes hebben geen voortuin maar staan direct aan de stoep. Groezelige vitrage weert pottenkijkers en een bordje met HIER WAAK IK, voorzien van een zwarte hondenkop, geeft inbrekers de mogelijkheid zich te bedenken.

*J. Groesbeek*, staat op het bordje eronder.

Ik bel aan.

Het lijkt erop dat er niemand thuis is, want het blijft lange tijd stil. Ik bel nog een keer en dan hoor ik schuifelende voetstappen in de gang en een knorrende stem die zegt: 'Ja, ja.'

Een sleutel wordt omgedraaid in het slot en de deur gaat open. Een gebogen gestalte, gekleed in een donkerblauw vest en grijze broek, kijkt me geërgerd aan. Die blik doet het 'm. Zo keek hij vroeger ook naar laatkomers. De krans grijs haar is spierwit geworden en nog verder naar beneden gezakt. Zijn gezicht lijkt op een landkaart waar de rivieren op aangegeven staan. Heel anders dan in mijn herinnering, maar hij is het.

'Alweer? Ik héb al gegeven!'

Ik trek mijn wenkbrauwen op.

Hij kijkt naar mijn lege handen en zegt: 'O. Ik dacht dat u kwam collecteren voor het Astmafonds.'

'Nee hoor,' zeg ik met mijn vriendelijkste glimlach.

'Ze denken dat ze de ouderen wel kunnen belazeren omdat ze vergeetachtig worden, maar ik heb ze allemaal goed op een rijtje.'

'Daar ben ik van overtuigd, meneer Groesbeek,' zeg ik.

Hij kijkt me nijdig aan. 'U hoeft niet zo persoonlijk te doen. Ik ken u niet! Wat komt u doen?'

'Ik wilde u graag iets vragen.'

Wantrouwig neemt hij me op. 'Bent u van de politie of van de krant?'

'Nee, helemaal niet. Ik heb vroeger bij u op school gezeten. Toen u conciërge was.'

'Dat hoeft u mij niet te vertellen; ik weet wel wat ik vroeger deed.'

'Eh... ja, natuurlijk. Ik heb dus op die school gezeten. Misschien dat u mij nog kent? Sabine Kroese?'

Hij kijkt me alleen maar aan, zonder moeite te doen zijn gebrek aan belangstelling te verbergen.

'Er is binnenkort een reünie,' ga ik door.

'Dat heb ik in de krant gelezen.'

'Gaat u ernaartoe?'

'Waarom zou ik?'

'Het is toch leuk om al die oud-leerlingen weer te zien?'

Groesbeek haalt zijn schouders op. 'Ik zou niet weten wat daar leuk aan is. Ze weten allemaal wie ik ben, ze vinden me een ouwe sukkel geworden – en wie kan het ze kwalijk nemen – ik zie allemaal volwassenen van wie ik me er niet één kan herinneren. Wat is daar nou leuk aan?'

'Niet één?'

'Juffrouw, er zaten vijftienhonderd leerlingen op die school. En elk jaar kwamen daar weer nieuwe gezichten bij.'

'Ja,' zeg ik. 'Dat is natuurlijk wel zo.'

'Dus...' zegt Groesbeek.

'Ik wil toch proberen uw geheugen een beetje op te frissen, meneer Groesbeek. Ik ben bezig verhalen, anekdotes en bijzondere herinneringen te verzamelen van mensen die in dezelfde tijd als ik op school hebben gezeten. Het lijkt me leuk om al dat materiaal te bundelen in een boekje, zodat mensen dat op de reünie kunnen aanschaffen.'

Groesbeek kijkt me ongeïnteresseerd aan.

'Mag ik binnenkomen?' vraag ik vriendelijk, maar met een besliste klank in mijn stem.

Hij haalt zijn schouders op, draait zich om en sloft de gang in. De deur laat hij wijd openstaan, wat ik als een uitnodiging opvat. Ik volg Groesbeek naar de woonkamer. Het is er klein en benauwd door donkere meubels en er hangt een ondefinieerbare lucht die me de behoefte geeft een raam open te gooien. In één oogopslag zie ik waar de lucht vandaan komt, katten.

Niet één of twee, maar wel vijf katten, nee zes, die opgerold in een hoekje liggen of over de vensterbank lopen. Er ligt er een op de salontafel en een andere komt op mij af en begint kopjes te geven. Ik ben allergisch voor katten. Als ik een kat één aaitje geef en daarna aan mijn huid zit, slaan de jeukerige vlekken me uit alsof ik besmet ben met een geheimzinnig virus.

'Wilt u thee?' vraagt Groesbeek.

'Graag.' Ik schuif de kat met mijn voet opzij.

Groesbeek sjokt naar de keuken en is daar eindeloos bezig met rammelende kopjes en een fluitketel. Ik ga zitten in de stoel die het dichtst bij de deur staat.

De kat springt toch op mijn schoot en kijkt me indringend aan. Ik duw hem zachtjes met mijn tas van me af. Het beest mauwt klaaglijk en kijkt me beschuldigend aan. Dat vind ik zo irritant aan katten, die blik in hun ogen. Ze geven me het gevoel dat ze gedachten kunnen lezen en erover nadenken of ze nog een kopje zullen geven of toch maar hun nagels in me zullen zetten.

Zoals dit exemplaar, dat me met samengeknepen groene ogen

intensief aanstaart. Bij dieren is het belangrijk dat ze weten wie de baas is.

'Ksst,' sis ik.

De kat springt op de salontafel, juist als Groesbeek met twee porseleinen kopjes aan komt schuifelen. Hij zet ze op tafel en pakt een kitscherig bonbonschaaltje van het dressoir. Wit uitgeslagen chocolaatjes, gegarneerd met een laagje stof. Ik bedank.

'Niet?' Groesbeek zet het schaaltje op tafel. 'Jij lust ze wel, hè?' zegt hij tegen de kat die op de salontafel staat. Het dier inspecteert de inhoud van het schaaltje, likt eraan en draait zich verachtelijk om.

'Zo,' zegt Groesbeek. 'Dus jij heet Susanne.'

'Sabine. U heeft me dikwijls geholpen als ik in de problemen zat. Mijn band geplakt, me een lift gegeven als het hard waaide.' Ik aarzel even. 'En me door uw kantoortje naar buiten laten glippen als ze me stonden op te wachten.'

Groesbeek zegt niets. Hij pakt zijn kopje thee, neemt een slokje en kijkt me over de rand heen aan.

'Weet u dat niet meer?' vraag ik.

Hij zet de thee neer en aait de poes, die midden op tafel staat, vlak naast mijn kopje thee. Haren dwarrelen naar beneden.

'Het zou kunnen,' zegt hij. 'Ja, het zou kunnen dat ik dat gedaan heb.'

'Dat ú conciërge was op die school heeft voor mij een groot verschil gemaakt, weet u dat?' zeg ik ernstig. Even denk ik dat hij mijn geslijm doorziet, maar nee. Voor het eerst doorbreekt een glimlach de afwerende uitdrukking op zijn gezicht.

'Je thee wordt koud, hoor,' zegt hij. 'Wil je echt geen bonbonnetje?'

'Nee, echt niet. Dank u.'

De kat snuffelt opnieuw aan de bonbons, tot Groesbeek het dier van tafel tilt. 'Wegwezen Nina, die zijn niet voor jou.' Hij lacht naar me en ik glimlach terug.

'Om eerlijk te zijn ben ik veel vergeten van vroeger,' bekent Groesbeek. 'Ik zei wel dat ik ze allemaal nog goed op een rijtje had, en ik ben niet dement of zo, maar ik merk dat ik dingen vergeet. Of er vandaag iemand op bezoek komt, of dat dat morgen pas is. Of ik mijn kleinkinderen al een verjaardagskaart heb gestuurd. Waar ik mijn pillendoos heb gelaten.'

Hij zwijgt en streelt twee katten, die allebei op zijn schoot zijn gesprongen. Zijn grijze broek wordt langzaam overdekt met witte en zwarte haren. 'Dat is wel eens moeilijk, Susanne. Begrijp je dat? Nee, natuurlijk begrijp je dat niet. Je bent nog jong.'

'Ik begrijp u beter dan u denkt, meneer Groesbeek.'

'Soms zit ik op de bank en wacht ik tot mijn vrouw roept dat het eten klaar is,' zegt meneer Groesbeek. Hij knikt naar een foto in zilveren lijst op het dressoir. 'Dat is Antje. Ze is al vijf jaar dood. Nee, zes.'

Hij fronst zijn wenkbrauwen, telt in gedachten, fronst ze weer en streelt de poezen.

'Ongeveer,' zegt hij.

'Herinnert u zich Isabel nog? Dat meisje dat verdwenen is?'

'Nee, ze heette Antje,' wijst Groesbeek me terecht.

'Ik bedoel een leerlinge van school. Isabel Hartman.'

'Hartman,' herhaalt Groesbeek.

'Ze zat bij mij in de klas,' help ik hem.

'O ja?'

'Ze had epilepsie. U heeft haar wel eens naar huis gebracht na een aanval.'

'Daar heb ik laatst een uitzending op tv over gezien; epilepsie. Dat is vreselijk hoor, als je dat hebt.'

'Ja. Herinnert u zich haar?'

'Ik herinner me alleen maar gezichten. Geen namen.'

Ik haal een foto van Isabel uit mijn tas en leg die op tafel. Groesbeek kijkt ernaar, maar zijn gezicht verandert niet van uitdrukking. Een van de katten springt van zijn schoot op tafel, op de foto. Ik trek hem onder zijn voorpootjes vandaan en geef hem aan meneer Groesbeek.

'Vreselijk,' zegt hij.

'Wat? Wat is vreselijk?'

Groesbeek maakt een machteloos gebaar met zijn handen. Hij opent zijn mond alsof hij iets wil zeggen, bedenkt zich en fronst zijn wenkbrauwen weer.

'Het is vreselijk,' zegt hij ten slotte.

'Wát is vreselijk, meneer Groesbeek?'

'Epilepsie. Het lijkt wel alsof ze doodgaan.' Hij trekt ter illustratie een verkrampt gezicht met opengesperde ogen.

'Hebt u haar wel eens zo zien kijken?' Ik kan me niet herinneren dat Isabel ooit een aanval heeft gehad in het bijzijn van meneer Groesbeek.

Meneer Groesbeek wijdt zijn aandacht aan de poes die nog op zijn schoot ligt en houdt een vriendelijk maar onverstaanbaar gesprekje met zijn troeteldier.

'Katten zijn geweldige dieren,' zegt hij trots. 'Ze zijn mijn beste vrienden. Maar ze mogen niet mee naar het bejaardentehuis. *Nee, dat mogen jullie niet.*' Zijn stem gaat over op het hoge, betuttelende toontje waarmee moeders tegen hun baby's praten.

'U weet toch wel dat Isabel verdwenen is? Spoorloos verdwenen?' Wanhopig gooi ik het over een andere boeg. De foto hou ik ter illustratie omhoog, voor het geval hij ons gesprek alweer is vergeten.

'Hoor je dat, Nina?' zegt Groesbeek tegen zijn poes. 'Net als Lies. Die hebben we ook nooit meer gezien, hè?'

Ik laat de foto zakken.

'Weg is weg,' zegt meneer Groesbeek.

'Ja,' zeg ik mat.

'Soms vind je ze nooit meer terug. Dan zijn ze dood.'

Ik rits mijn tas dicht en kijk op mijn horloge.

'Ik moet nu gaan. Bedankt voor uw tijd, en...'

'Het heeft geen zin om te zoeken,' zegt meneer Groesbeek. 'Ze zijn zó goed verstopt.'

'Dag, meneer Groesbeek. Leuk u weer gezien te hebben. Ik kom er zelf wel uit.'

Ik sta op en werp en passant een blik in de achtertuin. Een verwilderde, slecht onderhouden toestand tussen drie hoge schuttingen. Gras schiet hoog op en langs de schuttingen rijzen grote bulten aarde op als uit hun krachten gegroeide molshopen.

Meneer Groesbeek ziet me kijken en zegt: 'Antje is dood.'

Ik knik meelevend en loop naar de deur. Onmiddellijk komen er vier katten op me af, die met me meelopen de gang in. Meneer Groesbeek staat meteen op.

'Ho ho! Belle en Anne, hier blijven!' Hij jaagt de poezen terug de woonkamer in en sluit de tussendeur. We zijn alleen in de gang.

'Hoeveel poezen heeft u?' vraag ik.

'Zes,' zegt hij. 'Ik ben een poezenmens. Sommige mensen zijn hondenmensen, anderen zijn poezenmensen. Hondenmensen kan ik niet uitstaan. Wat ben jij?'

Hij staat te dicht bij me. Veel te dicht. Ik kan zijn oudemannengeur ruiken, de schilfertjes op zijn kale hoofdhuid zien. Hij staat tussen mij en de voordeur in.

Ik lach flauwtjes. 'Ik ben ook dol op poezen.'

Hij knikt tevreden en doet een stap opzij. Ik schiet langs hem heen.

'Kom nog eens terug!' roept hij hartelijk.

Ik knik, glimlach en stap snel in mijn auto maar bedenk me. Ik rij verder tot de hoek van de straat en daar stap ik weer uit. Eigenlijk voel ik me licht belachelijk als ik een donkere steeg in glip en naar de achterzijde van het huizenblok sluip. Ik tel de huizen en blijf bij de achtertuin van meneer Groesbeek staan. Voorzichtig probeer ik de gammele poort, die op slot zit. Peinzend bekijk ik de schutting, maar de planken zien er te bouwvallig uit om op te klimmen. De container naast de poort is beter geschikt als opstapje. Een beetje hoog, maar als ik hem op zijn kant leg kan ik nét over de schutting kijken. Goeie genade, wat een wildernis. Als Antje vroeger de tuin onderhield, is het duidelijk dat ze al een paar jaar niet meer leeft. Er staat werkelijk geen bloem in de tuin, alleen maar onkruid, dat zelfs die langgerekte bulten aarde overwoekert. Schattend bekijk ik de bulten aarde. Zijn het borders? Meestal lopen die op dezelfde hoogte door; dit slaat nergens op.

Een jongen op een fiets rijdt de steeg in en kijkt me in het voorbijgaan zo verbaasd aan dat ik van de container spring. Ik zet hem netjes recht, glimlach naar de jongen die slingerend over zijn schouder kijkt, en loop terug naar mijn auto. Mijn armen en benen kriebelen. Ik krab en zie rode vlekken verschijnen. Het liefst zou ik naar huis rijden, een douche nemen en al die kattenharen van me afspoelen, maar dat zit er niet in. Ik ben hier nog niet klaar.

Met een zucht stap ik in mijn auto, maar ook al draai ik het raampje helemaal open, de kattenlucht blijft hardnekkig hangen.

'U had even moeten bellen,' zegt de mevrouw van *De Heldersche Courant* streng. 'Dan hadden wij die informatie voor u klaargelegd.'

'Het spijt me,' zeg ik. 'Dat wist ik niet. Kan ik het nu niet inzien? Ik kom er helemaal voor uit Amsterdam.'

De vrouw trekt een berustend gezicht, draait zich om en pakt de telefoon.

'Niek? De knipselmap over verdwijningszaken. Kan die naar boven komen?'

Ze luistert naar het antwoord en legt weer neer. 'Als u een kwartiertje kunt wachten...'

'Ja, hoor. Ik rook buiten wel een sigaretje. Roept u me maar.'

Ze kijkt me aan alsof ze wil zeggen dat ze nog meer te doen heeft, maar knikt toch. Ik loop naar buiten. Steek mijn laatste sigaret op. Ik probeer zoveel mogelijk kattenharen van mijn rok te vegen. Na tien minuten wordt er op het raam getikt. Ik ga naar binnen en volg de vrouw naar een vertrek waar immense rijen archiefmappen hangen. Langs de kant staan tafels waar je de mappen kunt inzien. Een jongeman legt een dikke archiefmap op tafel en wijst ernaar.

'Dat is 'm. Alle verdwijningszaken van de afgelopen twintig jaar.'

'Dank je.' Ik schuif de stoel naar achteren en ga zitten. De vrouw en de jongeman laten me alleen. Ik sla de map open. De muffe geur van drukinkt en oud papier komt me tegemoet. Vluchtig bekijk ik de stapel vergeelde knipsels.

MEISJE VERMOORD GEVONDEN

GEEN SPOOR VAN ZESTIENJARIGE ANNE-SOPHIE

LISET, WAAR BEN JE? EMOTIONELE OPROEP VAN OUDERS VERMIST MEISJE

Ik bekijk ze allemaal. De meeste zijn van jaren en jaren geleden, maar de uniformiteit van paniek en onbegrip treft me. Ik kijk naar de lachende gezichten op de foto's, naar uit de mode geraakte kapsels en gezichten vol jeugdige onbezorgdheid.

Sinds 1980 worden er zeker tien meisjes vermist, van wie drie uit Den Helder of omstreken. Vier meisjes zijn nooit teruggevonden, de anderen zijn vermoord. Verkracht en gewurgd. Slechts van één meisje is de moordenaar gevonden: Sjaak van Vliet heeft in de zomer van 1997 de destijds zestienjarige Rosalie Moosdijk verkracht en gewurgd in de duinen bij Callantsoog. De dader is na een half-jaar intensief speurwerk opgepakt en heeft de moord bekend. Ja, dat herinner ik me, maar waarvan? Ik heb er laatst iets over gelezen. Ik denk diep na en het schiet me te binnen: op internet stond een stukje over Sjaak van Vliet. In de krantenartikelen op Isabels website.

Ik blader door, weet wat ik kan verwachten maar schrik toch als ik Isabels gezicht in zwart-wit zie. Een tijdlang kijk ik naar haar, en dan pak ik het artikel over Rosalie erbij, zij verdween in de zomer van 1997, en zat op dezelfde school als wij. Zou er een verband bestaan? De politie dacht van wel, daarvan getuigen de krantenartikelen over Sjaak van Vliet op haar website. Waarschijnlijk was er toch te weinig bewijs om hem iets ten laste te leggen.

Ik schrik op van de jongeman, die me onverwacht voorbijloopt. 'Mag ik iets vragen? Kan ik kopieën krijgen van deze knipsels?'

'Van allemaal?'

'Graag.'

Hij knikt naar het kopieerapparaat in de hoek. 'Tien cent per kopie.'

Ik pak de stapel op en ga aan de slag. Thuis zal ik alles wel eens rustig doorlezen. Het is heel goed mogelijk dat een aantal meisjes door een en dezelfde dader aangevallen is. Misschien vind ik een overeenkomst tussen al die zaken. Ik kijk naar de kopieën die in het sorteerbakje glijden.

POLITIE ROEPT HULP BEVOLKING IN BIJ ZOEKACTIE NAAR NINA

VERDWENEN ISABEL STELT POLITIE VOOR RAADSEL

ONDERZOEK NAAR LISET STAGNEERT

Terwijl het kopieerapparaat loopt, lees ik de artikelen door. Het is opvallend dat drie van de verdwenen meisjes op dezelfde middelbare school zaten als waar ik op heb gezeten: Nina, Lydia en Isabel. De andere meisjes kwamen niet uit Den Helder maar wel uit de kop van Noord-Holland. Dat wijst op een dader die in dezelfde omgeving woont.

Ik stop de kopieën in mijn tas. Terwijl ik naar buiten loop, voel ik ze door het leer heen branden, alsof de vetgedrukte hoofdletters me het antwoord toeschreeuwen.

# 22

Den Helder ligt net achter me als het tot me doordringt. In een reflex wil ik op de rem trappen, maar ik hou me net op tijd in. Ik kijk in mijn binnenspiegel en zie geen verkeer achterop komen. Er zijn ook geen tegenliggers. Tijd voor een onbesuisde actie.

Ik minder vaart, geef een ruk aan het stuur en draai om. De banden gaan even door de berm, maar dan zit ik op de goede weghelft. Terug naar Den Helder.

Ik zet de schetterende radio uit om mijn gedachten te ordenen. Gedachten die door mijn hoofd razen en het bloed door mijn aders jagen. Mijn god, ik ben daar in huis geweest! Ik heb vragen gesteld over Isabel en dat niet alleen, ik heb nog een tijdje doorgezeurd. En hij heeft me laten gaan. Is hij het echt vergeten? Is dat mijn redding geweest?

Het zweet breekt me uit. Ik kan dit niet alleen oplossen; ik moet naar de politie. Hoe ik er ook tegen opzie, ik moet ze dit echt laten weten. Maar ik moet eerst nog iets uitzoeken.

Ik parkeer mijn auto weer op de hoek van de straat, uit het zicht. Over de stoep loop ik naar nummer zeven. De buurvrouw van meneer Groesbeek doet open. Het is een oudere dame met verzorgd grijs haar en een lief omagezicht. Ze heeft vast kleinkinderen die ze vreselijk verwent, denk ik. En anders zou ze ze graag willen hebben.

'Ja?' zegt de oude dame vragend.

Ik kijk naar het naamplaatje op de deur. 'U bent mevrouw Takens?'

'Ja?'

Ik lach verontschuldigend. 'Ik ben net bij uw buurman, meneer Groesbeek, op bezoek geweest. Hij was vroeger conciërge bij mij op school en ik ben bezig een boek samen te stellen met anekdotes uit die tijd.'

'O, wat leuk,' zegt mevrouw Takens spontaan.

'Ja, en ik ben van plan om ook een stuk over meneer Groesbeek te schrijven, omdat zoveel oud-leerlingen herinneringen aan hem hebben. Het leek me leuk om te schrijven hoe het nu met hem gaat en wat hij zoal doet. Dat soort dingen.'

'Ik ga u niets over hem vertellen, hoor,' zegt mevrouw Takens gedecideerd. 'Wat Joop kwijt wil, zal hij u zelf wel vertellen. Ik zou niet willen dat er allerlei praatjes over hem gepubliceerd werden.'

'O, dat is ook helemaal mijn bedoeling niet! Meneer Groesbeek heeft meer dan voldoende verteld, daar gaat het niet om. Waar het me om gaat zijn die katten. Ik vond het zo grappig dat hij er zoveel heeft.'

'Ja,' zegt mevrouw Takens een stuk minder enthousiast.

'En dat hij ze van die originele namen heeft gegeven. Namen van oud-leerlingen. Heel origineel! Ik wilde ze noemen in mijn artikel, dat leek me wel leuk.'

'En nu wilt u weten hoe hij zijn katten heeft genoemd? Waarom vraagt u hem dat zelf niet?'

'Hij slaapt,' zeg ik spijtig. 'We moesten ons gesprek beëindigen omdat hij zo moe was en ik wil hem nu niet meer storen. Ik dacht, u als buurvrouw zult vast wel weten hoe die katten heten. Ik geloof dat hij één ervan Nina noemde.'

'Ja, en er is er een die Anne heet, en Lydie, en Belle.'

'Belle?' Ik vis mijn agenda uit mijn tas en schrijf de namen snel op.

'Verder weet ik het niet zo goed. Het zijn er zoveel.' Mevrouw Takens denkt diep na. 'Hij staat ze iedere avond te roepen, maar nu kan ik er niet opkomen. O ja, Roos. Maar die laatste weet ik echt niet meer.'

'Dat geeft niet, ik bel meneer Groesbeek nog wel een keer op. Hartelijk dank, mevrouw!'

'Graag gedaan. Succes met uw artikel.' Mevrouw Takens glimlacht en doet de deur dicht.

In de auto haal ik de kopieën van de krantenknipsels uit mijn tas en lees ze aandachtig door. Niet alle koppen vermelden de namen van de verdwenen meisjes, maar in het artikel zelf worden die natuurlijk wel genoemd. Ik schrijf ze op, naast de namen in mijn agenda.

Onmiddellijk daarna rij ik naar het politiebureau.

Het politiebureau is verdwenen. Vroeger stond het midden in de stad. Ik ben er ooit binnen geweest om aangifte te doen van mijn gestolen fiets na de jaarlijkse kermis. Hij stond nota bene tegen het politiebureau aan. Ik zie Lisa en mij weer naar binnen gaan. De poster van Isabel op het prikbord in de wachtruimte. Al die vermiste gezichten.

Lisa leerde ik in vier havo kennen, de zomer na de verdwijning van Isabel. Ze kwam naast me zitten en we konden het meteen goed met elkaar vinden. Die hele klas was een verademing; gezellig en zonder duidelijke kliek met bijbehorende regels. Een jaar zonder Isabels gestook en getreiter had een complete metamorfose in mij teweeggebracht. De rest van de groep liet me met rust nu hun aanvoerster verdwenen was, het pesten hield op.

Als je jong bent, heb je de neiging uit alle personages die in je schuilen één persoonlijkheid te laten zien aan de buitenwereld. Ze zijn er allemaal, verborgen onder je huid, maar de omstandigheden maken uit welke naar voren treedt. Jarenlang liet ik alleen Sabine Eén zien en negeerde ik Sabine Twee, al schreeuwde ze om aandacht. Op de havo trad ze naar voren en eiste de aandacht volledig op. Bijdehand gedrag in de klas, opmerkingen tegen leerkrachten die aan brutaliteit grensden maar waar ze nog wel om konden lachen, uitbundig, vrolijk en bijzonder aanwezig. Sabine Twee was een populaire meid. Lisa was precies zo en samen maakten we de school onveilig. Het was een heerlijke tijd. Maar halverwege het examenjaar verhuisde Lisa en ons contact verwaterde snel. Tegenwoordig balanceer ik zo'n beetje tussen Sabine Eén en Sabine Twee.

Ik rij wat rond, zie iemand lopen en draai mijn raampje open. 'Kunt u mij vertellen waar het politiebureau is?'

Een vrouw van middelbare leeftijd blijft staan en buigt naar mijn raampje toe. 'Ja, aan de Bastiondreef. Dat is wel een eindje uit de buurt, hoor,' zegt ze en legt me uit hoe ik moet rijden. Ik bedank haar en keer om. De Bastiondreef ken ik wel. Het is niet ver van de Lange Vliet. Tien minuten later parkeer ik mijn auto voor een opvallend mooi gebouw. Ik stap uit en kijk naar de gestroomlijnde gevel voor ik naar binnen ga.

Het is niet druk. Er is maar één man voor me, die schade aan zijn auto komt melden. Geduldig wacht ik tot hij uitgebreid verslag heeft gedaan, en intussen wenkt een andere politieagente me. Snel loop ik naar de balie.

'Ik kom aangifte doen,' zeg ik.

De agente pakt een formulier. 'Waarvan wilt u aangifte doen?'

'Eh... dit klinkt misschien een beetje vreemd, maar het gaat om een vermissingszaak van negen jaar geleden. Isabel Hartman. Zegt die naam u iets?'

De agente knikt zonder iets te zeggen. Ze kijkt me strak aan.

'Ik zat hier op school,' ga ik verder. 'Isabel Hartman zat bij mij in de klas. Het is al een tijd geleden dat ze verdween, maar ik denk dat ik nieuwe informatie heb.'

De agente, haar collega en de man die de schade rapporteert kijken me aan.

Ik kijk terug.

'Tja,' zegt de agente. 'Weet jij wie de zaak Hartman destijds behandelde, Fabiënne?'

'Rolf,' antwoordt haar collega.

'Heeft u een moment?' vraagt de agente aan mij.

Ik knik en ze loopt weg. Na een tijdje komt ze terug en gebaart mij mee te komen. Ze doet de deur van een kamertje open. 'Wilt u hier even wachten? Meneer Hartog komt zo. Hij moet het dossier er even bij pakken.'

'Prima.' Ik installeer me en wacht.

Het duurt niet lang voor de deur openzwaait en een rechercheur binnenkomt. Ik neem tenminste aan dat dit Rolf Hartog is en dat hij rechercheur is, als hij destijds Isabels zaak leidde. Het is een lange, donkere man met een paar ontsierende puisten in zijn nek. Vast ongetrouwd, anders zou zijn vrouw hem wel verteld hebben dat zijn mintgroene stropdas vloekt bij zijn lichtblauwe overhemd. In zijn hand heeft hij een dik dossier.

Hij steekt me zijn andere hand toe en stelt zich voor. 'Rolf Hartog. En u bent...'

'Sabine Kroese.'

'Ik kan niet zeggen gaat u zitten, want u zit al.' Hij glimlacht om zijn eigen grapje en ik lach toegeeflijk mee. 'Wilt u koffie?'

'Graag.'

Hij legt het dossier op tafel en loopt weg. Het duurt zo lang voor hij terugkomt dat ik al spijt heb van de koffie. Ongeduldig hou ik de deur in de gaten en zucht een paar keer. Ik kijk naar het dossier. Mijn hand schuift net over tafel als de deur weer opengaat.

'Sorry dat het zo lang duurde. De koffiebus was leeg.' Rolf Hartog komt weer binnen en knikt me toe met twee rammelende kopjes in zijn handen. Hij zet ze op het bureau en gaat tegenover me zitten.

'Zegt u het eens, juffrouw Kroese. Ik heb begrepen dat u nieuwe informatie hebt over de vermissing van Isabel Hartman?'

'Mogelijk nieuwe informatie,' nuanceer ik. 'Het leek me in ieder geval belangrijk genoeg om het te melden.'

'Ik ben heel benieuwd. Ik heb net snel even het dossier doorgenomen, al ken ik het behoorlijk goed. U beweert dat u bevriend was met Isabel Hartman, maar ik ben uw naam niet tegengekomen in het dossier.'

'We waren niet bevriend, we zaten bij elkaar in de klas. Ooit zijn we wel vriendinnen geweest, maar op een gegeven moment groeiden we uit elkaar. U weet wel hoe dat gaat,' zeg ik. 'Op de basisschool trokken Isabel en ik altijd met elkaar op, maar op de middelbare school niet meer. Op het moment dat ze verdween, hadden we helemaal niets meer met elkaar. Maar haar verdwijning heeft me altijd beziggehouden. We hebben elkaar zo lang gekend...'

Hartog knikt. 'Dat begrijp ik.'

'Binnenkort is er een reünie,' ga ik verder. 'Misschien dat ik daarom opeens weer zo met Isabel bezig ben. Ik droom over haar, ik herinner me dingen die ik jaren uit mijn geheugen gebannen heb. En zo moest ik opeens aan meneer Groesbeek denken.'

Ik werp een peilende blik op Hartog, maar zijn gezichtsuitdrukking verandert niet. 'Wat ik me afvroeg is of meneer Groesbeek ooit verhoord is.'

'Ja,' zegt Hartog. Hij hoeft er niet eens het dossier op na te slaan.

'O. En wat kwam daaruit?'

'Juffrouw Kroese, wat is de nieuwe informatie waar u het over had?'

'Dat heeft met meneer Groesbeek te maken. Hij was conciërge bij ons op school. Een aardige man, maar wel een apart type. Heel luidruchtig en grof, maar eh...' Ik aarzel even en ga verder na Hartogs bemoedigende knikje. 'Nou ja, hij was ook wel een beetje vreemd. Ik wist nooit of ik me veilig kon voelen als ik met hem alleen was, begrijpt u. Niet dat hij echt aan me zat, maar het zat er altijd aan te komen. Hij had de gewoonte leerlingen een lift naar huis te geven in zijn busje als het slecht weer was.'

Het blijft even stil. Hartog kucht achter zijn hand, bladert in zijn dossier en zegt: 'Dat is ons bekend, ja. Dat was ook de reden dat we hem verhoord hebben, maar meneer Groesbeek verklaarde dat hij op de dag dat Isabel Hartman verdween de hele dag op school was. Verschillende leerkrachten en leerlingen kunnen dat bevestigen.'

'Meneer Groesbeek was dan weer hier en dan weer daar in het schoolgebouw. Er waren verschillende vestigingen waartussen hij pendelde. Het ene moment zat hij in zijn kantoortje op zijn post en het volgende moment scheurde hij in zijn busje weg. Het was onmogelijk om vast te stellen waar hij zich bevond.'

Hartog leest aandachtig in het dossier. 'Isabel Hartman kwam om tien over twee uit school. Tussen twee en drie is meneer Groesbeek voortdurend ergens in het schoolgebouw gesignaleerd.'

'Ergens in het gebouw. Dus niet op één plek. Hij kán er op een gegeven moment tussenuit geknepen zijn.'

Hartog leunt achterover in zijn stoel en slaat het dossier dicht. Hij rekt zijn rug alsof hij zeer vermoeid is en zucht.

'Juffrouw Kroese, wat is de informatie waarvoor u hier bent?'

'Ik fietste achter Isabel aan, de dag dat ze verdween.'

Nu heb ik plots zijn volledige aandacht. De vermoeidheid vloeit op miraculeuze wijze uit zijn ogen en met nieuwe energie legt hij zijn armen op tafel en leunt iets naar me toe.

'Ze fietste met Mirjam Visser mee,' vertel ik. 'Ik dacht dat ze met haar mee naar huis zou gaan, want Mirjam woonde ergens bij de Jan Verfailleweg, ik weet niet precies waar. Maar Isabel reed door, richting de Donkere Duinen. Ze had een afspraakje bij de snackbar aan de hoofdingang.'

Nu is Hartog een en al interesse. 'Hebt u gezien met wíé ze daar afgesproken had?'

'Nee,' zeg ik. 'Ik sloeg eerder af omdat ik geen zin had om samen met Isabel op te fietsen.'

Hartog kijkt me een paar seconden zwijgend aan en slaat het dossier weer open. Hij bestudeert enige tijd wat daar staat en ik gluur mee. Ik zie een paar keer *Mirjam Visser* staan.

'We hebben jarenlang gedacht dat Mirjam Visser de laatste persoon was die Isabel Hartman in leven heeft gezien,' zegt hij. 'Maar feitelijk was u dat dus.'

'Nee,' zeg ik. 'Degene met wie ze afgesproken had.'

Hartog knikt. 'Natuurlijk, als we ervan uitgaan dat er sprake is van een misdrijf. Hebt u rond die tijd, laten we zeggen tussen half-drie en drie uur, bekenden gezien bij die snackbar?'

Ik schud mijn hoofd. 'Niet bij de snackbar, daar was ik niet, maar wel bij het kruispunt waar ik afsloeg.'

Hartog klikt zijn pen open. 'Welk kruispunt was dat?'

'De kruising van de Jan Verfailleweg met de Seringenlaan. Daar sloeg ik af.'

Hartog noteert het. 'En wie hebt u daar gezien?'

'Ik heb niet zozeer íémand gezien als wel íéts. Een groen bestelbusje, heel stoffig. Het was precies zo'n busje als meneer Groesbeek had.'

Hartog bladert in het dossier en leest enige tijd. 'Hoe laat was het ongeveer toen u bij dat stoplicht stond?'

'Weet ik veel,' zeg ik. 'Het is negen jaar geleden! Maar ik weet dat ik meteen nadat de school uit ging ben weggefietst. Niet al te snel, maar we moeten daar toch wel tegen halfdrie gestaan hebben.'

Hartog kijkt nog steeds in het dossier. 'Op dat moment haalde meneer Groesbeek de lege koffiekannen uit de gymzaal, waar examen werd gehouden.'

'U moet me niet vastpinnen op een paar minuten. Hij kan best daarna weggereden zijn. Ik kan me herinneren dat hij me inhaalde.'

Hartog slaat met een doffe klap het dossier dicht. 'Ik dank u hartelijk voor de informatie, juffrouw Kroese. Wij zullen er zeker iets mee doen. We weten nu in welke richting Isabel Hartman gefietst is. Dat kan belangrijk zijn.'

Zijn stem klinkt helemaal niet alsof hij het belangrijk vindt.

'Dát was niet wat ik u wilde vertellen,' zeg ik. 'Dat wil zeggen, dat ook wel, maar het is niet de reden waarom ik ben gekomen.'

Hartog legt berustend zijn handen op het dossier. 'Wat wilde u nog meer vertellen?'

'Meneer Groesbeek heeft zes poezen.'

Hartog staart me vragend aan.

'Zes poezen,' herhaal ik. 'Ik ben vanmiddag bij hem geweest, ziet u. Vandaar dat ik onder de kattenharen zit.'

Hartog maakt een ongeduldig handgebaar en doet zijn mond open om iets te zeggen, maar ik ben hem voor.

'De meeste mensen geven hun kat van die stereotiepe namen,' zeg ik. 'Witje, Vlekkie, u kent het wel. Maar meneer Groesbeek is origineler. Veel origineler dan je zou verwachten van zo'n man. Hoe heeft hij die beesten ook alweer genoemd?'

Hartog luistert met het gezicht van iemand die al jaren de gekste verhalen heeft moeten aanhoren en het niet langer meer kan opbrengen.

'Juffrouw Kroese...'

'Nee, wacht u even.' Ik vis mijn agenda uit mijn tas, al ken ik de namen uit mijn hoofd. 'Dit zijn de namen van die katten: Nina, Lies, Anne, Lydie, Roos en Belle.'

Ik haal het pak kopieën uit mijn tas en schuif ze over tafel naar Hartog toe. 'Deze verdwijningszaken zullen u vast bekend voorkomen. De namen van de meisjes die het slachtoffer zijn geworden ook. Nina, Liset, Anne Sophie, Lydia, Rosalie en Isabel...'

Hartog kijkt naar de papieren, maar raakt ze niet aan. Hij kent die namen, ik zie het aan zijn gezicht.

'U heeft een scherp waarnemingsvermogen,' zegt hij ten slotte. 'Daarmee moet ik u complimenteren. Maar het zegt natuurlijk niets.'

'Het zegt natuurlijk niets? Groesbeek heeft zijn katten naar die meisjes genoemd, of in ieder geval een naam gegeven die daarvan is afgeleid!'

'Dat is niet strafbaar.'

'Nee, natuurlijk is het niet strafbaar. Maar het is wel opvallend. Té opvallend.'

Hartog leunt wat terug in zijn stoel.

'Tja,' zegt hij.

Ik ga wat meer rechtop zitten. 'Wat gaat u nu doen?'

'Luister, er is niet veel wat ik kán doen. Het is niet verboden om je huisdieren te noemen naar personen die in het nieuws zijn geweest. Het is hooguit opvallend, zoals u het noemde, maar ook weer niet zo bijzonder. Het komt vaker voor dat mensen die zich erg bij het nieuws betrokken voelen op die manier reageren. Vooral ouderen. Ze hebben niet veel méér te doen dan achter hun tv alles te volgen wat er in hun omgeving gebeurt. Vaak is dat het enige wat hen bindt met de buitenwereld, waarvan ze zich afgesneden voelen.'

'Meneer Hartog, Isabel is negen jaar geleden verdwenen. Lydia van der Broek vijf jaar geleden. Dat zijn de jongste zaken. Die andere meisjes worden allemaal al veel langer vermist. Als het nou om een recent geval ging, zou ik u gelijk geven. Maar nu...'

'Roos zou volgens uw theorie voor Rosalie moeten staan,' valt

Hartog me in de rede. 'Dat is de enige naam die overeenkomt. En Rosalie Moosdijk is een maand na haar verdwijning gevonden.'

'Dat weet ik,' zeg ik. 'Ze was dood, gewurgd door ene Sjaak van Vliet.'

Hartog trekt één wenkbrauw op. 'U bent goed op de hoogte,' zegt hij. 'Dan zult u zelf wel inzien dat meneer Groesbeek niets te maken heeft met de dood van Rosalie Moosdijk. Sjaak van Vliet heeft die moord bekend.'

'Misschien werkte Sjaak van Vliet niet alleen,' opper ik. 'Alleen Rosalie is teruggevonden. Als hij ook schuldig is aan andere verdwijningszaken, kán hij bijna niet alleen geopereerd hebben. Waarschijnlijk had hij een handlanger. Iemand die contact had met meisjes van die leeftijd, iemand die ze zonder wantrouwen te wekken in zijn busje kreeg.' Ik schuif steeds meer naar het puntje van mijn stoel.

'Dat zijn allemaal veronderstellingen,' kapt Hartog mijn betoog af.

'Begínt een onderzoek niet met veronderstellingen? Je moet toch iets te onderzoeken hebben?' zeg ik verontwaardigd.

Hartog werpt een heimelijke blik op zijn horloge maar blijft geduldig. 'Opsporingszaken trekken veel aandacht, juffrouw Kroese. Ze hebben ooit een hoop opschudding veroorzaakt en met enige regelmaat wordt het stof er afgeklopt en verschijnt er weer een programma op tv dat oude zaken in de herinnering brengt. Meerdere malen per jaar! Die programma's worden goed bekeken en houden de mensen flink bezig. Vooral oudere mensen, zoals ik al zei. Dat komt veel vaker voor dan u denkt.'

Ik zeg een tijdje niets, drink van mijn koffie en denk na. Rosalie Moosdijk zat op een andere school maar werd vermoord in Callantsoog, waar ook Groesbeek woonde. Is er een verband of heeft hij gewoon heel erg met die zaak meegeleefd? Zo intens dat hij zelfs zijn kat naar zijn plaatsgenote heeft genoemd? Het is goed mogelijk dat hij Rosalie heeft gekend. Maar de meisjes die niet uit Callantsoog kwamen en niet bij hem op school zaten dan?

'Er móét een verband zijn,' zeg ik koppig, en ik maak Hartog deelgenoot van mijn overpeinzingen. 'Misschien komt het vaker voor, maar ik blijf het vreemd vinden dat juist meneer Groesbeek zijn katten naar die vermiste meisjes heeft vernoemd. De helft van die meisjes zat op zijn school!'

'Ik vind het merkwaardig, dat moet ik toegeven, maar ik vind het te ver gaan om daarom aan te nemen dat die man schuldig is aan een misdrijf,' zegt Hartog op de toon van iemand die redelijk en vriendelijk wil blijven, maar zich afvraagt wanneer er een einde aan die vermoeiende discussie komt.

'Misschien is hij medeplichtig. U kunt nagaan of hij op de een of andere manier in relatie staat met Sjaak van Vliet,' hou ik vol. 'Weet u wat u moet doen? Een keer in meneer Groesbeeks achtertuin graven. Die ligt vol vreemde bulten aarde.'

Hartog zegt niets, kijkt me alleen maar aan alsof hij nog nooit iemand als ik is tegengekomen. 'We zullen hier zeker aandacht aan besteden, juffrouw Kroese, maar verwacht er niet te veel van.'

'Op wat voor manier?' hou ik vol.

'Wat?'

'Op wat voor manier gaat u hier aandacht aan besteden?'

Hartog heft zijn handen in een gebaar van overgave. 'We gaan eens met meneer Groesbeek praten.'

'Is het niet genoeg voor een huiszoekingsbevel?' dring ik aan. 'Gaat u niet in zijn achtertuin graven?'

'Ik ben bang van niet.'

'Hij is nogal vergeetachtig geworden. Met praten alleen schiet u niets op,' waarschuw ik.

'Tja...' zegt Hartog gelaten. 'Meer kunnen we niet doen, vrees ik.'

# 23

Onverwacht staat Olaf voor mijn deur. Het is Pinksteren en ik rij mijn straat in na de hele middag met Jeanine op een terrasje te hebben gezeten. Ik toeter vrolijk als ik hem voor mijn deur zie staan. Hij ziet me, loopt naar mijn auto toe en wacht tot ik ingeparkeerd heb.

'Hoi,' zegt hij zodra ik het portier open.

'Hoi,' zeg ik, een beetje verbaasd. 'Wat toevallig! Ik ben de hele dag weg geweest.'

'Dat weet ik,' zegt Olaf. 'Ik ben al een paar keer bij je langs geweest.'

'O? Waarom heb je niet gebeld?' Ik sluit het portier af en loop naar de voordeur. Olaf volgt me en zegt: 'Ik héb je gebeld. Meerdere malen zelfs, maar je nam niet op. Waarom stond je mobiel uit?'

'Stond hij uit?' Ik vis mijn mobieltje uit mijn tas en kijk naar het display. 'Je hebt gelijk. Wat stom van me.' Ik lach terwijl ik de deur openmaak maar Olaf kijkt me strak aan.

'Wat is er?' vraag ik verbaasd.

'Niets,' zegt hij kortaf, duwt de deur open en loopt voor mij uit de trap op.

'Je denkt toch zeker niet dat ik hem expres uit had laten staan? Waarom zou ik dat doen?' zeg ik tegen zijn rug.

'Ik weet het niet,' zegt Olaf, op nog steeds weinig vriendelijke toon. 'Misschien had je behoefte aan een dagje voor jezelf.'

Ik weet echt niet wat ik daarop moet zeggen. Aan de ene kant vind ik zijn jaloerse houding wel grappig, aan de andere kant irriteert het me. Ik doe de deur van mijn appartement open en we lopen naar binnen. 'Wil je iets drinken?' vraag ik en ik gooi mijn tas op de bank.

Als antwoord steekt hij zijn arm uit en trekt me naar zich toe. Met zijn arm om mijn middel kijkt hij me aan. 'Sabine...'

Ik kijk vragend naar hem op.

'Is alles nog goed tussen ons?'

Zijn ogen heel dichtbij. Zijn adem die zich vermengt met de mijne. Een knellende greep om mijn middel.

'Ja,' zeg ik verwonderd. 'Natuurlijk.'

Zijn ademhaling gaat wat sneller. Hij buigt zich naar me toe en kust me, maar het is geen prettige kus. Hij zoent te hard, te agressief en als hij me ook nog langzaam maar zeker in de richting van mijn slaapkamer manoeuvreert, duw ik hem van me af. Een flits van woede trekt over zijn gezicht en opeens voel ik me heel slecht op mijn gemak.

'Wil je iets drinken?' stel ik zwakjes voor.

'Nee.' Met lichte dwang duwt hij me mijn slaapkamer in en maakt onder mijn truitje mijn beha los. Ik weer hem af.

'Olaf, ik heb geen zin,' zeg ik. 'Ik heb een lange dag achter de rug. Laten we gewoon wat drinken en tv kijken.'

Geërgerd geeft hij me een duw, zodat ik op het bed val. 'Wat is er aan de hand?' snauwt hij.

'Niets, ik ben gewoon moe. Kunnen we niet gewoon een beetje zoenen? Een flesje wijn openmaken?' Eigenlijk zie ik hem liever vertrekken maar iets in zijn ogen weerhoudt me ervan hem de deur uit te sturen.

Olaf kijkt me lange tijd aan. 'Oké,' zegt hij ten slotte.

Ik kom van het bed af en loop naar de keuken. Daar worstelen mijn handen met de kurkentrekker. Intussen ben ik met mijn gedachten bij Olafs vreemde gedrag. Hij is jaloers, concludeer ik. Doodgewoon bang om afgewezen te worden, alleen omdat ik een dagje ben weggeweest en mijn mobiel niet heb aangezet. Tjongejonge!

Met een geïrriteerde ruk trek ik de kurk uit de fles en neem hem mee naar de woonkamer. Olaf heeft twee glazen op tafel gezet en zit met zijn armen gespreid over de rugleuning op de bank. Hij kijkt nog steeds nors en ik heb zin om ergens anders te gaan zitten. In plaats daarvan zak ik naast hem op de bank en laat me door hem zoenen. Nu is hij weer lief en teder, maar ik kan niet zo gemakkelijk omschakelen. Voorzichtig maak ik me van hem los en schenk onze glazen vol.

Als de fles wijn bijna leeg is, is Olafs humeur weer helemaal opgeknapt en hangt hij soezerig tegen me aan.

'Weet je, soms zou ik willen dat ik in God kon geloven,' zegt hij met een enigszins dubbele tong.

'Hoe kom je daar nou bij?' reageer ik verbaasd.

'Zomaar.'

'En waarom zou jij willen dat je in God kon geloven?'

'Omdat het katholieke geloof veel steun geeft. En vergiffenis.' Olaf boert en kijkt somber voor zich uit.

'En voor welke vreselijke zonde heb jij vergiffenis nodig?' vraag ik geamuseerd.

Hij geeft geen antwoord, vist zijn sigaretten uit zijn zak. Hij steekt er een op en blaast de rook naar het plafond.

Ik heb een gloeiende hekel aan sigarettenrook in huis. Ik rook wel eens, maar altijd buiten of in een café. Dit is echter niet het moment om daarover te beginnen. Ik verdraag de stank en met een glimlachje kijk ik Olaf aan.

'Zeg eens op, wat voor duistere geheimen hou je voor me verborgen?'

Hij inhaleert diep. 'Ik heb iets verschrikkelijks gedaan,' bekent hij.

'Wat dan?' vraag ik nieuwsgierig.

Hij schudt zijn hoofd en kijkt van me weg.

'We doen allemaal wel eens iets waar we later spijt van hebben,' zeg ik luchtig.

'Dat is 't hem juist: ik heb geen spijt,' zegt Olaf.

'O...' Even ben ik uit het veld geslagen. 'Nou, dan hoef je er ook niet over te piekeren, hè. Hoe erg kan het dan zijn.'

'Weet je, Sabine, soms doe je iets waar je niet onmiddellijk de gevolgen van overziet. Iets wat totaal uit de hand zou kunnen lopen, en dat je maar beter stil kunt houden. Niemand zou begrijpen dat je het zo niet bedoeld had. Niemand. Daarvoor is het te ernstig.'

Ik voel de kilte langs mijn benen naar boven optrekken. Er verschijnt kippenvel op mijn armen.

Olaf draait zich naar me toe en strijkt met zijn vinger een lok haar uit mijn gezicht. 'Behalve jij,' zegt hij teder. 'Jij zou het begrijpen.'

Ik vraag niets, kijk hem alleen maar aan met een groeiend angstgevoel. Ik wil niet dat hij zo dicht bij me zit, zodat ik geen kant op kan. Ik wil niet dat zijn gezicht zo dichtbij komt. Ik wil niet dat hij me kust, dat zijn handen me overal strelen waar ik niet gestreeld wil worden.

Wat bedoelt hij in vredesnaam? Wat heeft hij gedaan dat zo verschrikkelijk is? En wil ik dat wel weten?

'Ik moet gaan,' zegt Olaf onverwacht. Hij komt overeind, loopt naar de wc en watert zonder de deur dicht te doen. Ik wil opstaan zodat ik hem uit kan laten zodra hij klaar is, maar bedenk dat dat wel eens te gretig over zou kunnen komen. Dus blijf ik nonchalant op de bank zitten en schenk het laatste beetje wijn in mijn glas. Olaf is klaar en stapt de gang in.

'Nou, dan zie ik je morgen wel op kantoor,' zeg ik gemaakt opgewekt.

'Het is morgen Tweede Pinksterdag,' zegt Olaf.

'O ja, dat is ook zo. Lekker, een dagje vrij.'

'Wat ga je doen?' vraagt Olaf.

'O, ik weet het niet. Een beetje uitslapen,' zeg ik vaag.

'En daarna?'

'We kunnen iets afspreken,' zeg ik slapjes.

'We zien wel,' zegt Olaf. 'Ik bel je, oké?'

'Oké.' Ik kom overeind met het glas wijn nog in mijn hand, geef Olaf een kus en laat hem uit. Als de deur achter hem dichtvalt, adem ik diep in en uit. Ik vraag me af wat hij voor verschrikkelijks op zijn geweten kan hebben.

# 24

Hij belt me niet. De hele Pinkstermaandag verwacht ik een telefoontje, maar dat komt niet. Dinsdag rij ik in het ochtendzonnetje op de fiets naar mijn werk. Zodra ik het secretariaat binnenkom vallen de gesprekken stil.

Renée en Margot, en zelfs Zinzy, kijken me betrapt aan. Ik kijk van de een naar de ander, zeg niets en zet mijn computer aan. Zo rustig en zelfverzekerd mogelijk loop ik naar het koffieapparaat in de gang en meteen staat Zinzy naast me.

'Ik deed niet mee aan dat geroddel, hoor,' zegt ze met een ernstige blik in haar ogen. 'Ik was alleen bang dat je dat zou denken omdat ik naar hen toe gedraaid zat.'

'Oké,' zeg ik slechts. Om eerlijk te zijn weet ik niet goed wat ik ervan moet denken. Ik kan me voorstellen dat Zinzy niet openlijk partij voor mij durft te kiezen, maar persoonlijk zou ik me afgewend en doorgewerkt hebben. Ik ontwijk Zinzy's ogen en zeg dat ik nog even een gevulde koek uit de automaat ga halen.

Op weg naar de lift kom ik Ellis Ruygveen tegen, die op Personeelszaken werkt. 'Wat kijk jij vrolijk,' zegt ze lachend.

Ik trek wat met mijn mond, wat een lachje moet voorstellen.

'Nog steeds problemen met Renée?' vraagt ze.

Verrast kijk ik haar aan.

'Wouter heeft het erover gehad met Jan,' zegt ze.

Jan Ligthart is Hoofd Personeelszaken. Dus zij zijn ook al op de hoogte. Vermoeid kijk ik van haar weg.

'Hé, kom op! Niet iedereen is zo over Renée te spreken als je baas,' bemoedigt Ellis. 'Ze heeft gesolliciteerd op PZ, maar ze maakte op mij geen positieve indruk.'

'Heeft ze gesolliciteerd?'

'Ik ben zwanger,' zegt Ellis met een lachje.

Onmiddellijk glijden mijn ogen naar haar buik, die inderdaad behoorlijk gegroeid is.

'Ik wil straks graag parttime terugkomen,' zegt Ellis, 'en aangezien we sowieso een extra medewerker nodig hadden op PZ, moet er een fulltime kracht bij komen.'

'En op die functie heeft Renée gesolliciteerd?' Ik maak mezelf los van de liftwand en kijk Ellis hoogst geïnteresseerd aan. 'Krijgt ze die baan, denk je?'

'De hemel verhoede het. Ik zou liever met jou samenwerken, Sabine. Zou jij niet willen solliciteren?'

Het bloed ruist in de derde versnelling door mijn aderen. 'Ja,' zeg ik. 'Dat zou ik zeker willen.'

'Nou, schrijf dan een brief. Vandaag nog. Renée is namelijk de enige geschikte kandidaat. Op jou na.'

'Zo geschikt ben ik niet. Renée is Hoofd Secretariaat.'

'Hoofd wat?'

'Hoofd Secretariaat.'

'Waar haal je dat nou vandaan?' vraagt Ellis. 'Die functie bestaat helemaal niet. Echt iets voor Wouter om zomaar een functie te verzinnen. Dat heeft hij wel vaker gedaan, om zijn team een worst voor te houden. Het stelt geen reet voor.'

We kijken elkaar aan. Opeens lijkt de dag niet zo lang meer.

'Nu je weer fulltime werkt, wil ik even een paar dingen duidelijk stellen,' zegt Renée, haar handen gevouwen op haar bureau. 'Je werkhouding en inzet zullen drastisch moeten verbeteren en je... Luister je?'

'Wat?' Afwezig kijk ik op van mijn beeldscherm.

'Ik zei dat je werkhouding drastisch zal moeten veranderen. En ik vind...'

'Ik heb trek in koffie,' zeg ik, en schuif mijn stoel naar achteren. 'Jij ook?'

Sprakeloos kijkt ze me na. Met een boosaardig plezier tap ik een bekertje koffie bij de automaat in de gang. Als ik terugkom, zit Renée nog steeds in dezelfde houding.

'Sabine,' zegt ze koel. 'We waren in gesprek.'

'Nee, jij zat tegen mij te zeiken,' zeg ik. 'Dat is heel iets anders. En officieel heb jij geen fuck over mij te zeggen, dus ik ben ook niet van plan om nog naar je te luisteren. Snap je?'

Ik schuif achter mijn computer en neem een slokje koffie.

Renée staat op. 'Ik ga met Wouter praten,' zegt ze afgemeten.

Ik lach.

Na zessen, als iedereen vertrekt, blijf ik talmen. Zodra ik alleen ben, stel ik vlug een sollicitatiebrief en een cv op. Ik print beide uit, wis de bestanden, stop de twee velletjes in een envelop en loop naar personeelszaken. Ellis is al weg. Jan is nog op kantoor; zijn jasje hangt over zijn stoel, maar hij zit niet op zijn plek. Ik leg de brief op zijn toetsenbord en ga naar huis.

's Avonds belt Olaf en ik vertel hem over mijn sollicitatie.

'Jij krijgt die baan,' zegt hij meteen.

'Je klinkt nogal zeker van jezelf,' zeg ik lachend.

'Dat ben ik ook. Als de keus tussen Renée of jou is, is het toch volkomen duidelijk wie die baan krijgt? Wees maar niet bang dat ze je in de weg zal staan,' zegt Olaf gedecideerd.

Ik hoop het zó.

Ze zijn er nu steeds, flitsjes, fragmenten van herinneringen, beelden uit het zwartst van mijn geheugen. Ze overvallen me op de gekste momenten en ik verzet me er niet meer tegen. Dat heb ik al die tijd gedaan, besef ik. Maar ik ben ouder nu. Het is al zo lang geleden; ik moet dit aankunnen.

En dan voel ik de wind in mijn haar.

Mijn armen liggen op het stuur van mijn fiets. Ik trap als een razende, hoor mijn hijgende ademhaling, voel het branden van zuurstofgebrek in mijn longen. De angst jaagt me op als een onverwachte windvlaag. Als een bezetene trap ik door, ik kan bijna niet meer. Iedere keer als er een flits voor mijn ogen schiet, schud ik mijn hoofd en trap zo hard als ik kan.

Ik kom thuis in een leeg huis. Robins brommer staat niet voor de deur en de auto evenmin: mijn moeder is net naar het ziekenhuis vertrokken.

Ik hol de trap op, naar mijn kamer. De angst kan me niet meer bereiken door de dichte, afwerende mist waarachter ik hem verborgen hou. Maar het gevoel van angst en ontreddering blijft en nestelt zich diep in mijn hart.

Ik loop rondjes, me nauwelijks bewust van het dwangmatige ervan. Pas als de mist optrekt en mijn tienerslaapkamer vervaagt en plaatsmaakt voor mijn vertrouwde appartement, kom ik tot stilstand.

Langzaam loop ik naar het dressoir. Aandachtig bekijk ik mezelf in de brocante sierspiegel die erboven hangt.

Ik zie er niet uit als een jonge vrouw met een loodzwaar geheim. Misschien wel als je naar mijn ogen kijkt, waar geen twinkeltje leven in zit. Ogen zijn de spiegels van de ziel. Ik druk mijn neus tegen het glas en kijk. De blauwe ogen kijken terug zonder hun geheimen prijs te geven.

'Voor problemen moet je geen oplossingen vinden, maar oorzaken,' zei mijn psychologe toen ik nog onder behandeling was. 'Je onderbewustzijn heeft alle antwoorden, daar ligt alles wat jou drijft opgeslagen. Wat je nu moet proberen, is je bewust worden van jezelf. Ik weet zeker dat er iets ligt verscholen in dat onderbewustzijn van jou, maar ik krijg het niet boven. Niet zonder jouw toestemming.'

Ik liet haar toespraakje destijds ongeïnteresseerd aan me voorbijgaan, maar nu herinner ik het me woordelijk. Radeloos kijk ik om me heen. Mijn appartement komt me opeens benauwend klein voor. Ik grijp mijn tas, ren de trap af en rij mijn fiets de gang uit.

Het is mooi weer. Warm. De buitenlucht en de zon op mijn gezicht doen me goed; de pijn op mijn borst neemt af en het lawaai van de stad klinkt geruststellend vertrouwd.

Voor de bibliotheek op de Prinsengracht stap ik af en breng alle drie de sloten weer op mijn fiets aan. Als ik ergens antwoord op mijn vragen kan vinden, is het wel in deze bibliotheek; er is een afdeling psychologie die me tot sluitingstijd bezighoudt. Een groot aantal boeken over de werking van het geheugen neem ik ter plekke door. Ik lees, kopieer, selecteer en fiets met een flink stapeltje boeken naar huis.

Ik installeer me op het balkon met een kop thee en begin te lezen. *Waar zit het bewustzijn?* is de kop van het eerste hoofdstuk. Dat vraag ik me ook af. Ik lees over hersenschors, zenuwcellen en hersenkwabben, maar zo biologisch kun je een vraagstuk als dit blijkbaar niet afdoen. Het bewustzijn is een neurologisch proces. Als een muziekstuk, met bijdragen vanuit alle hoeken van het podium, volgens de Amerikaanse neuroloog Antonio Damasio. Stel je een orkest voor met talloze spelers. Waar zit dan de muziek precies?

Daar ben ik eigenlijk niet zo benieuwd naar. Ik blader door naar iets wat mij meer boeit.

*Het geheugen.*

Geïnteresseerd begin ik te lezen.

'Herinneringen zijn constructies, ze groeien en vergrijzen met ons leven mee. Hoed je daarom voor de stelligheid van "ik weet het nog als de dag van gisteren",' waarschuwt psycholoog Michael Ross.

En een paar bladzijden verderop: 'Dat het geheugen een duwtje nodig heeft, besefte William James reeds in de negentiende eeuw. "Veronderstel dat ik een moment zwijg en dan zeg... Herinner! Roep op!" Zou mijn geheugen gehoorzamen en een willekeurig beeld uit het verleden reproduceren? Zeker niet, het zou voor zich uit staren, en vragen: "Wat voor iets wil je dat ik ophaal?"'

'Het geheugen herinnert niet op bestelling, maar laat zich leiden door prikkels. Vraag de herinneraar niet wat hem op het spoor bracht: hij kan de verborgen hint achter het herinnerde maar zelden aanwijzen.'

Ik blader door en dan vliegen mijn ogen over de regels.

'Als we beginnen te zoeken naar de herinneringen die we kwijt zijn, betreden we een vreemd psychisch rijk genaamd verdringing. Het begrip verdringing gaat uit van een bepaalde kracht van de geest. De aanhangers van deze theorie geloven in het vermogen van de geest zich te verdedigen tegen emotioneel overweldigende gebeurtenissen door bepaalde ervaringen en emoties te verwijderen uit het bewustzijn.

Ons gemoed blijkt deuren te openen, of soms juist te blokkeren. Dit verschijnsel wordt amnesie genoemd. Een deel van het geheugen, het expliciet geheugen, herinnert zich de gebeurtenissen niet terwijl een ander deel van het geheugen, het impliciet geheugen, zelfstandig functioneert en herinneringen aan het trauma ophaalt in de vorm van dromen en angstgevoelens.

Verdringing is geen bewuste keuze. Ze is geassocieerd met een emotionele, psychologische of fysieke situatie die zo overweldigend is dat iemand die niet aankan. We maken niet bewust de keuze om een beeld uit onze geest te bannen, we doen het gewoon. Door die verdringing beschermen we ons. Het is de manier waarop onze geest zichzelf beschermt tegen iets wat we nog niet onder ogen kunnen zien.'

Alle beweringen en conclusies worden gestaafd met levendige, waar gebeurde voorbeelden. Ik lees ze met een groeiend gevoel van onbehagen. Ik laat het boek zakken, pak mijn thee van het bijzettafeltje naast me en neem een slokje. Diep in mij roept een stemmetje dat ik jarenlang het zwijgen heb opgelegd.

's Nachts in bed stel ik mijn geheugen op de proef door mijn ogen te sluiten en mezelf open te stellen voor alles wat ik er blijkbaar uit gebannen heb. Het werkt niet. Het lijkt alsof er een schim in mij verborgen zit, die me in een bepaalde richting wenkt en me het gevoel geeft dichtbij te zijn, om op het laatste moment spoorloos te verdwijnen.

Misschien zou ik er wel in slagen iets terug te halen als ik er echt mijn best voor deed, maar ik durf niet. Iedere keer als de duisternis breekt en een glimp van vroeger zichtbaar wordt, glij ik lafhartig weg in mijn dromen. Onthullende dromen, die oplossen bij het eerste daglicht en me nat van het zweet doen ontwaken.

Doodmoe sta ik op en ga ik naar mijn werk. Het regent. De hitte van de afgelopen weken wordt verdreven door een stortbui die de geuren uit de plantsoenen losweekt. Ik stap snel in mijn auto, rij weg en laat de ruitenwissers als bezetenen werken om me enig zicht op de weg te geven. Iets te laat kom ik op mijn werk aan, waar iedereen met paraplu's staat te klapperen en natte jassen uitschudt.

Afwezig maak ik de post open, en de hatelijke opmerkingen van mijn collega's glijden van me af als de regendruppels over de ruiten.

Alsof ik buiten mijn lichaam treed, kijk ik naar mezelf; gemeden en geïsoleerd. Mijn psychologe heeft me geleerd mezelf te troosten. Ze adviseerde me de eenzame, ongelukkige Sabine van vroeger te zoeken en haar bij te staan. Dat heb ik gedaan. Ik heb het meisje van toen gezocht en gevonden. In de straten van Den Helder en op het schoolplein.

En nu zie ik haar zitten in de kleedruimte van de gymzaal. Ze heeft gedoucht, iets later dan de anderen om wat privacy te hebben. De groep negeert haar, zoals gewoonlijk, en kleedt zich luid lachend en pratend om. Iedereen is al weg als ze onopvallend vanuit de doucheruimte de kleedruimte in glipt.

Buiten rumoeren uitgelaten scholieren op het schoolplein; het is pauze. Nog vijf minuten, dan gaat de bel en komt de volgende klas binnen voor de gymles.

Ze slaat de kleine handdoek strak om zich heen om de paniek die in haar opstijgt te onderdrukken. Haar ogen vliegen door de ruimte, over de houten banken en de kledinghaken. Niet alleen de meisjes zijn weg, ook haar spijkerbroek en witte vest, haar jas en schoenen, en haar gymkleren. Ze begint door de kleedkamer te lopen, kijkt overal onder en achter maar al haar kleren zijn verdwenen.

Ze loopt het gangetje naar de gymzaal in en roept de gymlerares. Ze krijgt geen antwoord. Uiteindelijk glipt ze de kamer in waar basketballen, hockeysticks en gevonden voorwerpen worden bewaard. Ze zoekt in de mand met gevonden gymkleren en haalt er een shirtje en broekje uit. Het past precies en voor de bel gaat, loopt ze op blote voeten haastig de gang in en verlaat via de nooduitgang de school, wat streng verboden is.

Op dat moment gaat de bel en stroomt het schoolplein leeg. Ze loopt naar haar fiets en ziet haar kleren verspreid over het schoolplein liggen, vertrapt en verscheurd in de modder. Ze raapt alles op; haar nieuwe jas, haar lievelingsspijkerbroek, haar schoenen, haar kapotgeknipte witte vest.

Ze trekt de smerige kleren aan, gadegeslagen door vele ogen achter de ramen, stapt op haar fiets en rijdt naar huis. Er is niemand. Ze stopt de spijkerbroek in de wasmachine, schrobt haar schoenen af in een warm sopje en bekijkt de gaten in het witte vest en de scheuren in haar jas. Ze gooit ze weg.

Alles komt ineens weer terug.

Het was Robin die haar later achter op de brommer meenam naar de stad om een nieuwe jas te kopen. Robin, die onverwacht thuiskwam en haar op haar kamer aantrof met haar kapotte kledingstukken.

'Vertel het maar niet aan mam,' zei ze toen ze terugkwamen uit de stad. 'Ze heeft al genoeg aan haar hoofd nu papa in het ziekenhuis ligt.'

Hij knikte, met een strak gezicht en opeengeknepen lippen.

Ze trok zich terug op haar kamer, ging op haar bed liggen en vroeg zich af wat ze misdaan had dat Isabel haar zo haatte. Ze kon niets bedenken.

Ik kan nog steeds niets bedenken. Waarschijnlijk straalde ik de weerloosheid van een makkelijk slachtoffer uit en was dat reden voor de groep om te kijken waar mijn grenzen lagen. Die waren uiterst rekbaar; ik verdedigde me niet. Ik trok me in mezelf terug, steeds verder, tot ik totaal geïsoleerd van de anderen de lange schooldagen probeerde door te komen.

Nu kan me dat nog steeds naar de keel grijpen.

'Wat zou je tegen dat eenzame meisje willen zeggen?' vroeg mijn psychologe.

'Dat het niet altijd zo blijft. Ik zou haar willen geruststellen en troosten.'

'Doe dat dan. Sla je armen maar om haar heen.'

Dat heb ik sindsdien regelmatig gedaan. Het hielp. Niet direct, maar op een gegeven moment kon ik mezelf loskoppelen van dat meisje. Ik kon mezelf zien als een andere, oudere Sabine die in staat was de jongere te troosten.

Maar nu wil ik geen troost meer geven.

Ik wil antwoorden hebben.

# 25

Het lukt me niet om me nog op mijn werk te concentreren. Ik moet terug naar Den Helder. Zonder enig schuldgevoel meld ik me 's middags ziek. Ik bén ziek, totaal uitgeput door de herinneringen. Het is verrassend hoeveel er terugkomt, alsof er een soort magnetisme in werking is gesteld waardoor de ene herinnering de andere aantrekt.

Ik kan de film niet meer stopzetten en doe er ook geen moeite voor. Ik ken het verhaal, heb een vermoeden van het einde, maar geen zekerheid.

Ik neem een grote kop sterke koffie mee uit het bedrijfsrestaurant en pak mijn autosleutels en vertrek. Zo rustig mogelijk rij ik naar Den Helder, de radio aan. Ik zing zachtjes mee, maar mijn stem klinkt onvast. Als ik na een uurtje het centrum van Den Helder nader, rij ik rechtstreeks naar het Bernardplein, haal de radio uit de slee, stop hem in mijn tas en stap uit. Rechts van me ligt de Kampanje, het theater, tegenover me de centrale bibliotheek. Mijn vroegere toevluchtsoord voor lange, eenzame tussenuren. Ik ga het vertrouwde gebouw binnen, loop de trap op naar boven, ga aan tafel zitten, haal mijn dagboek te voorschijn en blader er wat in.

Na een tijdje voegt het meisje zich vanzelf weer bij me.

'Je moet me helpen,' zeg ik.

Ze kijkt me met grote blauwe ogen aan, maar zegt niets.

'Je kunt niet eeuwig zwijgen,' zeg ik.

Ze wendt haar blik af.

'Je hebt haar gezien. Nee, ik bedoel niet op het kruispunt, maar daarna. Waarom zwijg je daarover? Waarom vertel je me niet wat je hebt gezien?' Ze zwijgt. Haar blonde haar hangt moedeloos voor haar gezicht.

'Zullen we een eindje gaan rijden?' stel ik voor.

We rijden zomaar wat. Het heeft de hele ochtend geregend, maar nu breekt de zon voorzichtig door. Den Helder ligt er rustig, bijna uitgestorven bij. Het is 2 juni; de zomervakantie is nog niet begonnen. Iedereen zit opgesloten achter glas, in klaslokalen of op het werk. We rijden over de Middenweg naar school, langs het plein dat glinstert van de fietsen. We stappen niet uit maar rijden door naar het kruispunt aan de Jan Verfailleweg. Het licht staat op rood en ik rem. Zwijgend staar ik voor me uit. Het meisje staart ook. Ik probeer me in haar gedachten te verplaatsen, haar herinneringen te delen.

'Hier was het,' zegt ze. 'Daar stond het busje, en daar stond ik met mijn fiets. Isabel stond helemaal vooraan. Ze zag me niet.'

Ik knik.

'Toen sprong het licht op groen. Isabel fietste rechtdoor. Het busje haalde haar in en ik sloeg rechtsaf,' zegt het meisje.

'Ja,' zeg ik. 'De Seringenlaan in, en zo naar de Donkere Duinen.'

'Ze had er een afspraakje,' zegt het meisje.

Mijn hart begint te bonzen en ik sluit een moment mijn ogen. 'Met wie?' hoor ik mezelf een beetje schor vragen. 'Met wie sprak ze daar af?'

'Dat weet ik niet. Ze heeft zijn naam niet genoemd en ik heb niemand gezien.'

'Maar je zag ze samen het bos in lopen. Je bent ze gevolgd!' dring ik aan.

Het meisje wendt haar gezicht af. 'Nee hoor,' zegt ze afwerend. 'Hoe kom je daarbij?'

'Je kunt het mij wel vertellen,' zeg ik, vriendelijker en geduldiger dan ik me voel. 'Ik weet waarom je hen volgde. Ik weet waar je bang voor was.' Ik kijk opzij, maar het meisje weigert terug te kijken.

'Is het zo erg wat je hebt gezien?' vraag ik zacht. 'Zo erg dat je er zelfs met mij niet over kunt praten?'

Ze zwijgt.

Het stoplicht springt op groen, ik trek op en rij rechtdoor. Dit werkt niet, ik moet het op een andere manier proberen.

De Donkere Duinen doemen als een zwarte streep voor ons op. Pas als we langs de bossen rijden, ogen ze vriendelijker. Het zonlicht valt op de dichte kruinen, verjaagt de schaduwplekken tussen de boomstammen en legt een tapijt van licht over de paden. Over het pad dat langs het bos loopt wordt gefietst, gejogd en gewandeld. Op het terras van de snackbar zitten een paar tieners. Pas als we de parkeerplaats achter de snackbar op draaien, zie ik het meisje zenuwachtig worden. Ze friemelt aan haar ring, kijkt schichtig door het raam en staart naar haar schoenen.

Ik haal de sleutel uit het contact. 'Ga je mee?' Mijn stem klinkt vriendelijk, maar heeft de besliste klank van iemand die geen tegenspraak duldt. Ik open het portier en stap uit, maar zij blijft zitten waar ze zit.

'Kom, we gaan samen,' zeg ik overredend.

Na lang aarzelen stapt ze uit. Ik sluit de auto af en we steken de weg over naar de ingang van het bos. Langs de kinderboerderij lopen we dieper het bos in. Nu en dan passeert een sportieveling in joggingoutfit ons. We volgen het pad langs de eendenvijver, de uitkijkpost en nog verder, waar de paden smaller en verlaten worden en kronkelend in de richting van de duinen lopen.

Opeens blijft het meisje staan. Ik hou mijn pas in en kijk haar aan. 'Hier was het, hè?' zeg ik.

Voor het eerst kijkt ze me recht aan, met grote, ontzette blauwe ogen. 'Ze kregen ruzie,' fluistert ze. 'Ontzettende ruzie! Hij sloeg haar, greep haar bij de armen en schudde haar door elkaar. Hij sloeg haar weer, maar zij rukte zich los en rende weg. Die kant uit.' Ze strekt haar arm en wijst de dichte begroeiing van het bos in.

Ik kijk naar het punt dat ze aanwijst. Het is hier zo eenzaam, zo stil, net als op die mooie lentedag van toen. Ik staar naar het punt en probeer mezelf terug in de tijd te plaatsen. Het is een warme dag en ik ben net uit school. Het is maandagmiddag, de ergste dag van de week. Het weekeinde is voorbij en de vrijdag is ver weg. Maandagmiddag is bibliotheekdag: straks ga ik uren in de kasten struinen op zoek naar boeken die me in een andere wereld kunnen leiden. Maar ik sta niet in de bibliotheek, ik ben Isabel gevolgd, die met een man het bos in is gelopen en nu slaande ruzie met hem krijgt op een doodstille plek.

Ik zie mezelf staan met mijn fiets, naast het pad. Het groen neemt me in een verstikkende omhelzing op. Overal struikgewas, takken, boomstammen; die twee op het bospad kunnen me onmogelijk zien. Ook als Isabel zich losrukt en het bos in vlucht en haar belager haar iets naschreeuwt, zien ze me niet.

Ik verlaat het bospad en worstel mezelf door de begroeiing, die nog dichter is dan negen jaar geleden. Net als toen volg ik Isabel. Haar belager is nergens meer te bekennen. Is hij weggegaan? Of is hij op een ander punt het bos in gelopen, met het plan haar de pas af te snijden?

Ik loop naar de open plek, kan hem blindelings vinden. Ik hoef de schim die in het diepst van mijn geheugen wenkt maar te volgen om daar te komen waar ik nooit had willen zijn. De bomen wijken, duinzand dempt mijn voetstappen en daar ligt de open plek; op het punt waar het bos dunner wordt en de glooiing van het eerste duin begint.

In de schaduw van twee bomen kijk ik naar de zanderige plek voor me. De zon schittert in mijn ogen en verblindt me. Ik knipper met mijn ogen, hou mijn hand erboven, doe een stapje naar voren en zie Isabel liggen, haar zwarte haar afstekend tegen het witte zand. De hele autorit naar huis blijf ik over deze herinnering piekeren. Er zitten gaten in mijn geheugen, maar ze zijn niet zwart en bodemloos. Er zit een taai vlies overheen dat ik probeer door te prikken.

Uit alle macht tracht ik erdoorheen te kijken, maar het is net niet doorzichtig genoeg.

Ik rij de duisternis van de Wijkertunnel in en als ik aan de andere kant weer in het licht kom, heb ik Den Helder en alles wat me aan die stad bindt achter me gelaten. Ik rij mijn vertrouwde leven weer binnen en begroet uiteindelijk de borden met *Bos en Lommer* met een glimlach, alsof ik aan een groot gevaar ben ontsnapt.

Het kost me ruim een kwartier om een parkeerplaats te vinden. Ten slotte wring ik mijn kleine wagentje tussen twee auto's in, duw met mijn bumper de ene wat achteruit en de andere naar voren, en dan sta ik. Perfect, niets meer aan doen.

Ik gooi het portier open en loop naar de straat waar ik woon. De aanblik van mijn appartement, dat rustig op me ligt te wachten, bezorgt me een merkwaardig gevoel. De zon spiegelt in de ramen en zendt waarschuwingssignalen uit.

Mijn voetstappen op de trap klinken anders dan normaal. Niet het gebons van iemand die zichzelf omhoog sleept. Ik merk dat ik zachtjes loop, dat mijn hart de inspanning van het traplopen bijna niet aankan, dat ik wantrouwig naar mijn deur kijk.

Is hier iemand geweest?

Ik probeer de deur – hij is op slot. Ik steek de sleutel in het slot, draai hem om en duw de deur open. Als de heldin in een film blijf ik, heel voorzichtig en heel verstandig, in de deuropening staan. Ik heb altijd een hekel gehad aan de voorspelbare spanningsbogen in thrillers, waarin de heldin gevaar vermoedt en bevend haar donkere, overhoop gehaalde huis in loopt. Dat ze een wapen kan zoeken, de politie kan waarschuwen of gewoon het licht aan kan doen, schijnt niet in haar op te komen.

Mijn huis is niet donker. Het is ook niet overhoop gehaald. Er is wel iemand binnen geweest.

Ik zie het vanaf de drempel, door de openstaande gangdeur. Een bos rode rozen op tafel, keurig geschikt in een vaas.

Ze zien er niet zo gevaarlijk uit, die rozen. Toch kost het me moeite om naar binnen te gaan. Ik kan maar één persoon bedenken die zo'n romantisch gebaar zou maken. Maar hoe komt hij aan een sleutel?

Met gemengde gevoelens loop ik naar de tafel en draai het kaartje om dat aan een van de rozen hangt. De tekst is minder poëtisch dan ik had verwacht.

*'Bel me. Olaf.'*

# 26

'Sabine, ben je thuis? Waar zit je toch? Bel me op zodra je dit bericht hoort!' Zinzy's stem klinkt ongerust en gejaagd. Met mijn blik op Olafs rozen gericht en het kaartje in mijn hand luister ik mijn antwoordapparaat af.

De nummermelder geeft aan dat ze van kantoor belt. Meteen is de pijn in mijn buik terug, erger nog dan toen ik vol bange vermoedens de trap op sloop naar mijn appartement. Shit, ik had me ziek gemeld. Ik neem even de tijd om mijn verdediging te repeteren: 'Ik heb bijna de hele middag in bed gelegen. Nee, ik heb de telefoon helemaal niet gehoord. Nou ja, één keer, maar ik voelde me te beroerd om eruit te komen. Ja, nu gaat het wel weer, ik weet niet wat ik had.'

Ik kijk hoe laat het is, nog geen zes uur, bel naar kantoor en Zinzy neemt op.

'Hoi, met Sabine. Luister, ik heb bijna de hele middag in bed gelegen en...'

‘O Sabien, ik ben blij dat je belt!’ onderbreekt Zinzy me. ‘Renée heeft een ongeluk gehad.’

Ik kan niet beweren dat ik me dood schrik. Mijn eerste gedachte is: net goed. Ik moet mezelf streng toespreken om die primaire reactie te onderdrukken en op bezorgde toon te vragen: ‘O, nee toch? Wat is er gebeurd?’

‘Er was brand in haar appartement. Ze had vanmiddag vrij en het is gebeurd toen ze stond te douchen.’

‘Was ze thúís?’

‘Ja. De woonkamer en gang stonden al vol rook, dus ze heeft de balkondeuren van de keuken geopend en is naar beneden gesprongen.’

Het blijft even stil. Hier ben ik toch wel van onder de indruk.

‘En nu? Hoe is het met haar?’

‘Ze woont op de eerste verdieping, dus ze kon die sprong wel wagen, maar ze kwam nogal ongelukkig terecht. Ik weet niet wat haar precies mankeert, maar we werden net gebeld dat ze op de intensive care ligt.’

Verbijsterd kijk ik voor me uit. ‘Is ze in levensgevaar?’

‘Ik heb echt geen idee. Morgen gaan we bij haar op bezoek. Tenminste, als het mag. Het kan zijn dat alleen familie aan haar bed wordt toegelaten.’

Ze vraagt niet of ik meega en ik doe zelf ook geen suggestie in die richting.

‘Ik vond dat je dat moest weten,’ zegt Zinzy. ‘Iedereen op het werk heeft het erover. Het zou vreemd zijn als je morgen nietsvermoedend binnen kwam stappen.’

‘Dat is zo. Bedankt, Zinzy.’

‘Tot morgen, Sabine.’

Ik hang op en zie dat het antwoordapparaat blijft knipperen. Nog een bericht. Olafs stem vult mijn kamer: ‘Dag schoonheid! Volgens mij zit je weer in Den Helder. Ik wilde even laten weten dat ik aan je denk en dat ik vind dat we elkaar te weinig zien. Hoe vind je de bloemen? Als je me persoonlijk wilt bedanken, dan geef ik je graag de gelegenheid. Vanavond in Walem, zeven uur!’

Ik kijk naar het kaartje in mijn hand. Na die agressieve bui van zondag weet ik niet of ik daar nog wel zin in heb. Ik besluit hem nog één kans te geven.

Walem is een trendy restaurant aan de Keizersgracht. Een lange pijpenla met strak designmeubilair, een granieten vloer en altijd bezette tafels. Ik ben er één keer geweest en al zaten de stoelen niet lekker, het eten was goed en de sfeer nog beter.

Ik verwacht Olaf half-en-half met een roos tussen zijn tanden aan een gereserveerd tafeltje te zien zitten, maar ik kan hem niet ontdekken tussen de etende en pratende gasten. Nonchalant, alsof ik een drankje wil bestellen en absoluut niet sta te wachten, leun ik tegen de bar. Ik pik een pepermuntje uit een uitnodigend volle schaal, kijk tersluiks op mijn horloge en wind me op.

Kwart over zeven. Ik was al aan de late kant, maar hij is er nog niet eens. Als ik ergens de pest aan heb, is het wel aan mannen die het niet zo nauw nemen met gemaakte afspraken.

Ik draai me om, ruk de deur open en bots op straat tegen Olaf op.

'Hoi! Was je er al?' roept hij vrolijk.

'Ja,' zeg ik chagrijnig.

Hij slaat zijn arm om mijn middel, trekt me naar zich toe en kust me op mijn mond.

'We zien elkaar veel te weinig,' zegt hij ernstig. 'Daar moeten we echt iets aan doen. Ga je mee?'

'Heb je gereserveerd?' vraag ik. 'Het is stampvol.'

'We vinden wel een plekje.' Olaf duwt de deur open, laat mij op straat achter en loopt met grote stappen het restaurant in. Ik krijg nog net de deur niet in mijn gezicht.

'Bedankt!' zeg ik, maar hij hoort het niet eens.

Ik loop hem achterna en kijk om me heen. In de smalle doorloop zijn alle tafels bezet maar achterin, bij de tuindeuren, legt een stelletje van onze leeftijd net een vijftig-eurobiljet op het schoteltje.

Olaf schiet op het tafeltje af, vlak voor een oudere man en vrouw die al een tijdje besluiteloos staan rond te kijken. Met een ontwapenende grijns legt Olaf zijn hand op de leuning van de stoel en zegt tegen het jonge stel aan tafel: 'Ah, u gaat weg? Dat komt goed uit!'

Het meisje aan het tafeltje glimlacht en staat op.

'Het is druk, hè?' zegt ze. 'Ga maar vast zitten; we rekenen wel bij de bar af. Kom, John.'

Ik aarzel, maar Olaf gaat zitten. Het oudere stel kijkt elkaar sprakeloos aan.

'Wilt u...' begin ik, maar ze lopen al weg.

'Ga zitten!' zegt Olaf. 'Wat wil je drinken?'

Ik schuif mijn stoel naar achteren. 'Een wit wijntje.'

'Frascati?'

'Als ze dat hebben.'

'Vast wel. Zeg eens, was je niet verbaasd toen je vanmiddag thuiskwam?' Zijn ogen schitteren.

'Ja, nou en of,' zeg ik. 'Ik heb me de hele tijd afgevraagd hoe je binnen bent gekomen.'

'O, de bovenbuurvrouw had een sleutel,' zegt Olaf. 'Ze gaf hem zo mee.'

Ik neem me voor binnenkort even een babbeltje met mijn bovenbuurvrouw te maken.

'Ik heb hem later weer door haar brievenbus gegooid,' zegt Olaf. 'Ze vond het erg romantisch, die rozen.' Hij kijkt me ondeugend aan.

'Ik ook. Het was heel lief van je.' Ik dwing mezelf tot een glimlach.

Wat is er met mij aan de hand? Waar is de gemoedelijke, ontspannen sfeer tussen ons gebleven? Waarom zit ik op het puntje van mijn stoel naar een gespreksonderwerp te zoeken?

'Heb je al gehoord wat Renée overkomen is?' vraag ik.

'Ja, die brand. Typisch.'

'Hoezo, typisch?'

'Zomaar. Omdat het zo goed uitkomt.'

Ik kijk hem niet-begrijpend aan.

'Ze aasde toch op die baan bij PZ,' legt Olaf uit. 'Ellis vertelde dat ze een afspraak voor een sollicitatiegesprek met Jan in de agenda had staan. Nou, dat gaat niet door. Nu zul jij die baan wel krijgen, want meer kandidaten zijn er niet.'

'Dat lijkt me een wat voorbarige conclusie. Ze kunnen de sollicitatieperiode toch opschorten?'

'Als ze dat ook met Ellis' zwangerschapsverlof doen...'

Ik lach. 'En met de bevalling... Nee, je hebt gelijk; ze zullen binnenkort een keuze moeten maken. Weet je zeker dat er geen andere kandidaten zijn?'

'Volgens Ellis niet. Ik weet natuurlijk niet of Jan nog iemand in gedachten heeft, maar ik neem aan dat hij alle potentiële kandidaten met Ellis heeft besproken. Per slot van rekening moet zij later met diegene een duobaan aangaan.'

'Ja.' Ik bestudeer de menukaart, maar ben er met mijn gedachten niet bij. Ik zie mezelf wel met Ellis samenwerken; geen probleem. Het is een leuke meid. Aan de andere kant blijft het me dwarszitten dat Renée er dan in geslaagd is om mij weg te werken.

'Ze zal wel een hele tijd uit de roulatie zijn,' zeg ik peinzend. 'Shit, hoe moeten we ons in godsnaam redden zonder het Hoofd Secretariaat?'

Olaf lacht. 'Jullie zijn reddeloos verloren zonder haar, vrees ik.'

De ober, een hippe vent, ruimt de tafel af en neemt onze bestelling op. Ik kies de caesarsalade met biefstuk, Olaf gaat voor pasta. Onze drankjes worden gebracht en we proosten.

'Waar zat je trouwens vanmiddag? In Den Helder?' vraagt Olaf.

'Ja.'

'Wat moet je daar toch steeds?' vraagt hij.

'Ik begin me dingen te herinneren van vroeger,' zeg ik. 'Het helpt als ik naar Den Helder ga; er komt steeds meer terug.'

'Waarom wil je dat?'

Verbouwereerd kijk ik hem aan. 'Nou, gewoon. Het irriteert me dat ik dingen vergeten ben die belangrijk zijn.'

'Je weet niet of ze belangrijk zijn, dat dénk je,' zegt Olaf.

Ik kijk naar zijn gezicht, dat er opeens ontoegankelijk, bijna geïrriteerd uitziet. Waarover moet hij zich in vredesnaam geïrriteerd voelen? Ik vraag het hem en met een zucht zet hij zijn bier neer.

'Ach, ik hou gewoon niet van dat geneuzel en gegraaf in het verleden. Wat gebeurd is, is gebeurd en daarmee af. Tegenwoordig lijkt iedereen wel iets traumatisch te hebben meegemaakt waarvoor hij in behandeling moet. Je moet jezelf leren kennen, in je emoties duiken, alles naar boven halen. Wat een gelul. Het zit niet voor niets weggestopt, lekker laten zitten zou ik zeggen.' Olaf werpt een blik op mijn gezicht en ziet blijkbaar dat zijn woorden niet goed vallen, want op wat zachtere toon voegt hij eraan toe: 'We leven nú, Sabine. Wat levert het je op om alles van vroeger op te rakelen?'

'De waarheid,' zeg ik.

Ons eten wordt gebracht, zodat er even een gespannen stilte hangt. Als de ober zich omdraait, pikt Olaf de draad van het gesprek weer op.

'En word je gelukkiger van de waarheid?' informeert hij. 'Voegt het iets toe aan je bestaan als je weet wat er met Isabel is gebeurd?'

'Dat weet ik niet.'

'Nou, ik weet het wel. Het voegt geen bal toe! Het veroorzaakt alleen maar last en pijnlijke herinneringen, en Isabel komt er niet door terug.'

Ik doe er het zwijgen maar toe. Het is duidelijk geen onderwerp dat ik met Olaf kan bespreken. Jammer, het zou prettig zijn om van gedachten te wisselen met iemand die alles van dichtbij heeft meegemaakt. We praten over koetjes en kalfjes en het is gezellig, maar ik blijf een teleurgesteld gevoel houden.

We slaan het dessert over en fietsen door de stad. Olaf begeleidt me het hele stuk naar mijn huis, maar ik vraag hem niet binnen. We zoenen bij de voordeur, ik met mijn rug tegen het hout. Zijn mond dwaalt af naar mijn hals, zijn handen schuiven onder mijn kleding. Ik laat hem even begaan, al ben ik me hinderlijk bewust van zijn groeiende opdringerigheid. Zo vriendelijk mogelijk duw ik hem iets van me af.

'Ik ben doodmoe,' zeg ik verontschuldigend. 'Ik zal blij zijn als ik in mijn bed lig.'

Olaf trekt zijn wenkbrauwen op. 'Moe? Waar slaat dat nou weer op? Waar ben je zo moe van?'

Ik haal mijn schouders op. 'Werk en zo... En ik ben de hele middag in Den Helder geweest.'

'En daar ben je te moe van om nog iets met me te drinken? Zelfs niet één glaasje?'

Ik trek een gezicht waaruit blijkt dat ik het ook niet kan helpen.

'Sabine, het is net tien uur!'

De achterdochtige blik waarmee hij me opneemt bevalt me helemaal niet.

'Het spijt me. Een ander keertje,' zeg ik kortaf en draai me om naar de deur.

'Eén glaasje! Kom op, dat is toch gezellig? Ik beloof dat ik niet lang blijf,' dringt Olaf aan en hij kust me in mijn nek.

Ik weet zeker dat het daar niet bij zal blijven. Glimlachend schud ik mijn hoofd en zie nog net een schaduw van onderdrukte woede over zijn gezicht glijden. Of verbeeld ik me dat maar? Als ik hem aandachtig aankijk, staat zijn gezicht alweer normaal.

'Wanneer zie ik je dan weer?' vraagt hij.

'Morgen?' stel ik voor.

'Bij mij thuis. Dan verzorg ik het eten. Waar hou je van?'

'Roti kip,' zeg ik.

Olaf trekt een gezicht. 'Roti kip? Hoe maak je dat?'

Ik lach, trek zijn gezicht naar me toe en kus hem. 'Ik plaag je alleen, het maakt mij niet uit. Verras me maar.'

'Oké. Slaap lekker.' Hij kust me nog een keer, slingert zijn been over zijn fiets en wacht tot ik binnen ben. Ik glimlach, werp hem een kushandje toe en trek de deur achter me dicht.

Ik loop de trap op en blijf op de gang staan luisteren. Mevrouw Bovenkerk is zeventig en wat hardhorend. Ze kijkt graag tot laat in de avond tv, zodat ik een paar oordopjes heb aangeschaft om mezelf te beschermen tegen de reclamedeuntjes die door de vloer heen vibreren. Ook nu hoor ik iemand enthousiast kattenvoer aanprijzen. Ze is dus nog wakker. Ik loop door naar de tweede verdieping en klop op haar deur.

'Mevrouw Bovenkerk? Ik ben het, Sabine,' zeg ik, ter geruststelling.

De kattenvoercommercial wordt ruw afgebroken. Gerommel met de ketting op de deur, een sleutel die wordt omgedraaid en mevrouw Bovenkerk gluurt door de kier.

'Sabine? Ben jij dat?'

'Ja, ik ben het. Sorry dat ik u zo laat stoor, maar ik wilde u iets vragen.'

De deur gaat verder open. 'Kom binnen kind, blijf daar niet zo staan op die tochtige gang. Ik schrok me dood toen er geklopt werd.'

'Het spijt me,' zeg ik weer, en ik loop het overvolle appartement binnen. Een kast vol porseleinen beeldjes, schilderijen van huilende zigeunerjongetjes en een wand vol vergeelde foto's springen op me af.

'Ik wilde net een beker warme melk maken. Wil jij ook?'

'Nee, dank u. Ik wilde alleen vragen of u... eh...' Ik zwijg ongemakkelijk. 'Nou ja, of u mijn sleutel niet meer aan anderen wilt geven. Aan niemand. Ook niet aan vriendjes, verloofdes of wat ze ook beweren te zijn.'

Mevrouw Bovenkerk kijkt me verbaasd aan. 'Nee, natuurlijk niet. Dat zou ik nóóit doen.'

'Maar u heeft vanmiddag toch mijn sleutel aan Olaf gegeven?'

'Olaf?'

'Ja, die jongen met wie ik de laatste tijd veel omga. Lang, blond, knap.'

'O, die. Leuke jongen. Maar niet leuk genoeg om mij jouw sleutel te ontfutselen.'

'Maar vanmiddag...'

'Ik heb je vriend niet gezien, en ik ben de hele dag thuis geweest.'

Verbaasd kijk ik haar aan. 'Weet u dat zeker? Hij had bloemen bij zich.'

'Er is niemand bij mij aan de deur geweest vanmiddag,' zegt de oude dame gedecideerd. 'En als hij hier was geweest, had hij je sleutel niet gekregen. Wat denk je wel? Ik ben niet zo goed van vertrouwen, dat weet je best. Laatst was hier een vent die beweerde dat hij van de bank was. Er zouden valse bankpasjes in omloop zijn en hij wilde de mijne controleren. Ik zei tegen hem: controleer je bovenkamer maar, als je denkt dat ik daar intrap. Ik heb de deur voor zijn gezicht dichtgegooid. Ja zeg, ik ben misschien wel oud, maar niet getikt!'

Ik glimlach mijn gevoel van onbehagen weg. Nee, mevrouw Bovenkerk is verre van getikt. 'Maar hoe is hij dan binnengekomen?' vraag ik me hardop af.

'Is hij binnen geweest? In je appartement?'

'Ja. Er stond een grote vaas rozen op tafel toen ik thuiskwam. Hij zei dat hij mijn sleutel aan u had gevraagd en later weer door de brievenbus had gegooid.'

'Dan is je vriend een grote leugenaar.'

Ik pak onmiddellijk mijn mobiel en toets Olafs nummer in. De kiestoon gaat eindeloos over, om op zijn voicemail te eindigen. Geergerd zet ik mijn telefoon uit.

'Wees maar voorzichtig,' zegt mevrouw Bovenkerk. 'Mannen die je huis binnendringen zijn niet te vertrouwen, al nemen ze duizend rozen voor je mee. Wolven in schaapskleren. Net als die jongeman die vanavond aan je deur stond te rommelen. Ik hoorde het wel. Ik ging de trap af en vroeg: "Meneer! Wat bent u daar aan het doen als ik vragen mag?" Nou, daar schrok hij wel van. Hij mompelde wat en ging meteen weg.'

Ik weet niet of ik nog meer van dit soort onthullingen aankan. De kilte trekt vanaf mijn enkels op naar mijn rug en armen.

'Een man? Vanavond? Bij mijn deur? Wat deed hij dan precies?'

'Aan het slot rommelen. Aanbellen. Met zijn oor tegen de deur staan. Een onguur type was het. Ik overwoog nog de politie te bellen, maar hij ging al weg.'

'Heeft hij iets gezegd? Hoe zag hij eruit? Oud of jong?'

'Jong. Jouw leeftijd; iets ouder misschien. Donkerblond haar.'

Van mijn leeftijd met donkerblond haar. Wie kan dat in vredesnaam zijn geweest? Olaf in ieder geval niet, en verder ken ik weinig mannen. Zeker geen mannen die aan mijn slot rommelen en hun oor tegen de deur leggen.

Nerveus friemel ik aan de sleutel in mijn vingers. 'Mevrouw Bovenkerk, als u op een gegeven moment iets verdachts hoort in mijn appartement, geschreeuw of gebonk, wilt u dan de politie waarschuwen?'

Mevrouw Bovenkerk kijkt me met toegeknepen blauwe ogen aan. 'Ja,' zegt ze. 'Dat zal ik doen. Eén schreeuw en ik bel de politie.'

'Dank u.' Ik draai me om en loop met tegenzin de gang op. Mevrouw Bovenkerk kijkt wantrouwig over de balustrade als ik de trap af loop.

'Is alles veilig?' roept ze naar beneden.

'Ja, hoor.'

'Ik blijf hier staan tot je binnen bent. Als er iets is dan roep je me maar.'

Ik voel me een beetje lacherig worden en bijt op mijn lip terwijl ik de deur open. Mijn appartement verwelkomt me met duisternis en stilte. Ik knip het licht aan en meteen herstelt het zich tot mijn vertrouwde thuishaven.

'Sabine? Is alles goed?' klinkt een stem van boven.

'Ja hoor, alles is in orde. Welterusten, mevrouw Bovenkerk!'

'Welterusten, kind.'

Ik sluit de deur, schuif de ketting erop en draai hem nog eens extra in het slot. Even sta ik doodstil in de woonkamer, dan sleep ik een keukenstoel naar het gangetje en zet hem voor de deur. De hoge leuning komt precies tot de klink. Een stuk geruster loop ik naar de badkamer en zet de douche aan. Ik kleed me uit en leg mijn mobiel op het stenen randje van het muurtje rond de douche. Binnen handbereik. Dan pas stap ik onder de warme stralen en blijf daar lange tijd staan, mijn gezicht opgeheven om het kletterende water op te vangen.

# 27

Het is heerlijk rustig op het secretariaat. Een aantal collega's is op ziekenbezoek bij Renée, die van de intensive care af is maar met een gebroken been en een gescheurde milt voorlopig nog niet terug verwacht wordt. Ze belandde op de intensive care omdat ze rook in haar longen had gekregen en het erg benauwd had. Nu gaat het beter.

Ik heb mijn naam op de idiote kaart van een muis met een enorm gipsbeen gezet en heb de kolossale fruitmand nagekeken die met Margot, Tessa en Roy wegliep.

'Zo, die zijn weg. Lekker rustig,' zegt Zinzy. 'Wil je koffie?'

Ze wacht niet op antwoord maar stapt meteen naar de koffieautomaat. Met een koffie verkeerd voor mij en een koffie met suiker voor zichzelf komt ze terug, zet de plastic bekertjes neer, gaat zitten en legt haar benen op haar bureau.

'Er heeft gisteren iemand voor je gebeld,' zegt ze.

'Op het werk?'

'Ja, een man.'

De hete koffie gulpt over de rand van het bekertje en maakt een lelijke vlek op mijn witte broek, maar daar besteed ik nauwelijks aandacht aan. Gespannen kijk ik Zinzy aan en zeg: 'Een man?'

'Ja, aan het eind van de middag. Ik zei dat je gisteren ziek naar huis bent gegaan. Volgens hem was je niet thuis.'

'Hoe heette hij?' vraag ik op commandotoon.

'Geen idee, sorry. Ik geloof dat hij zijn naam niet eens genoemd heeft. Vreemd eigenlijk.' Bezorgd kijkt ze me aan. 'Is er iets? Word je gestalkt of zo?'

Ik maak een hulpeloos gebaar met mijn hand. 'Gisteravond is er volgens mijn bovenbuurvrouw een vreemde vent aan mijn deur geweest. Hij stond aan het slot te morrelen en legde zijn oor tegen mijn deur.'

'Gatver!' roept Zinzy, en ze buigt zich naar me toe. 'En toen?' voegt ze er op sensatiebeluste toon aan toe.

'Nou, mijn bovenbuurvrouw is niet zo bang uitgevallen, dus ze heeft hem weggejaagd.' Ik neem een slokje koffie en beken: 'Ik heb ervan gedroomd vannacht.'

'Ja, vind je het gek! Daar zou ik ook van dromen! Heb je geen idee wie die vent kan zijn?' vraagt Zinzy vol afschuw.

Somber staar ik voor me uit. 'Ik heb me suf gepiekerd, maar nee, ik weet het echt niet.'

'Misschien is het iemand van vroeger. Iemand die het niet zo leuk vindt dat jij steeds naar Den Helder gaat om herinneringen op te halen,' helpt Zinzy.

Met een beklemd gevoel kijk ik haar aan. 'Daar zat ik ook aan te denken. Ik ben laatst naar de conciërge van mijn middelbare school geweest. Er kwamen een paar herinneringen terug en ik wilde het een en ander uitzoeken.'

Zinzy kijkt me over de rand van haar koffiebekertje aan. 'Wat herinnerde je je dan?'

Ik vertel haar over het busje van Groesbeek, het bos dat ik in loop en mijn gevoel van onbehagen, dat daarbij met iedere stap groeit.

'Dat klinkt niet als iets wat je verzint,' zegt ze.

'Nee, maar het is wel erg vaag allemaal. Wat níét vaag is, is wat ik ontdekte bij meneer Groesbeek.'

Ik haal de krantenknipsels uit mijn werktas, die ik erin heb gestopt omdat ik al van plan was ze aan Zinzy te laten zien.

'Allemaal verdwenen meisjes,' zeg ik, terwijl zij ze doorbladert. 'En dit zijn de namen van de katten van meneer Groesbeek.' Ik blader in mijn agenda en hou de adressenpagina waarop ik de namen heb gekrabbeld omhoog.

Zinzy leest ze, vergelijkt ze met de knipsels en kijkt me verbluft aan. 'Wauw.'

'Als er nou een oude man aan mijn deur had staan morrelen, had ik in die richting kunnen denken, maar nu... Een jonge vent...' zeg ik.

'Hoe weet je dat het een jonge vent was?' Zinzy roert in haar koffie zonder haar ogen los te maken van de krantenknipsels.

'Omdat mevrouw Bovenkerk dat zei. Mijn bovenbuurvrouw,' verduidelijk ik.

'En hoe oud is mevrouw Bovenkerk?' Zinzy kijkt op van de knipsels en schuift ze over het bureau naar me toe.

Ik pak ze op en stop ze terug in mijn tas. 'Weet ik veel, zeventig of zo.'

'Op die leeftijd is een man van vijftig ook jong, dus het kan iedereen geweest zijn. Misschien was het zijn zoon of kleinzoon. Hij heeft bezoek gehad van zijn kleinzoon en hem over jou verteld,' fantaseert Zinzy.

De telefoon gaat. Met tegenzin draai ik mijn bureaustoel om en neem op. Ik begin met het gebruikelijke riedeltje, noem mijn naam en hoor een opgewekte stem: 'Hé, zus! Hard aan het werk?'

Ik spring zo wild overeind dat ik mijn koffie omstoot. 'Shit! Robin! Nee, dat slaat niet op jou maar op de koffie die nu over mijn bureau stroomt. Ik had je helemaal niet verwacht, joh. Wat klink je dichtbij.'

'Dat kan kloppen, ik ben weer in Nederland. In mijn oude huis.'

'Je bent in Amsterdam? Wat gaaf! O, en ik moet de hele dag werken en kan absoluut geen vrij nemen. Shit! Zullen we voor vanavond afspreken?'

Zinzy komt aanrennen met een goor vaatdoekje in haar hand, waarmee ze mijn bureau begint te boenen.

'Prima,' zegt Robin. 'Ik moet trouwens ook werken. Er is van alles aan de hand op het hoofdkantoor, maar daar ga ik jou niet mee vervelen. Ik ben trouwens gisteravond nog bij je aan de deur geweest, maar je was niet thuis. Ik bleef een tijdje wachten, komt er een eng oud mens de trap af lopen met een honkbalknuppel in haar hand. Ik schrok me wild.'

Ik barst in lachen uit. 'Ik word goed beschermd.'

'Nou, dat is wel een prettig idee. Zullen we vanavond ergens gaan eten?'

'Ja leuk, zeg maar waar.'

'Op de Nieuwmarkt, in dat restaurant in de oude stadspoort?'

'Oké. Dan zie ik je daar om een uur of zeven. Leuk!' zeg ik verheugd.

Als ik ophang, kijkt Zinzy me nieuwsgierig aan. 'Alweer een afspraakje? Je bent hot de laatste tijd, Sabine.'

'Dat was mijn broer,' zeg ik. 'Hij blijkt degene te zijn die aan mijn deur stond te morrelen.'

'O, gelukkig maar,' zegt Zinzy.

'Ja, en... o jee! Ik had vanavond met Olaf afgesproken. Hij zou voor me koken. Shit!'

Ik klik Outlook aan en stuur Olaf een e-mail. *Sorry, er is iets tussen gekomen. Ik kan niet bij je komen eten vanavond. Hou ik het te goed? Liefs, Sabine.*

Zijn antwoord verschijnt vrijwel meteen op mijn beeldscherm: *Dat moet dan maar.*

Verbouwereerd kijk ik naar het korte antwoord. 'Een lekker incasseringsvermogen heeft die jongen. Nou, hij zoekt het maar uit.'

Zinzy knikt goedkeurend.

Het is heerlijk om mijn broer weer te zien. Robin zit al in het restaurant en staat op als hij mij ziet. We omhelzen elkaar, zoenen elkaar lachend op de wang en knuffelen elkaar stevig. We brengen de hele avond door in het bijzonder sfeervolle restaurant. We lachen, eten, praten, drinken en halen jeugdherinneringen op.

'Weet je nog toen je uit was geweest en stomdronken thuiskwam? Je had de hele badkamer ondergekotst,' zeg ik.

'Ja, en jij sliep ernaast en werd er wakker van. Heb je om drie uur 's nachts een emmer sop gevuld en de hele boel schoongemaakt voordat pap en mam erachter kwamen. Dat was zo ontzettend lief van je.'

'En jij hielp me altijd met wis- en natuurkunde. En je haalde me van school om me te laten ontkomen aan die rotmeiden. Dát was pas lief.'

'We kunnen dus concluderen dat we de ideale broer en zus zijn,' zegt Robin lachend. 'Ik heb je gemist, weet je dat?'

'Ik jou ook. Waarom moeten jullie zo nodig allemaal emigreren? Het had zo gezellig kunnen zijn als we allemaal bij elkaar waren gebleven.'

Robin knikt, ontwijkt mijn blik en ziet er opeens wat onbehaaglijk uit.

'Wat is er?' vraag ik gealarmeerd.

'Tja, ik kan het net zo goed meteen zeggen nu we het er toch over hebben. Ik ben maar tijdelijk terug in Nederland, Sabine. Ik ga definitief in Londen wonen.'

'Wat!'

'Ik wist wel dat je het niet leuk zou vinden. Sorry, zus. Ik heb daar een leuk meisje ontmoet.'

'Mandy.'

'Ja. Je weet hoe zoiets gaat.'

Ik zucht mismoedig. 'Geweldig. Zit ik hier straks in mijn eentje.'

'Hé, je hebt Olaf nu toch!'

Ik haal mijn schouders op. Heb ik Olaf? Ja, waarschijnlijk wel maar ik ben er nog niet over uit of hij mij heeft.

'Hoe gaat het tussen jullie?' vraagt Robin.

'Ach, ik weet het niet. Hij is knap en gezellig, maar hij heeft ook een kant waar ik maar moeilijk aan kan wennen.'

Robin knikt. 'Dat zei ik toch. Olaf is ontzettend sociaal en gezellig, maar alleen als alles gaat zoals hij het wil. Om beleefdheidsvormen geeft hij geen moer. Af en toe geneer je je dood, maar toch moest ik er ook altijd wel om lachen. Hij is brutaal op een heel ontwapenende manier.'

We praten nog een tijdje door over Olaf, en daarna over Mandy, maar uiteindelijk komen we weer uit bij vroeger. Paps hartaanval. Mijn problemen op school. De manier waarop Robin daartegenaan keek.

'Ik had zo'n medelijden met je,' zegt hij ernstig. 'Je kwam altijd met zo'n bleek bekkie uit school... Ik kon die meiden wel wat doen. En dan te bedenken dat ik Isabel overal tegenkwam als ik uitging. En maar met me sjansen en me uitdagen. God, wat een bitch.'

'Maar je kreeg het toch te pakken van haar.'

'Ik had te veel gedronken. En ze was echt een ongelooflijk knappe meid, Sabine. Knapper dan goed voor haar was. En ze wist het. Ze kon iedere gozer krijgen die ze wilde.'

'En wie wilde ze?'

'Allemaal. Ze maakte geen keus. Ze hield iedereen aan het lijntje, dumpte en lokte zoals het haar uitkwam. Ik ben blij dat ik er na die ene avond zelf een punt achter heb gezet. Vanaf dat moment zat ze onafgebroken achter me aan. Ze kon het niet uitstaan dat ik haar de bons had gegeven.'

'En Olaf? Je zei dat hij een relatie met haar had gehad, maar dat ontkent hij. Hij zegt dat het Bart de Ruijter moet zijn geweest.'

Robin fronst zijn wenkbrauwen. 'Bart de Ruijter? Daar ging jij toch mee?'

'Misschien ging hij stiekem ook wel met Isabel,' zeg ik. De gedachte dat hij me bedroog geeft me een pijnlijke steek.

'Nee, dat zou ik geweten hebben,' zegt Robin. 'Hij was echt gek op jou.'

'Waarom zegt Olaf dan dat Bart met haar ging en ontkent hij dat hij zelf iets met haar had?' vraag ik me hardop af.

Robin steekt een sigaret op en inhaleert diep. 'Misschien om jou niet te kwetsen. Hij vond je vroeger al leuk. Te jong en te weinig ontwikkeld op dat moment, maar hij vond je echt leuk. Het verbaast me niets dat jullie nu iets met elkaar hebben en dat hij ontkent dat hij verkering met Isabel heeft gehad. Hij is vast als de dood om je kwijt te raken.' Hij steekt zijn hand op naar de ober en wijst op zijn lege glas.

'Waarom zou ik het erg vinden dat hij iets met Isabel heeft gehad? Zeker als ze hem net zo behandeld heeft als ze mij behandelde? Dat zouden we met elkaar moeten delen in plaats van dat het tussen ons in staat. Ik vind het echt idioot als hij daarover liegt.'

'Tja.' Robin haalt zijn schouders op. 'Dat zien mannen blijkbaar anders.'

Terwijl de avond vordert, vertel ik Robin over de geheugenflitsen die me de laatste tijd overvallen, over wat ik in Den Helder over meneer Groesbeek heb ontdekt, over mijn verwarrende herinnering aan het bos op de dag van Isabels verdwijning.

'Hoe weet je zo zeker dat dat iets te maken heeft met Isabels verdwijning?'

'Omdat ik denk dat ik haar heb gezien vlak voor ze werd vermoord,' flap ik eruit.

Robin laat zijn vork vallen. In zijn ogen lees ik niet alleen verbazing, maar ook iets anders, iets onbestemds waarvoor het woord ontzetting nog het dichtst in de buurt komt.

'Ik weet niet precies wat er gebeurd is, maar wel waar en hoe,' zeg ik zacht.

Robin kijkt naar zijn bord, maar hij heeft duidelijk zijn eetlust verloren.

'Je was erbij,' zegt hij.

Ik knik.

'Weet je het zeker? Ik bedoel, heb je het niet een keer gedroomd of zo?'

'Ik droom er wel vaak over en dan zie ik ook wie haar heeft vermoord. Maar als ik wakker word, is het weer weg. Zo langzamerhand weet ik eigenlijk niet meer wat ik moet geloven. Wat is nu een herinnering en wat komt uit mijn dromen? Het is zó verwarrend,' zeg ik vermoeid.

Robin pakt zijn vork op en steekt automatisch een gegratineerd witlofrolletje in zijn mond.

'Misschien moet je het allemaal maar van je afzetten. Dit vreet aan je, dat zie ik.'

Ik glimlach zwakjes. 'Ja, je hebt gelijk. Misschien verbeeld ik het me ook wel allemaal. Het is zo gemakkelijk om je herinneringen te kleuren en verbanden te leggen die er niet zijn.'

'Zo is het,' zegt Robin. 'Kap ermee.' Hij glimlacht me warm toe en kijkt naar mijn lege bord.

'Wil jij nog iets toe?'

'Een Irish coffee lijkt me wel lekker,' zeg ik.

Robin wenkt de ober en de rest van de avond mijden we het onderwerp Isabel.

Midden in de nacht gaat de telefoon. Ik schiet rechtop in bed, mijn hand tegen mijn borst. Mijn hart hamert alsof er een alarmsignaal in mijn lichaam is afgegaan. Het schelle geluid van de telefoon dringt door de duisternis, tot in alle hoeken van mijn appartement. Mijn digitale wekker staat op 01:12.

Ik strijk het haar uit mijn gezicht en neem op. 'Met Sabine Kroese.'

Stilte.

Ik herhaal mijn naam niet, die heb ik duidelijk genoeg gezegd. Een zwakke ademhaling bereikt mijn oor en iedere zenuwcel in mijn lichaam.

Ik hang op. Meteen gaat de telefoon weer. Al verwachtte ik het half-en-half, ik schrik er toch weer van. Ik neem op, maar zeg niets. Aan de andere kant van de lijn is het ook stil.

Het is heel verleidelijk om nu wat schuttingwoorden de hoorn in te slingeren, maar ik beheers me. Sommigen kicken daarop. Heel rustig hang ik op en als de telefoon voor de derde keer gaat, trek ik de stekker eruit. Sodemieter op, klootzak. Wie je ook bent.

Stil op mijn rug, mijn nachtlampje aan, lig ik in bed en probeer te slapen.

Wie was dat? Wat moest die gek van me? Misschien ken ik hem wel. Of haar.

Met een geïrriteerde zucht knip ik het lampje uit en plof in het kussen. Wat een onzin! Ga toch slapen, Sabine. Het was gewoon een gek.

Toeval.

En dan zie ik haar. Een paar suizende seconden lang: Isabels verwrongen gezicht. Haar starende ogen en blauw aangelopen gezicht.

Ik knipper met mijn ogen, maar het beeld wil niet weg. Ik spring uit bed en doe de lichten aan, maar ik blijf Isabels gezicht met me meedragen. Ze heeft haar hoofd naar achteren en haar ogen staren naar de hemel. Er zit zand in haar korte, donkere haar.

Wat is dit? Een herinnering, een waandenkbeeld?

Ik zak neer op bed en sla mijn handen voor mijn gezicht. Isabel is nooit gevonden, ik kan haar niet dood gezien hebben. Dit moet mijn fantasie zijn. Een product van mijn verbeeldingskracht.

Mijn handen trillen als die van een alcoholist die een borrel nodig heeft. Ik kan ze niet laten ophouden met beven, evenmin als ik kan stoppen met klappertanden.

Ik loop, ren bijna door mijn huis, maar mijn geest is even vlug en rent mee. Met mijn armen om me heen geslagen ijsbeer ik door de kamer. Mijn nagels dringen diep in mijn armen. Ik open mijn mond om het uit te schreeuwen, één langgerekte, bevrijdende schreeuw, maar in plaats daarvan stop ik mijn hand in mijn mond en bijt mezelf tot bloedens toe.

Ik stop de stekker weer in het stopcontact en bel Robin. Hij neemt niet op. De telefoon gaat eindeloos lang over maar wordt niet opgenomen. Ik móét met iemand praten. Mijn vingers toetsen Olafs nummer in. Al na een paar keer rinkelen hoor ik zijn stem.

'Olaf van Oirschot,' mummelt hij slaapdronken.

'Ik heb haar gezien,' fluister ik.

'Wie is dit? Sabine?'

'Ja, ik heb haar gezien, Olaf.'

'Wie heb je gezien?'

'Isabel.'

De stilte rekt zich uit tot iets onbehaaglijks.

'Hoe bedoel je, je hebt haar gezien?'

'In een flits. Ze lag op de grond, dood, met zand in haar haar.'

Olaf zegt niets en deze keer verbreek ik zelf de stilte. 'Ik weet niet wat het was, een herinnering of mijn verbeelding. Ik sliep niet, echt niet. Het kwam zomaar uit het niets opzetten. Hoe kan dat nou? Ik kan dit toch niet echt gezien hebben?' Mijn stem klinkt schril en slaat over.

'Ik kom naar je toe.'

Olaf hangt op en ik blijf op de bank zitten, rillerig, de armen om me heen geslagen.

Na twintig minuten wordt er aangebeld. Ik sta op, gluur door een kier tussen de gordijnen en zie Olafs blonde hoofd. Gerustgesteld loop ik naar de deur, druk op de knop en even later komen voetstappen de trap op.

'Gaat het?' Olaf loopt met me mee naar de bank. Ik ga zitten en hij hurkt voor me neer. Bezorgd slaat hij me gade, staat op en haalt een glas water.

Waar mensen het idee vandaan halen dat het beter met je gaat als je een slok water drinkt weet ik niet, maar ik wil zijn zorgzaamheid niet afwijzen. Dus neem ik een slokje water en hou het glas vast alsof het een reddingsboei is.

'Ze is dood,' fluister ik.

'Heb je dat gezien?' Olaf neemt het glas uit mijn trillende handen.

'Ja, zomaar opeens.'

'Droomde je niet?'

Ik aarzel. 'Nee, ik herinnerde het me. Opeens herinnerde ik het me.'

'Was er iemand bij?' Olaf schudt me zachtjes door elkaar. 'Heb je dat ook gezien? Zeg eens! Heb je dat ook gezien?'

Ik kijk naar zijn sterke handen, zie zijn witte knokkels, hoor de dwingende klank in zijn stem.

'Ik... ik weet het niet. Nee, ik zag alleen haar.'

Hij laat me los. Ik durf niet naar hem te kijken, pak het water en drink. Mijn tanden klapperen tegen het glas.

Olaf bestudeert me langdurig.

'Het houdt je de laatste tijd wel erg bezig,' zegt hij ten slotte. 'Misschien moet je proberen er afstand van te nemen.'

'Ja, misschien wel.' Ik kan maar niet ophouden naar zijn handen te kijken.

'Niet meer naar Den Helder gaan,' zegt Olaf. 'Je leeft nu, in Amsterdam. Wat gebeurd is, is gebeurd. Daar verander je toch niets aan.'

'Voor haar ouders zou er wel iets veranderen als ze wisten wat er gebeurd was.'

'Wil je dan met deze informatie naar hen toe gaan? Of naar de politie? Kom op, Sabine, je weet zelf wel hoe ze zullen reageren.'

'Ja.'

'Of heb je nog meer gezien?'

'Nee, niets. Alleen dat ze daar dood op de grond lag.'

'Met zand in haar haar,' vult Olaf aan. 'Dat zouden de duinen kunnen zijn. Maar daar is toch een grootschalige zoekactie gehouden? Met honden, infraroodscan, alle toeters en bellen... Als ze in de duinen lag, had ze gevonden moeten worden.'

Niet altijd. Lydia van der Broek werd na een halfjaar op een bouwplaats voor een nieuwbouwwijk gevonden. Het struikgewas waaronder ze begraven was onttrok haar aan de infraroodscan. Speurhonden waren de plek rakelings gepasseerd, maar liepen aan de verkeerde kant van de wind. Toen de nieuwbouwwijk na jaren werd uitgebreid, werd ze gevonden.

Ik zeg daar allemaal niets over.

Olaf tilt mijn kin met zijn vinger omhoog en dwingt me in zijn ogen te kijken. 'Denk er maar niet meer aan,' zegt hij zacht. 'Je kunt er toch niets mee. Zal ik bij je blijven vannacht?'

'Nee, het gaat wel weer.'

'Zeker weten? Ik ben er nu toch. Misschien begin je straks weer te dromen, dan kan ik je wakker maken.'

Ik ben te moe om ertegen in te gaan. 'Goed dan.'

We gaan slapen, hij met zijn arm om mijn middel geslagen. Ik lig met mijn rug naar hem toe, voel het gewicht van zijn arm op mijn lichaam en staar in het donker voor me uit.

# 28

Overal is rook, zwart als kolendamp, dicht als laaghangende mist. Het vult iedere hoek van mijn appartement en drijft naar mijn slaapkamer. Als verlamd zie ik het onder de deur door kruipen en me besluipen. Ik weet dat ik iets moet doen, de brandweer bellen, uit het raam springen. Onzichtbare handen houden me op mijn bed gedrukt. Ik worstel om los te komen en als dat eindelijk lukt, veer ik op. De verstikkende rook hangt als een zwart gordijn in mijn kamer en sluit de enige vluchtweg hermetisch af.

Wanhopig kijk ik om me heen, maar mijn slaapkamer heeft opeens geen raam en balkondeur meer. Door mijn doodsangst heen verbaast me dat nog het meest; ik kon toch altijd vanuit mijn slaapkamer het balkon op stappen?

De rook verspreidt zich razendsnel door mijn kamer, achter de deur hoor ik het vuur knetteren. Ik schreeuw. De rook grijpt zijn kans en vult mijn mond, mijn keel, mijn longen. Ik wil niet dood, ik wil niet dood, ik wil niet dood!

Ontzet open ik mijn ogen. Het wit van het plafond is zo'n groot contrast met de donkere kamer van daarnet, dat ik er even niets van begrijp. Ik kijk om me heen; geen rook.

Oneindig opgelucht sluit ik mijn ogen en stel mijn wild kloppende hart gerust met een hand op mijn borst.

Op hetzelfde moment ruik ik het. Rook. Ik schiet overeind en ren in mijn pyjama de gang op.

'Shit!' roept Olaf, en hij laat iets op de grond vallen.

Hij staat in zijn onderbroek in de keuken met een verbrande boterham aan zijn voeten. Op het aanrecht smeult mijn oude broodrooster nog na.

Ik wrijf in mijn ogen. 'Wat ben je aan het doen? Dat ding is stuk; de boterhammen springen niet omhoog.'

'Je meent het.' Olaf raapt het knisperig zwarte sneetje brood van de vloer. 'Ik had je willen verrassen met thee en toast op bed. Jammer.'

'Nou, die verrassing is wel geslaagd, hoor. Zelfs in mijn onderbewustzijn drong het door.' Ik geeuw en rek me uit. 'Ik ga even douchen. En spaar je verder de moeite; ik ontbijt nooit zo uitgebreid. Weet je wat ik lekker vind? Bruin brood met...'

'Aardbeien,' vult Olaf aan. 'Ja, ik weet het nog. Het komt eraan, mevrouw. Ga maar lekker douchen.'

Hij is zo lief voor me. Terwijl ik in de doucheruimte langzaam verdwijn in stoomwolken en een algeheel gevoel van gelukzaligheid, probeer ik erachter te komen waarom ik me niet meer openstel voor Olaf. Hij is aantrekkelijk, gezellig en duidelijk gek op mij. Waarom ga ik er niet gewoon voor? Waarom heb ik er moeite mee dat hij in mijn keukenkastjes rommelt, in mijn keuken rondscharrelt en de lucht van mijn appartement inademt? Het zal door Robins opmerkingen over zijn wilde karakter komen, en eerlijk gezegd staat dat stukje Olaf me inderdaad niet aan. Alleen heb ik ook een andere Olaf leren kennen en die bevalt me wél.

Neuriënd zeep ik me in met mijn appeldouchegel. Olaf is oké. Hij dringt zich tenminste niet meer zo op. Welke andere man zou op dit moment de zelfbeheersing kunnen opbrengen om ontbijt klaar te maken in plaats van het douchegordijn opzij te rukken en zich aan me op te dringen? De waarheid is dat ik gewoon geboft heb met deze man; ik weet het alleen zelf nog niet.

Ik draai de kraan dicht en pak mijn handdoek.

'Wil je koffie of thee?' roept Olaf.

'Thee!' roep ik terug, voorovergebogen om mijn haar te drogen. Ik wikkel de handdoek eromheen en pak een tweede om de rest van mijn lichaam af te drogen. 'Ik had net zo'n rotdroom. Kwam zeker door die verbrande toast.'

'Wat droomde je dan?'

'Dat mijn appartement in brand stond en dat ik was opgesloten in mijn slaapkamer. Ik wilde het balkon op vluchten, maar de balkondeuren waren weg.' Naakt, de handdoek alleen om mijn hoofd geslagen, loop ik naar mijn slaapkamer en open de kledingkast.

'Het kan ook komen door wat er met Renée is gebeurd.' Olaf komt in de deuropening staan en kijkt naar me. Ik voel me vreemd gegeneerd, alsof hij me voor het eerst naakt ziet. Snel doe ik mijn beha en een slipje aan en trek het eerste het beste witte truitje over mijn hoofd.

'Ja, dat is zo. Onbewust ben je daar toch mee bezig. Hoe zou er zo ineens brand zijn ontstaan?'

'Dat is zo gebeurd in die oude huizen. Slechte bedrading, noem maar op. Volgens mij kwam het door haar tv. Ze had zo'n heel oud bakbeest staan, die moest wel een keer ontploffen.'

Olaf draait zich om en loopt terug naar de keuken. Ik hoor hem rommelen met de waterkoker en het koffiezetapparaat.

Ik frons mijn wenkbrauwen en steek mijn been in een grijs-wit gestreepte broek. 'Hoe weet jij dat? Ben je wel eens bij haar thuis geweest dan?' roep ik.

'Nee,' roept hij terug. 'Dat heeft ze me ooit verteld.'

Ik probeer me een conversatie voor te stellen waarbij je tv-toestel ter sprake komt. Ik probeer me überhaupt een conversatie tussen Olaf en Renée voor te stellen. Hij mocht haar toch helemaal niet?

Na een keurende blik in de spiegel loop ik naar de keuken en ga zitten aan het kleine tafeltje dat tegen de wand staat. Mijn brood met aardbeien staat al klaar, vergezeld van een kop thee.

Olaf komt tegenover me zitten, nog steeds in zijn onderbroek, met een gebakken ei en een mok koffie.

'Ik wist niet dat jullie zo vriendschappelijk met elkaar omgingen,' zeg ik.

'Doen we ook niet. Ik kan dat mens niet uitstaan, maar af en toe spreken we elkaar. Daar kun je niet omheen.'

'Nee,' geef ik toe en kijk op mijn horloge. 'Zeg, we mogen wel opschieten. Over een kwartier moeten we de deur uit.'

Hoe erg ik het ook vind wat Renée is overkomen, het is wel lekker rustig zonder haar op het secretariaat. De stilte die er nu hangt heeft een heel ander karakter. Als vanzelf pak ik mijn oude taken, die Renée me afgenomen heeft, weer op. Nu ik hele dagen werk, ben ik goed op de hoogte van alles wat zich op kantoor afspeelt, dus ik haal Renées werkbakje leeg en leg haar agenda op mijn bureau.

Na een paar dagen wenden de commerciële en administratieve medewerkers zich, aarzelend en slecht op hun gemak, weer tot mij met hun verzoek om assistentie.

'Eigenlijk vond ik dat Renée wel ver ging met haar commentaar op jou,' zegt Tessa. 'Dat vonden we allemaal. Ik geloofde ook niet de helft van wat ze over je vertelde.'

Ik zeg niets.

'Maar goed,' gaat Tessa verder. 'Wat ik zeggen wilde: ik heb vanmiddag hulp nodig bij een grote order. Er moet een enorme mailing de deur uit. Heb je tijd?'

'Natuurlijk.'

'Het kan wel wat later worden vandaag, hoor. Een uur of zeven.'

'Geen probleem. Als je me tot de lunch de tijd geeft om mijn andere werk af te maken...'

'Ja, prima. Zullen we het tijdens de lunch even doorspreken?'

'Oké.'

Ze glimlacht naar me en ik glimlach terug, al weigeren mijn ogen mee te doen.

De hele ochtend werk ik als een bezetene om de werkbakjes van Renée en mezelf leeg te krijgen. Natuurlijk is dat onbegonnen werk, dus wat overblijft leg ik op Margots bureau. Zinzy grijnst.

Voor de mailtjes die Olaf me zo om het kwartier stuurt heb ik geen tijd. Ik klik ze niet eens open. Om halféén staat hij me op te wachten bij het bedrijfsrestaurant.

'Je hebt helemaal geen antwoord gegeven!' zegt hij beschuldigend.

Ik loop door naar de kast met dienbladen en hij volgt me.

'Sorry, ik heb het razend druk nu Renée er niet is. Wilde je iets vragen?' Ik zet een bordje op mijn dienblad en leg het bestek ernaast.

'Nee, ik wilde gewoon even gezellig mailen,' bromt hij.

'Sorry,' zeg ik weer. 'Ik had echt geen tijd.'

'Zullen we vanavond naar de film gaan? Naar die ene met Denzel Washington?'

'Ik ben bang dat ik moet overwerken. Niet lang, maar ik denk dat ik vanavond te moe ben voor de film. Het is lang geleden dat ik het zo druk heb gehad.'

Hij zwijgt. Ik bestudeer onopvallend zijn norse gezicht als hij een keuze maakt uit de toetjes die in de koeling staan uitgestald. Ik sta nog te dubben wat ik zal nemen, maar hij grist een bakje perzikyoghurt naar zich toe, loopt met zijn dienblad naar de kassa, rekent af en gaat zonder een woord te zeggen bij zijn collega's zitten.

Ik haal mijn schouders op, reken eveneens af en ga bij mijn eigen collega's zitten. Het is gezellig. Voor het eerst in tijden richten ze het woord weer tot me en vragen ze hartelijk hoe het nu eigenlijk met me gaat. Ik geef antwoord, praat met ze mee. Ik heb hen net zo hard nodig als zij mij.

Tessa zit tegenover me en babbelt met me alsof we al jaren dik bevriend zijn.

'Zeg, héb jij nou iets met die gozer van automatisering of niet?' vraagt ze opeens. Haar ogen glijden naar de tafel waar Olaf zit.

'Ja, we hebben iets samen,' zeg ik. 'Ik weet alleen zelf niet wat.'

Ze lacht. 'Dus het is niet serieus. Nee, ik vroeg het me af omdat hij laatst een afspraakje had met Renée.'

Ik kijk op van mijn boterham met kaas. 'Wát?'

'Bij haar thuis,' zegt Tessa.

Ik leg mijn mes neer.

'Ze is al eeuwen verliefd op hem. Al toen jij ziek was.' Tessa maakt het kartonnetje melk open en schenkt een bekertje vol.

'Zagen ze elkaar toen ook?'

'Nee, dat niet. Hij zag haar niet eens staan, heel sneu. En toen kwam jij terug.'

'Aha.'

Tessa neemt een slokje melk en kijkt me aan. 'Ik weet wat je denkt. Weet je wat hij eens tegen haar zei? "Ik hou niet van vrouwen met een grote neus." Waar iedereen bij stond. Terwijl iedereen wist hoe gek ze op hem was. Het was zó zielig.'

Desondanks twinkelen haar ogen. De mijne twinkelen niet mee.

'Zei hij dat echt? Nou ja, zeg.'

'Ze hééft ook wel een grote neus,' zegt Tessa lachend.

Ik schud mijn hoofd. Vriendschap is zo betrekkelijk.

'Maar waarom heeft hij dan laatst met haar afgesproken als hij haar helemaal niets vond?' vraag ik me hardop af.

'Het was vorige week vrijdag. Ze had een probleempje met haar computer thuis en stond daarover te klagen. Het is een heel oud ding en ze overwoog om een nieuwe te kopen. Olaf kwam binnen en bood aan om er eens naar te kijken. Zodoende.'

'Dus het was niet echt een afspraakje.'

'Zo zag zij het wel.'

In gedachten verzonken kijk ik het volle restaurant in. Ik moet denken aan Olafs bekentenis van afgelopen zondag. Tessa's stem bereikt me zoals alle andere gesprekken om me heen me bereiken; als een eindeloze stroom van geluid zonder betekenis. Hoe moeilijk is het om een paar draadjes in een oude computer zo te leggen dat ze problemen veroorzaken? Brand bijvoorbeeld?

Het duurt even voordat ik me realiseer dat ik naar Olaf zit te staren. Hij zit er een beetje teruggetrokken bij, eet met grote happen en een norse uitdrukking op zijn gezicht. Alsof hij voelt dat ik naar hem kijk, blikt hij over zijn schouder. Onze ogen ontmoeten elkaar. Ik glimlach, maar die glimlach bevriest bij de kilheid van zijn blik.

De hap brood met kaas ligt als een kleffe bal in mijn mond; ik krijg hem niet weg. Met een onplezierig gevoel schuif ik mijn bord van me af.

'Zullen we maar gaan beginnen?' stel ik voor aan Tessa. 'Misschien valt dat overwerk dan wel mee.'

# 29

Ha, ik ben weer terug! Na het weekeinde vind ik het voor het eerst niet erg om naar kantoor te gaan en ik werk met hetzelfde enthousiasme van vroeger, toen Jeanine nog tegenover me zat. Zelfs Wouter valt het op. Hij glimlacht weer naar me en maakt grapjes tegen me, wat je bij hem als een uiting van de hoogste waardering moet opvatten.

'Ik wou dat Renée nooit meer terugkwam,' zeg ik tegen Zinzy.

We staan op de tiende verdieping en eten een Mars.

'Dat zal ook nog wel een tijdje duren,' zegt Zinzy, 'maar ze kómt terug.'

'En dan is er veel veranderd voor ons Hoofd Secretariaat.'

'Feitelijk ben jij dat nu. En terecht; je werkt er het langst van ons allemaal.'

'Zinzy, die functie bestaat helemaal niet. Dat heeft Ellis van PZ me zelf gezegd. Renée krijgt er geen cent méér voor en er is ook niets over op papier gezet. Ze heeft gewoon bij Wouter lopen zeuren dat er een Hoofd nodig is en om zich van haar inzet te verzekeren toen ik weg was, heeft hij gezegd dat zij het Hoofd was.'

'En daar gedraagt ze zich ook naar. Je had meteen in het begin de strijd met haar moeten aangaan.'

'Ik wilde de lieve vrede bewaren. Stom van me. Maar het is nog niet te laat.' Ik mik de Mars-wikkel in de prullenbak en kijk Zinzy veelbetekenend aan.

De week vliegt voorbij en op vrijdagmiddag ben ik bekaf. Iedereen zit erdoorheen en traditiegetrouw starten we al om vier uur met de wekelijkse borrel van onze afdeling. Twee collega's gaan bier, wijn en zoutjes halen, de rest zit al te kakelen op het secretariaat. Het is een tijd geleden dat ik de vrijdagmiddagborrel heb bijgewoond. Toen ik nog halve dagen werkte was daar sowieso geen sprake van, en vroeger zorgde ik dat ik iets in de archieven te doen had. Helemaal aan het eind van de gang, weggedoken tussen stoffige mappen, kon ik Renées luide stem het gesprek horen bepalen.

Verbeeld ik het me of zijn er meer mensen die zich nu beter op hun gemak voelen? Zelf ben ik nogal stil. De lange, intensieve werkweek eist zijn tol en ik sla het aanbod om straks mee te gaan naar de kroeg met spijt af. Vanavond ga ik vroeg naar bed, dat is zeker.

Als ik net wil vertrekken, komt Olaf het secretariaat binnenlopen. Zijn blik zoekt meteen de mijne en met een brede lach komt hij op me af.

'Klaar voor een wilde avond?' vraagt hij.

'Om eerlijk te zijn was ik niet van plan om wild te worden,' zeg ik terwijl ik mijn tas inpak. 'Ik ga vroeg naar bed vanavond.'

'Vroeg naar bed? Op vrijdagavond?' zegt Olaf misprijzend.

'Waarom zou een mens op vrijdagavond niet vroeg naar bed mogen als hij daar behoefte aan heeft?' merk ik op.

Olafs gezicht versombert. 'Ik was van plan om naar Paradiso te gaan,' zegt hij, aanzienlijk minder opgewekt.

'Ga gerust,' moedig ik hem aan, op weg naar de deur. 'Jij hoeft toch niet vroeg naar bed?'

Hij loopt me achterna naar de gang, houdt me daar staande,

drukt me tegen de wand en laat zijn handen onder mijn kleren glijden. 'Bij nader inzien is vroeg naar bed gaan precies waar ik zin in heb,' mompelt hij met zijn mond in mijn hals.

Schichtig kijk ik om me heen. Ik overleef het niet als nu een van mijn collega's de gang in komt. Helemaal niet nu Olaf intussen het bovenste gedeelte van mijn blouse open knoopt.

'Olaf, alsjeblieft. We zijn op het werk.' Gegeneerd duw ik hem van me af en knoop mijn blouse dicht.

'Nou en? Als ze er last van hebben, kijken ze maar een andere kant uit,' vindt Olaf en hij trekt me naar zich toe. Hij begint me heftig te zoenen alsof we in bed liggen en ons aan niemand hoeven storen. Zo zit ik niet in elkaar. Misschien maak ik me wel eens te druk om wat anderen van me vinden, maar ik hou er niet van om me te laten gaan op kantoor.

Aanvankelijk probeer ik me nog voorzichtig los te wurmen uit Olafs omhelzing, maar als hij zijn greep alleen maar verstevigt, bijt ik in zijn lip.

'Jezus, trut!'

Ik ben meteen los en heb ook meteen een flinke klap in mijn gezicht te pakken. Verbijsterd kijken we elkaar aan. Olaf veegt het bloed van zijn lip en zegt kalm: 'Het spijt me, maar daar vroeg je om.'

'Daar vroeg ik om? Ik dacht dat ik vrij duidelijk aangaf dat je me los moest laten. Je vroeg er zelf om,' snauw ik. 'Weet je wat, zoek het maar uit. Bel me niet meer op, nodig me niet meer uit, mail me niet meer: laat me met rust. Ik wil je niet meer zien!'

Vol ongeloof kijkt hij me aan. Hij wil iets zeggen, maar daar wacht ik niet op. Ik hijs mijn tas wat hoger op mijn schouder en storm de gang uit.

'Sabine!' brult Olaf me na.

Ik kijk niet om, ga de hoek om en vlieg het damestoilet in. Gaat die idioot ook nog een partijtje staan schreeuwen in de gang. Dat heeft iedereen zeker gehoord.

Ik houd mijn handen onder het koude water en kijk naar mijn boze gezicht in de spiegel. De klap die Olaf me gaf, was niet hard genoeg om een grote afdruk achter te laten maar ik voel mijn wang tintelen. Robin had gelijk: er is een kant van Olafs karakter waar je mee op moet passen. Mijn broer heeft met hem gebroken, en dat is precies wat ik ook moet doen.

Ik neem een slokje water, ga naar de wc, en pas als ik helemaal gekalmeerd ben, stap ik de gang in.

Het onweerde vanochtend, zo'n zomerse bui die de dagenlange hitte verdrijft, en ik ben met de auto naar mijn werk gekomen. Gelukkig, want het heeft de hele dag geregend. Ik loop de natte parkeerplaats op, vermijd de grote plassen en stap in mijn auto. Als ik de parkeerplaats af rij, zie ik in mijn achteruitkijkspiegel Olafs auto achter me aan rijden.

Ik frons mijn wenkbrauwen. Heeft die gek me opgewacht?

Ik zet de versnelling in z'n twee en rij de weg op. In mijn spiegel houd ik de zwarte Peugeot in de gaten. Olaf woont in Zuid, dus hij zou nu linksaf moeten slaan.

Hij slaat rechtsaf.

Ik zet de versnelling in z'n drie en haal nog net het oranje stoplicht. Olaf rijdt door rood. Hij houdt er een paar auto's tussen, maar blijft bij me in de buurt. Wat is hij van plan? Waarom is hij niet gewoon naar me toe gekomen op de parkeerplaats als hij me wil spreken?

Ik rij mijn vertrouwde wijk in, mijn straat, en parkeer voor de deur. Goddank.

Olaf parkeert dubbel maar stapt niet uit. Hij blijft met een heel vreemd gezicht achter het stuur zitten.

Onzeker doe ik het portier open en kom achter het stuur vandaan. Ik hengel mijn tas naar me toe en haast me naar de voordeur. Jachtig steek ik de sleutel in het slot, gooi de deur open, smijt hem achter me dicht en ren met roffelende voeten de trap op.

De beslotenheid van mijn appartement voelt heerlijk veilig: met een diepe zucht stap ik de hal in en doe de deur achter me op slot.

Ik gooi mijn tas op de bank, loop door naar de keuken en zet een pot venkelthee. Dat geeft innerlijke rust, wat ik best kan gebruiken. Ik maak er een heel ritueel van, compleet met een lichtje op de salontafel en stukjes chocola op een schaaltje, zoals mijn moeder vroeger altijd deed. Zelf hussel ik altijd een paar keer het zakje door een glas heet water en klaar is mijn thee, maar soms heb ik behoefte aan de uitgebreide ceremonie van vroeger.

Met een mok in mijn handen gluur ik uit het raam. Olaf staat nog steeds dubbel geparkeerd voor mijn deur, het raampje van zijn auto open, zijn arm nonchalant naar buiten bungelend en zijn blik strak op mijn raam gericht.

Ik trek me schielijk terug en ga in kleermakerszit op de bank zitten. Oké, hij gaat me dus stalken. Daar zal hij wel snel genoeg van krijgen, want ik ben voorlopig niet van plan om de deur uit te gaan. Je bekijkt het maar, Olaf van Oirschot. Voor mijn part sta je daar morgen nog, ik vermaak me wel.

Maar ik vermaak me helemaal niet. Ik neem een slokje thee, maar in plaats van innerlijke rust bezorgt die me een verbrande lip. Met een vloek zet ik de mok op tafel en wijd me aan de chocola. Ik heb twee repen pure chocola in stukjes gebroken, meer voor de sier dan met de bedoeling werkelijk alles op te eten, maar het schaaltje is binnen de kortste keren leeg. Uit wetenschappelijk onderzoek is gebleken dat chocola stoffen bevat die een heel positieve uitwerking op je humeur hebben. Ik weet niet waarom er zoveel geld is gestopt in een onderzoek waarvan de uitkomst zo voor de hand ligt. Je vraagt je af waarom er nog geen chocola in antidepressiva wordt verwerkt, zo goed helpt het.

Een beetje misselijk – er zijn nou eenmaal bijwerkingen – drink ik mijn inmiddels afgekoelde thee op. Het is al halfzeven, maar veel trek in avondeten heb ik niet meer. Ik maak straks wel een paar tosti's, als mijn maag de overdosis aan chocola heeft verwerkt.

Ik schenk mijn mok nog eens vol thee, kijk wat tv en een uurtje later begin ik trek te krijgen. Op weg naar de keuken werp ik een blik uit het raam. Olaf staat nog steeds voor de deur, maar hij maakt nu gebruik van een vrijgekomen parkeerplaats.

Ik zet een cd'tje van Robbie Williams op en zing hard en vals mee terwijl ik in de keuken plakjes kaas schaaf, ham uit het vleeswarenbakje vis en die op sneetjes witbrood leg.

*'Come undone!'* schal ik en de tosti's knetteren gezellig mee in het apparaat.

Een luid gebel probeert me te overstemmen. Ik neem de telefoon op, maar het is de deurbel die hard en dringend wordt ingedrukt.

Olaf. Ik hoef niet eens uit het raam te kijken om te weten dat hij het is. Ik zie hem in gedachten staan, in zijn gebruikelijke pose van één hand tegen de deurpost, zijn lange lijf iets gebogen in ongeduldige afwachting.

Ik negeer het gebel. Als mijn mobieltje gaat, kijk ik op het display en zie Olafs naam. Ik zet de telefoon uit en draai Robbie Williams wat harder om de zenuwslopende deurbel te overstemmen.

De hele avond staat Olaf bij me voor de deur, belt aan, gaat weer weg, belt weer aan, claxonneert langdurig in zijn auto en spreekt mijn antwoordapparaat in. Later op de avond, als het donker wordt, hoor ik hem eindelijk wegrijden. Diep opgelucht stap ik onder de douche en kruip in mijn bed. Ik weet niet of ik had kunnen slapen met de gedachte aan Olaf die naar de ramen staarde. Zou hij morgen terugkomen? Daar ga ik niet op wachten; ik zorg ervoor dat ik het hele weekeinde weg ben. Terug naar Den Helder.

# 30

De volgende ochtend ga ik tegen halfnegen de deur uit, voordat Olaf onuitgenodigd op mijn stoep staat. Ik heb onrustig geslapen vannacht. Olaf vulde mijn dromen, maar ik weet niet meer op welke manier. Het enige wat ik weet is dat ik nogal gejaagd wakker werd en dat mijn wang een beetje zeer doet op de plaats waar hij me geslagen heeft.

Dat was voor het eerst en voor het laatst, denk ik grimmig terwijl ik naar mijn auto loop. Ik stap in, zet de radio aan en druk een thermosbeker met verse koffie in de houder. Het is nog wel een uurtje rijden naar Den Helder, en dat gaat niet lukken zonder koffie.

Ik rij weg, laat Amsterdam achter me en zucht eens diep. Op naar Den Helder. Het zal wel een lange dag worden. Gelukkig is het rustig op de weg, want mijn gedachten zijn te onrustig om goed geconcentreerd te rijden. Ik hou voortdurend de rechterbaan aan, haal niet in als het niet noodzakelijk is en neem van tijd tot tijd een flinke slok koffie.

Even voor Den Helder sla ik af en rij het dorp in waar mijn jeugd zich heeft afgespeeld. De vele hofjes en pleintjes van de nieuwbouwwijken uit de jaren zeventig moeten een kwelling zijn voor beginnende postbodes. De onlogische nummering van de huizen helpt niet echt om je weg te vinden in deze doolhof, maar ik weet nog precies waar Isabel heeft gewoond.

Het is nog vroeg, halftien pas, maar toch parkeer ik mijn auto, stap uit en loop naar het huis. De voortuin ziet er nog steeds hetzelfde uit; bielzen bloembakken gevuld met geraniums. Een met bloemenranken beschilderd bordje aan de muur vertelt dat hier Elsbeth, Luuk, Isabel en Charlot Hartman wonen.

Ik kijk lang naar het bordje voor ik aanbel.

Niemand verschijnt. Met de mogelijkheid dat ze niet thuis zijn heb ik geen moment rekening gehouden – stom. Net als ik me wil omdraaien om weg te lopen, gaat de deur open. Een vrij kleine, donkere vrouw van een jaar of vijftig kijkt me vragend aan. Ik kijk terug, in de verwachting dat ze me wel zal herkennen. Maar haar blik blijft vragend en ze trekt lichtjes een wenkbrauw op.

'Kent u me niet meer?' vraag ik. 'Sabine Kroese.'

De vragende blik maakt plaats voor verbazing. Elsbeth Hartman slaat haar hand voor haar mond. 'Sabine?' fluistert ze. 'Ach, nu zie ik het! Wat kom jij nou doen?' Waarschijnlijk realiseert ze zich hoe ongastvrij dat klinkt, want ze zet meteen de deur wijd open. 'Kom binnen, meisje. Ik ben er helemaal beduusd van! Wat leuk om je weer te zien! Was je hier toevallig in de buurt?'

'Er is binnenkort een reünie,' zeg ik, en ik stap de smalle gang in.

'Ja, dat heb ik in de krant gelezen. Ga je ernaartoe?'

'Ik weet het nog niet.'

Elsbeth gaat me voor naar de woonkamer. Mijn ogen vliegen door de kamer – veel donkere meubelen, de piano waar Isabel en ik altijd achter zaten – en blijven rusten op een ingelijste foto van Isabel aan de muur. De laatste schoolfoto.

'Wil je thee?' vraagt Elsbeth achter me.

Ik draai me om, glimlach en knik. 'Thee, lekker.'

Ongevraagd ga ik zitten, blij dat Elsbeth in de keuken blijft tot de thee klaar is. Moet ze ook even tot zichzelf komen? Het geeft me de tijd om rustig rond te kijken en de herinneringen die me bestormen te verwerken.

Elsbeth komt met een dienblad binnen. Er staat een glazen theepot op met een schaaltje koekjes en twee kopjes. Ze loopt voorzichtig en ik schuif snel een paar tijdschriften die op de salontafel liggen opzij. Ze glimlacht naar me en zet het dienblad neer. Haar hand trilt licht als ze thee inschenkt.

'Wat een verrassing. Ik ben er helemaal beduusd van,' zegt ze weer.

Ik hoor de vraag in haar stem.

'Ik was toevallig in de buurt,' zeg ik. 'Ik weet niet waarom ik hiernaartoe reed. Het was een opwelling.'

'Ik vind het leuk,' zegt Elsbeth. 'We hebben elkaar zo lang niet meer gezien. Hoe is het met je?'

Ik neem een slokje thee en brand mijn lip. Het dunne porselein geleidt de warmte zo goed dat de thee sneller is afgekoeld dan het kopje. Tranen schieten in mijn ogen en haastig zet ik het kopje terug op tafel. Elsbeth kijkt me opmerkzaam aan. Er hangt een gespannen stilte.

We beginnen tegelijk te praten en schieten ervan in de lach. Met een handgebaar geeft Elsbeth aan dat ik mijn gang moet gaan. Ik vertel over mijn studie, over mijn werk. Over mijn bovenwoning in Amsterdam. Ieder woord doet haar pijn, al glimlacht ze bemoedigend.

Opeens kan ik er niet meer tegen. Ik buig naar voren en leg mijn hand op haar arm. 'En hoe gaat het met u? Hoe gaat het hier?' zeg ik dwingend. Mijn ogen houden de hare vast, de glimlach verdwijnt van haar gezicht.

'Ach,' zegt ze zacht. 'Wat moet ik zeggen?'

Er verschijnen tranen in haar ogen. Ik knijp zachtjes in haar arm.

'In het begin heb je nog hoop. Je staat 's morgens op met de gedachte: misschien vandaag... Maar als er steeds meer dagen voorbijgaan, wordt het een gevecht om 's morgens op te staan. Om al die uren te vullen met onbenullige bezigheden. Later probeerde ik de draad op te pakken, al was het alleen maar voor Charlot. Maar bij alles wat je doet, denk je eraan. Als je boodschappen gaat doen, kijk je naar haar uit. Als mensen me vragen hoeveel kinderen ik heb, weet ik niet of ik één of twee moet zeggen. En ieder jaar is er weer haar verjaardag, en de dag dat ze verdween…' Haar stem sterft weg. Ze kijkt in een verleden dat gevuld is met een pijn en een wanhoop die niet met woorden te omschrijven zijn.

We drinken onze thee, ieder in gedachten verdiept. Vanaf de wand kijken Isabels donkere ogen naar ons. Het lijkt alsof ze me recht aankijkt en ik kan het niet helpen dat mijn blik steeds naar de foto toe getrokken wordt.

Elsbeth merkt het. 'Iedere keer als ik naar haar foto kijk, heb ik het gevoel dat ze me ziet. Dat ze me aankijkt en zegt: "Geven jullie het op? Leven jullie gewoon door zonder mij?" Ik durf niets leuks meer te doen, voel me schuldig als ik een keer lach en heel, heel even niet aan haar denk. Alsof ze niet onmiddellijk daarna weer terug in mijn gedachten is.'

Ik heb geen idee wat ik moet zeggen.

'Zolang je geen zekerheid hebt, blijf je hopen dat ze op een dag voor de deur staat,' zegt Elsbeth.

'Is er helemaal geen nieuws?'

'Nee, niets. Maar er wordt nog steeds aan gewerkt. De rechercheur die het onderzoek leidde houdt contact met ons en laatst is er een oproep gedaan in *Vermist*.'

'Heeft dat wat opgeleverd?'

'Ja, er kwamen ontzettend veel reacties binnen, maar ze leidden niet naar iets concreets.'

'Het spijt me zo…'

Elsbeth gaat wat rechter zitten en schenkt nog een keer thee in. 'In ieder geval gaat het met jou heel goed. Daar ben ik blij om,' zegt ze, in een dappere poging monter te klinken. 'Het is echt fijn om je weer te zien. Je was altijd zo'n goede vriendin voor Isabel. Ik durfde haar alleen naar school te laten fietsen omdat ik wist dat jij bij haar was, mocht ze een aanval krijgen. Ik herinner me dat je op de basisschool alles las wat je te pakken kon krijgen over epilepsie om Isabel bij te kunnen staan. Ik heb haar ook altijd gezegd hoe ze bofte met een trouwe vriendin als jij. Je was er altijd, lette op haar, zorgde voor haar…'

'Ik herinner me die keer dat we met schoolreisje naar een pretpark gingen,' zeg ik. 'Een jaar of tien waren we toen.'

Elsbeth glimlacht. 'Ik wilde Isabel niet laten gaan omdat ze dan te veel prikkels zou krijgen. Maar jij bezwoer me dat jullie niet in de wilde attracties zouden gaan, dat je Isabel zou helpen herinneren extra medicijnen in te nemen en dat je haar niet alleen zou laten. Ik hoefde het je niet eens te vragen, dat soort dingen bood je uit jezelf aan.'

'En toen mocht ze mee.'

'Ja, toen mocht ze mee. En ik hoorde later van jullie leerkracht dat je de hele dag als een waakhond op Isabel had gelet. Dat vertederde hem zo.'

We vervallen weer in stilte, kijken elkaar niet aan. De herinneringen hangen zwaar en pijnlijk tussen ons in.

'Ik moet vaak aan Isabel denken,' zeg ik, in het midden latend om wat voor reden. 'Zeker toen ik het bericht van die reünie in de krant las. En toevallig kwam ik vlak daarna iemand tegen met wie ze een tijdje verkering had.'

'O ja?' zegt Elsbeth.

'Ja, Olaf van Oirschot. Kent u hem?'

'De naam klinkt wel bekend, maar ik moet bekennen dat ik niet precies op de hoogte was van Isabels vriendjes. Ze nam nooit iemand mee naar huis.'

'Ze ging altijd uit in de Vijverhut, hè?'

'Ja, ik geloof het wel. En in Mariëndal, bij de Donkere Duinen. Ik weet het niet precies, ze ging haar eigen gang.'

'Ze was nogal populair. Heeft de politie destijds niet gevraagd met wie ze omging?'

'Natuurlijk. Ze wilden precies weten wie haar vrienden waren. Ze hebben ze ook allemaal ondervraagd. Niet dat ik Isabels vrienden allemaal kende; ik heb haar schoolagenda erbij gepakt.'

'Haar agenda? Had ze die dan niet bij zich toen ze verdween?'

'Nee, die was ze vergeten. Hij lag nog op haar bureau.'

Opwinding stijgt in me op. 'Heeft u die agenda nog?'

'Jazeker. Hij ligt op haar kamer.' Onderzoekend kijkt ze me aan. 'Hoezo? Wil je hem zien?'

'Heel graag.'

Elsbeth maakt geen aanstalten om op te staan en ik voel dat ze op een soort verklaring wacht. Ik zet mijn theekopje op de glazen salontafel.

'Ik zal eerlijk tegen u zijn. Jarenlang kon ik me bijna niets meer herinneren van de dag dat Isabel verdween, maar de laatste weken komt er steeds meer terug. In de psychologie noemen ze dat verdringing; iets wat je heftig aangrijpt kun je zo effectief uit je geheugen bannen dat je je er niets meer van kunt herinneren. Ik weet niet hoe het komt, maar de laatste tijd komen er steeds meer herinneringen terug.'

In Elsbeths ogen blinkt iets. Ik moet voorzichtig zijn, haar niet te veel hoop geven.

'Waarschijnlijk heeft het niets te betekenen, maar je weet maar nooit. Ik probeer zoveel mogelijk van die dag terug te halen. Misschien heeft de politie er iets aan.'

Elsbeth zit doodstil op het puntje van haar stoel. Ze staart uit het raam, vervolgens naar Isabels foto en dan glijdt haar blik naar mij.

'Kan ik je helpen?' vraagt ze zacht.

'Ja. Ik zou graag haar agenda willen zien.'

'Kom maar mee.'

Elsbeth staat op en loopt naar de deur. Ik volg haar. We gaan de trap op naar boven, naar Isabels kamer. Met ingehouden adem kijk ik naar de dichte deur. Wat verwacht ik te zien? Haar kamer, zoals ik die voor het laatst als brugklasser heb gezien? Vol posters van popsterren, haar bureautje bezaaid met papieren, boeken opengeslagen op de grond, de rotan stoeltjes om het tafeltje heen waar we onze geheimen uitwisselden?

Elsbeth opent de deur en we gaan naar binnen. Het heeft ander behang dan vroeger. Er slingeren geen boeken rond, alles staat keurig in Isabels boekenkast. Het rotan zitje staat er nog, met een vaasje bloemen op tafel. Haar bureau staat tegen de wand naast de deur, keurig opgeruimd. Ik twijfel er niet aan dat de laden gevuld zijn met Isabels schoolschriften, pennen en andere persoonlijke eigendommen. Toch is het geen mausoleum. De kamer is fris, licht en opgeruimd. Hij is alleen niet leeggehaald.

Elsbeth trekt een bureaula open en haalt er een dikke agenda uit. 'Hij zit vol foto's,' zegt ze met een nerveus lachje. 'Misschien herken je die mensen wel.'

'Mag ik hem mee naar huis nemen?'

Er verschijnt een geschokte blik in haar ogen. 'Meenemen?'

'Laat maar,' zeg ik snel. 'Dat was een domme vraag. Ik bekijk hem hier wel.'

Het zou prettig zijn om dat even in afzondering te doen, maar Elsbeth gaat op het randje van het bed zitten en kijkt toe.

Langzaam blader ik de agenda door. Iedere bladzijde bestudeer ik nauwkeurig. Mijn ogen glijden langs de adressenlijst voorin. In een keurig, klein handschrift staan de namen, adressen en telefoonnummers van klasgenoten onder elkaar. Daaronder die van Robin, en van Olaf, en van andere jongens die ik niet ken.

Ik haal mijn eigen agenda uit mijn tas en schrijf ze over. Onder Olafs adres zet ik een streep.

Vervolgens bekijk ik de verschillende foto's. Isabel als vrolijk middelpunt in een groep jongens en meisjes die ik niet ken. Ze staan ergens buiten, de armen om elkaar heen geslagen als een gesloten front. De jongens zijn allemaal een stuk ouder dan de meisjes.

Isabel aan de bar met Robin, beiden verstoord omkijkend. Isabel met Olaf, zoenend. Isabel innig gearmd met een onbekende. Daarna een pasfoto van Olaf. Op de volgende bladzijde lacht Olafs bruine gezicht me toe, jonger, met nat haar en de zee op de achtergrond.

Ik blader naar de achtste mei. Er staan wat huiswerkopdrachten genoteerd, en daaronder staat in dezelfde keurige kleine letters: DD IO.

Ik kijk naar Elsbeth. 'Wat is DD tien?'

'Ik weet het niet,' zegt ze. 'De politie dacht eerst dat ze om tien uur een afspraakje had met iemand die de initialen DD had. Maar ze hebben in haar vriendenkring niemand kunnen ontdekken met die initialen. Later vermoedden ze dat het om de Donkere Duinen ging, maar zekerheid hebben we nooit gekregen.'

'Hebben ze er wel gezocht?'

'Ja, met een zoekteam en honden. Ze hebben ook een helikopter met infraroodscan ingezet, maar daar kun je alleen wat mee op open terrein, op zee, op het strand of in de duinen. Het zoekteam en de honden moesten uitkomst brengen. De ME is hand in hand door de bossen getrokken, maar ze hebben niets gevonden. Zelfs als je zo dicht naast elkaar loopt, kun je iemand over het hoofd zien. En als je de hele dag zoekt, kijk je de eerste tijd geconcentreerd, maar na een paar uur word je slordiger. Daarom hebben ze die zoekactie een week later herhaald, maar het leverde niets op.'

Ik luister maar met een half oor, volg mijn eigen gedachten.

'Ik begrijp niet waarom ze een afspraak zou maken om tien uur. Toen zat ze nog op school. We waren pas om een uur of twee uit. Ik weet zeker dat ze niet gespijbeld heeft.'

'Ik weet het. De politie is het nagegaan en Isabel had alle lessen bijgewoond. Waarschijnlijk had ze om tien uur 's avonds met iemand afgesproken, maar we zullen er nooit achter komen met wie.'

Ik kijk naar het precieze handschrift, de rechte streep en de ronde nul erachter. Het is wel belangrijk. Ik heb Isabel horen praten over een afspraakje na school, bij de Donkere Duinen. Ik wist niet met wie en het kon me ook niet schelen. Ze deed maar. Nu wens ik dat ik beter geluisterd had.

'Tien,' zeg ik. 'Waar kan dat nou op slaan? Hield ze misschien een dagboek bij?'

Elsbeth schudt haar hoofd. 'Nee, daar was ze geen type voor. Veel te ongeduldig, veel te druk, altijd op weg naar iets of iemand.' Ze glimlacht weemoedig. 'Ze had een heel uitgebreide vriendenkring die ze trouw bijhield. Dat was het grote probleem toen ze verdween; we hadden geen idee waar we haar zoeken moesten.'

Ik kijk nog steeds naar de achtste mei in Isabels agenda. Het begint me te dagen wat ze met die tien bedoeld heeft. Ik voel me verstrakken terwijl het langzaam tot me doordringt. Slechts met grote moeite slaag ik erin het er niet uit te flappen. Het heeft geen enkele zin om Elsbeth overstuur te maken of valse hoop te geven. Ik pak mijn tas en sta op.

'Wil je nog een kopje thee?' vraagt Elsbeth.

'Nee, dank u, ik moet gaan.'

Elsbeth knikt en loopt achter me aan de trap af. Ze laat me uit en in de deuropening kust ze me op beide wangen.

'Fijn dat je bent langsgekomen, Sabine,' zegt ze warm.

'Sterkte,' zeg ik zacht.

Ze houdt mijn hand in de hare zodat ik nog niet weg kan lopen.

'Als ze maar gevonden werd,' zegt ze triest. 'Diep in mijn hart heb ik geen hoop meer dat ze nog leeft, maar als ze gevonden wordt, kunnen we het afsluiten, afscheid van haar nemen.'

Ik kijk naar Elsbeths vroegoude gezicht, naar haar ogen waarin tranen glinsteren.

'Ja,' zeg ik. 'U heeft gelijk. Ze moet nu snel gevonden worden.'

# 31

In de auto realiseer ik me dat mijn mobiel nog uit staat. Ik zet hem aan en check mijn voicemail. Vijf berichten. Allemaal van vanochtend, want toen ik gisteravond ging slapen heb ik ze allemaal gewist. Ik luister ze meteen af.

9.11: 'Sabine, met Olaf. Ik sta voor je deur, maar je hoort de bel blijkbaar niet. Ik moet met je praten.'

9.32: 'Ik heb even een rondje gereden, maar je bent nog steeds niet wakker. Ik wist niet dat je zo'n uitslaapster was. Waar staat je auto eigenlijk? Ben je weg? Bel me even terug als je dit hoort. Ik ga nu naar huis.'

10.15: 'Sabine. Bel me terug.'

10.30: 'Waar zit je toch? Waarom staat je mobiel niet aan?'

10.54: 'Ik ben op weg naar Den Helder en ik wilde samen iets leuks gaan doen, maar dan moet je wel terugbellen. Waar zit je?!'

Hij is echt ongelooflijk! Niets van berouw, geen excuses...

Ik kijk op mijn horloge: bijna elf uur. Snel, voor hij kan overgaan, zet ik mijn mobiel weer uit. Met Olafs kille stem in mijn hoofd rij ik naar het eerste adres op het lijstje dat ik uit Isabels agenda heb overgeschreven.

De Prins Willem-Alexandersingel ligt in de Gouden Gordel. Het is een deftige buurt met oude, hoge herenhuizen. Parkeren langs het water durf ik niet, dus ik rij door, zet mijn auto in de straat erachter en loop terug. Voor nummer 23 blijf ik staan.

FAMILIE VAN OIRSCHOT staat op het koperen naambordje naast de deur.

Ik druk op de bel. Een voornaam gonggeluid vult de gang. Bijna onmiddellijk hoor ik voetstappen op de trap en even later gaat de deur open. Een oudere dame met prachtig wit, opgestoken haar kijkt me vragend aan.

'Bent u mevrouw Van Oirschot? De moeder van Olaf?' vraag ik.

'Ja,' zegt ze afwachtend.

Ik steek mijn hand uit. 'Ik ben Sabine Kroese, Olafs nieuwe vriendin.'

Met een gracieus gebaar aanvaardt ze mijn hand en schudt die licht. Over mijn schouder kijkt ze de straat in.

'Ik ben alleen,' glimlach ik. 'Olaf had andere dingen te doen. Toevallig moest ik vandaag in Den Helder zijn en ik kwam door deze straat. Ik weet niet waarom ik stopte. Ik ben een beetje nieuwsgierig, denk ik. Als ik u stoor, moet u het zeggen.'

Een glimlach verheldert haar knappe gezicht. 'Ben je mal, ik vind het juist heel erg leuk dat je langskomt! Aan opwellingen moet je altijd toegeven. Daar komen vaak de leukste momenten uit voort. Kom binnen, Sabine. Ik wilde net koffie drinken.'

'Heerlijk,' zeg ik, en ik volg mevrouw Van Oirschot de gang in.

'Kroese,' zegt ze zonder om te kijken. 'Die naam komt me bekend voor. Hebben we elkaar ooit ontmoet?'

'Nee,' zeg ik.

'Merkwaardig...'

De hoge, smalle gang komt uit in een oase van licht en ruimte: de woonkamer. Glimmend gewreven parket, smaakvolle kleden in pasteltinten, wit gestuukte muren en veel antiek. Het plafond is voorzien van ornamenten die zo te zien authentiek negentiende-eeuws zijn.

'Wat een prachtig huis!' zeg ik vol bewondering.

Mevrouw Van Oirschot glimlacht. 'Het ís een mooi huis,' bevestigt ze. 'Ik woon hier graag. Olaf vindt het te groot voor mij alleen, maar ik denk er niet over om weg te gaan.'

'U heeft groot gelijk.' Ik neem plaats in de fauteuil die mevrouw Van Oirschot mij wijst. Zelf vlijt ze zich neer op de sofa.

'De koffie pruttelt,' zegt ze. 'Laten we intussen eens kennismaken. Wat leuk dat Olaf eindelijk weer een vriendin heeft. Zijn jullie al lang samen?'

'Een paar weken,' zeg ik. 'Waarom zei u "eindelijk"? Olaf zal toch wel meer vriendinnen hebben gehad?'

Mevrouw Van Oirschot schudt haar keurig gekapte hoofd. 'Olaf is niet zo gemakkelijk met meisjes. Hij is nogal kritisch.'

'Hij is anders erg populair onder de dames op het werk.'

Mevrouw Van Oirschot glimlacht. 'Dat doet hem blijkbaar niets. Ik vis wel eens naar zijn contacten met dames, moederlijke nieuwsgierigheid zullen we maar zeggen, en wat hij dan vertelt geeft me weinig hoop op een schoondochter. De een is een aanstelster, de ander heeft het te hoog in haar bol, de derde is te overtuigd van haar eigen schoonheid en zo kan ik nog wel even doorgaan. Een paar maanden geleden zei hij nog tegen me: "Mam, het lijkt wel alsof er geen meisjes meer bestaan die gewoon zichzelf zijn. Ze doen niet anders dan lonken en flirten, maar een normaal gesprek kun je niet met ze voeren. Het gaat ze alleen maar om de verovering en na een paar weken verslapt hun aandacht." Olaf kan daar moeilijk tegen. Het is een serieuze, lieve jongen. Geen flierefluiter.'

'Maar hij heeft vóór mij toch wel eens een vriendin gehad?' vis ik.

'O jawel, maar ik heb niet één van die meisjes leren kennen. Dan was het alweer uit. Daar was hij iedere keer erg teleurgesteld over.'

'Weet u wie het waren? Misschien ken ik ze wel.'

'Ach lieve kind, dat zou ik echt niet kunnen zeggen. Zoals ik al zei, heb ik die meisjes nooit ontmoet, op één na: Eline Haverkamp. Een aardig, intelligent meisje. Jammer dat het niet standhield. Als je me even excuseert, dan kijk ik of de koffie klaar is.' Ze staat gracieus op en verlaat de kamer.

Ik pak mijn agenda en schrijf de naam op. Eline Haverkamp.

'Ik geloof dat ik Eline ken,' lieg ik als mevrouw Van Oirschot met een dienblad terugkeert. 'Woont ze niet in Amsterdam?'

Mevrouw Van Oirschot denkt na, wat een lichte rimpel tussen haar wenkbrauwen veroorzaakt.

'Nee, volgens mij komt ze uit Den Helder,' zegt ze. 'Ze hebben samen gestudeerd in Amsterdam, maar ze woont nu weer hier. Maar vertel eens, kind, hoe hebben júllie elkaar eigenlijk ontmoet?'

Met elegante gebaren schenkt ze de koffie in en presenteert een schaaltje met heerlijk uitziende bitterkoekjes. Ik neem er een en denk aan het schaaltje bonbons van meneer Groesbeek.

'Op het werk,' zeg ik. 'Het grappige is dat we elkaar al veel langer kennen. Olaf was vroeger goed bevriend met mijn broer, Robin.'

'Robin Kroese! Natuurlijk, daar ken ik je naam van. Robin heb ik erg goed gekend. Dus jij bent zijn zus? Ach, wat toevallig!' Met een brede glimlach pakt ze de suikertang en laat een klontje suiker in haar kopje vallen. 'Jij ook suiker, Sabine? Nee? Heel verstandig, zoetigheid is slecht voor je lijn. Niet dat jij je daar zorgen over hoeft te maken; je bent zo mooi slank.'

'U ook,' zeg ik spontaan. 'U ziet er fantastisch uit, mevrouw Van Oirschot. U bent heel anders dan ik me voorgesteld had.'

'O? Hoe had je je mij dan voorgesteld?'

Ik voel een blos vanuit mijn nek naar mijn wangen kruipen.

'Nou, ik bedoel... Olaf kan soms wat onbehouwen zijn. Heel anders dan u.'

Mevrouw Van Oirschot roert zonder opkijken in haar kopje.

'Ik begrijp wat je bedoelt,' zegt ze. 'Ja, zo is Olaf. Dat heeft hij van zijn vader, die had ook dat tikkeltje boerse gedrag. Maar *au fond* is het een goede, hartelijke jongen. Hij komt me iedere zaterdagmiddag bezoeken.' Verrast kijkt ze op. 'Waarom zijn jullie niet samen gekomen?'

'Hoe bedoelt u?'

'Iedere zaterdag komt hij hier lunchen. Hij zou om twaalf uur komen.'

De slok koffie bevriest in mijn mond. Ik werp een snelle blik op de klok tegenover me. Halftwaalf. Met een paar slokken drink ik mijn kopje koffie leeg. Ik had dit voorzichtig willen opbouwen, maar daar heb ik geen tijd meer voor.

'Mevrouw Van Oirschot, herinnert u zich Isabel Hartman?'

'Ja, natuurlijk herinner ik me haar.'

'Ik zat bij haar in de klas.'

'Dat weet ik,' zegt ze simpelweg.

Dat verrast me. Het verrast me zó, dat ik niet weet hoe ik verder moet. Het is me sowieso niet duidelijk wat ik eigenlijk met dit gesprek wil. Informatie. Antwoorden. Maar dan moet je wel de juiste vragen stellen. Met een wanhopige blik op de klok modder ik verder.

'Olaf was ontzettend verliefd op Isabel, nietwaar?' zeg ik.

'Veel jongens voelden zich aangetrokken tot dat meisje. Ik mocht haar niet; ze speelde met hun gevoelens. Het was aantrekken en afstoten van haar kant. Ik heb Olaf voor haar gewaarschuwd, maar hij was blind van verliefdheid. Ze zijn ook vrij lang met elkaar gegaan, tot de dag van haar verdwijning. Olaf was gebroken toen ze vermist werd. Wekenlang was hij totaal niet aanspreekbaar.'

'Maar hij is toch wel verhoord door de politie?'

'Jazeker, maar hij kon ze niets vertellen. Hij had Isabel helemaal niet gezien op de dag dat ze verdween.'

'Niet? Volgens mij hadden ze een afspraakje die middag.'

'Olaf moest examen doen, en toen hij klaar was, is hij meteen naar huis gekomen. Dat heb ik ook tegen de politie gezegd.'

'Hij is niet naar zijn afspraakje met Isabel gegaan?'

'Nee. Hij is meteen naar huis gekomen.' Mevrouw Van Oirschot gaat nog wat rechter zitten. Ik zie haar voor mijn ogen veranderen en er komt iets kils in haar stem dat me niet bevalt. Ze neemt me op zoals een roofdier de zwakheid van een potentiële prooi inschat. Ik schuifel wat heen en weer op de zitting van de fauteuil, werp nog een blik op de klok en forceer een glimlach.

'Nou, het was heel gezellig, maar ik moet nu gaan. Bedankt voor de koffie, mevrouw.'

'Blijf zitten.' Haar stem klinkt koud en opeens zie ik waar Olaf die kille ogen vandaan heeft.

Ze buigt zich iets naar me toe, precies zoals Olaf ook kan doen, en zegt: 'Je bent hier niet voor de gezelligheid gekomen, is het wel?'

Ik geef geen antwoord, grabbel mijn tas van de grond en negeer haar bevel om te blijven zitten. 'Ik moet nu echt gaan. Tot ziens.'

Het is tien voor twaalf.

'Sabine!' zegt mevrouw Van Oirschot achter me.

Met tegenzin blijf ik in de deuropening staan. Ze komt op me af, maar ik ben niet bang voor haar. Met dezelfde inschattende blik bekijk ik haar. Zo'n frêle vrouwtje houdt mij niet tegen.

Ziet ze de blik in mijn ogen veranderen? Ze blijft staan, vouwt haar handen ineen en zegt niets. De stilte hangt als een zwaard tussen ons in. Als ze eindelijk spreekt, verrast ze me met haar vraag.

'Ben je echt Olafs vriendin?'

'Dat wás ik.'

'En weet hij dat zelf al?'

Na enige aarzeling schud ik mijn hoofd.

Ze knikt berustend. 'Daar was ik al bang voor.'

'Bang? Waarom bang?'

'Zoals ik al zei valt het Olaf moeilijk om een vriendin te behouden. Ik weet niet hoe dat komt. Eline kon het me niet uitleggen. Kan jij dat wel?'

Twaalf slagen galmen door het huis.

'Het spijt me echt, ik moet gaan.' Ik draai me om en vlucht bijna de gang in. De voordeur zit op de ketting. Ik worstel ermee tot die losschiet en ruk de deur open. Ieder moment verwacht ik een hand op mijn arm, maar dan sta ik op straat en schijnt de zon in mijn gezicht.

Aan het eind van de kade klinkt het geluid van een zware motor. Ik moet die kant op, maar vlieg naar rechts. Het kan me niet schelen of mevrouw Van Oirschot me nakijkt of niet; ik begin te rennen. De auto komt dichterbij en houdt halt voor de deur waar ik net uit gerend ben.

Ik werp een blik over mijn schouder. Een zwarte Peugeot. De portieren blijven dicht, niemand stapt uit. Haastig sla ik de hoek om en verwacht half-en-half mijn naam te horen. Achter me blijft alles rustig. Voor de zekerheid schiet ik een paar zijstraatjes in, hol door een steegje en kom op adem met mijn rug tegen een schutting.

Als ik mezelf bij elkaar geraapt heb, ga ik op zoek naar mijn auto, wat nog een hele toer is. Ik spring naar binnen en doe met de centrale vergrendeling alle deuren op slot.

Ik pak mijn mobiel, zet hem aan en controleer mijn voicemail. Zes berichten erbij. Zonder ze af te luisteren start ik mijn auto en rij weg, naar het postkantoor.

# 32

Haverkamp. Er staat een heel rijtje in het telefoonboek. Op het postkantoor wil ik de nummers een voor een afwerken, maar bij de derde is het al raak.

'Eline Haverkamp,' zegt een heldere jonge vrouwenstem.

'Goedemiddag, je spreekt met Sabine Kroese,' zeg ik. 'Wij kennen elkaar niet, maar ik heb begrepen dat er iemand is die wij beiden goed kennen. Olaf van Oirschot.'

Het blijft stil.

'Ben je er nog?' vraag ik, als de stilte erg lang voortduurt.

'Ja. Wat is er met Olaf?'

'Niets, behalve dat ik op het moment een relatie met hem heb, en...'

'Wees voorzichtig,' valt ze me in de rede.

'Wat?'

'Het is niet zo'n gezellige jongen als hij lijkt. Ik spreek uit ervaring.'

'Daarom bel ik je ook. Zou ik even langs kunnen komen?'
'Nu?'
'Het is belangrijk.'
'Oké dan. Ik woon in de Schooten. Ken je die buurt?'
'Ja, ik kom hiervandaan. Ik sta nu in het postkantoor op de Middenweg, dus ik ben met een kwartiertje bij je.'
Ik hang op en schrijf het adres over uit het telefoonboek. Even later zit ik weer in de auto en rij naar de Schooten, een buitenwijk van Den Helder. Mirjam woonde daar vroeger, herinner ik me.
De straat waar Eline Haverkamp woont is niet moeilijk te vinden en er is volop parkeerruimte. Ik zet mijn auto voor de deur en stap uit. Terwijl ik het portier op slot doe, gaat de deur al open. Een meisje van ongeveer mijn leeftijd doet open en glimlacht naar me. Ik loop het tuinpaadje op en bij de deuropening begroeten we elkaar met een stevige handdruk.
'Hallo,' zegt Eline. 'Kom binnen. Struikel niet over de kratten met boodschappen, ik ben net naar de supermarkt geweest.'
'Voor de hele week, zo te zien,' zeg ik lachend en loop om de kratten heen.
'Ja, dat heb je als je de hele week werkt. Wil je koffie?'
'Nee, dank je wel. Ik heb net koffie gedronken.' Ik zou wel wat te eten lusten, maar zoiets zeg je niet. Dus ga ik maar zitten en kijk om me heen in de kleine maar gezellige woonkamer. Mijn smaak; veel wit hout en groene planten. Een enorme boekenkast neemt een van de wanden volledig in beslag.
'Om maar met de deur in huis te vallen: wees voorzichtig met Olaf van Oirschot,' zegt Eline terwijl ze gaat zitten en zenuwachtig een sigaret opsteekt. 'Ik heb een jaar een relatie met hem gehad, maar eigenlijk was het maar een half jaar leuk tussen ons.'
'Hoe kwam dat?'
'Tja, hoe kwam dat.' Ze haalt haar schouders op. 'Hij was dominant, en erg bezitterig. Vanaf het moment dat we iets met elkaar kregen, beschouwde hij me als zijn eigendom. Iedere minuut van mijn vrije tijd diende ik aan hem te besteden. Mijn vrienden sprak ik nauwelijks meer alleen, hij moest overal mee naartoe. Als ik andere plannen had, begon hij te mokken als een klein kind. Hij kon

echt heel onredelijk zijn, zocht ruzie, maakte het weer goed en dan begon het weer van voren af aan. Het was eigenlijk alleen maar gezellig als ik precies deed wat hij wilde.' Ze kijkt me onderzoekend aan. 'Hoe lang zijn jullie nu samen?'

'Een paar weken pas, maar we kennen elkaar nog van vroeger.'

'Hoe heet je dan?'

'Sabine Kroese.'

'Ik ken een Rob Kroese. Dat was een vriend van Olaf.'

'Robin. Dat is mijn broer. Zo hebben Olaf en ik elkaar leren kennen. Een tijdje geleden kwamen we elkaar weer tegen en het klikte meteen. Maar ik heb toch altijd een dubbel gevoel gehouden, ik weet niet hoe dat komt.'

'Ik wel.' Eline neemt een trek van haar sigaret. 'Omdat hij niet spoort. Olaf van Oirschot is het klassieke geval van de mooie jongen die verandert in een tiran als hij denkt dat hij afgewezen wordt.'

'Is het zo erg?'

'Zo erg kan het worden. Hoe langer je relatie met hem voortduurt, hoe meer hij zich erin vastbijt. Zorg maar dat je snel van hem afkomt voor hij gewelddadig wordt.'

'Gewelddadig?'

'Hij sloeg me,' zegt Eline. 'Niet hard, maar toch... Een man die zijn vriendin slaat deugt gewoon niet. Na de eerste klap wilde ik van hem af, maar dat was niet gemakkelijk. Hij stalkte me, belde me voortdurend op en viel mijn vrienden lastig om me op te sporen. Uiteindelijk heb ik de politie gebeld. Het kwam tot een rechtszaak en hij kreeg een straatverbod. Hij heeft me nog wekenlang gebeld en dreigbrieven gestuurd. Uiteindelijk hield het op. Ik denk dat hij toen een ander meisje op het oog had.'

Ik zak achterover in de zachte kussens van de bank. 'Ik lust toch wel een kop koffie,' beken ik en steek zelf ook een sigaret op.

Eline glimlacht begrijpend en staat met een vlugge beweging op. Ze loopt naar de open keuken, zet koffie en leunt tegen de bar die de begrenzing vormt. 'Heb ik je bang gemaakt?'

'Nee, je hebt bevestigd wat ik vermoedde,' zeg ik. 'Vroeger, toen ik nog op school zat, ging hij met Isabel Hartman. Zegt die naam je iets?'

'Wie kent die naam niet.' Eline blijft tegen de bar leunen terwijl de koffie pruttelt. 'Op het station hebben heel lang posters van haar gehangen. Ging Olaf met haar?'

'Heeft hij dat niet verteld?'

'Nee. Vreemd.'

'Zeker als je allebei uit Den Helder komt.'

Eline drukt haar sigaret uit in een plant die op de bar staat. 'Ik zat bij Olaf in de klas,' zegt ze. 'Vandaar dat ik Robin ook kende. Dus we zaten bij elkaar op school, Sabine. Vreemd, ik kan me jou helemaal niet herinneren.'

'Ik was ook niet zo'n opvallend type,' zeg ik glimlachend. 'Bovendien zat ik een paar klassen lager.'

'Dat is waar. Zat je soms bij Isabel in de klas?'

'Ja.'

'Ik vraag me af waarom Olaf nooit heeft verteld dat hij haar zo goed kende. We hebben nota bene samen naar een uitzending van *Peter R. de Vries* zitten kijken waar Isabel in voorkwam.' Eline kijkt peinzend voor zich uit.

'Hij heeft tegen mij ook niets gezegd. Volgens zijn moeder was hij er kapot van toen ze verdween. Hij had haar de hele dag niet gezien, zei ze, maar ik weet dat dat niet waar is. Ze hadden een afspraak bij de Donkere Duinen. Vlak daarna is ze verdwenen.'

Eline draait zich met een bezorgd gezicht om, pakt twee mokken uit een keukenkastje en schenkt koffie in. Met de dampende mokken in haar hand loopt ze de woonkamer in en zet ze op tafel.

'Denk je dat Olaf iets met haar verdwijning te maken heeft?' vraagt ze bezorgd.

'Het zou kunnen. Hij is de laatste die haar heeft gezien, maar hij ontkent het aan alle kanten.'

'Hoe weet je zo zeker dat hij de laatste is die haar heeft gezien?'

'Omdat in Isabels agenda stond dat ze afgesproken hadden bij de Donkere Duinen. Ik hoorde haar erover praten op school, maar ik wist niet over wie ze het had. Tot ik vandaag dat afspraakje in haar agenda zag staan. Er stond IO bij. Isabel Olaf,' vertel ik.

'Dat meen je niet,' zegt Eline.

We kijken elkaar aan.

'Het kan zijn dat die afspraak niet doorgegaan is,' zegt Eline.

'Isabel ging er wel van uit dat het doorging,' merk ik op. 'Ik heb haar die kant op zien fietsen toen ik na school een stuk achter haar aan reed. Ze nam niet de gebruikelijke route naar huis, maar fietste in de richting van de Donkere Duinen.'

Eline blaast in haar hete koffie. 'Dan nog hoeft ze Olaf daar niet ontmoet te hebben. Hij kan de afspraak vergeten zijn.'

'Ja, dat kan. Maar erg waarschijnlijk is het niet. Isabel wilde hem spreken. Uit het gesprek met haar vriendinnen kon ik opmaken dat ze zich niet erg op die ontmoeting verheugde. "Hij zal wel niet zo blij zijn," zei een van hen. "Dat is dan pech," zei Isabel daarop. Ik denk dat ze van plan was om Olaf de bons te geven.' Ik druk mijn sigaret uit, en neem een slok koffie.

'En dat doe je niet zomaar bij iemand als hij,' zegt Eline langzaam. Over de rand van haar mok kijkt ze me indringend aan. 'Ik denk dat je naar de politie moet gaan.'

Om mijn gedachten te ordenen rij ik naar het park bij mijn oude middelbare school. Er gaat iets rustgevends uit van de verstilde vijver, de paden en gazons waar ik in mijn vroege jeugd zo vaak heb rondgeslenterd, een pakje boterhammen in mijn hand.

Het zomergroene park ontvangt me met een serene stilte. Ik sla een pad in, kijk naar het bakstenen schoolgebouw en voel me net een puber die spijbelt.

Maar ik ben geen puber, ik ben vierentwintig, heb een baan, gaten in mijn geheugen en een vriend die ik niet vertrouw. Na negen jaar ben ik er nauwelijks beter aan toe. Wat moet ik doen? Naar de politie gaan? Dat is wel mijn plicht, na de ontdekking van die initialen in Isabels agenda. Maar wie zegt dat het om Olaf gaat? Ik kan weliswaar geen andere jongens bedenken wier naam met een O beginnen, maar ik kende ook niet de hele stad. Trouwens, wie zegt dat die O op een jongen slaat? Ik ken in ieder geval een Olga uit die tijd.

De paden splitsen zich; het ene voert een donker gedeelte van het park in, het andere leidt langs de zonnige gazons. Ik kies voor de zon, hef mijn gezicht naar de warme stralen en neem plaats op een bankje.

Langs de vijver loopt iemand met een hond. Ze spelen met elkaar, het baasje gooit stokken en de hond rent er enthousiast blaffend achteraan. Als de stok per ongeluk in het water belandt, bedenkt de hond zich geen moment en plonst tussen de waterlelies. De lach van de eigenaar schalt over het grasveld, een lach die me bekend voorkomt.

Aandachtig bestudeer ik hem. Hij is ongeveer van mijn leeftijd, maar hij staat op te grote afstand om hem goed te kunnen bekijken. Als hij doorloopt, sta ik in een opwelling op en volg hem quasinonchalant. Hij draagt een spijkerjack, is breedgeschouderd maar niet zo groot en heeft dik zwart haar. Zijn manier van staan, de handen in zijn zakken, één voet vooruit, heeft iets heel bekends, maar toch herken ik hem pas als hij midden op het pad stilstaat en zich omdraait naar zijn hond, die in de bosjes staat te snuffelen.

Mijn hart slaat over. Hij is jaren ouder en het zwarte haar dat vroeger in zijn ogen hing is nu kortgeknipt, maar ik hoef geen twee keer te kijken om te weten wie dat is. De laatste tijd is hij regelmatig in mijn gedachten geweest en nu staat hij zomaar voor me: Bart.

# 33

Het zomerse park houdt zijn adem in als we elkaar aankijken. De takken van de bomen ruisen zacht en geruststellend, een paar vogels tjilpen discreet en het zonlicht valt gefilterd door het groene loof op ons neer.

Bart. Het is hem echt. Ik neem ieder detail van zijn gezicht in me op, het blauw van zijn ogen, zijn donkere, steile maar heel dikke haar. Hij is kleiner dan ik me herinnerde, nog geen kop groter dan ik, en opeens zie ik mezelf weer mijn platte schoenen te voorschijn halen voor een afspraakje omdat ik niet boven hem uit wilde steken.

Herkent hij mij ook? Hij kijkt me wel erg lang aan, te lang voor een willekeurige voorbijganger. Ik zou hem kunnen aanspreken, maar ik vertrouw mijn stem niet helemaal en bovendien ben ik bang dat het maar een droom is en dat hij oplost als ik mijn hand naar hem uitsteek.

Bart maakt een beweging, niet naar mij toe maar naar zijn hond. Hij slaat op zijn dijbeen om de hond naast zich te krijgen en wil doorlopen, maar ik versper hem de weg en geef hem een scheef glimlachje.

'Hoi,' krijg ik er nog net uit.

Het is het toverwoord, de magische begroeting die toegang geeft tot zijn geheugen. Of misschien herkent hij gewoon mijn stem. In ieder geval blijft hij staan en verschijnt er een glimlach op zijn gezicht.

'Sabine,' zegt hij.

'Hoi,' zeg ik weer. 'Herkende je me niet?'

'Ik twijfelde,' zegt Bart. 'Tot je naar me lachte.'

De hond staat naast hem, kijkt naar me op en slentert dan de bosjes in alsof hij beseft dat het wel even kan duren voor zijn baasje weer aandacht voor hem heeft. In plaats van de romantische hereniging waar ik altijd van heb gedroomd, staan Bart en ik een tijdje onwennig naar elkaar te glimlachen. Hoe langer dat moment voortduurt, hoe meer oude gevoelens er terugkomen. Om eerlijk te zijn val ik meteen weer als een blok voor hem...

'Wat toevallig dat ik je hier tegenkom,' zegt Bart ten slotte. 'Ik loop hier iedere dag met Rover maar ik heb je nog nooit gezien.'

'Ik woon hier ook niet meer,' zeg ik. 'Ik ben naar Amsterdam gegaan.'

'Aha, het bruisende Mokum! En, wat doe je daar?' vraagt Bart belangstellend.

'Ik ben secretaresse,' zeg ik, wat niet zo bruisend klinkt als ik zou wensen.

'Aha,' zegt hij weer.

De hond komt met een stok in zijn bek uit de bosjes aanzetten, gooit die voor Barts voeten neer, snuffelt aan mijn hand en duwt zijn neus tussen mijn benen.

'Rover, hou op man! Denk aan je manieren!' Bart grijpt hem bij de halsband en trekt hem met een ruk van me weg terwijl hij mij een gegeneerd lachje geeft. 'Zin om een eindje met me op te lopen? Anders blijft hij bezig.'

Ik knik en we lopen samen verder het pad op, dat een schaduwrijk deel van het park in voert. Er hangt meteen een gevoel van intimiteit tussen ons en ik kan me nu niet meer voorstellen dat ik Bart net niet durfde aan te spreken. Desondanks blijven we voorlopig steken in het onvermijdelijke lang-niet-gezien-gesprekje.

'En wat doe jij? Ik neem aan dat je nog in Den Helder woont?' vraag ik, en ik probeer oprechte interesse in mijn stem te laten doorklinken. Wat niet moeilijk is, want ik wil het ook echt weten, al zou ik liever meteen doorgaan naar de grote vraag of hij een vrouw en kinderen heeft.

'Ja, ik woon hier vlakbij, in de Celebesstraat. Ik ben journalist bij *Het Noordhollands Dagblad*.'

'O, het is je gelukt!' zeg ik verrast.

Hij knikt en schopt een steentje voor zijn voeten weg. 'Ja, dat wilde ik altijd al,' zegt hij. 'En, hoe gaat het met jou? Verliefd, verloofd, getrouwd?' voegt hij eraan toe.

'Geen van drieën eigenlijk,' zeg ik, blij dat ik niet hoef te liegen, blij dat ik vrij ben, dat hij me nu een keer uit kan vragen. In gedachten zie ik ons al in een gezellig, intiem restaurantje aan de haven zitten, dicht naar elkaar toe gebogen, zijn hand over de mijne zodat hij er helemaal onder verdwijnt en...

De hond komt op ons afrennen, springt tegen Bart op. Bart haalt hem lachend aan, waarbij me een blik op zijn hand wordt gegund. De smalle gouden ring aan zijn vinger is moeilijk te negeren.

'Zo,' zeg ik opgewekt, al klinkt mijn stem wat schril in mijn oren. 'Dus je hebt je helemaal gesetteld hier. Een hond, een leuke baan, een vrouw, kinderen...' Mijn stem gaat vragend omhoog, maar Bart gaat er niet echt op in.

'Tja,' zegt hij slechts.

'Wat nou tja?' In een uiterste poging mijn enorme teleurstelling verborgen te houden, begin ik te ratelen. 'Dat is toch wat we uiteindelijk allemaal willen? Huisje, boompje, beestje. Hoewel, niet iedereen, sommige mensen zijn daar niet voor geboren, of ze zijn er nog niet klaar voor. Je ziet ook dat jonge mensen zich steeds later settelen, nietwaar? Vrouwen beginnen ook steeds later aan kinderen, vaak na hun dertigste pas. Dat was vroeger wel anders, maar...'

'Ik lig in scheiding,' zegt Bart.

Mijn mond valt dicht, de woordenstroom stopt abrupt. 'O?' zeg ik en hoop dat het verrukte ondertoontje niet al te duidelijk hoorbaar is. Bart kijkt helemaal niet verrukt, eigenlijk loopt hij er maar somber bij. Wat ben ik toch een gloeiende egoïst om me te verheugen over de mislukte relatie van een ander. Alsof dat automatisch betekent dat hij dus met mij de draad weer oppakt! Het is destijds niet voor niets uitgegaan.

'Wat erg voor je.' Ik leg in een troostend gebaar mijn hand op zijn arm, wat me toch weer heel schijnheilig voorkomt maar wat Bart niet als zodanig opvat. Hij kijkt even opzij en glimlacht dankbaar naar me.

'Heb je kinderen?' vraag ik belangstellend en heel mijn wezen schreeuwt om een ontkenning.

'Een meisje,' zegt Bart zacht. 'Ze is zeven maanden. We hebben afgesproken dat ze bij haar moeder blijft, maar om het weekend is Kim twee dagen bij mij, en tussendoor ga ik haar zoveel mogelijk opzoeken.'

Het verdriet in zijn stem maakt me stil en kleintjes, hoewel mijn hart onverstoorbaar verheugd blijft doorbonken. Een heel klein meisje, een baby nog maar, die kan er ook wel bij. Ik ben gek op kleine kinderen. Ze zal me tante Sabine noemen en dol op me worden. Als ze wat ouder is, zullen we haar meenemen naar de Efteling, en het andere weekend met z'n tweetjes doorbrengen.

Ik wil het. Ik wil het zo verschrikkelijk graag, en met iedere stap die ons verder het park in voert, met ieder stukje pijn en verdriet dat Bart me toevertrouwt, geloof ik er sterker in dat het mogelijk is. Ik zal zijn redding zijn, zijn toevlucht, zijn oude nieuwe liefde, en op zijn beurt zal hij míjn redding zijn. We hebben elkaar nodig.

'Ik moet gaan,' zegt Bart. 'Ik had vanochtend vrij, maar ik moet zo naar de krant. Shit, nu weet ik niet eens waarom je vandaag in Den Helder bent.'

'Dat is een lang verhaal,' zeg ik glimlachend en ik kijk hem strak aan, alsof mijn blik hem kan dwingen mij dat verhaal te laten vertellen in het gezellige restaurantje aan de haven.

Bart kijkt op zijn horloge en vloekt onderdrukt als Rover met een indrukwekkende plons in de sloot springt. 'Daar heb ik dus écht geen tijd voor,' kreunt hij, en hij loopt met grote geïrriteerde passen naar de slootkant. 'Rover! Hier! Kom eruit, nu meteen!'

Een druipnatte hond klautert op de kant en schudt zich eens lekker uit, zodat we allebei achteruit springen. Bart kust me op beide wangen.

'Goed je weer gezien te hebben, Sabine,' zegt hij. 'Ik had graag nog even met je doorgepraat, maar ja.' Hij kijkt spijtig en ik voeg daar mijn eigen spijtige blik aan toe.

'Tja,' zeg ik. 'Werk gaat voor, hè?' Van dat principe ben ik absoluut geen voorstander, er zijn beslist situaties te bedenken die vóór het werk gaan, maar dat moet Bart zelf maar bedenken.

'Zeg,' begint hij opeens, alsof hem een heel nieuwe gedachte invalt.

'Ja?' zeg ik bemoedigend.

'Was jij van plan om naar die reünie te gaan? Je weet toch dat er binnenkort een reünie van de middelbare school wordt gehouden?' zegt Bart.

'Ja, dat heb ik gelezen.' Ik voel waar hij naartoe wil. Het is niet precies wat ik in gedachten had, maar beter dan niets.

'Ga je ernaartoe?' vraagt Bart en ik bespeur beslist enige spanning in zijn stem.

'Natuurlijk,' zeg ik enthousiast. 'Het leek me meteen al ontzettend leuk.'

'Te gek! Dan kunnen we even lekker bijpraten,' reageert Bart enthousiast. 'Ik vind het leuk dat ik je weer eens gezien heb, Sabine. Je moet echt naar die reünie komen.'

'Tuurlijk,' zeg ik. 'Absoluut.'

Hij kust me op de wang en ik kus hem terug. Met een opgestoken hand en een glimlach nemen we afscheid. Ik draai me om voor hij dat kan doen, kijk nog eens over mijn schouder en steek mijn hand op. Hij zwaait terug, lijnt Rover aan en draait zich eveneens om. Ik durf niet over mijn schouder te gluren om te zien of hij nog een keer omkijkt, al ga ik bijna dood van verlangen om dat te weten. Als ik hem nog eens wil zien, zit er niets anders op dan naar die stomme reünie te gaan.

# 34

Het principe van de reünie moet zijn bedacht door populaire, succesvolle leerlingen die vroeger op de middelbare school heersten als koningen en koninginnen en die tijd niet achter zich kunnen laten. Ze hopen nog één keer terug te kunnen naar hun gloriedagen om te stralen en te schitteren. Vanzelfsprekend omringen ze zich op zo'n avond met de mensen met wie ze destijds optrokken en het liefst zouden ze zien dat de kneusjes weer tegen de muur geleund stonden, buitengesloten, genegeerd. Denk ik. Vermoed ik.

Wat hebben kneusjes dan te zoeken op een reünie? Wat bezielt hen om weer in dat rollenpatroon van vroeger te stappen? Omdat ergens in de tussenliggende jaren zich misschien een verandering in hen heeft voltrokken. Omdat ze zichzelf niet meer als kneus zien, en het ook niet meer zijn. Het tentoonspreiden van hun succes en nieuwe zelfvertrouwen ís noodzakelijk om die periode af te sluiten.

Op die dag, zaterdag 19 juni, vlak voor de grote uittocht van vakantiegangers, rij ik naar Den Helder en vraag me af wat voor type Isabel nu zou zijn geweest. Hoe ze eruit zou hebben gezien, wat voor studie en beroep ze zou hebben gekozen. Wat dat ook zou zijn, ze zou nog steeds het hoogste woord voeren. Sommige dingen veranderen nooit. Maar ik wel. Als zij nog had geleefd, zou ik toch naar de reünie zijn gegaan.

Dat plotselinge inzicht verrast me. Ik vis een dropje uit de zak naast me en stop het nadenkend in mijn mond. Zou ik echt tegen Isabel opgewassen zijn geweest? Misschien wel.

Iemand aankunnen heeft vooral te maken met hoe diep je diegene toestaat tot je ziel door te dringen en je te kwetsen. Die mensen zul je altijd opnieuw blijven tegenkomen in je leven, of ze nu dood zijn of niet. Je herkent ze van grote afstand, raakt op je hoede en probeert niet opnieuw dezelfde fouten te maken.

Het is al na zevenen, en als ik de duinen zie liggen, daalt net de gouden gloed van de vroege avondzon over de toppen. De uitgestrekte velden met gekopte tulpen liggen te dromen in het laatste zonlicht. Het wekt herinneringen op aan hele dagen tulpen koppen, een vakantiebaantje dat ik in het begin nog met Isabel aanging. In augustus was het kermis in de stad. Isabel en ik waren net dertien en gingen er 's avonds samen op de fiets naartoe. Na een avond vol pret, misselijk van de attracties en suikerspinnen, zochten we onze fietsen op. Het was tien uur en nog licht, maar het werd snel donker. Isabels fiets was verdwenen. We zochten bijna een uur lang het kermisterrein af, maar hij was echt weg. Beteuterd keken we elkaar aan, maar toen viel haar oog op een jongen die ze kende en die net op zijn brommer stapte. Na een kort gesprek stapte ze bij hem achterop, zwaaide naar mij en samen reden ze weg. Het was intussen elf uur en onder de kermisklanten ontstonden de eerste tekenen van dronkenschap. Lallend zwierden de dronkemannen tussen de schietkraam en het reuzenrad, kregen mij in het oog en zwalkten mijn kant op. Ik stapte haastig op mijn fiets en racete weg, de stad uit, de stille Lange Vliet over terwijl het aardedonker werd en er af en toe een auto of brommer aankwam, zodat mijn hart bijna stilstond van angst omdat ik daar zo eenzaam fietste. Ik had natuurlijk beter mijn vader of Robin kunnen bellen om te vragen of ze me alsnog wilden ophalen, maar daar dacht ik niet aan, verbluft als ik was dat mijn beste vriendin me zomaar had laten staan nadat ik haar een uur lang had helpen zoeken naar haar fiets.

Je zou kunnen zeggen dat ik een té goede vriendin was. Mijn moeder heeft geprobeerd me wat weerbaarder te maken, een gezond stukje egoïsme bij te brengen, maar voor mij was een vriendin een vriendin en die vergaf je haar fouten. Keer op keer.

Ik parkeer mijn auto langs het park waar ik kortgeleden Bart ben tegengekomen en kijk naar het schoolgebouw. Opeens heb ik helemaal geen zin meer in die reünie, maar het vooruitzicht Bart vanavond te zien weerhoudt me ervan naar Amsterdam terug te rijden.

Met een diepe zucht pak ik mijn tasje, gooi het portier open en steek mijn zongebruinde been naar buiten. Goddank zie ik er goed uit, beter dan ooit. Ik heb een nieuwe suède rok aan, met een heel mooi truitje in verschillende tinten roze dat mooi afsteekt tegen het zomers bruine tintje op mijn huid. Ik heb mijn haar opgestoken met een klem en als ik mijn uiterlijk check in de achteruitkijkspiegel, ben ik tevreden. Dat scheelt. Met hernieuwd zelfvertrouwen sluit ik het portier af en loop met zelfbewuste tred naar de hoofdingang. Ik zal ze allemaal eens wat laten zien!

Helaas maakt mijn entree niet de gewenste indruk, want ik ben te vroeg. Veel te vroeg; de aula is zo goed als leeg. Ik laat mijn ogen snel over de paar aanwezigen glijden, maar herken niemand. Het is een reünie voor de hele school, dus het zullen wel oud-leerlingen uit andere jaren zijn.

Ik wandel wat rond, terug naar de hal, kijk op het mededelingenbord of er namen van leerkrachten op staan die ik ken en ga naar het toilet. Als ik op de wc zit, wordt de ruimte gevuld met het gesmoes van jaren geleden. Ik kijk naar de teksten die in de deur zijn gekrast; beledigingen gericht aan de leerlingen van nu. Mijn hart bloedt voor hen.

Ik kom van de wc af, was mijn handen bij het fonteintje en controleer mijn make-up in de spiegel. Ik zie er goed uit, ik zie er echt goed uit. Niets meer aan doen. Schouders naar achter, tieten vooruit, Sabine. Je kunt dit.

Ik haal diep adem en verlaat het toilet. De hal druppelt langzaam vol met mensen die hun puberjaren al een tijdje achter zich hebben liggen en die allemaal met dezelfde melancholische uitdrukking op hun gezicht rondlopen. Ik herken Mirjam Visser, ondanks haar nu wat gezette postuur. Ze lacht nogal overdreven naar iemand en goeie genade, wat is er met haar tanden gebeurd? Ze vallen bijna uit haar mond! Opeens ben ik diep dankbaar voor mijn buitenboordbeugel die in de brugklas zoveel hilariteit veroorzaakte.

Met boosaardig kritisch oog bekijk ik iedere nieuwkomer. Ik herken bijna iedereen, maar dat komt doordat ik weet wie ik kan verwachten. Op straat zou ik ze zó voorbij zijn gelopen. Mijn ogen zoeken Bart, maar vinden hem niet. Hij laat me toch niet in de steek? Ik ben speciaal voor hem gekomen!

'Sabine Kroese? Ben jij het echt?' Een hand belandt op mijn schouder en automatisch draai ik me om en kijk in het volkomen onbekende gezicht van een meisje van mijn leeftijd.

'O, hallo!' zeg ik met een flauw glimlachje.

'Ik dacht al dat jij het was, maar ik kon het eigenlijk niet goed geloven. Je bent zo... anders!' zegt ze. 'Goh, leuk idee hè, zo'n reünie. Ik heb er zoveel zin in! Wie heb jij allemaal al gezien?'

'Nou...' zeg ik vaag. 'Iedereen wel zo'n beetje.'

'Bart de Ruijter is er ook,' vertrouwt ze me toe. 'Ik sprak hem net even. Ging jij vroeger niet met hem? Het is nog steeds een lekker ding, dat hou je niet voor mogelijk.'

Ik hou me niet bezig met de vraag hoe zij weet dat ik met Bart de Ruijter ging, maar kijk alert om me heen. 'Waar heb je Bart dan gezien?'

Mijn onbekende gesprekspartner knikt in de richting van de inmiddels overvolle aula. 'Bij de bar. Zeg, ik ga weer even verder, want volgens mij... Ja, daar staat Karin. Hoe is het mogelijk! Karin, Karin!' Ze roept, wuift en ik glip weg naar de bar.

Het is er druk, maar Bart is natuurlijk allang verdwenen. Ik bestel een wijntje, draai me om en sta tegenover Mirjam.

'Hói!' zegt ze met een lange uithaal. 'Sabine, toch? Goh, dat jij ook gekomen bent.'

'Ik zou het voor geen goud willen missen,' zeg ik. Ergens in de menigte heb ik Bart gespot, maar hij ziet mij niet. Als ik zijn aandacht probeer te trekken, ben ik hem alweer kwijt.

'Zag je iemand?' vraagt Mirjam. Ze draagt een blauwe rok met bijbehorend jasje en een grote strik op de revers, waarvan ze ongetwijfeld denkt dat het charmant staat maar waarmee ze een verbluffende gelijkenis met een paasei vertoont.

'Bart,' zeg ik. 'Bart de Ruijter.'

Haar gezicht vertoont alle stadia van verrukking, verbazing en ten slotte spot, alsof ze zich afvraagt wat ik in vredesnaam met Bart de Ruijter moet. God, wat zou het leuk zijn als hij nu opeens aan kwam lopen en zijn arm om mijn schouders sloeg. Maar ik zíé hem niet eens meer en als we elkaar niet de hele avond willen mislopen, zal ik nu naar hem op zoek moeten.

'Doei,' zeg ik tegen Mirjam, midden in een verhaal dat ik niet gevolgd heb, en ik loop weg.

Ik kijk van links naar rechts, ga op mijn tenen staan, verrek mijn hals en krijg bijna een hartverzakking als ik Olaf ontdek. Onze ogen ontmoeten elkaar even, maar ik doe alsof ik hem niet bewust opgemerkt heb en wring mezelf door de menigte, de andere kant uit.

En dan zie ik Bart. Hij staat bij de deuropening van de hoofdingang een sigaretje te roken met een paar oud-klasgenoten die ik niet ken. Mijn oude schroom overvalt me en ik hou mijn pas in. Nu moet ik eigenlijk met besliste stap doorlopen, mijn hand op zijn arm leggen en met een glimlachje waaruit zowel vreugde als zelfvertrouwen spreekt, zeggen: 'Bart! Wat leuk om je te zien!'

Maar dat kan ik niet, om de doodeenvoudige reden dat ik niet over zoveel zelfvertrouwen beschik. Voor hetzelfde geld kijkt hij me onverschillig aan en sta ik totaal voor gek.

Ik draai me om en zie Mirjam staan op de bovenste trede van het trappetje naar de aula. Haar ogen dwalen over de vele hoofden en blijven rusten op Bart. Vervolgens ziet ze mij en verandert de laatdunkende uitdrukking op haar gezicht haar in de puber van negen jaar geleden. Ze is niet de enige die naar me kijkt. Wat er ook met Isabel gebeurd mag zijn, op dat moment staat ze naast Mirjam en ze kijken beiden op mij neer in hun oude verbond van minachting en spot.

Ik wend me af en zie opeens, teruggetrokken in een hoekje, het meisje staan. Haar schouders hangen, haar blik is schuw op Bart gericht, als een hondje dat wacht op een aai.

Kom uit die hoek! schreeuw ik haar in gedachten toe. Kin omhoog, laat zien wie je bent!

Ze kijkt schichtig van me weg. Het liefst zou ik haar door elkaar schudden tot haar tanden rammelen, maar tegelijk word ik overvallen door een intens verdrietig gevoel.

Iemand loopt tegen me op en gooit cola over mijn schoen. Hij merkt het niet eens, maar de kleverige plens brengt me tot mijn positieven. Met doelgerichte stappen loop ik naar de hoofdingang, leg mijn hand op Barts arm en zeg met mijn charmantste glimlach: 'Hé, Bart!'

Hij staat nog steeds met zijn vroegere vrienden te praten, maar als hij opzij kijkt, trekt er een verheugde uitdrukking over zijn gezicht.

'Sabine!' Hij pakt mijn armen beet, kust me drie keer op de wangen en trekt me even speels tegen zich aan. Ik kan alleen maar hopen dat iedereen naar ons kijkt.

'Ik zocht je al,' zegt hij in mijn oor. 'Druk hier, hè?'

'Veel te druk,' zeg ik, genietend van zijn ademhaling op mijn wang.

'Wegwezen?' stelt hij voor.

'Wegwezen,' stem ik in.

Hij neemt me bij de elleboog en loodst me naar buiten. Het is een warme avond en we hebben geen van beiden een jas meegenomen. Dat komt goed uit, want als we over de stoep weglopen en ik even naar de ingang kijk, zie ik nog net hoe Olaf me nakijkt met een uiterst vreemde uitdrukking op zijn gezicht.

# 35

'Zo, frisse lucht,' zegt Bart tevreden. Hij heeft mijn elleboog losgelaten en we lopen naast elkaar naar onze auto's. Ik vraag me af wat hij eigenlijk van plan is. Hij zal toch niet gewoon naar huis gaan?

'Ik begrijp niet waarom ik daar eigenlijk naartoe ben gegaan,' zegt Bart verder met een knikje naar het schoolgebouw.

'Vond je het niet leuk om iedereen weer te zien? Je hebt toch best een leuke tijd gehad op school?' vraag ik.

'Jawel, maar negen jaar is lang. De meeste vrienden van toen heb ik nooit meer gezien, ik heb met twee vrienden zelf contact gehouden. Daar heb ik geen reünie voor nodig. Ach, je weet van tevoren wel hoe dat gaat; bla bla bla. Alle jaren moeten even snel bijgepraat worden, met iedereen tegelijk. Dat lukt natuurlijk nooit, dus je richt je op één of twee mensen, want anders praat je je een ongeluk. Steeds hetzelfde verhaal.' Hij neemt een verveeld verteltoontje aan en ratelt zijn verhaaltje af: 'Ja, echt waar, ik woon nog steeds in Den

Helder. Ik ben journalist bij *Het Noordhollands Dagblad.* Getrouwd, gescheiden, een kind. Ja, dat is moeilijk. Wat zeg je, zie je daar een oude bekende staan? O, nou, doei! Hé Peter! Ja, ik woon nog steeds in Den Helder. Hoe het met me gaat? Tja, wat zal ik zeggen; getrouwd, gescheiden, een kind…'

Bart zucht en ik lach.

'Ik richt me liever op één iemand die ik echt graag wil spreken,' gaat Bart verder. 'Wat zullen we gaan doen, Sabine? Iets drinken in de stad?'

Een zoel briesje streelt mijn wang, waarschuwt me voor de drukte van een kroeg, verleidt me buiten te blijven en van de zomeravond te genieten. 'Ik heb eigenlijk wel zin om naar het strand te gaan,' zeg ik. 'Volgens mij zijn die strandtenten ook nog wel open.'

'Goed idee,' zegt Bart goedkeurend. 'Doen we!'

'Jouw auto of de mijne?' vraag ik.

'Auto? Ik ben komen lopen, ik woon hier om de hoek,' zegt Bart.

'Nou, mijn auto dan,' zeg ik en ik wijs naar mijn zilverkleurige Ford Ka. 'Hij is niet groot, maar als ik erin kan lukt het jou vast ook.'

'Wel ja,' zegt Bart.

Ik open het portier, we stappen in en rijden naar de strandopgang. Voor een wandeling ligt die net te ver, maar met de auto zijn we er zo. De meeste strandgangers zijn al huiswaarts gekeerd, maar de badgasten die gesteld zijn op hun rust lopen net het strand op.

'Als ik dat had geweten, had ik mijn zwemspullen meegenomen,' zeg ik. 'Wat is het nog warm, hè? Volgens mij is het water heerlijk.'

'Dat hadden ze wel even op de uitnodiging mogen zetten: neem je zwemspullen mee,' zegt Bart.

'En je beste humeur,' voeg ik eraan toe.

'Je wordt thuisgebracht,' zegt Bart en we lachen beiden.

We beklimmen de strandopgang, komen boven en hebben prachtig uitzicht op de zacht ruisende zee. De zon ligt op het water in een poel van rood en oranje.

'Wauw,' zeg ik.

'Dat was écht een goed idee van je.' Barts hand zoekt de mijne, pakt hem stevig beet en net als ik iets nerveus lacherigs krijg over zoveel romantiek, sleurt hij me het duin af, sneller en sneller. Ik gil en ren met grote stappen met hem mee; ik kan weinig anders. Bart gaat veel harder en natuurlijk val ik. Onmiddellijk laat hij zich ook vallen en samen rollen we het duin af. Buiten adem komen we overeind en spuwen zand uit. Ik voel me weer vijftien.

'Zo gaat dat helemaal niet in de film,' zeg ik bestraffend.

'Het ligt eraan naar welke film je kijkt,' merkt Bart op. Hij schuift naar me toe, slaat zijn arm om me heen en dan komt zijn gezicht wel heel dichtbij. 'Een komische of een romantische. Aan welke geef jij de voorkeur?'

Ik kijk naar het intense blauw van zijn ogen, het blauw dat ik nooit helemaal uit mijn gedachten heb kunnen bannen. 'Romantisch,' zeg ik zacht.

'Wat toevallig; die heb ik net bij me,' zegt Bart. Hij buigt zich verder naar me toe en kust me. Kleine kusjes, op mijn bovenlip, mijn onderlip, mijn hele mond. Iedere keer als ik zijn kus wil beantwoorden, trekt hij zich iets terug, tot zijn mond in mijn hals belandt en van daaruit de weg terug zoekt naar mijn lippen. En daar blijft hij. Ik geef hem niet de kans af te dwalen, sla mijn armen stevig om zijn nek en kus hem met al mijn overtuigingskracht terug.

Nu weet ik wat ik miste bij Olaf. Nu weet ik waarom de ene kus de andere niet is. Het kan me totaal niet schelen dat andere badgasten ons passeren, dat ze waarschijnlijk lachend omkijken of misschien wel blijven staan. Ik heb Bart terug en de rest van de wereld mag in het zand wegzakken.

Uiteindelijk laten onze monden elkaar los omdat de volgende stap toch net iets te ver gaat voor de plek waar we ons bevinden, maar we blijven in een hechte omstrengeling zitten en kunnen niet ophouden met naar elkaar kijken.

'Waarom heeft dit zo lang moeten duren?' vraagt Bart voorzichtig. 'Negen jaar! Ik kan niet geloven dat je hier nu bent, zo dichtbij.'

Ik volg met mijn vinger de contouren van zijn gezicht. 'Ik heb zo vaak aan je gedacht...' vul ik hem aan.

Bart kust mijn vinger. 'Ik ook aan jou. Het heeft me echt pijn gedaan toen het uitging.'

'Waarom maakte je het dan uit? Waarom ben je weggegaan?' Ik wil het niet vragen, maar de woorden ontsnappen me.

Bart maakt zijn lippen los van mijn vinger en kijkt me in opperste verbazing aan. 'Waarom ík ben weggegaan? Je hebt het zelf uitgemaakt. Jij wilde míj niet meer zien.'

In even grote verwarring kijk ik terug. 'Dat is niet waar.'

'Dat is wel waar! Iedere dag kwam ik bij je langs, gooide steentjes tegen je raam, belde aan, maar je deed niet open. Je keek naar buiten, schudde je hoofd en dat was het. Je wilde me niet eens te woord staan of uitleg geven. Uiteindelijk moest ik van Robin horen dat je me niet meer wilde zien.'

Ik maak me van Bart los en grijp naar mijn pijnlijk bonkende hoofd. 'Niet waar, niet waar!' zeg ik.

Bart kijkt me met opgetrokken wenkbrauwen aan. 'Dat weet je toch nog wel?' zegt hij.

Ik laat mijn handen zakken en schud vermoeid mijn hoofd. 'Nee, daar weet ik niets meer van. Echt niet. Heb ík het uitgemaakt? Weet je dat zeker? Maar waarom, waarom heb ik dat gedaan?'

Bart kijkt me nog steeds ongelovig aan. 'Hoe kun je dat nou vergeten?' zegt hij niet-begrijpend.

Ik bijt op mijn lip, strijk het zand van mijn been af. 'Ik ben zoveel vergeten. Té veel. Ik weet niet hoe het komt maar er zitten grote gaten in mijn geheugen.'

'Gaten? Hoe bedoel je?'

'Wat ik zeg: er ontbreken hele stukken.'

'Vanaf wanneer?'

'Zo rond de periode dat Isabel verdween. Maar ik dacht dat ik alleen mijn herinneringen aan haar verdwijning kwijt was, ik had geen idee dat ik ook stukken van óns vergeten was.' Ik kijk naar Bart om te zien of hij me gelooft.

'Het was ook een heel verwarrende tijd,' zegt hij. 'Er gebeurde zoveel. Isabel weg, politieverhoren, de media. De hele school stond op z'n kop. Eindexamen doen. En toen maakte jij het ook nog uit. Ik had het gevoel dat ik in één klap al mijn zekerheden verloor.'

Ik bestudeer zijn vertrouwde gezicht, waar na de hartstocht van daarnet opeens zoveel herinneringen en emoties op te lezen staan. 'Wanneer maakte ik het dan uit? Toen Isabel verdwenen was?'

'Ja, diezelfde week. Van de ene op de andere dag wilde je me niet meer zien. Ik heb nooit begrepen waarom, ik had me er maar bij neer te leggen.'

Schuldgevoelens overweldigen me, maar begrijpen doe ik het nog steeds niet. Waarom deed ik dat? Waarom maakte ik het uit met de jongen op wie ik zo verliefd was?

'Ik heb een paar boeken gelezen over de werking van het geheugen,' zeg ik aarzelend, bang om als een halvegare over te komen. 'Het schijnt dat je traumatische ervaringen kunt verdringen. Ik weet niet precies hoe het werkt, maar het is mogelijk om ze uit zelfbescherming uit je geheugen te bannen. Dat klinkt alsof je daar zelf invloed op hebt, maar het is een bepaald onderdeel van het bewustzijn dat die beslissing voor je neemt. Ik denk, nee, ik wéét dat dat met mij is gebeurd. Ik moet iets gezien of gehoord hebben wat ik emotioneel niet aankon, waardoor mijn geheugen het heeft weggedrukt. Maar het zit er nog wel, en er komen steeds meer fragmenten terug.'

'Over dat getreiter,' zegt Bart begrijpend.

'Nee, vreemd genoeg weet ik dat allemaal nog heel goed. Het heeft met Isabel en haar verdwijning te maken,' zeg ik.

'O?' Bart buigt zich geïnteresseerd naar me toe.

'Het is niet veel bijzonders,' zeg ik ontwijkend. 'Het is ook moeilijk onder woorden te brengen, omdat het geen concrete beelden zijn. Het is meer... een gevoel.'

Bart strekt zich op zijn rug uit in het zand en vouwt zijn handen onder zijn hoofd. 'Weet je, ik geloof wel dat het geheugen tot zoiets in staat is. Daar heb ik wel eens iets over gezien op Discovery.' Hij kijkt me van opzij aan, zijn ogen staan ernstig. 'Wees niet bang dat ik je voor gek verslijt, want dat doe ik echt niet.'

'Oké!' Ik aarzel niet meer. Het is prettig om hier met iemand over te kunnen praten, iemand die me serieus neemt en de betrokken personen kent. 'Ik ben in de Donkere Duinen en zie iemand lopen. Opeens is die persoon weg, verdwenen. Ik fiets door, maar keer weer terug. Waarschijnlijk is me iets opgevallen, maar ik weet niet meer wat. Ik stap van mijn fiets en ga van het pad af, het bos in. Heel voorzichtig, alsof ik voel dat daar iets gaande is wat ik niet mag zien. Het bos gaat al snel over in duingrond. Aan de rand van een open plek blijf ik staan en verberg me tussen de bomen.'

Ik zwijg en veeg nog wat zand van mijn been.

'En dan? Wat zie je?' dringt Bart aan, en hij legt zijn hand op mijn arm.

'Niets. De zon schijnt in mijn ogen en verblindt me. Ik knipper, maar krijg die vlekken voor mijn ogen niet weg. Daar houdt de herinnering op.' Ik staar naar de zee, die af en aan rolt op het strand. 'Om eerlijk te zijn weet ik niet eens zeker of het wel een herinnering is. Misschien neemt mijn fantasie wel een loopje met me en dénk ik alleen maar dat ik me dit herinner.'

Bart gaat op zijn zij liggen, steunt op zijn elleboog en knijpt zijn ogen tot spleetjes terwijl hij me aankijkt. 'Maar diep in je hart geloof je dat je getuige bent geweest van iets vreselijks. Iets wat Isabel overkwam, in het bos. De enige manier om zekerheid te krijgen is de politie inlichten en ze daar laten zoeken. Weet je nog waar je het bos in ging?'

Ik zie mezelf al zitten voor rechercheur Hartog. 'Ik herinnerde me opeens dat ik het bos in liep en een open plek zag.' 'Wat zag u daar dan?' 'Nou, eigenlijk niets. Ik weet niet eens zeker of het een herinnering of een droom was. Maar waarom gaat u daar niet een potje graven met de hele politiemacht?'

Somber schud ik mijn hoofd en duw mijn tenen in het zand. 'Dat geloven ze nooit. Ik moet met méér komen, stelliger zijn, de precieze plek aanwijzen.'

'Kun je dat? Weet je waar het was?' Bart kijkt me onderzoekend aan.

'Nee, dat zeg ik net. Niet precies.'

Dat is niet waar. Ik kan er zó naartoe lopen als ik wil, maar iets houdt me tegen om die informatie met hem te delen. Hij zou in staat zijn om me nú mee naar de Donkere Duinen te nemen en dat is het laatste wat ik wil.

'Ik ben laatst bij meneer Groesbeek geweest,' zeg ik, om hem van het onderwerp af te brengen.

'Bij Gróésbeek? Wat moest je daar nou?'

'Ik herinnerde me opeens iets. Heel vreemd, zoals dat je kan overvallen. Ik weet nog heel goed dat ik op de dag dat Isabel verdween achter haar fietste, en haar zag staan op de kruising van de

Jan Verfailleweg en de Seringenlaan. Waar ik lange tijd niet aan gedacht heb, was het bestelbusje waar ik me achter schuilhield. Een groen, smerig busje, net zo een als Groesbeek had. En dat busje ging dezelfde kant op als Isabel.'

'Achtervolgde die bus haar?'

'Nee, ze werd ingehaald, maar dat zegt niets. Hij kan haar een stuk verderop opgewacht hebben.'

Bart komt overeind en laat die informatie op zich inwerken. 'Heb je Groesbeek daarmee geconfronteerd?' vraagt hij.

'Nee, ik heb er geen woord over gezegd. Ik weet eigenlijk niet waarom ik naar hem toe ging, waar ik op hoopte. Hij herkende me niet en de naam Isabel deed ook niet echt een belletje rinkelen. Maar ik heb wel iets merkwaardigs ontdekt.'

Bart kijkt me belangstellend aan en ik geef een kort verslag van mijn gesprek met Groesbeek en een levendige beschrijving van mijn kennismaking met zijn katten.

'Ze hadden alle zes meisjesnamen,' zeg ik. 'Anne, Lydie, Lies, Nina, Roos, Belle... Lies kan een afkorting van Liset zijn. Anne komt van Anne Sophie, Lydie van Lydia, Nina is Nina gebleven, Roos staat voor Rosalie en Belle kan Isabel zijn.'

Barts mond zakt open. 'Zit je me nou in de maling te nemen? Heeft hij die beesten echt zo genoemd?'

'Ja.'

'Daar moet je mee naar de politie gaan!'

'Heb ik gedaan. Ze gaan met hem praten, al waren ze niet erg onder de indruk.'

'Zijn ze blind of zo? Dat zijn allemaal meiden met wie ooit wat gebeurd is!'

Het treft me dat hij meteen het verband legt. Ik had nog nooit van die meisjes gehoord voor ik de krantenknipsels onder ogen kreeg.

'Je bent goed op de hoogte,' zeg ik.

'Ik volg het nieuws.' Bart komt overeind en steekt zijn hand naar me uit. 'Zullen we een stukje lopen?'

Ik laat me overeind trekken en ben blij dat hij mijn hand niet meer loslaat. Een tijdlang lopen we zwijgend langs de vloedlijn, dan kijkt Bart me ernstig aan. 'Ik vind het geen prettig idee dat je helemaal alleen naar Groesbeek bent gegaan, Sabine. Als hij echt iets met die zaken te maken heeft, had je flink in de problemen kunnen komen.'

'Ik zat vlak bij de deur,' zeg ik.

'Dus je voelde je niet op je gemak. Waarom ben je dan gegaan?'

'Omdat mijn herinneringen terugkomen. Hoe meer ik ermee bezig ben, hoe meer ik me herinner. De ene herinnering brengt de andere met zich mee. Ik heb altijd al het gevoel gehad dat ik meer kon vertellen over Isabels verdwijning, en nu weet ik het zeker.'

Ik kijk opzij naar Bart, die blijft staan en over zee uitkijkt. 'Waarom verdringen mensen gebeurtenissen uit hun leven?' vraagt hij nadenkend.

Ik weet niet of hij antwoord verwacht of dat het een retorische vraag is. Het blijft lange tijd stil, tot Bart me vragend aankijkt.

'Omdat ze te schokkend zijn om mee te leven,' zeg ik.

'En wat zou er gebeurd kunnen zijn dat voor jou zo'n schokkende ervaring was?' gaat Bart door.

'Ik weet het niet,' zeg ik, en ik ontwijk zijn blik.

Bart legt zijn hand om mijn kin en dwingt me hem weer aan te kijken. 'Volgens mij weet je dat best. Je hebt er in ieder geval een vermoeden van. Waarom spreek je dat vermoeden niet uit?'

Ik zucht. 'Omdat ik het toch niet zeker weet.'

'Wat?'

'Dat ik getuige ben geweest van wat Isabel is overkomen,' zeg ik mismoedig.

'Dat denk ik ook. Maar waarom heb je dat verdrongen? Als ze vermoord is, kan ik me best voorstellen dat het verschrikkelijk moet zijn geweest om daar getuige van te zijn, ik kan me ook voorstellen dat je doodsbang was en dat je je in eerste instantie voor de buitenwereld afsloot. Dat je zelfs míj niet meer wilde zien. Maar waarom ben je later niet naar de politie gegaan, waarom heb je dat alles met zoveel kracht verdrongen?' Barts stem klinkt steeds indringender en zijn handen houden mijn bovenarmen zo stevig vast dat het bijna pijn doet. Zijn ogen zijn heel dichtbij, zo dichtbij dat ik me niet kan onttrekken aan de bijna magnetiserende werking ervan.

‘Ik weet het niet,’ fluister ik, maar dat is niet waar. Ik begin te huilen. We weten allebei dat er maar één reden kan zijn waarom ik de waarheid niet wilde kennen: omdat ik de moordenaar kende. Omdat het iemand was die ik heel graag mocht.

# 36

De sfeer is opeens helemaal omgeslagen. De romantiek is verdwenen, en er is iets ondefinieerbaars voor in de plaats gekomen. Bart houdt mijn hand vast, maar zo stevig dat mijn vingerkootjes bijna over elkaar heen schieten.

'Ik was het niet, voor het geval je dat denkt,' zegt hij. 'Ik mocht haar niet echt, maar ik had ook geen problemen met haar.'

'Olaf van Oirschot dacht dat je iets met haar had,' zeg ik.

'Denk jij dat ook? Terwijl ik met jou ging? Kom op, Sabine, je weet wel beter!' zegt Bart verontwaardigd.

Ik heb er inderdaad nooit iets van gemerkt, maar zien we altijd alles wat zich open en bloot voor ons afspeelt?

'Met Isabel zeker, die slet,' gromt Bart. 'Als een man maar naar haar kéék, maakte ze er al werk van, alleen omdat ze vermoedde dat ze hem kon krijgen. Ze heeft het ook bij mij geprobeerd, bij wie niet, maar het werkte niet.'

Ik had me onze strandwandeling heel anders voorgesteld. Ik wil dit allemaal niet horen, ik wil de romantische sfeer terug, maar dat gaat niet meer lukken.

'Ze heeft geprobeerd me te versieren tot de dag waarop ze verdween. Intussen stelde ze zich tevreden met iedereen die ze maar kon krijgen, en dat waren er heel wat,' vertelt Bart.

Ik denk aan Olaf en Robin. Leuke, kritische jongens die toch niet tegen Isabels aantrekkingskracht opgewassen waren. Hoe zeker kan ik ervan zijn dat Bart niet voor haar charmes is bezweken? Niet dat dat na al die tijd nog veel uitmaakt, als je een motief voor moord na een ruzie tussen twee geliefden even buiten beschouwing laat.

'Waarom was onze relatie geheim?' vraag ik plompverloren. 'Waarom mocht niemand er iets van weten? En wil je mijn hand alsjeblieft loslaten, het begint zeer te doen.'

Bart brengt berouwvol mijn hand naar zijn lippen. 'Sorry, waarom zei je dat niet eerder?' Hij kust mijn hand een paar keer en zegt: 'Onze relatie was geheim omdat ik jou niet in moeilijkheden wilde brengen. Isabel zat achter me aan omdat ze me niet kon krijgen, en als ze erachter was gekomen dat ik verliefd was op jou, had je helemaal geen leven meer gehad. Ik dacht dat je dat wel had begrepen.'

'Ik dacht dat je je voor onze verkering schaamde, dat je er niet voor uit durfde te komen,' zeg ik. 'Maar ik was zo verliefd dat ik daar genoegen mee nam.'

Bart zucht. 'Maakte je het daarom uit? God, wat kan er toch veel misgaan als je zonder meer aanneemt dat een ander je wel begrijpt.'

Ik laat het maar bij die uitleg voor het verbreken van onze relatie. Trouwens, ik wéét niet waarom ik het heb uitgemaakt. Ik kan me er helemaal niets van herinneren. Er kunnen honderd redenen zijn geweest, waarvan één heel voor de hand liggende. Maar nee, dat wil ik niet geloven.

Hoe kan ik vol voor deze man gaan als ik ons eigen verleden niet ken? En toch wil ik hem.

Ik kijk naar Barts knappe, krachtige profiel en voel me onweerstaanbaar tot hem aangetrokken, een gevoel dat nooit is veranderd.

In al het tumult van emoties en herinneringen kan ik alleen maar vertrouwen op dat gevoel, het is alles wat ik heb.

Doodmoe leun ik tegen Bart aan en hij slaat meteen zijn armen om me heen.

'En nu?' zegt hij, met zijn kin op mijn kruin. 'Wat zullen we doen?'

De zon is allang verdwenen, het wordt frisser en de duisternis sluipt over het strand.

'Ik heb het koud en ik ben moe,' zeg ik.

'Wil je naar huis?'

'Dat is wel een eind rijden,' mompel ik tegen zijn T-shirt.

'Mijn huis is vlakbij,' hoor ik hem boven me zeggen.

Ik maak me van hem los en duw hem een stukje achteruit zodat ik hem beter aan kan kijken.

'Tja, dan moet ik maar bij jou slapen,' zeg ik.

Bart knikt hevig.

'Slápen,' herhaal ik met nadruk.

'Natuurlijk, ik heb je wel gehoord. Uiteindelijk zullen we heus wel een keer gaan slapen.'

De spanning lost op, we grijnzen naar elkaar en hand in hand lopen we het strand af. Er is geen badgast meer te zien. Daarom valt die ene auto beneden aan de strandopgang me meteen op als we in mijn Ka'tje stappen. Ik start, rij de parkeerplaats af en kijk nog eens in mijn achteruitkijkspiegel. In de duisternis onder het duin kan ik niet veel onderscheiden, maar als ik me niet vergis, rijdt daar een donkere Peugeot achter ons aan.

Ik geef gas, houd de donkere wagen in de gaten en zet mijn richtingaanwijzer naar rechts. De Peugeot volgt ons op korte afstand. Bij het kruispunt doe ik alsof ik rechtdoor rij, maar op het laatste moment gooi ik mijn stuur om en ga linksaf.

'Hé, je gaat verkeerd!' roept Bart.

'Sorry,' zeg ik. 'Foutje.'

Ik schiet een zijstraat in, sla nog een paar keer willekeurig af en Bart kijkt me in opperste verbazing aan.

'Wat ben jij nou aan het doen?' informeert hij.

'Ik dacht dat we gevolgd werden,' zeg ik verontschuldigend.

Bart kijkt over zijn schouder naar de lege weg en grinnikt. 'Vrouwen,' zegt hij veelbetekenend.

Op weg naar Barts huis zie ik geen spoor meer van de Peugeot, maar het duurt lang voor hij me ook niet meer achtervolgt in mijn gedachten.

# 37

Het klinkt misschien ongelooflijk, maar we doen die nacht echt niets meer dan slapen. Oké, we zoenen, fluisteren en lachen ook, en het is diep in de nacht als we nog herinneringen aan vroeger ophalen. Dicht tegen elkaar aan vallen we als een blok in slaap, alsof we nooit gescheiden zijn geweest.

Het ontwaken is zo heel anders dan met Olaf; ik lig ontspannen op mijn zij en luister naar Barts ademhaling, giechel om de geluidjes die hij in zijn slaap maakt en onderdruk de neiging om zijn gezicht te strelen. Het is nog vroeg, veel te vroeg. Laat hem maar lekker slapen.

Ik kruip tegen hem aan, zucht van genoegen en sluimer zelf ook weer in. Wanneer ik mijn ogen weer open, kijk ik recht in die van Bart.

'Goeiemorgen,' zegt hij zacht.

'Goeiemorgen,' mompel ik en rek me uit. 'Hoe laat is het?'

'Niet zo heel laat. We hebben nog alle tijd.' Hij zoent me zachtjes, heel lief, en ik voel iets van opwinding ontstaan.

'Alle tijd voor wat?' vraag ik ondeugend terwijl ik zijn kusjes beantwoord.

Bart leunt op zijn elleboog en kijkt op me neer. 'Om de schade van vroeger in te halen. Weet je, het moest gewoon zo zijn dat ik jou op dit moment tegenkwam. Een halfjaar geleden was ik nog getrouwd.'

Dat had hij nou niet moeten zeggen. Iets van mijn ontspannen, gelukzalige stemming ebt weg. We kunnen wel ons best doen om de schade in te halen, maar het zijn negen lange jaren die tussen ons in liggen, jaren die ons gevormd hebben, waarin we heel andere mensen zijn geworden. Dit is niet de Bart die ik ken, dit is een man die een huwelijk achter de rug heeft, de vader van een klein meisje.

Bart voelt mijn stemming aan, die gave had hij vroeger al. 'Sabine?' zegt hij ernstig. 'Ik meen het heel serieus met jou, dat weet je toch wel?'

'Hmm...' Ik glimlach, voel hoe een warme stroom van geluk mijn gepieker wegspoelt. 'Ik meen het ook heel serieus met jou.'

We zoenen. De zon wringt zich door een kier in het gordijn om ons eraan te herinneren dat ieder ander nu zo'n beetje opstaat, maar wij blijven liggen. Onze opwinding groeit en opeens is alleen wat zoenen en strelen niet meer genoeg. Het geluid van de telefoon is dan ook meer dan storend.

We kijken allebei geërgerd naar het nachtkastje. Bart is niet onder de indruk van het schelle gerinkel en wijdt zijn volledige aandacht weer aan mij, maar het apparaat houdt vol. Uiteindelijk rolt Bart met een geïrriteerde zucht van me af en neemt op.

'Met Bart.'

Aan de andere kant van de lijn hoor ik duidelijk een vrouwenstem. Bart luistert, knikt een paar keer – alsof zij dat kan zien – en zegt: 'Hmm,' en 'ik begrijp het' en 'geen probleem, ik kom er zo aan,' en hij hangt op.

Ongerust kijk ik hem aan. 'Moet je weg?'

'Ja, shit!' kreunt Bart en hij begraaft zijn hoofd in mijn hals. 'Sorry, sorry! Ik had vandaag allemaal leuke dingen willen doen met jou, maar Dagmar heeft griep en haar ouders zijn op vakantie. Ze vroeg of ik vandaag voor Kim wil zorgen zodat zij kan uitzieken.'

'O,' zeg ik. 'Tja...'

'Ik kon onmogelijk nee zeggen. Hoe kan ze nou goed voor Kimmie zorgen als ze met koorts in bed ligt?' Bart kijkt me smekend aan.

Het is balen, maar ik kan er maar beter aan wennen, sterker nog, ik zal laten zien hoe ruimhartig ik hiermee om kan gaan.

'Nee, dat gaat niet,' zeg ik op begrijpende toon. 'Ga maar snel naar haar toe, we spreken wel een ander keertje af.'

'Je bent een schat.' Bart kust me lang en dankbaar. 'Echt, je bent een schat. Weet je wat, we ontbijten nog even samen en dan bel ik je straks. Geef me zo je adres en telefoonnummer even.'

Aan de ontbijttafel wisselen we onze gegevens uit en dan wordt Bart onrustig. Hij wil naar zijn dochter, misschien ook wel naar zijn ex. Ze hebben ooit van elkaar gehouden, zijn getrouwd geweest, zijn voor altijd met elkaar verbonden door de komst van een dochtertje. Hoeveel van die gevoelens blijven stiekem sluimeren, ook al ben je gescheiden?

We nemen langdurig afscheid, nog een laatste kus, nog een. Een aai, een zwaai, nog even terugrennen voor de allerlaatste kus, en dan zit ik in mijn auto en Bart in de zijne en toeteren we naar elkaar.

Ondanks het abrupte einde van ons nachtje samen zit ik toch met een idiote gelukzalige glimlach achter het stuur. Ik rij het centrum uit, sla de weg naar het Noordhollands Kanaal in en bedenk dat mijn telefoon nog uit staat. Misschien heeft Bart een sms'je gestuurd.

Met één hand vis ik mijn mobieltje uit mijn tas en zet het aan. Er staan vijf opdringerige berichten van Olaf op mijn voicemail die allemaal aankondigen dat hij me wil spreken en die mijn gelukzalige stemming danig temperen.

'Idioot!' mopper ik.

Ik zal hem nogmaals duidelijk moeten maken dat ik echt niet meer in hem geïnteresseerd ben. Waarschijnlijk heeft hij daar al een vermoeden van, als hij gisteravond onder aan de strandopgang stond. Hoe zal Olaf het opnemen dat ik met Bart ben meegegaan? Niet best, vrees ik.

De hele weg naar Amsterdam maak ik me zenuwachtig en als ik mijn straat in draai, werp ik meteen een snelle blik op de auto's die langs de stoepen geparkeerd staan. Geen zwarte Peugeot.

Ik parkeer, stap uit, sluit het portier af en steek de straat over. Slecht op mijn gemak open ik de deur en gooi hem achter me dicht. Mijn voetstappen klinken hol en onheilspellend op de versleten houten trap. Voor de deur van mijn appartement aarzel ik. Ik staar naar het hout alsof ik hoop dat ik onverwacht met paranormale gaven begiftigd word die mij vertellen wat achter die deur op me wacht.

Met knikkende knieën klim ik nog een trap hoger en bel aan bij mevrouw Bovenkerk.

'Wie is daar?' klinkt haar kraakstem achter de deur.

'Ik ben het, Sabine. Wilt u even opendoen, mevrouw Bovenkerk?' roep ik.

'Ik kom eraan, kind. Een momentje.'

Wiebelend van het ene been op het andere wacht ik en werp steelse blikken op het trappenhuis. De deur gaat open en mevrouw Bovenkerk glimlacht naar me.

'Dag, lieverd. Wat kan ik voor je doen?'

'Ik wilde alleen even weten of er nog iemand aan mijn deur is geweest,' zeg ik.

'Ik heb niemand gehoord,' zegt ze. 'Maar ik hoorde wel steeds je telefoon overgaan.'

'En niemand heeft u om mijn sleutel gevraagd?'

'Nee, niemand. Dat zou ook weinig zin hebben, want ze krijgen 'm toch niet.'

Ik glimlach. 'Dank u wel. Dat is alles wat ik wilde weten.'

Nieuwsgierig kijkt ze me aan. 'Is er iets aan de hand? Word je lastiggevallen?'

'Een beetje,' zeg ik.

'Zet een ander slot op je deur,' raadt mevrouw Bovenkerk aan. 'Of schuif er een paar stoelen voor. Dat doe ik ook altijd 's avonds. Bij mij komen ze er niet in! En als ze erin slagen om binnen te dringen, heb ik de honkbalknuppel van mijn kleinzoon nog onder mijn bed liggen.' Strijdlustig kijkt ze het trappenhuis in, alsof ze half-enhalfhoopt dat er een onguur sujet op weg naar boven is. 'O ja kind, ik ga een paar dagen naar m'n dochter, dus ik hoop dat je ook mijn huis in de gaten kan houden.'

Misschien moet ik maar bij haar intrekken, bedenk ik en onderdruk een giecheltje.

Gerustgesteld loop ik naar beneden en open de deur van mijn appartement. De zon staat op de woonkamer en zet alles wat me lief en vertrouwd is in een warme gloed.

Geen bloemen op tafel. Geen verrassingen. Geen Olaf.

Met een diepe zucht laat ik alle spanning van me afglijden en doe de deur achter me op slot. Een douche, schone kleren en een kop koffie op het balkon.

Ik negeer het antwoordapparaat dat naar me knipoogt. Pas na de douche, als ik lekker opgefrist ben, zet ik het aan.

'Dag lieve, mooie Sabine,' hoor ik Bart met lage stem zeggen. 'Ik wilde nog even zeggen hoe heerlijk ik het vond om vanochtend naast jou wakker te worden. Jammer dat onze zondag samen niet doorging, maar we halen de schade zo snel mogelijk in, oké? Je bent nu nog niet thuis, maar ik bel je later.' Een serie kusgeluidjes besluit zijn bericht en ik glimlach, maar de lach glijdt van mijn gezicht als daarna het ene bericht na het andere van Olaf volgt, stuk voor stuk verwijtend tot ronduit nijdig van toon. Ik wis ze en controleer of ik de deur echt op slot heb gedaan. Het bericht van Bart laat ik staan, zodat ik het steeds opnieuw kan afdraaien.

De hele verdere middag zit ik lekker op mijn balkon te lezen en 's avonds stop ik een pizza in de oven. Sla en tomaten heb ik nog, dus ik hoef de deur niet uit. Voor de tv eet ik mijn calorierijke maaltje op, slechts matig geboeid door een flauwe komedie. Als de film bijna afgelopen is gaat de bel.

Alsof het een inbraakalarm is schiet ik rechtop en zet de tv uit. Weer snerpt de bel door mijn huis, begeleid door gebons op de deur.

'Sabine! Ben je thuis? Ik ben het!'

Olaf.

'Sabine!'

Doodstil zit ik op de bank, de afstandsbediening voor me uit gericht alsof ik hoop dat ik Olaf ermee weg kan zappen. Intussen bonst hij steeds harder met zijn vuist op de deur.

'Sabine! Doe open!' De woede in zijn stem maakt me ontzettend bang.

Op mijn tenen sluip ik naar de telefoon, maar als ik het alarmnummer wil bellen, blijft mijn vinger aarzelend boven de toetsen zweven. Wat was het ook alweer? 122. Nee, 112, of moest er nog iets voor? Shit, waarom laat je geheugen je in de steek op het moment dat je het het hardst nodig hebt?

Ik haast me naar de slaapkamer, waar mijn tas met mobiele telefoon op het bed ligt. Het digitale telefoonboek geeft 112 aan. Ik hou mijn vinger op de beltoets en luister naar Olaf, die op de deur staat te rammen. Als hij de deur intrapt, ga ik bellen.

Hij trapt de deur niet in. Het wordt stil op de gang en even hoop ik dat hij is weggegaan. Ik luister aandachtig, loop de slaapkamer uit en blijf stokstijf stilstaan. De deur van de gang zwaait open en Olaf stapt naar binnen, een sleutel in zijn hand.

De schok is zo groot dat het bloed in mijn oren suist. Perplex staar ik hem aan. Hij kijkt terug en we blijven zo staan.

'Olaf,' zeg ik ten slotte stompzinnig.

Dodelijk kalm kijkt hij me aan. 'Dus je bent er toch. Waarom deed je niet open?'

'Ik hoorde je niet,' zeg ik met mijn oprechtste gezicht. 'Hoe kom jij nou binnen?'

Hij loopt naar me toe en zwaait met mijn reservesleutel voor mijn gezicht. 'Gevonden,' zegt hij koel. 'Een tijdje geleden al.'

'Gevonden? Meegenomen, bedoel je! Ik kan me niet herinneren dat ik jou die sleutel heb gegeven.' Ik gris de sleutel uit zijn handen en probeer een zelfverzekerde houding aan te nemen, maar de angst sijpelt achter dat masker vandaan.

'Ik heb hem meegenomen, ja,' zegt Olaf kalm.

Irritatie wedijvert met angst. Rustig blijven, hij is nu binnen, maak hem niet kwaad. Hij heeft al zo'n vreemde blik in zijn ogen, voedt het nu maar niet.

Met een luchtige glimlach wend ik me van Olaf af. 'Nou ja, nu je hier toch bent: wil je iets drinken? Een biertje?'

Ik ben al onderweg naar de keuken. Olaf volgt me en blijft in de deuropening staan. Hij leunt tegen de deurpost, zijn armen over elkaar geslagen, en volgt iedere beweging die ik maak. Het kost me de grootste moeite om het flesje bier open te wippen. Ik kan zelf ook wel een slok gebruiken. Ik pak nog een flesje, maak het open, draai me om en geef Olaf zijn bier. Hij neemt het aan maar drinkt er niet van. Met mijn rug tegen het keukenblok ontwijk ik Olafs blik, die nog steeds strak op mij gericht is.

'Waarom deed je niet open?' Zijn stem klinkt rustig maar ik zie een spier in zijn hals trillen.

'Ik hoorde je niet,' herhaal ik.

'Wat was je dan aan het doen?'

'Ik had mijn diskman op,' zeg ik, en ik loop nonchalant naar de kamer. Daar ben ik dichter bij de telefoon.

Olaf volgt me, neemt een slok bier en kijkt me een tijdje zwijgend aan. 'Ik hoorde dat je laatst bij mijn moeder langs bent geweest,' zegt hij op beschuldigende toon.

'Ja, leuk hè?' zeg ik, iets te schril en opgewekt. 'Ik was in de buurt en ik dacht: goh, even kijken waar Olaf vroeger heeft gewoond. Toen zag ik dat je moeder daar nog steeds woont, dus ik ben even langsgegaan.'

'Waarom?'

'Gewoon.' Ik slaag erin mijn stem verbaasd te laten klinken. 'Het is toch heel normaal om kennis te maken met de ouders van je vriend?'

'Ik had me voorgesteld dat we samen naar haar toe zouden gaan,' zegt Olaf kortaf.

'Soms is het leuker om als vrouwen onder elkaar te praten.'

'Waar hebben jullie het dan over gehad?' Meteen is de argwaan terug in zijn stem.

Ik denk even na. Het is heel goed mogelijk dat zijn moeder hem uitgebreid heeft verteld waar we het over gehad hebben.

'Over jou,' zeg ik. 'En over Isabel, en Eline. Ik wilde graag weten met wie je nog meer een relatie hebt gehad.' Ik glimlach erbij, het schuldbewuste lachje van de jaloerse vriendin.

Olaf ontspant zich. 'Dat had je toch ook aan mij kunnen vragen,' zegt hij.

'Ja,' geef ik toe. 'Vind je het erg vervelend?'

Hij steekt zijn arm uit en trekt me naar zich toe. Ik verzet me niet, ook al staan zijn ogen hard. 'Was het gezellig met Bart?' informeert hij.

Mijn ogen wijken niet voor de zijne. 'Op de reünie bedoel je,' zeg ik. 'Ja, het was gezellig. Leuk om iedereen terug te zien.'

'Zo lang ben je anders niet gebleven,' zegt Olaf kil.

Ik weet echt niet wat ik daarop moet zeggen. Waarom zou ik eigenlijk iets moeten zeggen? Wat gaat hem dat aan?

'Je bent ons gevolgd,' zeg ik op minstens zo koele toon. 'Toch? Ik heb je auto wel gezien. Waarom deed je dat?'

Hij laat me los. Om precies te zijn: hij duwt me van zich af. 'Omdat ik niet kon geloven dat je met hem meeging.'

'Wat is er mis mee om even bij te praten met een oude vriend? We gingen gewoon een strandwandeling maken,' zeg ik geërgerd.

Even is het stil tussen ons. Onze blikken houden elkaar vast, meten elkaars kracht.

'Je had vroeger iets met hem, hè?' zegt Olaf. 'Robin heeft het me een keer verteld. En nu hebben jullie elkaar weer ontmoet, heel romantisch. Maar het zit er niet in, Sabine, dat weet je toch zelf ook wel? Wat heeft die gast vroeger nou voor je betekend? Jullie hadden verkering, maar niemand mocht het weten. *Echte liefde.*' Hij lacht sarcastisch.

'Hij hield het geheim om me te beschermen tegen de groep,' zeg ik.

Olaf snuift verachtelijk. 'Weet je waar ik respect voor zou hebben gehad? Als hij er openlijk voor uit was gekomen dat hij je leuk vond. Als hij schijt had gehad aan de mening van anderen en je de groep had binnengehaald. Dát had hij moeten doen. Dat zou ík gedaan hebben!'

Ik geloof hem. Ja, ik geloof direct dat hij dat gedaan zou hebben. We staan elkaar een tijdje aan te kijken. Alles in me schreeuwt om zijn vertrek, maar in plaats daarvan kuiert Olaf op zijn gemak door mijn woonkamer en drinkt in één keer zijn bier op. Hij zet het lege flesje met een klap op het dressoir en laat een boer. 'Heb je er nóg een?'

Ik knik en verdwijn in de keuken. Met trillende handen worstel ik met de flesopener. Ik hoor hem heen en weer lopen, op en neer, op en neer. Als ik om het hoekje van de keukendeur gluur, zie ik hem voor mijn antwoordapparaat staan en het knopje indrukken. Tot mijn grote schrik vult Barts stem de ruimte: 'Dag lieve, mooie Sabine. Ik wilde nog even zeggen hoe heerlijk ik het vond om vanochtend naast jou wakker te worden. Jammer dat onze zondag samen niet doorging, maar we halen de schade zo snel mogelijk in, oké? Je bent nu nog niet thuis, maar ik bel je later.'

De kusgeluidjes die me vanmorgen nog een warm gevoel bezorgden, doen me nu verstijven en ik verwens mijn sentimentele besluit dit bericht te bewaren. Ik sluip naar de keukendeur, het halletje in en gluur de woonkamer in. Olaf staat met zijn rug naar me toe bij het dressoir, zijn handen steunend op het blad, zijn hoofd diep gebogen, als iemand die zijn uiterste best doet om zijn zelfbeheersing te bewaren. Zijn vinger gaat naar het antwoordapparaat en Bart vertelt hem opnieuw hoe heerlijk hij het vond om vanochtend naast mij wakker te worden. Met een abrupt gebaar drukt Olaf op de wistoets, Bart zwijgt en Olaf draait zich om.

Ik glip het toilet in en doe de deur op slot. Olafs voetstappen passeren me, ik hoor hem de keuken in gaan.

'Waar ben je?' vraagt hij kalm, maar met een gevaarlijke trilling in zijn stem.

Ik slik, verman mezelf.

'Op de wc!' roep ik. 'Ik kom zo, pak je biertje maar alvast!'

Hij pakt zijn biertje niet. Ik hoor het flesje aan scherven vallen op de keukenvloer en ik krimp ineen. Het brekende flesje maakt lawaai, maar de herrie van meerdere flesjes die allemaal op het aanrechtblad kapotgeslagen worden is ronduit eng.

Ik draai voorzichtig het slot van de wc-deur om en gluur om de hoek. Olaf gooit net een stoeltje door het glas van de balkondeur. Ik vlieg het halletje in, gris mijn tas uit de slaapkamer en ren naar de voordeur. In de keuken maakt Olaf te veel lawaai om me te horen; mijn servies gaat er nu aan. Ik ruk de voordeur open, stap het donkere portaal in, gooi de deur achter me dicht en draai hem op slot. Dat zal hem even tegenhouden als hij ontdekt dat ik ervandoor ben. Er zwerven nog een paar reservesleutels door het huis, maar die heeft hij niet een, twee, drie gevonden.

Ik hol de trap af en ruk de voordeur open. De avondkoelte streelt mijn verhitte gezicht. Gelukkig staat mijn auto voor de deur. Ik ren ernaartoe, morrel met de sleutel in het slot en val bijna naar binnen. Centrale vergrendeling erop, starten en wegwezen.

# 38

Het verwondert me altijd weer hoeveel mensen er 's avonds laat nog lopen, fietsen en in auto's rondrijden. Het is zondagavond en ook door de week is het rond deze tijd altijd nog druk op straat.

Het geeft me een goed gevoel om gezelschap te hebben, al is het dan van kroeglopers. De straatverlichting, neonreclames en verlichte ramen van cafés roepen me terug in een wereld waar mensen de nacht beschouwen als het moment om plezier te maken.

Ik hoop dat Jeanine mijn komst ook zo zal opnemen.

Helaas merkt ze mijn komst niet eens op. Ik bel eindeloos vaak aan zonder dat er voetstappen naar de deur snellen. Uiteindelijk pak ik mijn mobiel en toets haar nummer in. Ik weet dat ze haar toestel altijd op het nachtkastje heeft liggen, voor noodgevallen.

Net voor de voicemail me kan afschepen, klinkt haar slaperige stem.

'Whuh?'

'Jeanine, met mij: Sabine. Ik sta bij je voor de deur. Doe eens open!'

'Sabine?'

'Ja, doe de deur even open, alsjeblieft.'

'Wat kom jij nou doen?'

'Dat leg ik zo wel uit. Doe je open?'

'Whuh.'

In afwachting van haar komst verberg ik mezelf in de schaduw van het portiek. Mijn ogen houden de straat in de gaten, die er doodstil bij ligt.

De deur gaat open en Jeanines bleke gezicht, omlijst door piekhaar, kijkt me slaperig aan. 'Wat is er aan de hand? Zouden we uitgaan of zo?'

Ik stap naar binnen. 'Mag ik bij jou slapen?'

'Wat is er gebeurd? Kun je je huis niet in?'

'Nee. Olaf is de boel kort en klein aan het slaan.'

Haar ogen worden groter en ze proest het uit. 'Was de seks zó slecht?'

'Het is geen grapje, Jeanine. Hij is niet wat hij lijkt.'

'Vertel,' zegt ze en gaat me voor haar appartement in.

Ik hou het kort maar weet toch met een paar zinnen zo'n levendige beschrijving te geven dat Jeanine verbijsterd haar hoofd schudt. 'Wie had dat gedacht van Olaf! Vind je het erg om nu wel meteen te gaan pitten? Ik val echt om van de slaap.' Jeanine geeuwt ongegeneerd. 'En, ik heb geen zin om alle spullen van zolder te halen, dus je moet wel bij mij in bed liggen.'

Mij maakt het niet uit. Ik kleed me uit en kruip naast Jeanine in haar tweepersoonsbed. Ze slaapt verder met het gemak van iemand die niet echt wakker is geworden maar op de automatische piloot naar de wc is gestommeld. Zelf lig ik nog lang op mijn zij te staren naar de omtrekken van meubels en spullen die het donker langzaam prijsgeeft.

Ieder moment verwacht ik de telefoon te horen, maar dat gebeurt niet. Olaf heeft mijn vertrek nog niet opgemerkt. Of is hij onderweg hiernaartoe? Staat hij straks voor de deur? Of morgenochtend, als ik opsta?

Nee, hij weet niet waar Jeanine woont. Daar zal hij wel achter komen, maar niet midden in de nacht. Trouwens, hij weet niet eens dat ik hier ben en morgen moet hij gewoon werken.

Ondanks die gedachte verdrijft een onrustig gevoel alle slaap. Ik sta op en loop in het donker naar de woonkamer. In de erker staat een schommelstoel. Ik ga zitten, schuif het gordijn een klein stukje open, zet het raam op een kier en steek een sigaret op. Hoe zou Olaf gereageerd hebben toen hij ontdekte dat ik ervandoor was? Misschien neemt hij een vrije dag en blijft hij de hele maandag in mijn appartement zitten. Kan ik niet meer terug. Er is geen ontkomen aan; we zullen elkaar hoe dan ook op het werk weer tegen het lijf lopen, maar dat is niet erg. Als ik maar niet met hem alleen ben. Ik had vannacht aangifte moeten doen! Jezus, wat stom van me. De politie zou hem er uitgegooid hebben en ik had gewoon m'n appartement in gekund.

Ik inhaleer diep en blaas de rook het openstaande raam uit. Door de kier in het gordijn hou ik de straat in de gaten en met ieder kwartier dat verstrijkt wordt mijn onzekerheid groter. Ik rook de ene sigaret na de andere, maar er verschijnt geen razende Olaf in de straat.

En dan gaat mijn telefoon. Ik schiet overeind van schrik, stoot mijn elleboog tegen de vensterbank en verbijt mijn pijn terwijl ik naar mijn tas reik. Op het display verschijnt het nummer van mijn eigen huistelefoon. Ik neem op. 'Ja?'

'Sabine, met Olaf.' Zijn stem klinkt kalm. Ik zeg niets. 'Je komt wel weer terug,' gaat Olaf op dezelfde onverstoorbare toon door. 'Ik blijf hier op je wachten tot je terugkomt.'

'Ben je nou helemaal gek geworden? Als je morgen niet vertrokken bent, bel ik de politie,' val ik uit.

'In dat geval kom ik je nu halen. Waar zit je? Laat ook maar, ik vind je wel.'

Nijdig druk ik mijn telefoon uit, maar ik heb nog twee sigaretten nodig om een beetje te kalmeren. Zie je wel, hij is gestoord!

Ik stommel terug naar bed, glij onder het dekbed en onderdruk de neiging om tegen Jeanine aan te kruipen.

'En nu wil ik precies weten wat er is gebeurd.' Jeanine zet een dienblad op het bed waar heerlijke geuren van afkomen. Koffie, een gekookt eitje en toast met jam. Ze is al helemaal aangekleed en opgemaakt.

'Wat lief van je!' Ik kom overeind, zet het kussen tegen de wand en leun ertegenaan.

'Je praatte in je slaap, weet je dat. Over Olaf en niet doen, en Isabel.' Jeanine gaat op het randje van het bed zitten. 'Ik heb je maar laten uitslapen.'

Ik kijk naar haar verzorgde verschijning. 'Hoe laat is het dan?'

'Acht uur. Ik moet zo naar mijn werk.'

'Ik ook,' zeg ik. 'Maar ik denk niet dat ik ga.'

Ik pak mijn tas en check mijn mobiel. Geen nieuwe berichten.

'Hoe kan dit nou eigenlijk allemaal? Het ging toch goed tussen jullie?' vraagt Jeanine bezorgd.

Terwijl ik eet, vertel ik haar alles. Over mijn twijfels over mijn relatie met Olaf, zijn aandringen, mailtjes, de stroom telefoontjes, de rozen in mijn appartement, over Bart en hoe Olaf gisteravond opeens binnendrong met een reservesleutel. Ik vertel over mijn bezoeken aan Den Helder, over het afspraakje dat hij met Isabel had staan op de dag van haar verdwijning, over Elines ervaringen met hem, over zijn telefoontje van vannacht.

'Dat had ik nooit van Olaf gedacht,' zegt Jeanine onder de indruk. 'Heeft hij jou ook echt geslagen? Hoe is het mogelijk...'

'Zo op het eerste gezicht lijkt hij vriendelijk en charmant, maar hij kan heel gewelddadig worden,' zeg ik.

'Maar om nu meteen te concluderen dat hij Isabel heeft vermoord...' Jeanine trekt een twijfelend gezicht en eet het ei op waar ik geen trek in heb.

'Isabel had met hem afgesproken bij de Donkere Duinen,' zeg ik met mijn mond vol toast. 'Laten we nu eens aannemen dat ze elkaar bij de snackbar hebben getroffen. Vervolgens lopen ze een eind het bos in en vertelt Isabel hem dat ze het uit wil maken. Olaf flipt, slaat haar en zij vlucht het bos in, maar hij haalt haar in.'

'Ze kan vervolgens ook door een vreemde zijn aangevallen. Er zwerft allerlei gespuis rond in het bos en in de duinen.'

'Ja, dat kan natuurlijk. Maar waarom heeft hij dan tegen mij gelogen over zijn relatie met Isabel, waarom gaf hij niet gewoon toe aan de politie dat hij die dag een afspraak met haar had?'

'Heb je hem dat niet gevraagd?'

'Dat durfde ik niet. Als hij inderdaad gewelddadig is, én verantwoordelijk voor Isabels verdwijning...'

'Ja,' zegt Jeanine peinzend. 'Toch kan ik me dat niet voorstellen van Olaf.'

'Hij is vreemd, Jeanine. Wie spreekt er nou de hele dag berichten in als je iemand niet thuis aantreft.'

'Iemand die heel erg verliefd is.'

'Hij was ook heel erg verliefd op Isabel.' Ik zet het dienblad op de grond. 'Maar er is nog een kandidaat: meneer Groesbeek.'

Jeanine giert het uit om mijn verslag over de kattenharen in mijn thee en de heerlijke bonbons die me gepresenteerd werden. Ze lacht nog als ik aankom bij de namen van al die katten, maar valt stil als ik vertel dat ik bij de politie ben geweest. Ik zwijg over eventuele andere verdachten die ik niet uit mijn hoofd kan zetten.

'Je bent hier wel erg mee bezig, hè?' zegt Jeanine.

'Kon ik me maar herinneren wat ik op die open plek heb gezien...' peins ik. 'Waarom heb ik geen alarm geslagen? Dat vind ik zo vreemd; dat ik het blijkbaar allemaal wilde vergeten. De enige verklaring die ik daarvoor kan bedenken is dat de dader een bekende van me was.'

Jeanine volgt met haar vinger het gebloemde patroon van het dekbed. 'Weet je heel zeker dat dit herinneringen zijn, Sabien? Ik bedoel, het is allemaal zo vaag. Misschien heb je het allemaal wel gedroomd. Waarom stopt de herinnering op het moment dat je aan die open plek stond? Dat is niet logisch, net zoals dromen niet logisch zijn. Als je een droom wilt navertellen, lukt dat ook niet, omdat ze grotendeels bestaan uit indrukken en gevoelens. De beelden passen niet bij elkaar, alles is vaag en mistig. En vaak komt zo'n droom meerdere keren terug, komt er een fragment bij, sluit alles aaneen tot je je afvraagt of het misschien echt gebeurd is.'

'Ik heb het niet gedroomd. Een droom krijgt meestal een heel rare wending, iets wat er totaal niets mee te maken heeft. Op het moment dat je droomt, lijken die wendingen heel logisch, maar overdag lach je erom. Of je bent de helft vergeten. Dit is heel anders, Jeanine.'

'Denk je dat je je nog meer zult herinneren?'

'Geen idee. Ik hoop het, al vraag ik me af hoe het me verder kan helpen. De politie gelooft er toch geen snars van. Zelfs jij gelooft me niet.'

'Ik geloof je wel, ik stip alleen de mogelijkheid aan dat je je vergist. Maar wat jij net zei is waar; dromen zijn heel verwarrend en onlogisch. Jouw herinneringen zijn chronologisch en maken een reële indruk. Weet je wat we moeten doen?'

'Nou?'

'We zouden samen naar die plek in het bos moeten gaan. Kijken of het overeenkomt met jouw herinnering.'

'Dat heb ik al gedaan. Het klopte precies. Het stukje bos, de open plek, de braamstruiken... Alles klopte.'

'Oké, dan blijft er maar één manier over om te ontdekken of je gedroomd hebt of dat het een echte herinnering was.'

'Wat dan?'

'We gaan zelf graven.'

Alleen het idee al jaagt me de rillingen over mijn rug. Ik stel me voor hoe we Isabels botten vinden, diep onder het zand, en opeens twijfel ik. Heeft Jeanine gelijk? Speelt mijn geest een spelletje met me? Ben ik bezig angsten, vermoedens of zelfs verlangens uit het verleden om te zetten in beelden die niets met de werkelijkheid te maken hebben? Mijn hart schreeuwt nee, maar mijn verstand zegt dat ik die mogelijkheid onder ogen moet zien.

En plotseling stijgt een nieuwe herinnering in mij op, als een luchtbel, die alle twijfel over de echtheid van mijn herinneringen wegneemt.

Het moet vlak na Isabels verdwijning zijn geweest, want mijn vader ligt nog in het ziekenhuis. Het is 's avonds laat en ik kom de trap af, wankelend van de slaap.

Mijn moeder zit tv te kijken, een glaasje wijn in haar hand. Zonder iets te zeggen loop ik naar de gang en trek mijn jas aan.

'Wat ga je doen, lieverd?' vraagt mijn moeder verbaasd.

'Ik moet Isabel helpen,' mompel ik.

Mijn moeder kijkt me aan. 'Ga maar weer lekker slapen,' zegt ze zacht.

Ik barst in tranen uit, mijn arm al in de mouw van mijn jas. 'Maar ze heeft me nodig!'

Mijn moeder brengt me onder zachte dwang terug naar bed, en ik slaap meteen verder. Maar iedere keer na zo'n nachtelijk intermezzo word ik wakker met het spoor van opgedroogde tranen op mijn gezicht en een ondraaglijk schuldgevoel.

Er wordt gebeld; hard en doordringend. Ik schrik zo dat ik meteen uit bed spring. Jeanine is naar de keuken gegaan en komt nu terug. Onzeker kijken we elkaar aan.

Ik loop naar haar toe en samen gluren we de gang in. Door het matglas van de voordeur zien we een lange, breedgebouwde gestalte staan. Olaf.

'Kleed je aan, snel,' zegt Jeanine gejaagd.

Ik vlieg terug naar de slaapkamer en heb in een paar seconden mijn kleren aan.

Weer gaat de bel. Deze keer houdt Olaf hem vast, zodat het schelle geluid als een waarschuwing door het huis snijdt.

'Ja ja!' roept Jeanine. 'Mag ik even iets aantrekken?' Ze duwt mij naar de openslaande tuindeuren van de slaapkamer. 'Wegwezen! Als je op de vuilnisbak gaat staan, kun je met gemak over de schutting komen. Snel!'

Ik ben al weg. Jeanine gooit nog snel mijn tas achter me aan, sluit de deuren achter me en draait ze op slot. Vanuit de kleine achtertuin hoor ik Olaf op de deur bonzen. Ik raap mijn tas op, ren naar de schutting, zet mijn voet op de zinken vuilnisbak, trek me op aan een plank en klim omhoog. Alsof ik regelmatig over schuttingen hop, slinger ik mijn been over de hoogste plank en klim aan de andere kant naar beneden.

De Turkse buurvrouw van Jeanine hangt de was in de tuin op. Ze laat het laken in de mand zakken en kijkt me sprakeloos aan.

Ik glimlach vluchtig naar haar, ren naar de poort, trek de schuif opzij en dan sta ik in een vochtige steeg. Ik ren weg.

# 39

Waar kun je naartoe als je op de vlucht bent voor iemand die dezelfde vriendenkring heeft als jij? Nergens. Ik kan zelfs niet naar mijn werk. Er is maar één ding dat ik kan doen: zorgen dat er veel mensen om me heen zijn.

Ik laat mijn auto bij Jeanine staan, ervan overtuigd dat Olaf er de wacht zal houden, en neem de tram naar het centrum. Onderweg bel ik mijn werk dat ik een vrije dag neem.

Op het Leidseplein stap ik uit en zoek een plaatsje op een terras, verscholen achter een plantenbak. Terwijl ik op de bediening wacht, vis ik mijn mobieltje uit mijn tas en check mijn voicemail. Geen bericht van Bart. Ik staar voor me uit en tik met mijn mobieltje op het tafelblad. Waarom heeft hij niet meer gebeld? Als hij mijn antwoordapparaat niet had ingesproken, zou ik er nog wat van denken. Zal ik hém bellen? Nooit zelf een man bellen, zei mijn moeder altijd. Een wijze raad, maar niet uitvoerbaar. Met *playing hard to get* ben ik straks op mijn dertigste nog single.

Met een paar snelle tikjes van mijn nagel zoek ik Barts nummer op en druk de beltoets in. De telefoon gaat een paar keer over en dan hoor ik: 'Met Bart de Ruijter. Ik kan nu niet opnemen; probeer het later nog een keer of spreek een bericht in, dan bel ik je terug.'

Ik spreek niets in. Een meisje met opgestoken donker haar en een wit schort voor komt aan mijn tafeltje staan, vist een notitieblokje uit haar zak en kijkt me vragend aan.

'Een koffie verkeerd graag,' zeg ik.

Het meisje knikt en loopt weg. Ik zet mijn zonnebril op, zit een beetje mensen te kijken en werp nu en dan een blik op mijn mobiel alsof ik hem wil dwingen over te gaan. Mijn koffie wordt gebracht, een junk loopt met opgeheven hand van tafeltje naar tafeltje en lijn 5 komt rinkelend voorbij. Mijn ogen vliegen langs de raampjes en houden de halte scherp in de gaten.

Even later komt lijn 2 langs. Een lange, blonde man stapt uit en loopt in mijn richting. Ik vlucht het grand café in, om binnen te ontdekken dat het een volslagen vreemde is. Een beetje schaapachtig kijk ik naar het meisje dat me geholpen heeft. Ze werpt me een onderzoekende blik toe, glimlacht vaag en passeert me.

Ik ga naar het toilet, de deur stevig op slot. Daarna was ik mijn handen, betaal aan de bar, stap op de eerste tram die stopt en ga vlak bij de bestuurder zitten, maar wel buiten gehoorsafstand. We slingeren door het centrum van Amsterdam en intussen zoek ik het nummer van de politie in Den Helder op in mijn mobiel en vraag om rechercheur Hartog.

'Hij komt vanmiddag pas op het bureau,' zegt de dienstdoende agent.

'Kunt u hem een bericht doorgeven? Het is dringend,' zeg ik. 'Zegt u hem dat Sabine Kroese gebeld heeft. Hij kent mijn naam. Zeg hem dat ik bedreigd word door ene Olaf van Oirschot.'

Al probeer ik mijn stem rustig te laten klinken, ik hoor zelf dat hij een paar tonen hoger is dan normaal. De agent belooft de boodschap door te geven.

Ik verbreek de verbinding en staar voor me uit. Waarschijnlijk zit Hartog thuis met zijn koffie achter de krant en doet hij helemaal niets met deze informatie, maar ik heb het in ieder geval geprobeerd. Vanaf dit moment hou ik hem precies op de hoogte van alles wat zich in mijn leven afspeelt, tot hij er wel aandacht aan moet besteden. Vanavond pak ik een hotelletje en dan bel ik hem nog een keer. Morgen moet ik wel weer naar mijn werk, maar met een beetje geluk is Olaf dan inmiddels afgekoeld. Trouwens, tussen mijn collega's ben ik veilig genoeg.

Veel verder wil ik niet vooruit denken. Jeanine had gelijk; het beste kan ik naar Den Helder gaan en zelf gaan graven op de plek waar ik Isabel gezien heb. Aan de mogelijkheid dat ze níét op die open plek begraven ligt wil ik niet denken. In dat geval kan ik mezelf beter aanmelden bij de gesloten afdeling van een psychiatrische kliniek.

Ik stap net uit de tram als het opgewekte melodietje van mijn mobiel afgaat. Ik schrik zo dat ik een rare beweging maak. Ik werp een blik op het display: identificatie onbekend. Vol wantrouwen neem ik op.

'Ja?'

'Spreek ik met Sabine Kroese?' zegt een onbekende vrouwenstem.

'Ja,' bevestig ik.

'Dit is het Gemini Ziekenhuis in Den Helder. Ik wilde u even op de hoogte stellen van het feit dat meneer De Ruijter gistermiddag is opgenomen.'

'Wat?' zeg ik, niet-begrijpend. 'Ligt Bart in het ziekenhuis?'

'Bart de Ruijter, ja. Hij heeft een zwaar auto-ongeluk gehad.'

'Maar... hoe gaat het dan nu met hem? Wat heeft hij? Het komt toch wel goed? En waarom hebben jullie me nu pas gebeld?' ratel ik, totaal overstuur.

'Vanzelfsprekend hebben we zijn familie meteen op de hoogte gesteld en zij zijn gisteren onmiddellijk gekomen, maar hij heeft vanochtend ook naar u gevraagd. Ik denk dat u maar beter snel kunt komen,' zegt de verpleegster, of dokter of wat ze dan ook is.

'Dank u,' zeg ik suffig. 'Ik kom er meteen aan. Hoe erg is het? U heeft nog niet verteld hoe hij eraan toe is.'

'Hij heeft diverse botbreuken en een zware hersenschudding,

mevrouw Kroese. Zijn toestand is op het moment stabiel, maar er is één ding waar we ons zorgen over maken.' Ze zwijgt even en geeft me dan de genadeslag: 'Nadat hij naar u had gevraagd, is hij buiten bewustzijn geraakt. Hij is nog niet bijgekomen.'

Zo snel als ik kan ren ik het Centraal Station binnen en met een sprint slaag ik er nog net in de trein naar Den Helder te halen. In de trein besef ik dat ik ben vergeten een kaartje te kopen. Een uurlang zit ik nagelbijtend tussen de dreunende diskmans en ritselende kranten en ik kan het wel uitschreeuwen van frustratie als de trein ergens voor Anna Paulowna in een weiland stil blijft staan. Na tien tergende minuten rijden we weer verder zonder dat er enige verklaring voor dit oponthoud is gegeven. Uiteindelijk komt de trein dan toch knarsend en piepend tot stilstand in Den Helder. Ik sta als eerste bij de deur, spring naar buiten en ren naar de bushalte naast het station.

'Gaat u naar het Gemini Ziekenhuis?' vraag ik aan de buschauffeur.

'Nee,' zegt de man, en hij wijst naar een bus die net langsrijdt. 'Die had je moeten hebben.'

Ik kan wel gillen! Vol ongeduld ga ik op zoek naar een taxi en laat me naar het ziekenhuis brengen.

Bij de informatiebalie vraag ik naar Bart de Ruijter en laat me uitleggen hoe ik moet lopen naar de afdeling waar hij ligt. Het is rustig in het ziekenhuis; het bezoekuur is nog niet begonnen. Ik haast me naar de lift en vervolgens door eindeloze witte gangen. Jaren geleden moest ik dezelfde route nemen, toen mijn vader hier werd opgenomen. Wie had kunnen denken dat ik hier terug zou komen, vervuld van even grote zorgen?

Kamer 205, kamer 205. Mijn ogen vliegen langs de bordjes naast de deuren en ik blijf abrupt stilstaan als ik Barts naam zie.

Voorzichtig duw ik de deur open en stel me in op slangen, buizen en infusen, maar ik ben totaal niet voorbereid op het lege bed in de eenpersoonskamer. In verwarring kijk ik naar het naamplaatje naast de deur. Ik zit toch wel goed? Ja, zijn naam staat er echt. Maar waar is hij? Wat is er gebeurd?

Ik vlieg de gang in en klamp een verpleegster aan. 'Ik kom voor Bart de Ruijter. Zijn kamer is leeg, waar is hij!'

'Wie bent u?' vraagt de verpleegster.

'Sabine Kroese. Jullie hebben me vanmiddag gebeld.'

De verpleegster raadpleegt haar klembord. 'Meneer De Ruijter is gistermiddag aangereden door een auto toen hij de straat overstak. Naar omstandigheden ging het eigenlijk aldoor wel goed met hem, hij was zelfs aanspreekbaar, maar vanmiddag raakte hij opeens buiten bewustzijn. Ze zijn bezig een MRI-scan te maken. Zodra we meer weten, hoort u het.'

Ze knikt me vriendelijk toe en loopt door. Verslagen blijf ik achter. Ergens naast mij klinkt gedempt gesnik. Ik kijk opzij, de wachtkamer in, en zie een blonde vrouw zitten. Ze zit met haar rug naar me toe, met gebogen rug en schokkende schouders. Naast haar staat een Maxi-Cosi met een klein kindje erin.

Aarzelend blijf ik in de gang staan. Zouden dat Dagmar en Kim zijn? Maar Dagmar was toch ziek? Alsof dat wat uitmaakt, spreek ik mezelf toe. Griep of niet, ik zou ook meteen uit bed gesprongen zijn. Ik vraag me alleen af of je zo'n afdeling op mag als je griepbacillen bij je draagt.

In een opwelling ga ik de wachtkamer binnen en zeg: 'Dagmar?'

Ze kijkt snel om, in de verwachting een dokter te zien, haar gezicht betraand en haar ogen opgezwollen.

'Ja?' zegt ze niet-begrijpend als ze mij ziet.

'Ik ben Sabine Kroese. Ik ken Bart nog van vroeger en heb hem zaterdagavond op de reünie ontmoet. Wat is er gebeurd?' vraag ik op zachte, meelevende toon.

Dagmar stelt geen enkel belang in mij. Ze begint meteen te praten. 'Hij is aangereden, bij mij in de straat. Praktisch voor mijn deur,' zegt ze bitter. 'Die automobilist stopte niet eens! De lul reed gewoon door, kun je dat geloven?'

'Heb je gezien hoe het gebeurde?' vraag ik geschrokken.

'Ik hoorde een klap en daarna zag ik een auto die heel hard de straat uit reed. Ik ben meteen naar buiten gerend en ben bij Bart gebleven tot de ambulance kwam. Ze zijn nu bezig met een MRI-scan.' Dagmar kijkt me met wat meer aandacht aan. 'Wie zei je ook alweer dat je was?'

'Sabine. Sabine Kroese. Ik ken Bart nog van vroeger,' herhaal ik.

Ze knikt vaag, alweer verzonken in haar eigen sombere gepeins.

Wat zal ik nu doen? Ook in de wachtkamer gaan zitten? In gedachten zie ik ons straks al opgeroepen worden door een dokter die met vragende blik de wachtkamer in kijkt. 'De ex-vrouw van meneer De Ruijter? Ah, en u bent zijn huidige vriendin? Tja, ik kan helaas maar één bezoeker toestaan op de intensive care.' En dan zal hij ons beurtelings aankijken, met een blik die te kennen geeft dat we zelf maar moeten uitvechten wie als eerste naar Bart mag. Hoeveel recht op hem mag ik doen gelden na één nacht?

Ik kijk naar de baby in de Maxi-Cosi. Een mooi kindje. Ze lijkt op Bart. Opeens ben ik ontstellend jaloers op Dagmar. Ze mag dan wel van Bart gescheiden zijn, maar door dat leuke kindje houdt ze een levenslange band met hem, hoe ze hun toekomst ook gaan invullen. Ze wil hem natuurlijk terug, dat zie ik zo wel, dus dat hebben we gemeen. Ik ben ook bereid voor hem te vechten, maar niet hier, niet in een ziekenhuis.

Ik mompel een groet, maar Dagmar wijdt zich net aan de baby, die een klaaglijk geluidje maakt.

Ik verlaat het ziekenhuis en de warmte slaat me in het gezicht. Langzaam loop ik naar de bushalte. Zoveel haast heb ik niet dat ik weer een taxi moet nemen. Dagmar heeft me iets gegeven om over na te denken en daar is een kwartiertje zitten bij de bushalte heel geschikt voor. Is het mogelijk dat Olaf iets te maken heeft met Barts ongeluk? Hij heeft ons samen gezien en ik weet zeker dat hij het was die ons volgde naar Barts huis. Mag ik daarom ook de conclusie trekken dat hij Bart overhoop heeft gereden? Nee, maar het lijkt me ook niet onwaarschijnlijk.

Ik pak mijn mobiel, die ik uitgezet had toen ik in het ziekenhuis was, en zet hem aan. Vier gemiste oproepen. Ik luister mijn voicemail af.

'Sabine, ik moet met je praten. Bel me terug.'

'Waar zit je? Ik moet je iets zeggen. Het is dringend.'

'Je bent zeker in Den Helder bij die eikel. Hij is er niet, Sabine. Hij zal er nooit voor je zijn.'

'Bel me terug, verdomme!'

Op het moment dat ik Olafs berichten wil wissen, bedenk ik me, opeens weet ik wat me te doen staat. De bus komt eraan en ik stap in. De rit is warm en duurt eindeloos, maar dan komt het politiebureau in zicht. Ik druk op de rode knop en ga bij de uitgang staan. De bus stopt bij de halte, in een straat naast het politiebureau, en ik stap uit.

# 40

Om de een of andere reden wil de communicatie tussen rechercheur Hartog en mij niet erg vlotten. Beleefd hoort hij me aan, maar ik kan nergens uit opmaken dat hij me serieus neemt. Ik zit tegenover hem in hetzelfde kamertje als de vorige keer en vertel nog eens over mijn geheugenverlies en hoe mijn herinneringen nu stukje bij beetje terugkomen. Hartog staart me aan alsof ik het product ben van een griezelig experiment. Ik vertel hem over mijn relatie met Olaf van Oirschot, die ook ooit iets had met Isabel Hartman, ik doe verslag van wat ik van Eline heb gehoord en beschrijf mijn eigen relatie met Olaf.

'Hij kan niet tegen afwijzingen, ziet u,' zeg ik. 'Hij mishandelde Eline Haverkamp toen ze hun relatie wilde verbreken, hij achtervolgt mij om dezelfde reden en ook bij mij heeft-ie losse handjes. Ik denk dat hij Isabel in een vlaag van woede heeft vermoord toen ze hem de bons gaf.'

Hartog luistert geduldig en tikt nadenkend met zijn pen op het bureau. 'Tijdens uw vorige bezoek uitte u nog verdenkingen aan het adres van meneer Groesbeek,' helpt hij me herinneren.

'Daar komt Olaf van Oirschot nu bij,' zeg ik. 'Ze kunnen het allebei zijn. Het kan ook een volslagen vreemde zijn die Isabel in het bos van haar fiets heeft getrokken. Ik beweer niet dat ik wéét wie de dader is, meneer Hartog, ik wil u alleen vertellen wat ik te weten ben gekomen. En eerlijk gezegd zou het me helemaal niet verbazen als het Olaf was. Hij heeft volgens mij ook mijn nieuwe vriend aangereden. U weet wel, die aanrijding gister.'

Met iets meer belangstelling kijkt Hartog me aan. 'Er waren geen getuigen bij die aanrijding,' zegt hij.

'Nee, maar Olaf heeft een motief om Bart overhoop te rijden,' zeg ik en buig iets naar voren om Hartogs aandacht vast te houden, want zelf leunt hij naar achteren alsof hij niets kan met mijn informatie.

Niet zonder wanhoop pak ik mijn mobiel en laat hem Olafs berichtjes horen. Hij luistert aandachtig, maar ik zie zijn gezichtsuitdrukking niet veranderen.

'Het spijt me dat u problemen heeft met uw ex-vriend,' zegt hij vriendelijk. 'Maar ik hoor niets dat erop wijst dat hij verantwoordelijk is voor het ongeluk van meneer De Ruijter.'

'Hij weet dat hij niet thuis is!' roep ik. 'Hoe zou hij dat kunnen weten? Omdat hij hem zelf het ziekenhuis in heeft geholpen!'

'Misschien zei hij maar wat?' suggereert Hartog, nog steeds vriendelijk. 'Luister, juffrouw Kroese, ik begrijp uw ongerustheid heel goed en ik moet zeggen dat het gedrag van meneer Van Oirschot me ook wat merkwaardig voorkomt. Het is alleen niet genoeg om hem aan te houden, begrijpt u. U komt met een paar vage verdachtmakingen en verlangt van mij actie, zo is het toch? Maar op basis hiervan kan ik werkelijk niets doen. Ik denk dat u het beter kunt bijleggen met uw ex-vriend en als verstandige mensen uw problemen uitpraten.'

'Ik ben nog niet klaar,' zeg ik kortaf.

Berustend legt Hartog zijn armen op tafel en kijkt me aan. 'Wat wilde u nog meer kwijt?'

Ik vertel hem over mijn bezoek aan Isabels moeder en de agenda die ze me heeft laten zien, en ik proef het genoegen de interesse op zijn gezicht te zien groeien. 'Isabel had een afspraakje op de dag dat ze verdween,' zeg ik. 'Wist u dat?'

Hartog heeft een kopie van die bladzijde uit de agenda in zijn dossier zitten en neemt het erbij.

'Met DD,' zegt hij.

'Nee, met Olaf van Oirschot. DD staat voor Donkere Duinen en die tien is geen tien maar IO: Isabel Olaf. Ze hadden een relatie en Isabel wilde Olaf die dag spreken om het uit te maken. Of dat gebeurd is weet ik niet, maar ze verdween wel vlak daarna.'

Hartog trekt de agenda naar zich toe, bekijkt de pagina met de achtste mei en raadpleegt het dossier over Isabel.

'IO,' zegt hij.

Ik leun niet zonder voldoening naar achteren. 'Olaf had een motief én de gelegenheid om Isabel iets aan te doen. Hij was rond halfdrie klaar met zijn examen wiskunde. Om tien over twee waren Isabel en ik uit en fietste Isabel het schoolplein af, op weg naar de Donkere Duinen.'

Hartog bladert in het dossier. 'Volgens de getuigenis van Olaf van Oirschot is hij na zijn examen meteen naar huis gegaan. Zijn moeder bevestigt dat.'

Ik haal laatdunkend mijn schouders op. 'Isabel Hartman is die dag vermoord en volgens Eline Haverkamp kon Olaf gewelddadig zijn als dingen niet liepen zoals hij wilde.'

'Vermoord? Hoe weet u zo zeker dat Isabel vermoord is?' Hartog kijkt me scherp aan.

'Omdat ik haar lichaam heb gezien. Jarenlang kon ik me er niets van herinneren, maar kort geleden kwam het beeld van haar gezicht terug. Ze is vermoord, meneer Hartog.'

Tot mijn ergernis lijkt Hartog niet erg onder de indruk.

'En dat bent u al die tijd vergeten.' Hij slaagt erin het woord vergeten een beetje belachelijk te laten klinken. 'En nu weet u het opeens weer. Heeft u enig idee hoe dat komt?'

Ik weersta zijn blik zonder met mijn ogen te knipperen. 'Ik weet niet hoe dat komt. Misschien omdat ik nu sterker in het leven sta en de waarheid beter aankan.'

'De waarheid,' zegt Hartog. 'En volgens u is de waarheid dat Isabel Hartman is vermoord.'

'Ja, ik heb haar zien liggen. Kort geleden herinnerde ik me dat opeens; ik zag haar voor me alsof het pas was gebeurd. Ik zag haar gezicht, haar opengesperde ogen, de zandkorrels in haar haar...' Ik huiver. 'Ik begrijp niet hoe ik dat heb kunnen vergeten.'

'Ik ook niet, juffrouw Kroese.' Hartog kijkt me strak aan.

'Volgens mijn psychologe wordt dat verdringing genoemd,' zeg ik. 'Zij had al eerder het vermoeden dat ik zaken uit het verleden verdrong.'

Hartog bergt de kopie van Isabels agenda op in zijn map en kijkt me oplettend aan. 'U bent onder behandeling van een psychologe?'

Verbijsterd kijk ik hem aan. Hier heb ik helemaal geen zin in. 'Ik ben onder behandeling geweest, ja. Maar niet zo lang en het gaat nu weer goed met me.' Ik sla mijn ene been over het andere en probeer een rustige, evenwichtige indruk te maken. Hartog kijkt me onderzoekend aan.

'Ik zie niet in wat het belang daarvan is,' voeg ik eraan toe. 'Ik ben niet gek. Het bestaan van verdringing is algemeen bekend in de psychologie. Ik begrijp niet waarom u niet blij bent dat mijn geheugen terugkeert en ik u met het onderzoek help.'

'Daar ben ik ook erg blij om, juffrouw Kroese.' Hartog slaat zijn map dicht, leunt achterover in zijn stoel en plaatst zijn vingertoppen tegen elkaar als een arts die een lastig medisch geval bestudeert. 'Laten we alles even samenvatten: u bent getuige geweest van de moord op Isabel Hartman, u kon zich daar negen jaar lang niets van herinneren en nu komt alles langzaam terug. Begrijp ik het zo goed?'

'Ja.' Mijn blik wijkt niet voor de zijne.

'Heeft u ook gezien wíé Isabel Hartman vermoord heeft?'

'Nee. Alles wat ik me herinner is dat ik haar op die open plek in het bos zag liggen. Ze was dood.' Terwijl ik dat zeg, realiseer ik me hoe dit moet overkomen op een ander, en met name op een rechercheur. Hartog zit maar naar me te kijken met gefronste wenkbrauwen en het wordt opeens erg benauwd in het kamertje.

'U heeft de moordenaar niet gezien?'

'Nee.'

'Kunt u zich herinneren of er iemand op die plaats aanwezig was, behalve u zelf?'

Ik aarzel. In mijn droom zag ik een man op haar afkomen, maar hoe betrouwbaar is een droom? Een herinnering kun je het niet noemen en toch lijkt het me van belang. Misschien dat Hartog ophoudt me zo wantrouwig aan te kijken als ik hem vertel over die man.

'Ik zag een gestalte tussen de bomen. Een man,' zeg ik.

'Wat deed hij? Liep hij weg, stond hij daar gewoon of kwam hij op haar af?' vraagt Hartog plichtgetrouw. Ik had gehoopt dat hij in alle staten van opwinding zou verkeren van dit nieuws, dat toch een doorbraak in het onderzoek moet betekenen, maar zijn stem klinkt niet overtuigd.

'Eerst stond hij daar gewoon, maar toen ze hem zag, liep hij naar haar toe,' zeg ik.

'Maakte ze een bange indruk op u?' vraagt Hartog.

'Nee,' zeg ik. 'Ze glimlachte naar hem.'

Hartog kijkt naar het dossier en speelt met zijn pen. 'Tja,' zegt hij en zwijgt een tijdlang. 'De vraag is hoe betrouwbaar uw herinneringen zijn, juffrouw Kroese. Herinneringen kunnen door de jaren heen behoorlijk gekleurd raken.'

'Jullie zouden kunnen gaan graven,' stel ik voor.

'Graven? Waar?'

'In de Donkere Duinen natuurlijk. Het is een beetje ingewikkeld om aan te geven waar, maar ik kan wel een plattegrond tekenen.'

Hartog kijkt me met hernieuwde belangstelling aan nu blijkt dat ik de plek specifiek kan benoemen.

'Doet u dat maar,' knikt hij, en hij schuift me een vel papier toe. Terwijl hij zijn koffie opdrinkt, teken ik de wandelpaden van de Donkere Duinen, die ik op mijn duimpje ken. Ook de wat afgelegen paden, al zou ik die niet zo gemakkelijk hebben kunnen aangeven als ik er niet laatst nog was geweest. Met een voldaan gevoel schuif ik het vel papier terug. Eigenlijk verwacht ik dat Hartog zal opspringen om de plattegrond aan een opsporingsteam te overhandigen. In plaats daarvan bekijkt hij mijn werk vluchtig en maakt hij een wat besluiteloze indruk, waardoor mijn ergernis groeit. Wat mankeert die man? Denkt hij dat ik een of andere fantasierijke tiener ben, op zoek naar aandacht?

Iets van mijn gedachten weerspiegelt blijkbaar op mijn gezicht, want Hartog kijkt me ernstig aan.

'Weet u, juffrouw Kroese, ik heb wat onderzoek naar u gedaan,' zegt hij.

'Naar mij?'

'Ja. U komt niet in dit dossier voor.' Hij tikt op de map die voor hem ligt. 'En ik vraag me af waarom niet. U zat destijds bij Isabel Hartman in de klas.'

'Ja,' zeg ik onwillig.

'En jullie hebben samen de basisschool doorlopen.'

'Ja.'

'Maar u bent na haar verdwijning niet ondervraagd.'

'Nee.'

'Dat is een grote fout van ons geweest. Ik ben blij dat u de moed heeft gevonden om naar ons toe te komen.'

Ik kijk hem wantrouwig aan.

'Door wat navraag te doen ben ik erachter gekomen dat u niet bepaald een ontspannen verhouding met Isabel Hartman had, om het maar zachtjes uit te drukken,' zegt Hartog op vertrouwelijke toon. Het toontje van een rechercheur die zich als vriend wil voordoen om een verdachte bepaalde uitspraken te ontlokken. Daar trap ik dus niet in.

'Op de basisschool waren we goede vriendinnen,' zeg ik.

'Maar daarna niet meer. Ze heeft u het leven flink zuur gemaakt.'

Ik zwijg.

'U werd regelmatig door het groepje dat zij aanvoerde gepest en geslagen. Dat moet een heel zware tijd voor u zijn geweest.'

'Ach...' begin ik, maar Hartog onderbreekt me voor ik echt aan mijn zin kan beginnen.

'Het was zelfs zo erg dat u 's nachts nachtmerries had en niet meer naar school durfde, is het niet?' zegt hij vriendelijk.

Ik ga wat rechter zitten. 'Heeft een psycholoog niet zoiets als een beroepsgeheim?' zeg ik kwaad.

'Niet als het om een misdrijf gaat, juffrouw Kroese,' antwoordt Hartog rustig. 'Ze vertelde me ook dat uw broer regelmatig op het schoolplein op u bleef wachten om u veilig thuis te brengen. Hij was evenmin erg gesteld op Isabel Hartman, nietwaar?' Hartogs toon blijft onveranderlijk vriendelijk, maar ik krijg het steeds warmer.

'Mag het raam open?' vraag ik.

Hartog doet gewillig wat ik vraag en zet het raam een stukje open. Een zacht briesje komt binnen en ik kijk verlangend naar de kier die mij verbindt met de buitenwereld. Ik schuif wat heen en weer op mijn stoel, hef mijn kin en zeg op hoge toon: 'Ja, Robin bleef wel eens op me wachten na school, nou en? Ik zie niet in...'

'Het moet wel een bevrijding geweest zijn toen uw kwelgeest uit uw leven verdween, nietwaar, juffrouw Kroese?'

De insinuerende toon waarop Hartog dat zegt maakt me plotseling razend. Uit alle macht beheers ik me en kijk hem koel aan.

'Wat wilt u daarmee zeggen? Dat ík Isabel vermoord heb?'

'Ik wil helemaal niets zeggen. Ik constateer alleen een feit. Voor u was het een verlossing dat dat meisje verdween.' Hartog kijkt me aan met een gezicht alsof dat vanzelf spreekt, maar ik ben niet van plan daarmee in te stemmen. Ik haal mijn schouders op.

Hartog haalt een vel papier uit het dossier. 'Ik heb hier uw verklaring van uw vorige bezoek. U zei toen dat u zich herinnerde dat u na schooltijd achter Isabel Hartman aan fietste. Ze was in gezelschap van een vriendin en toen die afsloeg, reed ze alleen door. U volgde op enige afstand. Bij het kruispunt van de Jan Verfailleweg en de Seringenstraat sloeg u af om niet opgemerkt te worden. Waarom wilde u niet opgemerkt worden?'

'Dat lijkt me duidelijk,' zeg ik nors.

'Was u zo bang voor haar? Ook als ze alleen was, zonder de steun van de groep?'

'Wat had ú dan gedaan? Gezellig naast haar staan?'

'Ik vraag me af waarom u haar volgde als u geen contact wilde.'

'Ik volgde haar niet, ik moest gewoon dezelfde kant op.'

'Fietste u vaak door de duinen van school naar huis, juffrouw Kroese?'

Ik haal mijn schouders op. 'Niet vaak. Alleen als het heel mooi weer was.'

Het blijft even stil.

'Dus toen u bij de Seringenlaan afsloeg, was dat om Isabel te ontlopen,' herneemt Hartog.

'Ja,' zeg ik.

'U volgde haar niet.'

'Nee.'

'Toch beweert u dat u de plek kent waar ze werd aangevallen. Sterker nog, u heeft gezien dat ze werd vermoord, en dat was niet bij de snackbar.'

'Ik fietste langs de snackbar en toen ik naar rechts keek, zag ik Isabel met iemand het bos in lopen,' zeg ik geduldig.

'En u besloot hen te volgen. Waarom?'

'Omdat ik wilde weten met wie ze afgesproken had,' zeg ik, iets minder geduldig.

'Waarom?'

Ik haal opnieuw mijn schouders op. 'Ik denk dat ik gewoon nieuwsgierig was.'

Hartog lijkt die uitleg te accepteren. 'En heeft u gezien wie het was?'

'Ja, dat moet wel. Alleen kan ik het me niet herinneren.'

'Was het een bekende van u?' houdt Hartog vol.

Ik denk even na over die vraag. Was het een bekende? Ja, op de een of andere manier weet ik dat dat het geval is. Anders zou ik niet zo geschokt zijn geweest. Meteen registreert mijn geest dat ik dus geschokt was, iets wat eveneens uit mijn geheugen was verdwenen.

'Juffrouw Kroese, ik vroeg u iets,' zegt Hartog vriendelijk.

'O, sorry!' schrik ik op. 'Ja, vreemd genoeg weet ik dat ik diegene wel kende, maar of het een goede kennis was of dat ik hem vaag kende weet ik niet meer.'

Hartog laat een diepe zucht ontsnappen en wrijft over zijn voorhoofd. 'Weet u,' zegt hij. 'Door mijn gesprek met uw psychologe over dit onderwerp, is het me duidelijk geworden dat herinneringen een eigen leven kunnen gaan leiden. Het kan bijvoorbeeld heel goed zijn dat Isabel een bekende is tegengekomen, daar even mee heeft staan praten, vervolgens u langs zag komen en met ú het bos in liep.'

Mijn antwoord is een minachtende blik. 'En waarom herinner ik me dan dat het een man was?'

'Dat weet ik niet,' zegt Hartog kalm. 'Welbeschouwd herinnert u zich eigenlijk niet veel. U beweert dat u weet dat het een man was, dat u hem kende, maar u weet niet meer wie het was. Uw geheugen werkt wel erg selectief, vindt u niet?'

Ik geef geen antwoord.

'Probeert u zich eens in de theorie te verplaatsen dat ú het was met wie Isabel Hartman het bos in liep. Dat ú met haar had afgesproken bij de snackbar, omdat er het een en ander uit te praten viel. Klinkt dat niet veel reëler, juffrouw Kroese?'

Mijn handen zijn gevouwen, mijn vingers ineengestrengeld, wat geen goede indruk moet geven, maar ik slaag er niet in mijn handen losjes op mijn schoot te laten rusten. Van iemand die aangifte kwam doen ben ik opeens veranderd in een verdachte, en Hartogs vriendelijke uitstraling is geheel in tegenspraak met de onderzoekende, vasthoudende blik in zijn ogen.

Ik staar naar een losgeraakt draadje aan de mouw van mijn truitje en als ik voldoende moed verzameld heb, kijk ik op.

'Luistert u eens, meneer Hartog,' zeg ik, met een lichte trilling in mijn stem. 'Ik weet niet waar u naartoe wilt, maar ik had geen afspraak met Isabel bij de snackbar en ik ben níét met haar het bos in gelopen. Het is gegaan zoals ik u net verteld heb. Waarom zou ik hiernaartoe komen en dat allemaal vertellen als het waar is wat u insinueert? Waarom zou ik dat in godsnaam doen?'

Daar heb ik een punt, ik zie het aan Hartogs gezicht, en met wat meer zelfvertrouwen ga ik rechtop zitten. 'Ik stel voor dat u gaat graven op die plek en als Isabel daar gevonden wordt, mag u me vertellen wat er waar is van verdringing en de werking van het geheugen. Als u dan ook gelijk Olaf van Oirschot oppakt, heeft u meteen de vermoedelijke dader. Het kan sowieso geen kwaad om even een babbeltje met hem te maken en te checken of zijn auto beschadigd is, lijkt mij.'

'Misschien niet,' zegt Hartog.

Hij schrijft iets op in een klein kriebelhandschrift dat ik, hoe ik ook mijn best doe, onmogelijk op z'n kop kan lezen.

'Neemt u nog contact met mij op?' vraag ik terwijl ik opsta.

Hartog legt zijn pen neer. 'Geloof me, juffrouw Kroese, als ik vragen heb, bent u de eerste die ik bel.'

De ironische ondertoon in zijn stem bevalt me helemaal niet.

# 41

Geïrriteerd loop ik naar de bushalte. Ik ben het gewend om voorzichtige, peilende blikken te krijgen als ik me laat ontvallen dat ik onder behandeling van een psychologe ben geweest, maar nu word ik ook nog aangezien voor een koelbloedige moordenares. Ik raak er zo van in de war dat ik niet meer kan beslissen wat ik moet doen. Naar huis, naar het ziekenhuis, hier blijven? Waar kan ik naartoe? Zolang de politie niets doet met mijn informatie kán ik nergens naartoe.

Ik laat me door de bus terug naar het centrum brengen en loop naar mijn favoriete pizzeria in de Koningsstraat. Het is druk en veel tafels zijn gereserveerd. Ik neem genoegen met een klein tafeltje in een hoek waar ik lekker weg kan kruipen. Ik bestel zomaar wat, krijg warme broodjes en kruidenboter voorgeschoteld en terwijl ik een broodje smeer, denk ik na over wat ik zal doen. Ik kan hier een hotel nemen, dan zit ik vlak bij Bart. Zou Olaf de moeite nemen om de hotels in Den Helder af te bellen? Ik kan een valse naam opgeven, maar als hij nou een beschrijving van me geeft en vraagt of iemand die aan dat signalement voldoet heeft ingecheckt?

Overdrijf niet zo, Sabine, spreek ik mezelf in gedachten toe. Natuurlijk doet hij dat niet. Hij zit je gewoon een beetje op stang te jagen en jij vlucht weg als een angstig hert.

Maar dat hotel in Den Helder is wel een goed idee. Ik wil sowieso bij Bart in de buurt blijven, dat heeft niets met mijn vrees voor Olaf te maken. Morgen blijf ik dan ook nog in Den Helder. Ik kan in de loop van de middag wel naar Robin gaan, misschien kan ik bij hem blijven slapen.

Ik bel Robin maar het duurt lang voor hij opneemt. Vlak voor het antwoordapparaat aanslaat, hoor ik hem haastig zeggen: 'Met Robin Kroese!'

'Met mij. Is het goed als ik morgenavond bij jou logeer?' val ik met de deur in huis.

'Hé zus!' roept hij vrolijk. 'Ja, natuurlijk kun je bij mij logeren. Waarom? Is er iets?'

'Ik vertel het je morgen wel,' zeg ik.

'Wat is er dan?' Zijn stem klinkt opeens een beetje ongerust.

'Dat is een lang verhaal, ik vertel het je liever niet nu. Ik zit in een pizzeria in Den Helder,' zeg ik. 'Zeg, is Olaf nog bij jou langs geweest? Of heeft hij gebeld?'

'Hij is inderdaad net langs geweest. Hij zoekt je.'

'Wat zei hij?'

'Hij vroeg of ik wist waar je zat en of ik hem wilde bellen als ik van je hoorde. Hebben jullie ruzie gehad?'

'Ja. Wil je hem alsjeblieft níét bellen en vooral níét zeggen dat ik morgen naar jou toe kom?'

'Waarom niet?'

'Ik leg het morgen allemaal wel uit, Robin.'

'Oké zus, tot morgen.'

Hij hangt op. Ik staar van mijn mobiel naar de tafeltjes om me heen. Kan ik Robin vertrouwen of gaat hij een goedbedoelde koppelpoging wagen? Ik zucht.

De lasagne al forno staat net voor mijn neus te borrelen als ik bedenk dat ik het ziekenhuis wel even kan bellen. Meteen grijp ik mijn telefoontje en toets het nummer in. Ik vraag aan de receptionist om me door te verbinden met Barts afdeling. Een andere receptioniste komt aan de lijn en vervolgens een arts of verpleegster, dat is me niet duidelijk. Het maakt me ook niet uit, als ze me maar kunnen vertellen hoe het met Bart is. Tot mijn grote schrik krijg ik te horen dat Bart is geopereerd. De MRI-scan toonde een bloedpropje in zijn hersenen aan waardoor hij met spoed op de operatietafel belandde. Gelukkig is de operatie goed verlopen. Hij ligt nog op de verkoever maar hij mag wel later op de avond bezoek ontvangen. Ben ik naaste familie? Nee? Dan is het beter dat ik morgenochtend kom. Meneer De Ruijters vrouw en ouders zijn bij hem, dus dat zou te druk worden.

Ex-vrouw! zou ik wel in de hoorn willen schreeuwen. Ze is zijn ex-vrouw, dus ze heeft even weinig of even veel rechten als ik!

Maar ik leg me er natuurlijk bij neer. Ik wil niet eens op bezoek als er familieleden om zijn bed zitten. Morgenochtend is prima, dan heb ik hem misschien voor mezelf. Ik stuur hem wel een sms'je, voor het onwaarschijnlijke geval dat hij later op de avond zijn berichten controleert.

Ik brand mijn tong aan de lasagne, bestel ijs en koffie toe en bel daarna een taxi om me naar hotel Zeeduin aan de Kijkduinlaan te brengen. Ik ben moe en wil maar een paar dingen: in een warm bad liggen, een beetje tv kijken en vroeg slapen.

En dat is precies wat ik doe die avond, maar ik slaap onrustig in dat vreemde hotelbed. Het matras is te zacht, het dekbed te dik en het ruikt vreemd. Ik hou er niet van in een vreemd bed te slapen. Als kind had ik ook altijd een hekel aan logeren. Ik vond het prachtig als neefjes en nichtjes bij mij kwamen slapen, maar ik ging niet graag naar hen toe.

Ik word de volgende ochtend om acht uur wakker van het irritante hoge belletje van mijn alarm op mijn mobiel. Slaperig kom ik overeind en zet hem uit. Ik bel mijn werk en bid dat Zinzy opneemt, maar het is Margot. Ik deel haar kortweg mede dat ik door omstandigheden een vrije dag op moet nemen.

'Alweer een vrije dag? Dat kan zo niet doorgaan, Sabine,' zegt ze afgemeten.

'Waarom niet?' informeer ik. 'Ik heb vrije dagen genoeg. Misschien neem ik ze allemaal wel op, daar heb jij niets over te zeggen.' Zonder op commentaar te wachten hang ik op. In tegenstelling tot een paar weken geleden ben ik mijn werk vrijwel meteen vergeten. Het is een andere wereld die vaag ergens op de achtergrond van mijn gedachten speelt, maar geen rol van betekenis vervult.

Ik kruip weer in bed om nog even te doezelen maar tegen mijn verwachting in val ik gewoon weer in slaap. Het is al bijna halftien als ik door mijn oogharen op mijn horloge kijk, gewaarschuwd door de straal licht die door de dikke gordijnen valt. Halftien! Het bezoekuur begint al bijna. Ik slinger mijn benen over de rand van het bed en pak mijn mobieltje. Tot mijn vreugde is er een sms'je van Bart, maar mijn blijdschap slaat om in ergernis als ik zijn berichtje lees: 'Mis je. Kun je vanavond komen? Dagmar is er 's ochtends met Kim.'

'Nou, lekker dan,' zeg ik nijdig. 'En wat moet ik intussen doen?'

In gedachten verzonken kijk ik door de ramen naar de strakblauwe lucht. Zou Olaf nu op kantoor zijn? Waarschijnlijk wel, ik zou niet weten waarom hij een vrije dag zou moeten opnemen. Tenzij hij nog steeds in mijn huis op me wacht.

Ik bel mijn eigen nummer, maar er wordt niet opgenomen. Daarna draai ik het nummer van mijn werk, vraag naar automatisering en krijg Olaf aan de lijn. Ik hang meteen op en ben blij dat hij geen nummerherkenning heeft. Tenminste, dat neem ik aan. De toestellen op het secretariaat hebben dat in ieder geval niet.

Ik neem een snelle douche, kleed me aan en ben me er ergerlijk van bewust dat mijn truitje niet meer zo fris ruikt. Nou ja, ik ga toch meteen na het ontbijt naar huis. Ik heb niets meer te zoeken in Den Helder. Vanavond rij ik wel even met de auto terug naar het ziekenhuis.

Ik pak mijn tas, loop naar de eetzaal en kies een tafeltje bij het raam uit. Uitzicht op de duinen en een stralend blauwe hemel, wie had dat gedacht op een gewone dinsdagochtend. Onder andere omstandigheden zou ik ervan genoten hebben, en zou ik misschien nog even het strand op zijn gegaan.

Ik maak mijn keuze bij het buffet en tik net aan mijn tafeltje een eitje kapot als mijn telefoon gaat. Gelukkig is het niet druk in de eetzaal; de meeste tafeltjes om me heen zijn leeg.

'Met Sabine Kroese,' zeg ik.

'U spreekt met Rolf Hartog, recherche Den Helder. Ik wilde u even laten weten dat we uw verhaal gecheckt hebben, juffrouw Kroese.'

'O?' zeg ik ademloos.

'In de vroege ochtend heeft mijn team wat speurwerk verricht in de Donkere Duinen,' zegt Hartog.

Mijn hart begint het bloed zo hard rond te pompen dat ik er duizelig van word. Ik ondersteun mijn hoofd met mijn hand en probeer met mijn andere, trillende hand de mobiel aan mijn oor te houden.

'Ik zou u graag even willen spreken, juffrouw Kroese.'

'Waarom? Wat is er dan gebeurd?'

'Het is zoals u heeft beweerd,' zegt Hartog met ernstige, lage stem. 'We hebben gegraven op de plek die u aangaf.'

Mijn hart begint als een gek te bonzen. 'En?' vraag ik gespannen.

'We hebben daar inderdaad het stoffelijk overschot van Isabel Hartman gevonden. Ze was niet zo heel diep begraven. Ze is gewurgd.'

Binnen een halfuur zit ik opnieuw op het politiebureau. In grote haast heb ik mijn spullen bij elkaar geraapt terwijl ik met één hand een snel gesmeerd boterhammetje naar binnen propte.

Nu schuift Hartog me een dampende kop koffie toe en kijkt hoe ik er melk in giet.

De deur gaat open en een vrouw in uniform komt binnen. 'Rechercheur Fabiënne Luiting,' zegt ze en geeft me een hand. Ik noem mijn naam en de rechercheur gaat links van me aan tafel zitten.

Mijn keel is droog en dichtgeschroefd en ik drink mijn koffie in één keer op.

'Is het een grote schok?' vraagt Hartog meelevend.

Ik knik.

'Er was natuurlijk altijd nog een kans dat je het je verkeerd herinnerd had,' zegt Hartog.

'Ja,' zeg ik toonloos. 'Arme Isabel. Wat een bitch ze ook was, dit heeft ze niet verdiend.'

'Was ze zo'n bitch?' vraagt Fabiënne Luiting.

Ik heb geen zin om met haar te praten en wend me tot Rolf Hartog. 'Hebben jullie haar ouders al gewaarschuwd?'

'Nog niet,' zegt Hartog. 'Eerst willen we aan de hand van gebitsgegevens vaststellen dat het echt om Isabel gaat.'

'Dus ze is gewurgd,' zeg ik.

'Ja.'

'Hoe kun je dat zien?'

'Er is een beschadiging aan het strottenhoofd geconstateerd die alleen bij wurging optreedt.'

'O.'

'Wist je dat Isabel gewurgd was?' vraagt Hartog.

Ik kijk hem niet-begrijpend aan. 'Nee, natuurlijk niet. Hoe zou ik dat moeten weten?'

Zowel Hartog als Fabiënne Luiting kijkt me recht aan. Er hangt iets dreigends in de lucht dat me een ongemakkelijk gevoel geeft.

'Omdat je ook wist waar we haar konden vinden,' zegt Fabiënne. 'Het is duidelijk dat je op de plaats van het misdrijf was nog vóór Isabel vermoord werd, omdat je haar nog gezien hebt voor ze werd begraven. Dat wil zeggen dat je weet wie het gedaan heeft.'

'Dat zal wel. Ik bedoel, ik zou het moeten weten, maar ik heb geen idee. Ik denk dat het Olaf was, maar ik kan me niet herinneren dat ik hem daar heb gezien. Ik heb geen idee wie daar verder is geweest.' Ik zie de blik die ze wisselen, de harde trek om Hartogs mond, de afstandelijke trek op Fabiënnes gezicht.

'Ik vraag me af waarom niet,' zegt Hartog en hij steekt een sigaret op. Ik heb ook wel zin in een sigaret, maar durf er niet om te vragen, bang dat ze het als een teken van nervositeit zullen beschouwen.

'Ik ben het gewoon vergeten,' zeg ik.

'Waarom denk je dat je het vergeten bent?' Hartog blaast de rook achter zich, zodat ik er geen last van heb. Ik heb liever dat hij hem in mijn gezicht blaast, zodat hij me minder scherp ziet. Zijn felle blauwe ogen maken me nerveus, alsof ík de verdachte ben. Maar dat gevoel heb ik altijd bij politie. Als ze achter me rijden op de snelweg, verwacht ik altijd opeens een stopteken te zien, terwijl ze gewoon dezelfde kant op moeten als ik. Het is dat uniform, en die onderzoekende, wantrouwige blik die iedere politieagent eigen is. Ik moet me vermannen voor ze een verkeerde indruk van me krijgen.

'Gaan jullie Olaf nou arresteren of niet?' vraag ik ongeduldig.

'Kun je ons aan zijn adres helpen?' vraagt Fabiënne.

'Met alle plezier.' Ik schrijf Olafs adres op het notitieblok dat ze me toeschuift. 'Pak hem alsjeblieft snel op, dan kan ik morgen weer gewoon naar mijn werk.'

'Waar werk je?'

Ik schrijf ook het adres van De Bank op het notitieblok.

'Olaf werkt daar ook,' zeg ik. 'Bij automatisering. Hij werkt vandaag, want hij nam net de telefoon nog aan.'

Hartog knikt. 'We zullen eens een paar woordjes met hem gaan wisselen.'

'Hij heeft het gedaan. Ik weet het zeker,' zeg ik.

'Misschien,' zegt Hartog. 'Het zal lastig worden om het te bewijzen.' Hij haalt een kaartje uit zijn binnenzak. 'Dit is mijn mobiele nummer. Bel me zodra je iets te binnen schiet.'

Ik bekijk het nummer op het kaartje en leer het ter plekke uit mijn hoofd.

'Als ik me iets herinner over de dader,' zeg ik, 'zou dat dan als bewijs gelden?'

'Na negen jaar? Ik ben bang van niet,' zegt Hartog. 'Maar als wij weten dat we de juiste man te pakken hebben, krijgen we het bewijs vanzelf wel rond.'

'Of een bekentenis,' zegt Fabiënne. 'Het moet in ieder geval een sterke persoon zijn geweest; Isabel was een stevig meisje. Niet iemand die je zomaar even wurgt.' Ze kijkt naar mijn handen en ik zie de vraag in haar ogen. Nee, Fabiënne, daar zou ik niet zomaar iemand mee kunnen wurgen. Isabel was bijna een kop groter dan ik en behoorlijk sterk. In ieder geval geen partij voor een onzeker schoolmeisje als ik.

Ze laten me gaan, geven me een hand, maar hun glimlach is niet oprecht.

'We bellen je nog wel,' zegt Fabiënne.

Het is een lange treinreis naar Amsterdam. Een uur lang hang ik maar een beetje voor het raam en kijk naar velden en koeien, naar perrons en spoorwegovergangen. Ik stap uit op Sloterdijk en neem de tram naar Bos en Lommer. Dan sta ik weer in mijn straat, doe de deur open, loop de trap op en ga naar binnen.

Mijn appartement is een zooitje. Sprakeloos kijk ik om me heen naar de omgekeerde laden, leeggegooide kasten en rondgesmeten spullen. In de keuken zijn alle voorraadpotten leeggekieperd op het zeil, bestek is op het aanrecht gesmeten, de plank met trommeltjes waar ik zegeltjes en kleine rommeltjes in bewaar is leeggeveegd. De keuken stinkt naar bier, dat in een grote plas op de vloer ligt. Overal liggen glasscherven en kapot serviesgoed.

Dit gaat me uren kosten om op te ruimen, maar ik vind het niet erg; ik ben te onrustig om stil te zitten. Met de radio luid aan ga ik aan de slag. Nu toch alles overhoop ligt, kan ik meteen eens goed opruimen. Ik haal een rol vuilniszakken uit het keukenkastje en gooi alles weg wat ik kan missen. Al gauw staan er drie volle zakken in de gang.

Bij ieder nieuwsbericht spits ik mijn oren, maar er is nog geen persbericht uitgegaan over de vondst van het lichaam van Isabel. Wel belt Fabiënne en als ik het nummer herken, begint mijn hart wild te kloppen.

'Met Fabiënne Luiting. We hebben Olaf van Oirschot opgepakt voor verhoor,' zegt ze. 'Ik dacht dat je dat wel zou willen weten.'

Ik adem diep in en weer uit.

'Ja, dank je,' zeg ik. 'Heel erg bedankt.'

Als 's avonds de telefoon weer gaat, vlieg ik erop af.

'Sabine, Kom je vanavond nog?' zegt Robin ongeduldig.

Shit, vergeten!

'Robin, sorry! Ik ben het helemaal vergeten. Er kwam iets tussen.'

'Nou leuk dan.'

'Sorry, sorry, sorry! Isabel is gevonden.'

De stilte die valt is totaal. Ze duurt zo lang dat ik als eerste het woord neem.

'De politie belde me. Ze wilden me spreken.'
'Waar is ze gevonden?' Robins stem klinkt heel vreemd.
'In de Donkere Duinen.'
'Op het punt dat jij je herinnerde?'
'Ja.'
Weer die stilte.
'En nu?' vraagt hij.
'Olaf is gearresteerd.'
'Dat meen je niet! Echt waar? Maar dat is toch belachelijk!'
'Zo belachelijk is dat niet. Hij had een afspraakje met Isabel op de dag dat ze verdween, bij de Donkere Duinen. Ik weet niet of hij is gegaan, maar ik denk van wel. En ik denk dat hij toen de bons heeft gekregen.'
'Dat is waar,' zegt Robin, opeens alert. 'Toen we naar de gymzaal liepen om examen te doen, heeft hij me gezegd dat hij een afspraak met haar had. Hij leek me zeker van plan om te gaan.'
'Zie je wel. Ze heeft het met hem uitgemaakt en hij flipte.'
'En toen vermoordde hij haar in het bos, pakte haar fietssleuteltje af, begroef haar en nam bij de snackbar haar fiets mee.'
'Ja.'
'Ik geloof er geen barst van. Waarom zou hij haar vermoorden? Omdat ze het met hem uitmaakte? Ik vind het een zwak motief.'
'Voor jou misschien. Niet voor types die niet tegen afwijzingen kunnen.'
We zijn allebei een tijdje stil.
'Nou ja, we komen er toch niet achter wat er gebeurd is,' zegt Robin ten slotte. 'En waarom zouden we er moeite voor doen? Laat het verder maar aan de politie over. Om eerlijk te zijn geloof ik er geen barst van dat Olaf de dader is.'
'Waarom niet?'
'Ik ken hem. Hij is al jarenlang mijn vriend.'
'Hij was jaren geleden je vriend, bedoel je. Hoe goed ken je iemand ooit? In bijna alle strafzaken is de dader een bekende van het slachtoffer. Vooral bij zedendelicten. De leuke buurman van wie niemand het gedacht had, de huisvriend die zich opeens niet meer in kan houden, noem maar op.'

'Het gaat hier toch niet om een zedendelict?'

'Dat weet je niet.'

'Luister Sabien, als Olaf al iets met Isabels dood te maken heeft, en ik zeg nadrukkelijk áls, dan zal het nog verdraaid lastig worden om het te bewijzen. Ik denk niet dat de politie hem lang kan vasthouden.'

'Ik denk dat ze hem net zo lang vasthouden tot hij bekent,' zeg ik beslist, maar intussen gaat mijn hart tekeer als een onrustig paard. Want wat als Olaf níét bekent?

'Ik moet ophangen,' zeg ik tegen mijn broer. 'Ik bel je morgen, oké?'

'Dus je komt niet meer?' vraagt Robin.

'Nee, vind je het erg?'

'Welnee. Niet piekeren!' Hij maakt een kusgeluid in de telefoon en hangt op. Meteen toets ik het mobiele nummer van Hartog in. Er wordt niet opgenomen. Ongeduldig tap ik met mijn voet op de grond, tot een droge stem me erop attent maakt dat dit nummer niet beantwoord wordt en dat ik een bericht kan inspreken op de voicemail.

'Dag meneer Hartog, met Sabine Kroese,' zeg ik. 'Ik was benieuwd hoe het verhoor verloopt. Eigenlijk zit ik er over in of ik rustig kan gaan slapen of dat jullie Olaf alweer hebben laten gaan. Zou u me even op de hoogte willen stellen?'

Ik hang op en voel me opeens doodmoe. Ik had nog naar het ziekenhuis gewild maar ik weet niet of ik nog de energie heb om helemaal naar Den Helder te rijden. Trouwens mijn auto staat nog bij Jeanine voor de deur.

Ik loop met de telefoon naar het zonnige balkon en ga in een rieten stoeltje zitten. Ik bel Bart en hij neemt meteen op. 'Met Bart de Ruijter.'

'Bart, met Sabine,' zeg ik.

'Wanneer kom je?' vraagt hij zonder omhaal.

Ik glimlach schuldig. 'Ik had vanavond willen komen maar ik ben bang dat ik niet kan. Ik zit nu thuis in Amsterdam en ik ben zó moe. Ik ga vroeg naar bed.'

'O,' zegt hij teleurgesteld. Zó teleurgesteld dat ik me bijna bedenk. Kan ik echt niet even naar Den Helder racen? Ik wrijf met mijn vingers over mijn kloppende voorhoofd, waar zich een stevige hoofdpijn ontwikkelt, en ik weet dat dat niet verstandig zou zijn.

'Het spijt me zo,' zeg ik. 'Het zou echt niet veilig zijn als ik nu achter het stuur stapte.'

'Dan moet je het niet doen,' zegt hij begrijpend.

'Het spijt me, Bart,' zeg ik op berouwvolle toon. 'Het was een rare dag vandaag.'

'Vertel.'

'Later,' zeg ik. 'Daar ga ik jou nu niet mee lastigvallen. Zorg nou maar dat je beter wordt, zodat we ons dagje samen kunnen inhalen. Hoe gaat het nu met je?'

'Best hoor,' zegt hij, al klinkt zijn stem erg moe en zwak. 'Ik mis je.'

'En Dagmar dan?' vraag ik.

'Wat is er met Dagmar?' vraagt Bart op zijn beurt.

'Ik zag haar in de wachtkamer van het ziekenhuis. Ze was erg overstuur. Eerlijk gezegd maakte ze op mij de indruk dat ze je terug wilde.' Ik staar naar het hekwerk van het balkon en durf Barts antwoord nauwelijks aan te horen. Straks zegt hij nog dat hij eigenlijk ook spijt heeft van de scheiding. Ik ben oneindig opgelucht als Bart op ferme toon verklaart dat hij Dagmar beslist niet terug wil, zeker niet nu hij mij ontmoet heeft.

'Weet je zeker dat je niet kunt komen?' vraagt hij, als een klein kind dat zich niet bij een teleurstelling kan neerleggen. 'Ach nee, laat ook maar. Je hebt gelijk; als je te moe bent, moet je niet komen. Je klinkt ook moe, vind ik. Wat heb je allemaal gedaan?'

'Dat is een heel verhaal.' Ik ben absoluut niet van plan Bart ongerust te maken door hem te vertellen dat Olaf achter me aan zit.

'Ik heb alle tijd,' zegt Bart, en het afwachtende toontje waarschuwt me dat hij zich gekwetst voelt door mijn terughoudendheid. Daarom zeg ik snel: 'Isabel is gevonden.'

Mijn mededeling heeft het verwachte effect.

'Wát!' roept Bart.

'In de Donkere Duinen, precies zoals ik altijd droomde,' ga ik door. 'Ik had de politie aangeraden om daar eens te gaan graven en vanochtend belden ze me op. Ze zijn inderdaad gaan graven en hebben haar gevonden. Ik heb de hele dag op het politiebureau gezeten.' Dat is een beetje overdreven, maar het verklaart mijn vermoeidheid.

'Shit,' zegt Bart onder de indruk. 'Weten ze al hoe ze omgekomen is?'

'Ze is gewurgd.'

Er valt een diepe stilte.

'En nu?' vraagt Bart.

'Afwachten. Ze zijn het aan het onderzoeken,' zeg ik vaag.

'Bel me als je meer weet,' verzoekt Bart en dat beloof ik. Na een eindeloze reeks kusgeluidjes en ik-hou-van-jou's hangen we op. Ik laat de telefoon in mijn schoot vallen en staar naar de door de avondzon beschenen huizen aan de overkant.

Midden in de nacht snerpt de bel van de voordeur door mijn huis. Ik schrik zo ontzettend dat ik rechtop vlieg en verwilderd om me heen kijk. Met één hand op de wekker, helemaal verward, probeer ik erachter te komen of ik goed wakker ben of dat het geluid uit mijn droom afkomstig is.

Ik kijk op mijn wekker, die me in rode digitale cijfers duidelijk maakt dat het vijf uur 's ochtends is. Vijf uur!

Ik ren naar het raam van de woonkamer en gluur door het gordijn, maar zie geen zwarte Peugeot staan. Desondanks loop ik wantrouwig naar de deur en haal het nachtslot eraf. Ik sluip het portaal in, de donkere trap af naar de voordeur. Door het kijkgaatje bespied ik de onverwachte bezoeker.

Olaf.

Mijn hart begint wild te bonken. Alsof hij de gave heeft dwars door deuren heen te kijken, duik ik ineen. Hij belt weer, maar nu klinkt ook het geluid van een sleutel in het slot. Shit, hij heeft de sleutel van de voordeur! Waarom belt hij dan eerst? Om me lekker angst aan te jagen? Ik ren de trap op, struikel de gang in en ren blind op mijn voordeur af. Het merkwaardige is dat ik Olaf geen geluid hoor maken. Hij zegt niets, zijn voetstappen maken geen geluid op de trap, ik hoor hem niet ademhalen en toch is hij opeens achter me.

Grijpt me bij mijn arm, slaat zijn hand voor mijn mond voor ik kan gillen en duwt me naar binnen.

Olaf sluit zachtjes de deur en draait me om. Zijn gezicht hangt vlak boven het mijne en is vertrokken van woede. Ik produceer een gesmoord geluidje achter zijn hand. Hij haalt hem weg en ik wil gillen, iemand waarschuwen, lawaai maken, maar alle energie en moed sijpelen uit mijn lichaam als olie uit een lekke tank. Angstig stap ik naar achteren, de woonkamer in.

'Dus jij denkt dat ik het heb gedaan?' zegt Olaf met hese stem. 'Jij hebt me laten oppakken, me op het werk laten ophalen als de eerste de beste crimineel. Weet je hoe lang ze me op het bureau hebben gehouden? De hele nacht. De hele nacht! Verdomme Sabine, weet je hoe dat voelt, in zo'n zweterig stinkhok? Weet je wat het betekent om bekeken te worden alsof je het bespugen nog niet waard bent?'

Ik schuifel achteruit naar de telefoon, al betwijfel ik of ik de kans krijg om het ding zelfs maar aan te raken. In het donker komt Olaf stap voor stap op me af.

'Nee, dat weet jij niet,' gaat hij door. 'Jij hebt er geen seconde over nagedacht hoe het is om met handboeien het kantoor te verlaten en nagekeken te worden door de hele afdeling, verdomme!'

Ik krimp ineen door de explosie van woede in zijn stem. Een wapen, ik moet een wapen hebben. Iets om me mee te verdedigen. Mijn hand gaat tastend over de schoorsteenmantel en vindt een metalen sieradendoosje met puntige hoeken.

'Waarom, Sabine? Waarom doe je me dit aan?'

Met twee stappen is hij bij me en grijpt mijn pols beet. Ik onderdruk een kreet, meer om het doosje dat op de grond valt dan om de kracht van zijn greep.

'Waarom?' schreeuwt Olaf me in het gezicht.

Ik deins terug, maar hij houdt me nog steeds vast en kwakt me tegen de schoorsteenmantel aan. Woede mengt zich met angst. Ik geef hem een duw terug en doe een paar stappen bij hem vandaan. 'En waarom niet?' schreeuw ik terug. 'Jij wilde toch vergiffenis? Jij had toch iets vreselijks op je geweten? Waarom vertel je me zoiets? Wat moet ik met die informatie!'

Er valt een onheilspellende stilte. Het is erg vervelend dat ik in het donker zijn gezicht niet kan zien. 'Renée,' klinkt zijn stem, laag en donker. 'Ik had het over Renée.'

'Renée?' herhaal ik dommig.

'Ik wilde je helpen. Dat stomme wijf had een lesje nodig. En ik heb je toch goed geholpen? Het gaat toch veel beter nu zij weg is?'

De smekende klank in zijn stem bevalt me nog minder dan zijn woede. Ik schuifel weg, naar de voordeur.

'Heb je dat voor mij gedaan?' Mijn stem trilt.

Olaf kijkt me nors aan.

'En Isabel? Heb je dat ook voor mij gedaan?' vis ik, met een voorzichtige blik opzij. Als ik nu een sprintje trek, kan ik het redden.

Olaf stoot een geluid uit als van een gewond dier en ijsbeert door de kamer. Telkens vlak voor de deur langs.

'Nee, trut, natuurlijk niet! Ik zei toch dat ik daar niets mee te maken heb?' schreeuwt hij. 'Waarom geloof je niet gewoon wat ik zeg? Waarom vertrouw je me niet?'

Op het moment dat hij zich een seconde van me afwendt, ren ik naar de voordeur. Ik ruk hem open, zet één voet in de gang en word aan mijn haren teruggetrokken. Ik verlies mijn evenwicht en val op mijn rug op de grond. Voor ik overeind kan komen heeft Olaf de deur al dichtgeschopt en zit hij over me heen, zijn benen aan weerskanten van mijn lichaam. Zijn handen sluiten zich om mijn keel maar oefenen geen druk uit. Ik kan alleen maar naar hem staren, niet in staat te geloven dat hij dit werkelijk gaat doen. Olaf buigt zich over me heen.

'Dus zo zou het gegaan moeten zijn volgens jou,' zegt hij schor. 'Dat ik haar vermoord heb omdat ze mij liet barsten. Het is waar dat ze het uitmaakte. Ja, we waren in het bos. En ja, ik werd woedend en zij rende weg. Maar ik ben haar niet gevolgd. Ik heb haar niet vermoord.'

In het donker is hij alleen maar een gestalte met een stem die ik niet herken. Een gestalte met handen die de druk om mijn keel opvoeren.

'Het doet altijd pijn als degene van wie je houdt je niet meer wil. Ik hou van jou, weet je. Of hield, moet ik zeggen. Waarom kijk je zo bang? Denk je nog steeds dat ik tot zoiets in staat zou zijn? Misschien is dat ook wel zo. Misschien had jij gelijk en lieg ik dat ik barst. Laten we eens kijken hoe het zit, Sabine. Laten we samen eens kijken waar mijn grenzen liggen.'

Het hese gefluister zet alle alarmfuncties in mijn lichaam in werking. Ik kom bij uit de verdoving waarin ik zweefde en worstel om los te komen. Mijn handen zijn vrij en proberen die van hem weg te trekken. Olaf lacht zachtjes. Hij maakt zachte, drukkende bewegingen op mijn strottenhoofd die ontzettend pijn doen. Met opengesperde ogen kijk ik hem aan, mijn handen nog steeds om de zijne.

'Alsjeblieft,' fluister ik.

'Het is zo eenvoudig,' fluistert hij terug. 'Zo gemakkelijk en snel. Hooguit een minuut. Zou Isabel zich verzet hebben? Ik weet het niet. Ik was er niet bij, dus hoe zou ik het kunnen weten? Maar jij was er wel bij, lieve Sabine. Vertel eens, heeft het lang geduurd? Jij hebt het gezien. Waarom vertel je de politie niet wat je nog meer zag, hoe de echte dader eruitzag? Waarom weigert je geheugen die informatie prijs te geven? Heb je jezelf dat nooit afgevraagd?'

Zijn duimen drukken mijn strottenhoofd naar binnen. Het is niet het gebrek aan zuurstof dat wurging tot zo'n kwelling maakt, maar de pijn aan mijn luchtpijp.

Op het hoogtepunt van de pijn knapt er iets in mijn hoofd en springt er iets te voorschijn wat zich lang voor me verborgen heeft gehouden. Het bewustzijn sjokt een halve seconde achter de feiten aan. Ik voel aan de tinteling van mijn huid, het sneller slaan van mijn hart, dat ik het begrepen heb. Dat alle stukjes voor mijn verbijsterde geest op hun plaats vallen.

Maar het duurt iets langer voor het echt tot me doordringt. Ontzet sper ik mijn ogen open en staar Olaf aan. Hij lacht grimmig.

Ik sla mijn nagels uit en haal ze over zijn gezicht. Ik schop, beuk met mijn vuisten op zijn rug en als dat niet helpt, probeer ik met mijn vingers zijn ogen te vinden. Hij zet zijn knieën op mijn armen en dan ben ik hulpeloos.

Maar hij knijpt niet verder. Zijn handen houden mijn keel in een strakke omhelzing maar laten net genoeg lucht door om me bij kennis te houden. Ik hoor zijn gejaagde ademhaling, ruik zijn geur van opgedroogd zweet en sigarettenrook.

'Ik was het niet,' zegt hij vlak boven mijn gezicht. 'We weten allebei dat ik het niet was, nietwaar, Sabine?'

Ik slaag erin een gorgelend geluid te maken. De druk op mijn keel neemt iets af.

'Toch, Sabine? Wees nou eens eerlijk tegenover jezelf. Het heeft geen zin om nog langer verstoppertje te spelen. Heb je dit niet al die tijd al geweten?'

Ik slaag erin te knikken en er is plotseling ruimte om mijn keel.

'Ze kunnen niets bewijzen.' Olafs gezicht gaat naar beneden. Ik ruik eerst zijn adem en voel dan zijn vochtige mond op de mijne. 'Er is geen bewijs, niet na negen jaar. Het kan iedereen geweest zijn. Alles wat we hebben zijn jouw herinneringen. Herinner je het je, Sabine? Weet je nog dat je me met Isabel het bos in zag lopen?'

'Ja,' fluister ik, zijn lippen nog steeds tegen de mijne.

'Ik zag jou ook, al wist je dat niet. O, niet meteen. Later pas, na de ruzie, toen ik kwaad wegliep. Ik zag hoe je je verschool achter een boom met je fiets, heel onhandig. En vertel eens, Sabine, leefde Isabel toen nog?'

'Ja,' prevel ik.

'Dus heb je mij Isabel zien vermoorden? Nou, zeg eens?'

'Nee. Jij was het niet,' zeg ik nauwelijks verstaanbaar.

'Er was nog iemand, nietwaar?' Olafs stem maakt een sissend geluid, als een slang die ieder moment kan toeschieten.

'Ja,' zeg ik met een snik.

Hij richt zich iets op en kijkt me lange tijd aan.

'Dus je weet wie het wel gedaan heeft?'

'Ja.'

Hij glimlacht en maakt zich van me los. Hij haalt zijn knieën van mijn armen, pakt mijn hand en trekt me overeind. Als een slappe pop hang ik tegen de deurpost.

'Het blijft een wonder, de werking van het geheugen,' zegt Olaf. 'Ik dacht wel dat ik je een handje kon helpen.'

Hij draait zich om en loopt de deur uit. Zo zeker alsof hij het gezegd heeft, weet ik dat ik hem niet meer zal zien. Ik strompel naar mijn bed, laat me op de rand zakken en huil zoals ik nog nooit heb gehuild.

# 42

'Ik ben bang dat we niets kunnen bewijzen tegen de heer Van Oirschot,' zegt Rolf Hartog. 'Die achtste mei was hij pas om halfdrie klaar met zijn examen wiskunde. Zijn moeder heeft bevestigd dat hij vlak daarna thuiskwam. Dat betekent dat hij nooit rond die tijd Isabel bij de Donkere Duinen ontmoet kan hebben.'

Ik zit op de bank in mijn ochtendjas, een kop dampende thee in mijn ene hand en de telefoon in de andere. Het is negen uur en de ochtendzon drijft de spot met de angst en verwarring die eerder tussen deze muren hing.

'Daarom bel ik u ook,' zeg ik, nog steeds hees van de keelpijn. 'Ik heb me vergist. Olaf van Oirschot heeft niets te maken met de dood van Isabel.'

Een verbaasde stilte aan de andere kant van de lijn.

'O?' zegt Hartog. 'Waar komt dat opeens vandaan?'

'Vanochtend vroeg kwamen de laatste stukjes van de puzzel opeens terug. Ik herinnerde me plotseling hoe het zat; ik weet wie Isabel heeft vermoord.'

Stilte.

'Het was een onbekende. Hij zat op zijn knieën naast haar, als een bezetene te graven. Isabel was dood. Ik zag haar met haar hoofd achterover liggen, haar ogen en haar mond wijdopen. Eén moment keek die man op, alsof hij voelde dat iemand hem bespiedde, maar hij zag me niet. Op dat moment zag ik heel duidelijk zijn gezicht. Ik was bang dat hij me zou ontdekken en ben snel weggegaan.'

Nog steeds is het stil. Ik hoor papier ritselen en zie Hartog voor me, druk aantekeningen makend.

'Zou je dat gezicht herkennen als we je een aantal foto's lieten bekijken?' vraagt hij.

'Ja,' zeg ik. 'Dat denk ik wel.'

We maken een afspraak.

Ik neem voor onbepaalde tijd vrij van mijn werk, leg Zinzy zo bondig mogelijk uit wat er gaande is en bel vervolgens Robin. Hij is op kantoor, maar biedt onmiddellijk aan om langs te komen als ik vertel waar ik voor bel. Binnen een halfuur staat hij tegenover me in mijn woonkamer.

'Sabine!' Geschokt bekijkt hij de afdrukken op mijn keel. 'Welke schoft heeft je dat geflikt?'

'Olaf.' Ik nestel me weer in mijn hoekje op de bank en trek mijn ochtendjas wat hoger, zodat Robin zijn ontzette blik op iets anders kan richten.

'Ik vermoord hem!' zegt Robin gespannen. 'Is hij nou helemaal gestoord? Je hebt toch wel aangifte gedaan?'

'Nee, en dat ga ik ook niet doen,' zeg ik. 'Olaf heeft Isabel niet vermoord, Robin. Ik weet het zeker.'

'Misschien heeft hij Isabel niet vermoord, maar jou wel bijna! Waarom doe je geen aangifte? Ik snap jou niet! Straks komt die gek terug.'

'Hij komt niet terug.' Ik staar voor me uit. 'Hij was niet van plan me te vermoorden. Hij was woest, zo verschrikkelijk woest! Dat zou ik ook zijn als iemand me ten onrechte van moord beschuldigde en ik de hele nacht op het politiebureau had gezeten. In zekere zin heeft hij me hiermee geholpen.' Ik wrijf zachtjes over mijn keel.

'Hoezo?' snauwt Robin, een en al onbegrip en nijd.

'Het laatste stukje herinnering kwam acuut terug. Alsof ik er weer bij kon toen ik hetzelfde doormaakte als Isabel...' Ik huiver en bijt op mijn lip om mijn emoties de baas te blijven. 'Het is verschrikkelijk om zo te sterven,' fluister ik. 'Verschrikkelijk!'

Robin zakt naast me op de bank en slaat zijn arm om me heen. 'Ja, dat geloof ik,' zegt hij ernstig. 'En daarom heb ik er moeite mee om die schoft vrijuit te laten gaan. Hij mag dan razend zijn geweest, dat is geen reden om iemand bij de keel te grijpen. Zullen we samen naar de politie gaan?'

Ik schud vermoeid mijn hoofd.

'Echt Sabine, ik vind dat je dat aan jezelf verplicht bent. Kijk nou eens!' Robin trekt met zachte dwang mijn handen weg zodat mijn ochtendjas terugvalt.

'Laat nou maar,' zeg ik. 'Echt Robin, laat het gaan. Het is oneindig veel belangrijker dat ik nu weet wie Isabel heeft vermoord.'

Met iets van schrik in zijn ogen kijkt hij me aan. 'Weet je dat dan? Bedoelde je dat met dat laatste stukje herinnering?'

'Ja, natuurlijk.'

Hij moet die informatie even verwerken, staart voor zich uit en kijkt me vervolgens onderzoekend aan.

'Wie...'

'Een onbekende,' val ik hem in de rede. 'Het was een volslagen onbekend gezicht. Hoewel, dat is niet helemaal waar. Ik ken dat gezicht wel degelijk, maar ik weet niet waarvan.'

Robin kijkt me zwijgend aan.

'Het was een vrij jonge man,' zeg ik. 'Blond haar, smal gezicht, lijnen van zijn neus naar zijn mond... Ik heb dat gezicht eerder gezien maar ik weet niet waar. Daar zit ik de hele tijd al over te piekeren.'

Robin kijkt me nog steeds aan.

'En nu?' zegt hij ten slotte.

'Ik ga vanmiddag naar het politiebureau in Den Helder. Hartog wil me een paar foto's laten zien om te kijken of ik iemand herken.'

'Aha.'

We zwijgen beiden.

'Wil je koffie?' vraag ik.

'Welja, doe maar.'

Ik loop naar de keuken en zet een pot koffie. Terwijl het apparaat pruttelend tot leven komt, ga ik weer op de bank zitten en kijk naar mijn broer. Robin is opgestaan en staat voor het raam, zijn rug naar me toe.

'Waar denk je aan?' vraag ik.

Hij draait zich niet om.

'Aan Isabel. Aan haar moordenaar,' zegt hij.

'Ja,' zeg ik zacht. 'Daar moet ik ook steeds aan denken. Haar moordenaar. Wat drijft iemand zo ver dat hij een ander mens het leven ontneemt? Hoe leef je vervolgens zelf verder? Hoe kun je zoiets verzwijgen?'

Robin zwijgt.

'Je leest de kranten, ziet de opsporingsberichten, hoort de smeekbeden van haar ouders in tv-programma's. Hoe is het mogelijk om daar zo koel onder te blijven? Zou je dan geen spijt krijgen, of ben je alleen maar bang voor ontdekking?'

'Tja,' zegt Robin, hij draait zich om en werpt een lange, onderzoekende blik op me. 'Je zei net dat de laatste ontbrekende herinneringen zijn teruggekomen.'

'Ja...' Ik bestudeer mijn nagels zodat ik mijn broer niet hoef aan te kijken.

'En vanmiddag ga je de dader aangeven.'

'Ja.' Ik blijf van Robin wegkijken.

'Zou je dat nou wel doen?' Er klinkt iets door in zijn stem waardoor ik het liefst op hem af was gerend en mijn armen om hem heen had geslagen. Dat doe ik niet, ik blijf met opgetrokken knieën op de bank zitten en kan hem niet eens aankijken, laat staan aanraken.

'Ik moet wel,' zeg ik zacht.

'Waarom? Ben je zo zeker van je zaak? Ik bedoel, je geheugen heeft je al die tijd in de steek gelaten. Je hebt zelf gezegd dat je regelmatig droomde over wat er met Isabel gebeurd zou kunnen zijn, dus wie zegt dat het niet gewoon je droom is die je je herinnert?' Robin loopt heen en weer door de kamer, één hand in zijn broekzak en met zijn andere hand rondzwaaiend als een advocaat in de rechtszaal.

'Ik geloof niet dat het een droom is,' zeg ik. 'Maar de politie zegt hetzelfde als jij. Ik krijg helemaal niet de indruk dat ze veel waarde hechten aan mijn woorden. Dat moeten ze zelf weten; ik vertel alleen wat ik me meen te herinneren. Wat ze ermee doen, moeten ze zelf weten.'

Voorzichtig kijk ik in Robins richting en zie een uitdrukking van diepe bezorgdheid op zijn gezicht. 'Wil je dat ik met je meega?' biedt hij aan.

Ik schud vastberaden mijn hoofd. 'Nee, dat is niet nodig.'

'Echt niet?'

'Ik red me wel.'

'Ja,' zegt Robin. 'Ja, op de een of andere manier red jij jezelf altijd verbazend goed.'

Hij komt onverwacht naar me toe en omhelst me. Dat verrast me; we zijn close maar niet bepaald knuffelig.

'Ik hou van je, zus.' Hij kust me op de wang.

'Dat weet ik toch,' zeg ik en glimlach, al voel ik me verre van vrolijk.

Het is eind juni, maar de zomer lijkt voorbij. Als ik een uurtje later met mijn sleutels in mijn hand naar mijn auto loop, ligt de straat vol regenplassen. Eén plotselinge stormwind heeft de kou voortijdig het land in geblazen. Het geeft me de gelegenheid om een jasje te dragen met een bijpassend sjaaltje, dat de plekken in mijn nek verbergt.

Weer rij ik naar Den Helder, en deze keer zit Rolf Hartog al op me te wachten. Ik word hartelijk ontvangen met koffie en stroopwafels, hij informeert hoe het met me gaat en komt dan ter zake. In hetzelfde kamertje als de vorige keren legt hij mappen vol foto's voor me neer.

'Bekijk ze maar rustig,' zegt hij. 'Neem de tijd.'

Ik sla de map open en kijk in onbekende gezichten die allemaal dezelfde gevangenisuitdrukking hebben. 'Zijn dit allemaal veroordeelden?' vraag ik terwijl ik doorblader.

'Ja,' zegt Hartog.

'Dan hoeft hij er dus niet per se in te staan,' zeg ik.

'Nee, maar als de moordenaar van Isabel geen bekende van haar was, is de kans is vrij groot dat hij zich eerder aan dit soort vergrijpen schuldig heeft gemaakt.' Hartog zet nog een bekertje koffie voor me neer. Met zijn rug naar mij toe gaat hij bij het raam staan en rookt een sigaret.

Ik doe alsof hij er niet is en bekijk iedere bladzijde op mijn gemak. Donkere mannen, blonde mannen, vrouwen, oud en jong, lelijk en knap; alles trekt aan me voorbij. Net als ik de moed verlies, hou ik met een scherp geluid mijn adem in.

Hartog draait zich meteen om en kijkt me strak aan.

'Deze man,' zeg ik, en ik wijs naar de foto rechts in de hoek. 'Deze man is het. Blond, smal gezicht...'

Hartog drukt zijn sigaret uit in de asbak en komt naast me staan. Hij kijkt naar de foto die ik aanwijs. Er staan geen bijzonderheden bij. 'Weet je het zeker?' vraagt hij.

Ik knik. 'Dat is het gezicht dat ik gezien heb. Die diepe lijnen van zijn neus naar zijn mondhoeken... Ja, ik weet het zeker. Het is hem.'

Hartog kijkt lange tijd peinzend naar de foto. 'Sjaak van Vliet,' mompelt hij.

Ik knik. 'Hij moet daar rondgehangen hebben. Waarschijnlijk was hij ook getuige van de ruzie tussen Olaf en Isabel en is hij Isabel gevolgd toen ze het bos in vluchtte.'

'Ging Olaf van Oirschot haar achterna?' vraagt Hartog.

Ik schud mijn hoofd. 'Hij maakte wel aanstalten, schreeuwde haar nog iets na, maar toen draaide hij zich om en liep weg. Ik weet nog dat ik mijn fiets verder het struikgewas in trok omdat hij me rakelings passeerde.'

'En toen ben je Isabel achternagegaan.'

'Ja, ik gooide mijn fiets op de grond en ging achter haar aan.'

'Waarom?'

'Ik maakte me ongerust om haar, dat is toch logisch?' zeg ik geïrriteerd.

Hartog trekt een gezicht alsof hij daar zo zijn eigen gedachten over heeft. 'Ik weet het niet,' zegt hij. 'Was dat logisch? Zulke goede vriendinnen waren jullie toch niet?'

'Maar we waren het wel geweest,' zeg ik.

Hartog zwijgt en kijkt naar de foto van Sjaak van Vliet.

'Hij is toch een bekende van de politie?' vraag ik.

Hartog knikt. 'Niet alleen van de politie,' zegt hij. 'Ook van het grote publiek. Zijn foto is vaak vertoond. Die heb je vast wel eens gezien.'

Dat kan ik moeilijk ontkennen en ik knik.

'Zedendelicten, aanrandingen... Ja, we hebben een aardige lijst met vergrijpen van hem liggen. Hij is een paar jaar geleden gearresteerd voor de moord op Rosalie Moosdijk, twee jaar nadat Isabel Hartman verdween, maar hij heeft betrokkenheid in de zaak van Isabel altijd ontkend.'

Ik knik weer.

'Wat ik niet begrijp, is dat je hem niet herkend hebt toen je zijn foto op tv zag,' zegt Hartog met gefronste wenkbrauwen.

'Hij kwam me wel bekend voor,' zeg ik. 'Maar ik dacht dat dat door de aandacht in de media kwam. Ik had geen idee dat ik hem gezíén had.'

Hartog legt de foto op het bureau en kijkt me lange tijd aan. Ik kijk terug en verbied mezelf om als eerste de stilte te verbreken. Dit is een strijd die zonder woorden wordt uitgevochten en ik weet dat ik het aankan, dat ik de nervositeit die de kop opsteekt kan onderdrukken en Hartogs onderzoekende blik kan weerstaan.

Hartog geeft als eerste toe. Met een zucht leunt hij achterover en wrijft vermoeid over zijn voorhoofd. 'We gaan het onderzoeken,' zegt hij. 'Het is jammer dat Van Vliet niet meer leeft. Hij is twee jaar geleden in de Bijlmerbajes overleden maar dat wist je vast wel. Van Vliet is echter niet de enige verdachte die we op het oog hebben. Olaf van Oirschot heeft een alibi, maar er zijn meer kandidaten. Mensen die Isabel óók goed gekend hebben. Het probleem is dat je in dit soort zaken van alles kunt vermoeden, misschien zelfs zeker weten, maar dat het uiteindelijk om het bewijs draait.' Onverwacht leunt hij naar voren en ik onderdruk de neiging om me terug te trekken. 'Wat mij betreft is deze zaak niet voor honderd procent gesloten, zelfs niet als alle sporen naar Van Vliet wijzen, juffrouw Kroese. Ik blijf ermee bezig.'

Zonder met mijn ogen te knipperen kijk ik hem aan. 'Zoals u al zei, meneer Hartog,' zeg ik, 'draait het allemaal om het bewijs.'

Dagenlang staan de kranten er vol van. Alle dagbladen van betekenis koppen dezelfde berichten:

MOORDZAAK ISABEL HARTMAN MOGELIJK OPGELOST: VAN VLIET WAARSCHIJNLIJK TOCH DE DADER

MOORDENAAR NA NEGEN JAAR TOCH GEVONDEN?

Hóé die moordzaak is opgelost laten ze in het midden. Sommige kranten weten te vertellen dat er een onverwachte getuige is opgedoken die zich belangrijke feiten herinnerde, waardoor het onderzoek weer geopend werd. De uitkomst was dat Sjaak van Vliet, die zich veelvuldig in de Helderse duinen en het bos ophield, door een getuige gezien was tijdens het graven van een kuil om het lichaam van de vijftienjarige Isabel Hartman in te begraven. De getuige was, om redenen die de politie niet wilde vrijgeven, niet eerder in staat geweest om een verklaring af te leggen. Sjaak van Vliet pleegde twee jaar geleden zelfmoord in de gevangenis, waar hij een levenslange gevangenisstraf uitzat voor de moord op Rosalie Moosdijk.

Ik lees alle kranten, knip de stukken uit en als ik ze zo vaak heb gelezen dat ik ze uit mijn hoofd ken, leg ik ze op de barbecue die op mijn balkon staat en hou er een lucifer bij. Binnen een minuut is er niets meer van over dan omgekrulde, geblakerde stukjes papier die uiteenvallen als je ze aanraakt.

Het is voorbij.

# 43

Er hangen geen slingers, maar Renée wordt wel van alle kanten begroet en gekust. Vanachter mijn bureau, de handen rustig in mijn schoot, kijk ik toe. De drukte om Renée heen neemt af, er vallen gaten als iedereen terugloopt naar zijn werkplek en onze ogen ontmoeten elkaar. Ik sta niet op.

'Dag Renée,' zeg ik. 'Fijn dat het beter met je gaat.'

'Dank je.' Haar blik glijdt van mijn gezicht naar het bureau waarachter ik zit.

'Zoals je ziet heb ik mijn oude plek weer genomen,' zeg ik. 'Als Wouters rechterhand zat ik niet praktisch, daar in de hoek.'

'Wouters rechterhand?' echoot ze.

Ik knik haar vriendelijk toe. 'In praktijk en op papier. Er was behoefte aan, nu jij zo lang weg was. Natuurlijk blijf jij gewoon Hoofd Secretariaat.'

Maar onder mij. Ik hoef het niet zo duidelijk te zeggen om de boodschap over te laten komen. Het duurt even voor Renée haar spraakvermogen heeft teruggevonden.

'Ik dacht dat jij naar PZ zou gaan,' zegt ze.

'Wouter had een beter voorstel,' antwoord ik.

'O,' zegt ze.

Ik knik haar nogmaals vriendelijk toe en ga aan het werk. Ze blijft in het midden van het secretariaat staan, opent haar mond om iets te zeggen en sluit hem weer. Dan draait ze zich om en neemt plaats aan het bureau achterin. Een heel eind bij mij uit de buurt.

Zinzy zit tegenover me en kijkt me met twinkelende ogen aan. 'Dit vind je leuk, hè?' fluistert ze.

'Niet echt,' zeg ik. 'Ik weet te goed hoe dat voelt.'

Zinzy trekt haar wenkbrauwen op en blijft me aankijken. 'Nou, oké, misschien vind ik het toch wel een beetje leuk,' zeg ik grijnzend.

'Ik kan nog steeds niet goed begrijpen waarom je weggaat,' zegt Zinzy hoofdschuddend. 'Heb je het eindelijk voor elkaar, neem je ontslag. En je hebt nog niet eens een andere baan.'

'Ik hoef ook geen andere baan,' zeg ik. 'Het lijkt me heerlijk om een tijdje niets te doen. Om te reizen en te leven van mijn spaargeld, gewoon met de dag te leven.'

'Heb je je huis al verkocht?'

'Ja, met ingang van volgende week ben ik er weg.'

'Wat ga je doen?'

'Geen idee. Ik denk dat ik eerst naar Zuid-Spanje rij, naar mijn ouders. Weet je hoeveel graden het daar nog is? Ruim boven dertig.'

'Heerlijk,' verzucht Zinzy.

'En daarna ga ik misschien een tijdje naar Londen, naar Robin. Daarna zie ik wel weer. Ik heb altijd graag een wereldreis willen maken.'

'Wie niet,' mompelt Zinzy. 'Als ik het geld had...'

Ik lach. 'Alsof ik dat heb. Ik verdien het wel ergens. Desnoods met borden wassen in een restaurant; het maakt mij niet uit.'

Zinzy kijkt me vol bewondering aan, een blik waarin ik me koester als in een warm bad.

'Je doet het echt, hè? Iedereen droomt er wel eens van om alles achter te laten en te vertrekken, maar jij doet het gewoon. Geweldig, Sabine. Ik ga een afscheidsfeest voor je organiseren.'

'Nee, niet doen. Ik heb nog aan niemand verteld dat ik wegga.'

'Aan niemand?'

'Alleen aan Wouter, natuurlijk. En dat hou ik liever nog even zo.' Ik werp een korte blik op Renée. 'Er zijn mensen die ik graag nog een tijdje in de waan laat dat ik dit bureau nooit meer opgeef.'

# Epiloog

Ik heb Bart een brief geschreven waarin ik uitleg dat ik in de war ben, dat ik hem een tijdje niet kan zien. Misschien wel helemaal niet meer, daar ben ik nog niet uit. Ik weet nu waarom ik het destijds uitmaakte, en mezelf geen vriendschappen en geluk meer toestond.

Als ik het verleden kon veranderen, zou ik het doen, absoluut. Door mij is Isabel gestorven. Ik keerde me tegen haar op het moment dat ze me nodig had. Hoe kan ik mezelf toestaan om gelukkig te zijn, om door te gaan met leven terwijl door mijn toedoen háár leven eindigde? Ik moet afscheid van haar nemen, zeggen hoezeer het me spijt. Dat kan niet op het kerkhof waar ze nu begraven ligt, ik moet naar de plek waar het gebeurd is.

Een week voor ik naar Spanje vertrek, rij ik naar Den Helder, naar de Donkere Duinen. Ik parkeer mijn auto bij de snackbar aan de rand van het bos en loop het hele eind naar de bewuste plek. Onder het prikkeldraad door, de dichte begroeiing van het bos in.

Het meisje loopt als een schaduw achter me aan. Ze huilt.

'Waarom doe je dit? Wat heeft het voor zin? De zaak is toch rond? Wat wil je je nu nog meer herinneren?'

'Niets,' zeg ik terwijl ik het struikgewas uiteen duw. 'Ik weet alles.'

'Vergeet het weer!' smeekt het meisje. 'Dat heb je eerder gedaan, en was dat zo'n slechte keus?'

'Dat kan geen tweede keer,' zeg ik.

'Maar waarom kom je dan terug? Wat doe je hier?'

We komen op de open plek en kijken naar het groepje braamstruiken.

'Afscheid nemen,' zeg ik zacht. 'Zeggen hoezeer het me spijt.'

Het meisje kijkt een andere kant op. 'Het spijt me niet.'

Ik draai haar naar me toe en kijk haar aan.

'Mij wel,' zeg ik zacht. 'En jou ook. Het was niet de bedoeling. Je was woedend, en jarenlange opgekropte woede is een gevaarlijk wapen.'

Ze wendt haar blik af.

'Je hoeft er niet eens sterk voor te zijn.'

Ze draait haar gezicht naar me toe en ik zie tranen in haar ogen. 'Het was niet de bedoeling,' zegt ze hees. 'Het gebeurde gewoon, het was echt niet de bedoeling.'

Ik kijk hoe ze naar de plek loopt waar Isabel naartoe vluchtte, geschrokken door Olafs woede. Toen ze merkte dat hij haar niet achternakwam, voelde ze een epileptische aanval aankomen en liep ze door naar de open plek die tussen de bomen door schemerde, waar ze zichzelf niet kon bezeren en waar ze niet werd blootgesteld aan nieuwsgierige blikken.

Ik volgde haar, raakte haar even kwijt en liep een paar keer de verkeerde kant op. Waarom volgde ik haar? Ik kan het niet goed verklaren, behalve dat ik altijd heb gehoopt dat het op een dag weer goed zou komen tussen ons. Dat er een moment zou komen waarop we met z'n tweeën waren, zonder de druk van de groep, en dat ik dan de oude Isabel zou terugvinden. Dat was de reden dat ik mezelf door het struikgewas wurmde en bleef zoeken toen ik haar uit het oog verloor.

Op een gegeven moment stond ik aan de rand van de open plek, zag haar liggen en begreep meteen wat er aan de hand was; ze had net een epileptische aanval gehad. Hij kon niet lang geduurd hebben, maar hij moest erg heftig zijn geweest. Haar gezicht zag bleek en ze leunde uitgeput met haar rug tegen een boomstam.

Roerloos bleef ik staan tussen de bomen, met de vage hoop dat de schaduwen mijn aanwezigheid verborgen hielden. Maar alsof ze voelde dat ik in de buurt was, keek Isabel opzij. Recht in mijn gezicht. Ik bewoog me niet, en zij evenmin. We staarden elkaar aan in een vacuüm van tijd en stilte, waarin de jaren en alles wat er tussen ons voorgevallen was wegvielen. Er was alleen het ruisen van de wind in de boomtoppen, het warme zand en de kracht van onze gedachten en gevoelens.

Een van ons zou het initiatief moeten nemen om de stilte te verbreken. We konden niet eeuwig zo naar elkaar staren. Ik stond op het punt om iets te zeggen toen Isabels stem me bereikte, zacht en moeizaam.

'Krijg je hier nou nooit genoeg van?'

Niet-begrijpend keek ik haar aan. 'Waarvan?'

'Van mij achternalopen en me redden.'

Ik wist niet wat ik moest zeggen. 'Ik zag je het bos in lopen,' zei ik ten slotte maar.

Ze maakte een machteloos gebaar met haar hand, sloot haar ogen en liet haar hoofd rusten tegen de boomstam waartegen ze leunde. Het was duidelijk dat de epileptische aanval haar krachten had doen wegvloeien als de hars uit de boomstam achter haar.

'Gaat het?' Ik deed een paar stappen naar haar toe en betrad daarmee de kleine zanderige open plek die ons van elkaar scheidde.

Isabel opende haar ogen en schudde haar hoofd. 'Jij verandert nooit, hè?' zei ze vermoeid.

Ik keek besluiteloos om me heen, had geen flauw idee wat ze bedoelde. Ik stond daar maar, met mijn armen langs mijn lichaam.

'Kijk nou naar jezelf,' zei Isabel. 'Hoever kun je bij jou gaan, Sabine?'

'Waarom laat je me niet gewoon met rust?' smeekte ik. 'We hoeven niet per se vriendinnen te zijn zoals vroeger, maar je kunt me toch in ieder geval met rust laten?'

Isabel reageerde niet. Herinnerde de verwijzing aan onze vriendschap haar aan vroeger? Aan onze logeerpartijtjes en gezamenlijke vakanties?

'Hoe gaat het met je vader?' vroeg ze.

Ik keek haar wantrouwig aan. 'Alsof jou dat iets uitmaakt.'

Ze haalde haar schouders op. 'Je vader is niet verkeerd. Je broer trouwens ook niet.'

Iets in de manier waarop ze dat zei deed mijn huid tintelen. Onderzoekend keek ik haar aan.

'Het is uit met Olaf,' zei Isabel. 'En met Bart. Maar ik denk dat Robin mij wel ziet zitten.'

De geïrriteerde klank van haar stem ging over in verachting. Diep in mij roerde zich iets wat ik niet langer kon onderdrukken, als een luchtbel in kokend water die naar de oppervlakte opborrelde.

Mijn ogen vernauwden zich, woede besprong me als een roofdier en zette zijn klauwen in me. Het deed pijn. Een pijn, gerelateerd aan de wetenschap dat Isabel gelijk had. Robin was loyaal en gek op mij, maar hij was ook een jongen. Ik had hem zien kijken naar Isabel als hij zich onbespied waande. Ze wilde en zou hem krijgen.

Kilte verspreidde zich vanuit mijn hart over de rest van mijn lichaam. Isabel moest lachen om mijn gezicht. Ze probeerde overeind te komen, maar haar zwaarbeproefde spieren lieten haar in de steek zodat ze terugviel. Ik schoot niet te hulp, zoals ik een paar minuten geleden nog van plan was geweest.

'Het zal even wennen zijn als hij straks op míj staat te wachten op het schoolplein in plaats van op jou,' zei ze boosaardig.

Ik vloog naar voren. Ik was zo snel bij haar dat ze niet eens de kans kreeg om me af te weren.

Met vlekken voor mijn ogen greep ik haar met beide handen bij de keel en kneep. Er was geen angst in haar ogen, slechts verbazing, maar dat veranderde snel.

Ze kon zich niet verzetten terwijl ik kneep en kneep. Er was nauwelijks kracht voor nodig. Ze stribbelde tegen, maar ik was sterker.

Ze sperde haar ogen wijd open en de uitdrukking erin werd smekend, zoals mijn blik jarenlang was geweest.

Als haar epileptische aanval minder heftig was geweest, was ze misschien niet zo verzwakt en zou ze meer tegenstand hebben geboden. Nu was het voorbij voor ik het wist, terwijl ik bleef knijpen.

Na een tijdje hield het schokken van haar lichaam op en staarden haar ogen me eigenaardig aan.

De vlekken verdwenen. Vol afschuw liet ik Isabels keel los en keek naar haar dode gezicht, naar mijn handen die tot zoiets in staat waren geweest. Hoe lang ik daar zo heb gezeten, met mijn handen omhoog, weet ik niet. Op een gegeven moment drong tot me door wat ik had gedaan en begon ik te trillen. Dit kon niet waar zijn. Dit had ik niet echt gedaan. Het was een andere Sabine, iemand die ik helemaal niet kende, die het van me had overgenomen en Isabels keel had dichtgeknepen. Niet ik. Zo was ik niet.

De andere persoonlijkheid diep in mij had me nog niet verlaten en nam de leiding. Ik zag haar de omgeving afzoeken en terugkomen met een stuk hard plastic, een vernield waarschuwingsbordje, dat tussen de struiken lag. Ze gebruikte het als schep om een zo diep mogelijk gat in een bosschage van braamstruiken te graven. Verbijsterd keek ik toe hoe ze een fietssleuteltje uit Isabels broekzak viste, haar lichaam naar het gat sleepte en haar erin schoof. Ze gooide haar tas en jasje, die nog bij de boom lagen, erbij en bedekte alles met zand.

Ik strompelde terug naar mijn fiets, verdoofd door wat er achter me was voorgevallen, maar Sabine Twee dacht nuchter en praktisch na. Bij de snackbar maakte ze Isabels fiets open en voerde hem al fietsend aan één hand mee naar het station. Met het sleuteltje in het slot zou hij daar niet lang blijven staan.

Daarna liet ze me in de steek, zodat ik alleen naar huis moest fietsen. De weg langs de Lange Vliet duurde eindeloos. Hoe hard ik ook trapte, Isabels gezicht bleef me volgen. De gedachten raasden door mijn hoofd, mijn hele lichaam trilde van ongeloof. Dat is misschien de kern van de zaak: ik weigerde te geloven dat ik tot zoiets gruwelijks in staat was geweest.

Het heeft lang gewerkt. Hoe zoiets mogelijk is weet ik niet, maar na een paar dagen geloofde ik zelf dat ik nooit en nooit tot zoiets in staat zou zijn geweest.

Langzaam draai ik me om en loop tussen de bomen door terug naar het bospad. Alleen.

Het meisje is verdwenen, voorgoed. Ik heb haar niet meer nodig. We hebben beiden onder ogen gezien wat aan de oppervlakte lag, maar toch zo goed verborgen bleef. Ik denk niet dat ik het een tweede keer kan wegstoppen, niet in Spanje, niet in Londen, zelfs niet aan de andere kant van de wereld.

Maar ik ga het wel proberen.

Lees alvast een voorproefje van Simone van der Vlugts nieuwe thriller *In mijn dromen,* die eind juni in de winkel ligt.

# 1

Het vliegtuig gaat neerstorten. Vanaf het moment dat ik aan boord stap, weet ik dat er iets verschrikkelijks staat te gebeuren. De drukte van passagiers die hun stoel zoeken, handbagage in de bakken leggen en opstoppingen in het gangpad veroorzaken is hetzelfde als altijd, en toch lijkt de sfeer chaotischer en nerveuzer dan normaal.

Ik hou niet van vliegen, al kan ik de verontrusting die me bekruipt als ik me in mijn stoel vastgesp niet als vliegangst beschrijven. Het is het lichte ongemak waar niemand helemaal vrij van is, dat mensen een kruisje doet slaan, een alcoholisch drankje doet bestellen bij de stewardess en dat applaus veroorzaakt als de piloot het toestel veilig aan de grond zet.

Ondanks dat gevoel stap ik twee keer per jaar aan boord om op de een of andere vakantiebestemming te komen. Zoals nu ook weer.

Misschien komt het doordat ik deze keer alleen reis. Ik heb nog nooit alleen gevlogen, ik zag geen reden om zonder Jeroen te gaan, en eigenlijk zie ik die nu ook niet. Wat bezielde me? Wat doe ik hier, in die verdraaide kist die me de kriebels gaf zodra ik hem door het raam bij de gate zag staan?

Terwijl we vliegen probeer ik me te ontspannen met een tijdschrift, maar het lukt me niet om mijn aandacht bij de oppervlakkige artikeltjes te houden. Uiteindelijk stop ik het blad terug in het netje van de stoel voor me en kijk ik wat rond naar de passagiers in mijn directe nabijheid. De stoelen naast me zijn leeg, maar aan de andere kant van het gangpad zit een echtpaar met een meisje van een jaar of tien. Ze zien er zonverbrand uit, de vrouw heeft haar zonnebril nog op het hoofd en is gekleed in een mouwloos shirtje op een fleurige rok. Het meisje draagt een zomerjurkje en een roze hoofddoekje dat haar lange blonde haar uit haar gezicht houdt. Ze zit bij het raampje en kijkt in opgewonden afwachting naar buiten. Haar vader zit op de stoel aan het gangpad, in korte broek en met slippers. Hij glimlacht naar me als hij mijn blik vangt, en een beetje betrapt glimlach ik terug.

Om mijn onrustige gedachten te verzetten, kom ik overeind en maak het bagagebakje open. In mijn rolkoffertje zit een boek, *Twilight,* waarvan ik tot nu toe alleen de titel en de flaptekst gelezen heb.

Ik trek mijn koffer uit het kastje en terwijl ik hem openmaak kijk ik onderzoekend de cabine in. Alle plaatsen zijn bezet, behalve dus die naast mij, wat wel vreemd is in vakantietijd.

Achter me zit een ouder echtpaar, verdiept in lectuur en kruiswoordpuzzel. De vrouw knikt me vriendelijk toe. Ik knik terug en laat mijn ogen over de rijen achter hen glijden. Dan laat ik me weer op mijn plaats bij het raampje zakken en sla mijn boek open. Ik weet niet hoe het komt, maar uit het niets verschijnt het beeld van een explosief op mijn netvlies. Een voorwerp dat zich ergens in dit vliegtuig bevindt.

Ik schud mijn hoofd en zoek de bladzijde op waar ik gebleven ben. Belachelijk, alsof iemand daarmee door de veiligheidscontrole zou komen. Resoluut schud ik die gedachte van me af en concentreer me op mijn boek. In plaats van het beeld dat de schrijver voor me probeert op te roepen zie ik een pakketje explosieven voor me.

Geïrriteerd verdring ik het beeld en lees verder. Na een kwartiertje heb ik nog geen letter in me opgenomen. Steeds sneller en hinderlijker schuiven de beelden van het pakketje voor mijn geestesoog.

Uiteindelijk gooi ik mijn boek op de stoel naast me en sta op. Terwijl ik zo rustig mogelijk in de richting van het toilet achterin loop, neem ik de mensen die ik passeer in me op. Niemand speciaal trekt mijn aandacht.

Ik open de deur en ga naar binnen. Nu ik er toch ben, kan ik net zo goed even plassen. Met tien seconden ben ik klaar en sta ik weer buiten. In plaats van mijn stoel op te zoeken, loop ik helemaal naar voren. Ook daar bestudeer ik de passagiers, al weet ik niet goed waar ik op moet letten.

Dat er mensen met een bezweet voorhoofd zitten te draaien op hun stoel heeft weinig te betekenen. Statistisch gezien is de kans groot dat de helft van de mensen hier aan boord vliegangst heeft.

Slecht op mijn gemak zoek ik mijn stoel weer op en plof neer. Het boek blijft lange tijd opengeslagen naast me liggen. Maar de vlucht verloopt rustig, zodat ik na een halfuur toch maar afleiding zoek in de wereld van vampiers en weerwolven.

Als we de daling hebben ingezet, doet een enorme dreun het vliegtuig trillen. Mijn boek vliegt uit mijn hand, een paar bagagevakken schieten open en koffers en tassen vallen naar beneden.

Een paar seconden lang is het doodstil, dan begint iedereen te schreeuwen. Mensen springen overeind en iemand roept: 'Een bom, een bom!'

Wie niet staat, hangt over zijn stoelleuning of probeert in het gangpad te komen. Tevergeefs trachten de stewardessen orde in de chaos te scheppen.

Pas als de stem van de gezagvoerder door de intercom klinkt, gaat iedereen weer zitten. Zo kalm alsof hij turbulentie aankondigt, deelt de piloot mede dat een van de motoren is uitgevallen. Op geruststellende toon voegt hij eraan toe dat er geen reden is tot paniek, dat het vliegtuig heel goed in staat is om met twee motoren verder te vliegen, maar dat het verstandig is als wij de riemen weer vastmaken.

Daarmee bezweert hij de grootste paniek, al zit iedereen nu rechtop en wordt er druk gepraat. Zelf houd ik gespannen alle activiteiten van de stewardessen in de gaten. Ik zie ze geagiteerd heen en weer lopen, links en rechts geruststellend naar de passagiers knikken en weer verdwijnen in hun privézone.

Voor het eerst in mijn leven overvalt me de neiging om te gaan bidden. In plaats daarvan sluit ik mijn ogen en haal diep en geconcentreerd adem. Mijn geest ontsnapt uit de kleine cabine, waar een steeds sterker wordende zweetgeur de zuurstof verdrijft.

Het probleem is veel groter dan alleen een uitgevallen motor. De staart van het toestel en een van de vleugels zijn zwaar beschadigd. Zo zwaar dat het een wonder lijkt dat het vliegtuig nog in de lucht is. De vleugels bewegen schokkerig op en neer en af en toe zakt het toestel loodrecht naar beneden.

De luchthaven is in zicht, maar zonder een goed functionerend besturingssysteem is het een onmogelijke opgave om veilig op de landingsbaan uit te komen. Navigerend op de luchtstromen, zoveel mogelijk gebruikmakend van de onbeschadigde vleugel, zet de piloot de landing in.

Machteloos zie ik het aan, de wanhopige poging om er iets van te maken, de landingsbanen die in grote haast vrijgemaakt worden, de ambulances die komen aanrijden. Dan zit ik weer op mijn plaats, voorovergebogen, met mijn gezicht tussen mijn knieën, mijn armen om mijn hoofd heen geslagen. De druk op mijn oren neemt toe, van hinderlijk tot pijnlijk. De pijn van mijn scheurende trommelvliezen is zo hevig dat er bijna geen ruimte meer is voor angst. Dit moet ophouden, en snel.

We razen naar beneden, als een baksteen die van een flatgebouw wordt gegooid. Ik hoor mensen huilen en gillen, het bloed suist in mijn oren. Achter me begint een man hardop te bidden.

Al ben ik niet gelovig, ik doe met hem mee. Nu en dan werp ik een blik door het raampje. De gebedslitanieën en het angstige gekerm van de passagiers worden overstemd door het gierende geluid van de motoren.

De val uit de lucht voelt niet als neerstorten, meer als een heel snelle afdaling. Tot we met een enorme klap de grond raken. Dan is het alsof de hel zijn muil opent.

De impact op mijn lichaam is enorm. Mijn spieren en pezen trekken samen terwijl de klap nog nadreunt in mijn botten en gewrichten. Even lijkt het daar bij te blijven, dan komt de pijn. Mijn hoofd lijkt opeens te klein voor de inhoud ervan, zodat het dreigt te barsten als een walnoot in een notenkraker. Na een tijdje ebt de pijn weg en kan ik me met een verbazingwekkend gemak uit mijn veiligheidsriem bevrijden. In de cabine heerst een angstwekkende stilte. De geluiden die je zou verwachten na een ongeval als dit blijven uit. Er wordt niet gegild of gehuild, zelfs niet gekermd.

Als ik omkijk, zie ik waarom. De achterste helft van het toestel is verdwenen. Metershoge vlammen verlichten een apocalyptisch tafereel. De biddende, roepende passagiers zijn veranderd in lichamen die doodstil in de veiligheidsriemen hangen. Ze bloeden of zijn verbrand en in sommige stoelen is alleen nog een romp met benen zichtbaar.

Met open mond kijk ik om me heen. Ik zie dingen die een mens niet hoort te zien en die ik waarschijnlijk nooit meer van mijn netvlies af zal krijgen. Maar op de een of andere manier dringt het niet goed tot me door. Als verdoofd kom ik overeind en werk ik me tussen het verwrongen staal door naar het gedeelte waar het vliegtuig is afgebroken. Aan de rand ervan kijk ik naar beneden. Drie meter lager ligt de harde grond.

Ik aarzel. De kans dat ik het overleef als ik naar beneden spring, lijkt niet zo groot. Achter me buldert iets en ik kijk om. Vuurtongen laaien op, het metalen geraamte om me heen knarst en piept. Enorme rookwolken komen boven mijn hoofd samen en sluiten me in. De geur van kerosine dringt in mijn neusgaten. Nog even en de boel explodeert.

Ik spring.

## 2

'Roos? Rosalie, word eens wakker. Kom, lieverd, doe je ogen open!'

Een vertrouwde stem brengt me bij mijn positieven. Golvende zwarte mist beneemt me het zicht en de adem. Ik krijg bijna geen lucht meer, begin te hoesten en probeer overeind te komen.

Een sterke arm helpt me en dan zit ik rechtop, naar adem snakkend.

Het duurt een paar seconden voor ik me realiseer dat er iets niet klopt. In verwarring kijk ik om me heen. Het is niet mijn slaapkamer waar ik lig, maar de omgeving komt me wel bekend voor. Jeroen zit op het randje van mijn bed, met nat haar en de geur van shampoo om hem heen, en strijkt het haar uit mijn gezicht.

'Je had een nachtmerrie,' zegt hij.

Langzaam keer ik terug naar de echte wereld, waarin ik veilig in mijn hotelkamer zit en de zon door een kier in de gordijnen naar binnen schijnt. Een paar seconden later weet ik ook waar het hotel staat: midden in Marrakech, waar we een weekje op vakantie zijn.

Ik heb gedroomd. De angstaanjagende wereld waar Jeroen me uit bevrijd heeft was niet echt. Een golf van opluchting slaat over me heen.

'Het was net echt. Ik kan niet geloven dat het maar een droom was. Het was zó echt!' Ik wrijf met mijn handen over mijn gezicht.

'Wil je een beetje water?' Jeroen houdt me een plastic bekertje voor, dat ik met onvaste hand aanneem. 'Dat moet me een nachtmerrie geweest zijn, zeg. Je schreeuwde zo hard dat ik je onder de douche hoorde. Waar droomde je over?'

'Een vliegtuigongeluk. Het was afschuwelijk. Het vliegtuig stortte neer, vloog in brand en ik kon er niet uit.' Ik huiver bij de herinnering en sla mijn blote benen over de rand van mijn bed.

'Ga lekker douchen. Spoel het van je af, dan gaan we zo ontbijten. Het wordt weer een prachtige dag.' Jeroen komt van het bed af en trekt de gordijnen open.

Warm, stralend zonlicht valt door de balkondeuren. Binnen is het aangenaam koel door de airco, maar buiten moet het al snikheet zijn.

Met opgeheven gezicht laat ik in de douche het warme water over mijn gezicht lopen. Je hebt van die dromen die je niet meer loslaten, alsof het herinneringen zijn in plaats van iets wat zich alleen in je hoofd heeft afgespeeld.

Daar heb ik wel vaker last van, en het verontrustende is dat veel van die dromen uitkomen. Zoals die keer dat ik droomde dat het zo stormde dat er een stuk dak losraakte, dat me verpletterde toen ik thuiskwam van mijn werk. Uit angst dat me echt iets zou overkomen, meldde ik me ziek toen er een week later zware storm werd voorspeld. Het stuk dak kwam inderdaad naar beneden.

Of die keer toen ik, als meisje van elf, droomde dat een grote hond om de hoek van de straat kwam aanrennen en in mijn arm beet. De volgende dag, toen ik op weg was naar school, kwam er een vrouw de hoek om met een grijze Deense dog die in lengte niet veel met mij scheelde. Of hij me gebeten zou hebben weet ik niet, want ik holde van schrik de straat over.

Die voorspellende dromen waren niet de eerste en ook niet de laatste in mijn leven. De meeste dromen waren, net als bij iedereen, gewoon dromen, maar in enkele gevallen hadden ze een opmerkelijk voorspellend karakter. Ik heb geleerd daar onderscheid in te maken. De droom waaruit ik net ben ontwaakt, is er een van het soort dat me niet bevalt.

In bedrukte stemming droog ik me af en trek een witte linnen broek en een oranje truitje aan. Ik schuif mijn al gebruinde voeten in een paar met kraaltjes en lovertjes versierde slippers die ik gisteren in de medina heb gekocht en die me het gevoel gaven een prinses uit een sprookje van Duizend-en-een-nacht te zijn. Een gevoel uit een ander leven.

'Wat kijk je somber. Ben je nog steeds met die droom bezig?' Jeroen, eveneens in witte broek maar met een zwart T-shirt, pakt de sleutelkaart van het schrijftafeltje en kijkt me vragend aan.

'Ja, ik kan er niet van loskomen. Die beelden blijven maar door mijn hoofd flitsen. Het is net alsof het echt gebeurd is. Gek eigenlijk, hè? De ene droom vervliegt zodra je wakker wordt, terwijl de andere de hele dag om je heen blijft hangen.'

Jeroen slaat zijn arm om me heen en trekt me even tegen zich aan. 'Laten we snel gaan ontbijten, dan kunnen we de stad in. Jij wilde graag naar de Menatuinen, hè?'

Ik knik, al is mijn enthousiasme behoorlijk geluwd. Desondanks pak ik mijn tas, tover een glimlach op mijn gezicht en loop met Jeroen mee naar de ontbijtzaal.

Voor iemand die nooit verder is gekomen dan Frankrijk en Italië, is Marrakech een openbaring. Een afwisseling van verrukking en verbazing. De tweede stad van Marokko lijkt in niets op wat ik ooit heb gezien. Het wordt 'de rode stad' genoemd, omdat de stadsmuren en huizen zijn opgetrokken uit rode leem, wat voor een heel aparte sfeer zorgt. Je kunt je moeiteloos voorstellen hoe het er hier eeuwen geleden heeft uitgezien. In wezen is er niet veel veranderd. Van de twee meter dikke stadsmuren, de soek en de steile, smalle straatjes tot de bewoners met hun traditionele kleding, Marrakech heeft zijn middeleeuwse sfeer behouden.

We zijn hier nu bijna een week, vanavond vliegen we terug naar Amsterdam. Bij de gedachte alleen al krijg ik kramp in mijn maag.

'Is dat alles wat je eet?' vraagt Jeroen, als we met onze borden langs het buffet zijn geweest en aan een tafeltje plaatsnemen.

Ik trek een pakje boter en een kuipje jam open en besmeer een geroosterde boterham. 'Ik heb niet zoveel trek.'

'Maar we zijn straks de hele dag op pad. Over een uurtje krijg je natuurlijk wél trek, en waarschijnlijk als we net naar de Hoge Atlas rijden of in een moskee rondlopen.'

'We zouden helemaal niet naar de Hoge Atlas gaan, we zouden vandaag in de stad blijven.'

'Het was maar een voorbeeld.' Jeroen wenkt de ober om koffie en wacht tot hij ingeschonken heeft. 'Wat wil je dan gaan doen vandaag?'

Gisteravond zat ik nog vol plannen. Nog een keer terug naar de medina, het oude gedeelte van Marrakech, om souvenirs te kopen. Naar de soek of naar de sprookjesachtige Menatuinen. Er is hier genoeg te doen, maar de manier waarop ik net wakker ben geworden, heeft mijn zorgeloze stemming van de afgelopen dagen doen omslaan in een gevoel van inktzwarte dreiging.

De koffie smaakt bitter. Hoeveel zoetjes ik er ook in doe, het blijft een sterke bak, die ik uiteindelijk vol weerzin van me af schuif.

'Ik ga nog wat halen. Jij ook?' Jeroen heeft zijn omelet al naar binnen gewerkt en kijkt me met een vragende blik aan terwijl hij overeind komt.

'Nee, ik heb genoeg gehad.'

'Dat ene stukje toast? Kom op, eet nog wat. Zal ik yoghurt en een bakje fruit met room meenemen?'

'Nee, dank je. Ik ben een beetje misselijk.'

Een paar seconden kijkt Jeroen zwijgend op me neer, dan haalt hij zijn schouders op en loopt met zijn bord naar het buffet. Even later neemt hij weer tegenover me plaats, met zoveel broodjes en verschillende soorten beleg op zijn bord dat ik mijn ogen niet geloof.

'Ga je dat echt allemaal opeten?'

'Ik heb voor de zekerheid wat extra meegenomen. Voor jou.'

Een kriebelig gevoel van irritatie neemt bezit van me. 'Jeroen, ik zei toch dat ik geen trek heb!'

'Relax, ik neem het mee voor onderweg. Hier, stop maar in je tas.' Hij vouwt twee chocoladebroodjes, waarvan de aanblik me al misselijk maakt, in een servet en schuift ze naar me toe.

Gegeneerd kijk ik om me heen. 'Doe normaal. Ik ga niet het halve buffet in mijn tas stoppen.'

'Waarom niet? We hebben er toch voor betaald?' Jeroen bukt zich, raapt mijn tas van de grond en stopt bijna alles wat hij heeft meegenomen erin. De chocoladecroissants, een plastic bakje yoghurt, een banaan en een paar verpakte crackers.

Ik durf de eetzaal niet rond te kijken, ervan overtuigd dat iedereen naar ons kijkt, maar over dat soort dingen maakt Jeroen zich nooit zo druk. In twee slokken drinkt hij zijn koffie op en staat weer op. 'Zullen we gaan?'

Ik knik en haast me achter hem aan de ontbijtzaal uit.

We maken een ritje in een koets door de medina en langs de stadswallen, dwalen rond in de smalle straatjes van de oude stad, waar we genieten van de wirwar aan kleuren en geuren, en bezoeken de tropische Menatuinen met hun schitterende waterbekkens en uitbundige flora. Maar bij alles wat we doen ligt er een sluier van onbehagen over me heen, die het onmogelijk maakt om echt te genieten. Jeroen merkt het, doet zijn best om me af te leiden en weer enthousiast te maken, maar als ik 's middags nog steeds stil en teruggetrokken ben, slaat ook zijn humeur om.

'Je bent wel gezellig, zeg. Kun je af en toe ook iets zeggen, of even lachen?'

We zitten in een theesalon achter twee grote glazen verse muntthee. Met mijn lepeltje roer ik de muntblaadjes in het rond.

'Het spijt me dat ik onze laatste dag bederf, maar ik zie erg op tegen vanavond.'

'Waarom dan? Omdat we naar huis gaan?'

'Nee, omdat we moeten vliegen. Het liefst zou ik een auto huren en naar huis rijden. Dan doen we er maar wat langer over.'

Met licht gefronste wenkbrauwen bestudeert Jeroen me, alsof hij zich afvraagt of ik serieus ben. Om duidelijk te maken dat ik niet echt van plan ben om een auto te huren glimlach ik, maar van harte gaat het niet.

'Kom op, Rosalie. Het was maar een droom, dat weet je toch.'

'Nee, dat weet ik niet. Ik heb wel vaker dromen gehad die uitkwamen.'

'Over die hond die je als kind tegenkwam? Op een punt waar iedereen zijn hond uitlaat en waar je hem waarschijnlijk wel vaker bent tegengekomen?'

'Ik weet wel dat jij er niet in gelooft, maar ik heb dromen en dromen. Ze zijn niet allemaal zo scherp en ik ben ook niet altijd bang dat ze uitkomen. Zelfs niet als ik een nachtmerrie heb gehad. Soms weet ik dat het gewoon een nachtmerrie was die vervaagt als ik opsta. Dat heeft iedereen weleens. Je onthoudt hoogstens wat details en je denkt nog een paar keer "wat een rotdroom", maar daar blijft het bij. Maar deze was zo echt! Ik weet nog precies hoe mijn medepassagiers eruitzagen, waar ze zaten, wat ze deden...'

'Zat er iemand met een bomgordel om?' Jeroen grinnikt, maar één blik van mij doet de lach van zijn gezicht verdwijnen.

'Ik weet alleen dat er iets explodeerde, dat er brand uitbrak en dat we razendsnel naar beneden stortten.'

'En nu denk je dat dat echt gaat gebeuren.'

'Het zit me niet lekker.'

Over de tafel heen pakt Jeroen mijn hand. 'Liefje, ik garandeer je dat we een rustige vlucht zullen hebben en veilig en wel op Schiphol zullen landen.'

'Dat kun je helemaal niet garanderen. Je kunt het dénken, maar niet garanderen.'

'Goed, dan denk ik het. En er is een vrij grote kans dat ik het goed heb en jij niet.'

Op dat moment neem ik een besluit. Het is iets waar ik de hele dag al over loop na te denken, maar wat ik nog niet heb durven voorstellen.

'Ik neem een andere vlucht.'

'Wat?'

'Ik ga alleen. Ik boek mijn vlucht om en vertrek morgen, of desnoods overmorgen.'

'Rosalie, doe niet zo raar.'

'Ik meen het. En ik wil dat jij dat ook doet.'

Het scala van uitdrukkingen dat over Jeroens gezicht trekt is een studie waard. Onderzoekend kijkt hij me aan, maar als hij merkt dat ik het echt meen, is zijn begripvolle houding snel verdwenen. Hij laat mijn hand los en leunt geïrriteerd terug tegen de leuning van zijn stoel.

'Dan moet er wel plaats zijn op een andere vlucht en ik garandeer je dat die er niet is. Het is vakantietijd, de vliegtuigen zitten propvol.'

'Jij garandeert nogal eens wat, hè? We hebben nog niet eens geïnformeerd of het kan.' Ik trek me ook wat terug, ga net als hij rechtop zitten alsof ik zoveel mogelijk ruimte tussen ons wil creëren. Wat ik helemaal niet wil, want waar ik behoefte aan heb is steun. Aan de liefdevolle manier waarop hij me kan aankijken, aan zijn stem die zegt dat het goed is, dat we zullen omboeken als ik me daarbij beter voel.

In plaats daarvan kijkt Jeroen van me weg, door het raam, alsof de oplossing voor dit probleem buiten op straat ligt. En als hij na een tijdje eindelijk wat zegt, geeft hij niet toe, maar maakt hij me duidelijk dat we gewoon de vlucht van vanavond nemen. Dat hij morgen op tijd op de zaak moet zijn en er niet over piekert om honderden euro's uit te geven vanwege een obsessieve gedachte van mij.

Zwijgend kijk ik hem aan. De man met wie ik getrouwd ben, en die ik door en door meende te kennen, maar die de laatste tijd steeds meer een vreemde voor me is geworden. Daarom zijn we ook in Marrakech. Even ertussenuit, tijd en aandacht aan elkaar besteden, problemen uitpraten. Het leek te werken, want de hele week zijn we weer net zo verliefd en eensgezind geweest als toen we elkaar net hadden leren kennen. Nu valt het broze evenwicht dat we hebben opgebouwd in stukken als een vaas van teer porselein. Ik kan de scherven lijmen, zoals ik al zo vaak heb gedaan. Het enige wat ik hoef te doen is toegeven dat ik overdrijf, wat misschien ook zo is. Maar ik heb geen zin meer om scherven te lijmen. Er zijn al zoveel barsten zichtbaar, deze kan er ook nog wel bij.

'Goed,' zeg ik. 'Dan ga je maar alleen.'